Crepuscle

Un amor perillós

ALFAGUARA

ALFAGUARA

www.alfaguarainfantilyjuvenil.com

Títol Original: TWILIGHT
Publicat d'acord amb Little, Brown and Company (Inc.),
New York, New York, USA

Frederic Mompou, 11 (Vila Olímpica)
08005 Barcelona
Telèfon 93 230 36 00

Els personatges i fets relatats en aquest llibre són ficticis. Qualsevol semblança amb persones reals, vives o difuntes, és pura coincidència i no intencionada per part de l'autora.

Vuitena edició: octubre de 2009

ISBN: 978-84-204-7360-4
Depòsit legal: M-42.572-2009
Printed in Spain - Imprès a Espanya per
Dédalo Offset, S. L., Pinto (Madrid).

Crepuscle

Un amor perillós

STEPHENIE MEYER

ALFAGUARA

Per a la meva germana gran, l'Emily,
ja que sense el seu entusiasme aquesta història
encara estaria inacabada

Però de l'arbre del coneixement del bé i del mal,
no en mengessis pas, perquè si un dia en menges,
estigues segur que moriràs.

Gènesi 2:17

Pròleg

Mai m'havia plantejat com moriria, tot i que he tingut motius per fer-ho en aquests darrers mesos. Si mai ho hagués fet, però, no m'ho hauria imaginat així.

Sense alè, vaig mirar fixament els ulls foscos del caçador, a l'altre costat de la llarga sala, i ell em va tornar la mirada, complagut.

Segurament, morir en lloc d'una altra persona, d'algú a qui s'estima, era una bona fi. Fins i tot digna. Hauria de servir d'alguna cosa.

Sabia que, si no hagués anat a Forks, ara no m'estaria enfrontant a la mort. Estava tan atemorida que no em podia ni penedir d'aquella decisió. Quan la vida t'ofereix un somni que va més enllà de qualsevol expectativa, no té sentit lamentar-se'n quan s'acaba.

El caçador va somriure amb gentilesa mentre s'acostava tranquil·lament per matar-me.

Primer contacte

La mare em va portar a l'aeroport, amb els vidres del cotxe baixats. La temperatura de Phoenix era de vint-i-quatre graus, i el cel d'un blau perfecte, serè i sense cap núvol. Portava la meva brusa preferida, sense mànigues i amb un llaç blanc, com a gest de comiat. Com a equipatge de mà, duia una parca.

A la península d'Olympic, al nord-oest de l'Estat de Washington, sota una gairebé perpètua capa de núvols, hi ha un poble anomenat Forks. En aquest lloc insignificant hi plou més que en qualsevol altre indret dels Estats Units. Era d'aquest poble i de la seva ombra trista i omnipresent d'on la meva mare va fugir amb mi quan jo tenia pocs mesos. I era aquí on em veia obligada a passar un mes cada estiu fins que vaig fer catorze anys i em vaig poder fer valer. Així, els tres darrers estius, el meu pare, en Charlie, havia passat els quinze dies de vacances que li pertocaven amb mi a Califòrnia.

I ara m'havia exiliat a Forks, un pas que vaig fer fastiguejada, perquè no suportava aquell poble.

M'encantava Phoenix. El sol, la calor abrasadora i aquella ciutat vital i sempre creixent.

—Bella —em va dir la mare per enèsima vegada abans que pugés a l'avió—, no vull que t'hi vegis obligada.

Físicament, la mare i jo ens assemblem molt, però ella porta els cabells curts i té línies d'expressió. Quan vaig mirar els seus ulls grossos i càndids, em va venir una esgarrifança d'angoixa. Com podia deixar que la meva mare, afectuosa, capritxosa i eixelebrada, s'espavilés sola? Ara tenia en Phil i ningú s'oblidaria de pagar les factures, d'emplenar la nevera o de posar benzina al cotxe; i tindria a qui recórrer quan es trobés perduda, però tot i així...

—Però és que hi vull anar —vaig mentir.

No n'he sabut mai, de dir mentides, però últimament l'havia dit tant, aquesta, que pràcticament sonava convincent.

—Dóna records a en Charlie de part meva —va dir, resignada.

—Molt bé.

—Ens veurem aviat —va insistir—. Pots venir a casa sempre que vulguis. Si em necessites, vindré de seguida.

Tot i això, notava en la seva mirada el sacrifici que li suposaria complir aquesta promesa.

— No pateixis per mi —li vaig demanar—. Serà fantàstic. T'estimo, mare.

Em va abraçar amb força durant un minut; i, quan vaig pujar a l'avió, va marxar.

De Phoenix a Seattle hi ha quatre hores de vol, després una altra hora amb un avió petit fins a Port Angeles, i després una hora de cotxe fins a Forks. No em fa res volar, el que més m'amoïnava era l'hora de cotxe amb en Charlie.

El meu pare havia estat molt amable amb tot plegat. Semblava content que anés a viure per primer cop amb ell amb certa permanència. Ja m'havia matriculat a l'institut i em volia ajudar a aconseguir un cotxe.

Tot i això, se'm faria estrany viure amb ell. No es podia dir que cap dels dos fóssim allò que se'n diu xerraires, i tampoc sabia massa què dir-li. Sé que estava una mica confós amb la meva decisió. Igual que la mare, jo no havia amagat mai el fàstic que m'inspirava Forks.

Quan vaig arribar a Port Angeles, plovia. No m'ho vaig prendre com un presagi, sinó com una cosa inevitable. De totes maneres, ja m'havia acomiadat del sol.

En Charlie m'havia vingut a buscar amb el cotxe patrulla, cosa que no em va estranyar. Pels bons veïns de Forks, en Charlie és el cap de policia Swan. El principal motiu per comprar-me un cotxe, malgrat els pocs diners que tenia, era que no volia anar amunt i avall amb un vehicle amb llums vermells i blaus al sostre. No hi ha res que alenteixi més el trànsit que un policia.

Quan vaig baixar tentinejant de l'avió, en Charlie em va subjectar amb un sol braç, fent-me una abraçada incòmoda.

—M'alegro de veure't, Bells —em va dir somrient, mentre m'aguantava—. No has canviat gaire. Com està la Renée?

—La mare està bé. Jo també estic contenta de veure't, pare.

No li podia dir Charlie a la cara.

Duia poc equipatge. La major part de la roba que tenia a Arizona era massa prima per Washington. La mare i jo havíem ajuntat diners per ampliar el meu vestuari d'hivern, però encara era escàs. Va cabre de sobres al maleter del cotxe patrulla.

—He trobat un bon cotxe per tu, molt barat —va dir quan ens havíem posat el cinturó de seguretat.

—Quina mena de cotxe?

Em feia certa basarda que hagués dit "un bon cotxe per tu" i no pas "un bon cotxe" sense més.

—De fet, és una camioneta, una Chevrolet.

—Sí? D'on l'has treta?

—Te'n recordes d'en Billy Black de La Push?

La Push és la petita reserva índia que hi ha a la costa.

—No.

—Els estius solia venir a pescar amb nosaltres —va contestar ràpidament.

Aquest devia ser el motiu pel qual no el recordava. Tinc una gran habilitat per esborrar records dolorosos i innecessaris.

—Ara va amb cadira de rodes —va continuar en Charlie quan va veure que no contestava—, i com que no pot conduir, em va oferir la camioneta a bon preu.

—I de quin any és?

Pel canvi d'expressió que va fer, vaig notar que era una pregunta que no volia que li fes.

—Dona, en Billy ha arreglat bastant el motor, no té gaires anys.

Esperava que no es pensés que amb aquesta resposta em quedaria satisfeta.

—Quan la va comprar?

—Em sembla que el 1984.

—I era de primera mà?

—Dona, no. Em penso que era nova a principis dels seixanta, o a finals dels cinquanta, com a molt —va admetre tímidament.

—Char... pare, no tinc ni idea de cotxes. No podré arreglarla si s'espatlla i no em puc permetre un mecànic...

—Bella, t'asseguro que el trasto va perfecte. Ara ja no en fan, d'aquests!

El trasto, vaig pensar. Almenys tenia potencial... com a sobrenom, com a molt.

—I bé de preu què vol dir?

Després de tot, aquesta era la part on no em podia excedir.

—Reina, ja te l'he comprada com a regal de benvinguda.

En Charlie em va mirar de reüll, esperançat.

De franc, genial!

—No calia que ho fessis, pare. Ja tenia intenció de pagar-me'l jo, el cotxe.

—És igual. Vull que hi estiguis bé, aquí.

Parlava mirant cap a la carretera, no se sentia massa còmode a l'hora d'expressar els seus sentiments. Com que en això m'hi retiro, també vaig mirar endavant mentre contestava.

—És genial, pare. Merci, t'ho agraeixo molt.

No cal dir que era del tot impossible que hi pogués estar bé, a Forks. No tenia per què amoïnar-s'hi. I, a cotxe regalat, no li miris el dentat. Vull dir, el motor.

—De res, dona —va murmurar, incòmode pel meu agraïment.

Vàrem parlar una mica més del temps, que era bastant humit, i aquí es va acabar la nostra conversa. Ens vàrem quedar mirant per la finestra sense dir res.

El paisatge era molt bonic, això no ho negaré. Tot era verd: els arbres, els troncs coberts de molsa, les branques que formaven un cobricel, i el terra, cobert de falgueres. Fins i tot l'aire que es filtrava per les fulles era verd.

Era massa verd, semblava un planeta extraterrestre.

Al final vàrem arribar a casa d'en Charlie. Encara vivia a la caseta de dues habitacions que havia comprat amb la mare al principi de ser casats. De fet, era l'única època que van ser un matrimoni, al començament. Allà, aparcada davant d'aquella casa immutable, hi havia la meva camioneta nova. Bé, nova per mi. Era d'un color vermell descolorit, amb para-xocs grossos i arrodonits, i una cabina bulbosa. Per sorpresa meva, em va encantar. No sabia si s'engegaria, però ja m'hi veia. A més, era d'aquells trastos sòlids de ferro que no es fan malbé mai, d'aquells que els veus en un accident sense ni una rascada i envoltats de la ferralla en què s'ha convertit el cotxe estranger de torn amb què han xocat.

—Ostres, pare, m'encanta! Moltes gràcies!

Ara veia un raig de llum en el futur fosc que m'esperava. No em caldria decidir entre caminar els tres quilòmetres que hi havia fins a l'institut sota la pluja o bé anar-hi amb el cotxe patrulla del cap de policia.

—Celebro que t'agradi —va dir bruscament en Charlie, altre cop incòmode.

Vaig pujar les maletes amb un sol viatge. La meva habitació estava encarada a l'oest i donava al pati del davant. Em resultava molt familiar, ja que sempre havia estat el meu dormitori. El terra de fusta, les parets blau cel, el sostre amb dues vessants, les cortines de puntes esgrogueïdes... Tot allò era part de la meva infantesa. Els únics canvis que havia fet en Charlie, a mesura que em vaig anar fent gran, havien estat substituir el bressol per un llit i posar-hi un escriptori, on ara hi havia un ordinador de segona mà, amb cable per al mòdem grapat a terra fins al telèfon més proper. Aquesta era una condició indispensable de la mare per tal que poguéssim estar en contacte més fàcilment. El balancí que tenia de petita encara era al racó.

Només hi havia un lavabo petit al capdamunt de les escales. Tot i que l'hauria de compartir amb en Charlie, vaig mirar de no capficar-m'hi gaire.

Una de les millors qualitats del pare és que no t'està a sobre. Em va deixar sola perquè desfés l'equipatge i m'instal·lés, cosa que se li hagués fet del tot impossible a la mare. M'agradava estar sola per no haver de somriure ni posar bona cara. Va ser un descans poder mirar per la finestra la intensa pluja i, abatuda, deixar caure alguna llàgrima. No estava d'humor per fer-me un tip de plorar. M'ho guardava per quan anés a dormir i em capfiqués en el que m'esperava l'endemà.

L'impressionant nombre d'alumnes de l'institut de Forks era de només tres-cents cinquanta-set, ara tres-cents cinquanta-vuit. Al meu institut de Phoenix, només al meu curs hi havia més de set-centes persones. Tot el jovent d'aquí havia crescut junt, fins i tot els seus avis havien fet els primers passos plegats. Seria la noia nova de la gran ciutat, una curiositat, un espècimen.

Segurament, si tingués l'aspecte que una noia de Phoenix hauria de tenir, això seria un punt a favor meu. Malgrat tot, físicament no hi havia encaixat mai. Hauria de ser atlètica, rossa, amb la pell bronzejada... Jugadora de voleibol o animadora, el que toca si es viu a la Vall del Sol.

No obstant això, era blanca com la neu, però sense ulls blaus ni cabells pèl-rojos, malgrat el clima assolellat. Sempre havia estat prima, però poc ferma. Era evident que no era una atleta. No tenia la coordinació que cal per practicar cap esport sense fer el ridícul i sense prendre mal, tant jo com tots els que estaven a prop meu.

Quan vaig acabar de posar la roba al vell tocador de fusta de pi, vaig agafar el necesser i vaig anar al lavabo compartit per rentar-me després d'un dia de viatge. Em vaig mirar al mirall mentre em pentinava els cabells embolicats i humits. Potser era la llum, però ja se'm veia grogosa i malaltissa. Tot i que tenia la pell maca, era molt clara, gairebé translúcida, però depenia del color de la llum. I aquí, a Forks, la llum no en tenia cap, de color.

Enfrontant-me al pàl·lid reflex del mirall, em vaig veure obligada a admetre que m'enganyava a mi mateixa. No era només pel físic que no seria acceptada. Si havia estat incapaç de trobar un lloc en una escola de tres mil alumnes, com me'n sortiria aquí?

No em sabia relacionar amb la gent de la meva edat. Potser la crua realitat era que no em relacionava massa bé amb ningú i punt. Fins i tot la mare, que era amb qui estava més unida, no va estar mai en sintonia amb mi. A vegades em preguntava si veia el món de la mateixa manera que els altres. Potser el cap em funcionava de forma diferent. Però tant me feia la causa, el que importava era l'efecte. I demà només seria el principi.

Aquella nit no vaig dormir bé, fins i tot després d'haver plorat. No m'acostumava a la fressa constant de la pluja i del vent que bufava a la teulada. Vaig ficar el cap a sota el cobrellit vell i descolorit, i més tard fins i tot m'hi vaig posar el coixí. Amb tot, no em vaig adormir fins després de mitjanit, quan la pluja es va convertir per fi en un plugim més silenciós.

Al matí, quan vaig mirar per la finestra, només s'hi podia veure l'espessa boira. Vaig sentir com m'envaïa la claustrofòbia. A Forks no s'hi veia mai el cel, era com estar engabiat.

L'esmorzar amb en Charlie va ser silenciós. Em va desitjar bona sort a l'institut i li ho vaig agrair, tot i que sabia que la seva esperança era debades. La sort em solia passar de llarg. El pare va ser el primer en marxar, cap a la comissaria, que era com la seva segona llar. Un cop va ser fora, vaig asseure'm a la vella taula quadrada de roure, en una de les tres cadires que no feien joc. Vaig observar aquella petita cuina, amb les parets amb panells de fusta fosca, els armaris de color groc cridaner i el terra de linòleum blanc. No havia canviat res. Feia divuit anys que la mare havia pintat els armaris per donar una mica de llum solar a la casa. A sobre de la petita llar de foc de la diminuta sala d'estar del costat hi havia una filera de fotografies. La primera era una foto del casament d'en Charlie i la mare a Las Vegas; després una on sortíem nosaltres tres, que ens va fer una amable infermera de l'hospital quan vaig néixer; seguida per un reguitzell de les meves fotos escolars, fins la de l'any passat.

Em feia vergonya mirar-les. Hauria de trobar la manera de fer que en Charlie les posés en un altre lloc, almenys mentre visqués aquí. Estant en aquesta casa era impossible no adonar-se que el pare encara no havia superat que la mare se n'anés, cosa que em feia sentir malament.

No volia arribar massa aviat a l'institut, però tampoc podia quedar-me més estona a casa. Em vaig posar la jaqueta, que em feia sentir com si portés un equip de perill biològic, i vaig marxar sota la pluja.

Encara plovisquejava, però no prou perquè em mullés mentre buscava la clau de casa, que sempre estava amagada a sota el ràfec del costat de la porta, i tanqués. La fressa que feien les meves noves botes d'aigua em posava nerviosa. Trobava a faltar l'habitual cruixit de la grava mentre caminava. No em vaig poder entretenir a admirar la camioneta com hagués volgut, ja que volia desfer-me ràpidament de la humida boirina que m'envoltava i se m'enganxava als cabells per sota la caputxa.

L'ambient del cotxe era sec i agradable. Era evident que en Billy o en Charlie el devien haver netejat, però els seients de pell encara feien certa olor de tabac, gasolina i menta. Per sort, el motor va arrencar ràpid, però de forma molt estrepitosa, i després va seguir fent molta fressa mentre es movia en ralentí. Era d'esperar que una camioneta tan vella tingués algun defecte. L'antiga ràdio encara funcionava, no m'ho esperava pas.

Encara que no hi havia estat mai, no va ser gens difícil trobar l'institut. Com tot en aquell poble, era al costat de la carretera. No tenia massa aspecte de centre educatiu, em vaig aturar purament pel cartell que deia que era l'institut de Forks. Més aviat semblava un seguit de cases idèntiques de maons granats. Hi havia tants arbres i arbustos que, d'entrada, no en vaig apreciar les dimensions. On era l'ambient d'institut? em vaig demanar amb nostàlgia. On eren les teles metàl·liques i els detectors de metalls?

Vaig aturar-me davant del primer edifici, que tenia un petit rètol a sobre la porta que deia "Oficina principal". Com que no hi havia cap més cotxe, vaig suposar que estava prohibit aparcar-hi, però vaig estimar-me més entrar a preguntar on havia d'anar en comptes d'anar donant voltes sota la pluja com una imbècil. Vaig baixar a desgrat de la cabina, que estava calenta com un torró, i vaig baixar per un caminet de pedra vorejat d'arbustos foscos. Vaig respirar fons abans d'obrir la porta.

A dins hi havia molta llum i s'hi estava més calent del que em pensava. L'oficina era petitona: hi havia una minúscula sala d'espera amb cadires plegables encoixinades, una estora barata amb pics taronges, les parets plenes d'avisos i premis, i un gran rellotge que feia un tic-tac sorollós. Hi havia plantes per tot arreu, en testos de plàstic, com si no hi hagués prou verd a fora. La sala estava dividida per un llarg taulell, atapeït de cistelles metàl·liques plenes a vessar de papers i amb fulletons cridaners enganxats al davant. Darrere del taulell, hi havia tres escriptoris, en un dels quals hi havia una dona grossa, pèl-roja i amb ulleres. La samarreta lila que portava em va fer pensar que m'havia mudat massa. La senyora pèl-roja va alçar la vista.

—En què et puc ajudar?

—Sóc la Isabella Swan —vaig dir. De sobte, la seva mirada em va transmetre que ja sabia qui era. M'estaven esperant. Sens dubte, era un dels temes principals de les xafarderies de Forks. La filla de la frívola exdona del cap per fi havia tornat a casa.

—És clar —va dir.

Va rebuscar entre un munt de documents precàriament apilonats en el seu escriptori fins que va trobar els que buscava.

—Tinc els teus horaris i un plànol de l'escola.

Va posar diversos fulls al taulell per ensenyar-me'ls. Va repassar totes les meves classes, em va marcar el camí cap a cadascuna en el plànol, i em va donar un full d'assistència que m'havia de firmar cada professor, i que havia de retornar quan acabés les classes. Em va somriure i em va desitjar, tal i com ho havia fet en Charlie, que hi estigués bé, a Forks. Li vaig tornar el somriure de la forma més convincent que vaig poder.

Quan vaig agafar altre cop la camioneta, ja havien començat a arribar altres estudiants. Vaig fer la volta a l'escola, tot seguint el trànsit. Em vaig alegrar de veure que la majoria de cotxes eren més antics que el meu i gens ostentosos. A Phoenix vivia en un dels pocs barris pobres del districte de Paradise Valley. Era habitual que a l'aparcament d'estudiants hi hagués un Mercedes o un Porsche nous. El cotxe més flamant d'aquí era un Volvo, i destacava un munt. Tot i això, vaig apagar el motor de seguida que vaig ser a lloc per tal que l'estrèpit no cridés massa l'atenció.

Abans de sortir de la camioneta vaig estudiar el plànol, tot intentant memoritzar-lo. Amb una mica de sort, no hauria de passar el dia mirant-me'l. Ho vaig entaforar tot a la motxilla, me la vaig penjar a l'espatlla i vaig respirar fons. *Ho puc fer*, em vaig mentir sense convicció. *No em mossegarà ningú*. Finalment, vaig sospirar i vaig baixar de la camioneta.

Vaig continuar amb la cara amagada sota la caputxa mentre caminava cap a una vorera plena d'adolescents. Vaig veure alleujada que la meva jaqueta negra i llisa no cridava l'atenció.

Un cop passada la cafeteria, era senzill reconèixer l'edifici tres, ja que hi havia un gran "3" negre pintat sobre un requadre blanc a la cantonada est. Vaig notar com la respiració se m'accelerava fins a la hiperventilació a mesura que m'acostava a la porta. Vaig mirar de calmar-me aguantant la respiració, mentre entrava darrere de dues persones que duien impermeables unisex.

La classe era petita. Els alumnes de davant meu es varen aturar un cop passada la porta per penjar els abrics en una llarga filera de penjadors. Vaig fer com ells. Eren dues noies, una rossa amb pell de porcellana i una altra igual de pàl·lida i amb cabells castanys. Almenys el meu color de pell no destacaria.

Vaig lliurar el full d'assistència al professor, un home alt i amb entrades. Al seu escriptori hi havia una placa que l'identificava com a "Sr. Mason". Se'm va quedar mirant astorat en veure el meu nom, una reacció no massa encoratjadora. Evidentment, em vaig quedar vermella com un tomàquet, però almenys em va fer seure en una taula buida del fons sense presentar-me a la classe. Als meus nous companys els era difícil mirar-me si estava darrere, però se'n sortien igualment. Vaig clavar la vista a la llista de lectures obligatòries que m'havia donat el professor. Era bastant típica: Brontë, Shakespeare, Chaucer i Faulkner. Ja m'ho havia llegit tot. Era un descans, però alhora resultava avorrit. Em vaig preguntar si la mare em voldria enviar la carpeta dels treballs d'altres anys o si es pensaria que era fer trampa. Vaig recrear mentalment possibles discussions amb ella mentre el professor continuava parlant de forma monòtona.

Quan va tocar el timbre, un brunzit nasal, el meu veí, un noi llargarut, amb problemes dèrmics i cabells negres llefiscosos, que seia a l'altre costat de passadís, es va tombar per parlar-me.

—Ets la Isabella Swan, oi?

Se'l veia excessivament servicial, el típic membre del club d'escacs.

—Bella —el vaig corregir. Tota la gent que hi havia en un radi de tres seients es va girar a mirar-me.

—On tens la propera classe? —em va demanar.

Vaig haver-ho de mirar a la motxilla.

—Mm... Història, amb el professor Jefferson, a l'edifici sis.

No podia mirar cap enlloc sense trobar-me mirades encuriosides.

—Vaig cap a l'edifici quatre, et puc indicar el camí —definitivament, massa amable—. Em dic Eric —va afegir.

Vaig somriure indecisa.

—Gràcies.

Vàrem agafar les jaquetes i vàrem sortir sota la pluja, que ara queia amb més força. Hauria jurat que diverses persones ens seguien de prou a prop com per escoltar-nos. Esperava que no m'estigués tornant paranoica.

—Això és molt diferent de Phoenix, oi? —va preguntar.

—I tant.

—No plou gaire per allà, eh?

—Tres o quatre cops a l'any.

—Ostres, no em sé imaginar com deu ser.

—Doncs... assolellat —li vaig explicar.

—No estàs gaire morena, per això.

—La meva mare és mig albina.

Em va mirar amb recel, i vaig deixar-ho córrer. Pel que semblava, on abundaven els núvols, anaven curts de sentit de l'humor. Uns quants mesos així i ja hauria oblidat com fer servir el sarcasme.

Vàrem tornar a passar per la cafeteria mentre ens dirigíem cap els edificis del sud, al costat del gimnàs. L'Eric em va acompanyar fins a la porta, tot i que estava més que ben senyalitzada.

—Vinga, bona sort —va dir mentre girava el pany—. Potser anirem junts a més classes —va dir esperançat.

Li vaig dirigir un somriure discret i vaig entrar.

La resta del matí va transcórrer més o menys de la mateixa manera. El professor de Trigonometria, el senyor Varner, a qui hauria detestat igualment per l'assignatura que impartia, va ser l'únic que em va fer presentar davant de la classe. No em varen sortir les paraules, em vaig posar vermella i em vaig entrebancar amb mi mateixa quan tornava al seient.

Després d'un parell de classes, ja vaig començar a reconèixer diverses cares. Sempre hi havia algú més agosarat que els altres que se'm presentava i em preguntava si m'agradava Forks. Vaig mirar de ser diplomàtica però, en general, vaig mentir. Almenys no vaig haver de fer servir el plànol.

Una noia que es va asseure al meu costat tant a Trigonometria com a Espanyol em va acompanyar a la cafeteria a dinar. Era menuda, uns quants centímetres per sota del meu metre seixanta-cinc, però els seus cabells foscos i arrissats dissimulaven molt la diferència d'alçada. Com que era incapaç de recordar com es deia, vaig somriure i vaig anar assentint mentre xerrava sense parar dels professors i les classes. No em vaig esforçar a seguir la conversa.

Ens vàrem asseure a la punta d'una taula plena a vessar, amb algunes de les seves amigues, les quals em va presentar. Vaig oblidar-me dels seus noms tan bon punt me'ls va haver dit. Semblava que s'havien quedat parades que parlés amb mi. El noi de la classe de Literatura, l'Eric, em va saludar des de l'altra punta.

Va ser allà, quan estava asseguda al menjador mirant de mantenir una conversa amb set desconegudes encuriosides, quan els vaig veure per primer cop.

Eren cinc i estaven asseguts en un racó de la cafeteria, a l'altre extrem d'on érem nosaltres. No parlaven ni menjaven, tot i que cadascun tenia una safata de menjar intacta davant seu. Com que no em miraven embadalits, a diferència de la majoria d'estudiants, vaig pensar que me'ls podia mirar sense por de creuar-me amb mirades massa encuriosides. No va ser això, però, el que em va cridar l'atenció.

Eren totalment diferents de la resta d'estudiants. Dels tres nois, un era cepat, com un aixecador de peses, amb els cabells arrissats i foscos. N'hi havia un altre de més alt i prim, però també musculós, amb els cabells rossos com la mel. L'últim era llargarut, menys voluminós, i amb els cabells despentinats, de color de bronze. Tenia un aire més juvenil que els altres, els quals semblaven més aviat universitaris o, fins i tot, professors, que no pas estudiants.

Les noies eren totalment diferents l'una de l'altra. La més alta era escultural, amb un cos esvelt, com de model de portada de revista, de les que fan que les noies sentin com els baixa l'autoestima només per estar al seu costat. Tenia els cabells daurats, que li queien suaument fins a mitja esquena. L'altra noia era com un follet, primeta i de faccions menudes. Tenia els cabells curts i negres com el carbó, amb les puntes desordenades.

Tot i això, s'assemblaven extraordinàriament. Eren blancs com el marbre, els estudiants més descolorits d'aquest poble sense sol. Fins i tot més que jo, l'albina. Tots tenien els ulls molt foscos, malgrat els diferents tons de cabell. A més, tots feien ulleres: tenien una mena d'ombra lilosa sota els ulls, com un morat, com si haguessin passat la nit en blanc o s'estiguessin recuperant d'una fractura nasal.

Malgrat tot, tenien el nas perfecte, recte i angulós, igual que les faccions.

No era aquest, però, el motiu pel qual no podia deixar de mirar-los.

Els seus rostres, tan diferents i tan semblants alhora, tenien una bellesa inhumana i irresistible. Eren cares que no t'esperes veure enlloc més que a les pàgines retocades d'una revista de moda o bé en els àngels que pintaven els antics artistes. Era difícil determinar quin era el més bell, si aquella rossa perfecta o bé el noi de cabells de color de bronze.

Pel que semblava, tots tenien la mirada perduda. No es miraven entre ells, ni als altres estudiants ni a res en concret. De sobte, la noia menuda es va aixecar amb la safata, amb un refresc sense encetar i una poma intacta, i es va allunyar amb pas ràpid i àgil, propi d'una atleta. Mentre em mirava embadalida els seus àgils passos de ballarina, va llençar la safata i es va esmunyir per la porta, molt més ràpid del que hauria cregut possible. Llavors vaig mirar ràpidament els altres, que continuaven immutables.

—I aquells, qui són? —vaig preguntar a la noia de la classe d'Espanyol, de la qual ja no recordava el nom.

Quan va alçar la mirada per veure a qui em referia, tot i que potser ja ho havia endevinat pel meu to, el més prim i juvenil, segurament el més jove, se la va mirar de cop. Va observar la meva companya durant una fracció de segon i llavors els seus ulls foscos es van creuar amb els meus.

Va desviar la mirada ràpidament, més que jo i tot, malgrat haver baixat els ulls de cop, amb un intens rubor. En aquell breu cop d'ull, el seu rostre no reflectia cap mena d'interès. Semblava com si la noia hagués dit el seu nom i hagués mirat de forma reflexa, sense intenció de respondre.

La meva companya va començar a riure nerviosament de la vergonya, amb la mirada clavada a la taula, com jo.

—Són l'Edward i l'Emmett Cullen, i la Rosalie i en Jasper Hale. La que ha marxat era l'Alice Cullen. Tots viuen amb el doctor Cullen i la seva dona —va dir fluixet.

Vaig mirar furtivament aquell noi tan atractiu, que ara es mirava la safata mentre engrunava un panet amb els seus dits llargs i pàl·lids. Movia la boca molt de pressa, sense obrir a penes aquells llavis perfectes. Els altres tres tenien la mirada perduda, però donava la sensació que el noi els parlava en veu baixa.

Quins noms tan estranys i antiquats. Vaig pensar que eren propis d'avis, tot i que potser aquí estaven de moda. *Potser són noms de poble?* Finalment, vaig recordar que la meva veïna es deia Jessica, un nom més que habitual. Hi havia dues Jessica a la classe d'Història de Phoenix.

— Són... molt atractius.

Em va costar trobar un adjectiu que els fes justícia.

—I tant! —va assentir la Jessica, tornant a riure nerviosament—. Estan junts, per això. L'Emmet i la Rosalie i en Jasper i l'Alice, vull dir. I viuen plegats.

Amb el to de veu transmetia tota la commoció i reprovació pròpies d'un poble petit, vaig pensar amb desaprovació. Si he de ser sincera, però, havia de reconèixer que allò també hagués estat tema de safareig a Phoenix.

—Quins són els fills dels Cullen? —vaig preguntar—. No semblen de la mateixa família...

—Ah, és que no ho són. El doctor Cullen és molt jove, té vint anys llargs o poc més de trenta. Són tots adoptats. Els Hale, els rossos, són germans bessons, però són acollits.

—Se'ls veu una mica grans, per haver-los acollit.

—Ara sí, perquè tant en Jasper com la Rosalie tenen divuit anys, però han estat amb la senyora Cullen des dels vuit. És la seva tia o alguna cosa així.

—És bonic per part seva, fer-se càrrec de tots aquests nens sent tan joves.

—Suposo que sí —va admetre la Jessica de mala gana, i em va donar la sensació que, pel que fos, no li agradaven el doctor i la seva dona. Per les mirades que feia als seus fills adoptius, suposo que n'estava gelosa.

—Em penso que la senyora Cullen no pot tenir fills —va afegir, com si això els fes menys bones persones.

Durant tota la conversa els ulls se me n'anaven constantment a la taula on seia l'estranya família, la qual continuava mirant les parets sense fer ni un mos.

—Han viscut sempre a Forks? —vaig preguntar. Segurament m'hauria fixat en ells en algun dels meus estius al poble.

—No —va dir com si fos obvi, fins i tot per a una nouvinguda com jo—. Varen venir fa dos anys des d'algun lloc d'Alaska.

Vaig sentir una compassió i un alleujament sobtats. Compassió perquè, tot i ser tan atractius, eren forasters i clarament no se'ls acceptava. I alleujament perquè no era l'única nouvinguda, i de cap manera la més destacable.

Mentre els observava, un dels Cullen, el més jove, va alçar els ulls i les nostres mirades es van creuar, aquest cop amb una evident curiositat. Mentre apartava la vista de pressa, em va donar la sensació que en la seva mirada hi havia una mena d'expectació frustrada.

—Qui és el noi de cabells castanys rogencs? —vaig demanar.

El vaig mirar de reüll i vaig veure que encara em mirava fixament, però no bocabadat com la resta d'estudiants ho havien fet avui, sinó que tenia una expressió lleugerament torbada. Vaig tornar a abaixar la vista.

—És l'Edward. Encara que sigui molt atractiu, no hi perdis el temps. No surt amb ningú. Pel que sembla cap noia és prou per ell —va rebufar, clarament morta de ràbia. Em vaig preguntar quan la devia haver rebutjada.

Em vaig mossegar el llavi perquè no se m'escapés el riure i me'l vaig tornar a mirar. S'havia girat però, pel tros de galta que li veia, em va semblar que també somreia.

Al cap de poca estona, tots quatre varen marxar junts. Tots tenien una elegància natural, fins i tot el més cepat. Era un espectacle desconcertant. El que es deia Edward no em va tornar a mirar.

Em vaig quedar a la taula amb la Jessica i les seves amigues més estona del que m'hi hagués quedat si hagués estat sola. Estava nerviosa perquè no volia fer tard a classe el primer dia. Una de les noies que havia conegut, que va tenir la consideració de recordar-me que es deia Angela, feia Biologia II amb mi la següent hora. Vàrem anar cap a classe juntes i sense dir res. Era tan tímida com jo.

Quan vàrem entrar a l'aula, l'Angela es va anar a asseure a una taula de laboratori negra com les de Phoenix, però ja tenia companya. De fet, totes les taules ja eren plenes menys una. Al costat del passadís central vaig reconèixer l'Edward Cullen pels seus peculiars cabells. Estava a l'única taula que tenia un seient buit.

Mentre passava per presentar-me al professor i que em signés el full d'assistència, el vaig observar furtivament. Llavors, quan li vaig passar pel costat, es va quedar rígid de cop. Em va clavar la vista i les nostres mirades es varen trobar. Tenia una expressió molt estranya, plena d'hostilitat i fúria. Astorada, vaig apartar la mirada de pressa, i em vaig tornar a ruboritzar. Vaig ensopegar amb un llibre que hi havia al passadís i em vaig haver d'aguantar amb el caire d'una taula. A la noia que hi seia se li va escapar el riure.

Vaig veure que l'Edward tenia els ulls foscos, negres com el carbó.

El senyor Banner em va signar el full d'assistència i em va donar un llibre, sense perdre el temps amb la bestiesa de les presentacions. Vaig tenir la sensació que ens entendríem bé. De fet, no li va quedar cap més remei que fer-me seure en el seient buit del mig de la classe. Vaig clavar els ulls a terra mentre em dirigia al seu costat, desconcertada per la seva mirada hostil.

No vaig alçar els ulls mentre posava el llibre sobre la taula ni tampoc quan vaig seure, però vaig veure de reüll com canviava de postura. Es va apartar de mi, tot asseient-se a la vora de la cadira, i va apartar la cara com si alguna cosa fes pudor. Em vaig flairar els cabells dissimuladament. Feien olor de maduixes, l'aroma del meu xampú preferit. Era un perfum bastant discret. Vaig deixar que els cabells em caiguessin a l'espatlla dreta per crear una cortina entre nosaltres, i vaig intentar escoltar el professor.

Per desgràcia, la lliçó era d'anatomia cel·lular, un tema que ja havia estudiat. De totes maneres, vaig agafar apunts amb cura, sense alçar la vista ni un moment.

De tant en tant, no podia evitar observar a través dels cabells l'estrany noi que seia al meu costat. Es va passar tota la classe rígid i assegut a la vora de la cadira, sense relaxar-se ni un moment, tan apartat de mi com podia. Li veia la mà sobre la cama esquerra, amb el puny tancat, amb els tendons que sobresortien en la seva pàl·lida pell. No la va afluixar ni un segon. Tenia les mànigues de la camisa blanca arremangades fins als colzes, i el seu avantbraç era sorprenentment ferm i musculós sota la pell clara. No era tan esprimatxat com semblava al costat del seu germà forçut.

La classe es va fer més llarga que les altres. No sabia si era perquè ja s'acabava el dia o perquè esperava que es relaxés, cosa que no va fer. Va continuar tan rígid que semblava que ni respirés. Què li passava? Era aquest el seu comportament habitual? Vaig replantejar-me haver jutjat la Jessica per tenir-los rancúnia. Potser no era tan exagerada com em pensava.

No podia tenir res a veure amb mi. No em coneixia de res.

El vaig mirar de reüll un cop més i me'n vaig penedir. Em tornava a observar, amb els seus ulls negres, plens de repugnància. Mentre me n'apartava amb una esgarrifança i m'encongia a la cadira, em va venir al cap allò de "si les mirades matessin...".

En aquell moment, el timbre va sonar tan fort que em va fer fer un bot, i l'Edward Cullen ja s'havia aixecat. Es va alçar àgilment donant-me l'esquena —era molt més alt del que em pensava— i, abans que ningú s'aixequés, ja havia sortit per la porta.

Em vaig quedar glaçada a la cadira i me'l vaig quedar mirant inexpressivament. Era cruel, no hi havia dret. Vaig començar a recollir les coses a poc a poc, intentant reprimir la ràbia per no posar-me a plorar. Per alguna raó, tinc el mal humor connectat als conductes lacrimals. Solc plorar de ràbia, una tendència humiliant.

—Ets la Isabella Swan, no? —em va preguntar una veu masculina.

Vaig alçar la vista i vaig veure un noi bufó, amb cara de nen i cabells rossos, curosament engominats formant puntes ordenades, que em somreia gentilment. Ell sí que no pensava que fes pudor.

—Bella —el vaig corregir amb un somriure.

—Em dic Mike.

—Encantada, Mike.

—Vols que t'ajudi a buscar la classe següent?

—De fet, vaig cap al gimnàs. Em sembla que ja el trobaré.

—Ah, a mi també em toca aquesta classe.

Se'l veia emocionat, tot i que tampoc era tanta coincidència, tractant-se d'una escola tan petita. Vàrem anar cap a Educació Física junts. Era molt xerraire i pràcticament només parlava ell, cosa que ja m'anava bé. Com que havia viscut a Califòrnia fins als deu anys, sabia com em sentia sense sol. Va resultar que també anava amb mi a classe de Literatura. Va ser la persona més agradable que vaig conèixer aquell primer dia.

—Has punxat l'Edward Cullen amb un llapis o què? No l'havia vist mai d'aquesta manera —em va preguntar quan entràvem al gimnàs.

Em vaig morir de la vergonya. No tan sols no era l'única que ho havia notat sinó que, pel que semblava, no era el seu comportament habitual. Vaig decidir fer-me la boja.

—Qui vols dir, el noi que seia al meu costat a Biologia? —vaig preguntar sense massa traça.

—Sí —va respondre—. Se'l veia adolorit o alguna cosa així.

—No ho sé —vaig contestar—. No hi he parlat mai.

—És un noi estrany —va dir en Mike, quedant-se amb mi en comptes d'anar cap al vestidor—. Si hagués tingut la sort de seure al teu costat, jo sí que t'hagués parlat.

Vaig fer-li un somriure abans d'anar cap al vestidor de les noies. Era agradable i li queia bé, però no em va fer passar la ràbia.

El professor d'Educació Física, l'entrenador Clapp, em va donar un uniforme, però no me'l va fer posar a la primera classe. A Phoenix només hi havia dos anys d'Educació Física obligatòria; aquí, quatre. Forks era, literalment, el meu calvari.

Vaig mirar quatre partits de voleibol que es jugaven simultàniament. Quan vaig recordar les ferides que m'havia fet i que havia infligit practicant aquest esport, em varen venir nàusees.

Per fi va tocar el timbre de l'última hora. Vaig dirigir-me a poc a poc cap a l'oficina per tornar el full d'assistència. La pluja havia parat, però feia un vent fort i fred. Em vaig abraçar per abrigar-me.

Quan vaig entrar a la càlida oficina, una mica més i faig mitja volta. L'Edward Cullen era al taulell, davant meu. Vaig reconèixer de seguida aquells cabells despentinats de color de bronze. No semblava que s'hagués adonat que entrava. Em vaig recolzar a la paret del fons, tot esperant que la recepcionista estigués lliure.

Discutia amb ella en veu baixa i seductora. Vaig captar ràpid el tema de la conversa. Volia canviar la sisena hora de Biologia per una altra, fos la que fos.

No em podia creure que fos per mi. Havia de ser per alguna altra raó, per alguna cosa que hagués passat abans que jo entrés en aquell laboratori. La cara que posava havia de ser per força per algun altre problema. No era concebible que aquell desconegut m'hagués agafat un odi tan intens de forma tan sobtada.

La porta es va tornar a obrir i va entrar una ràfega de vent fred a la sala, que va fer cruixir els papers de l'escriptori i em va fer voleiar els cabells a la cara. La noia que va entrar només es va acostar al taulell, va deixar una nota a la cistella metàl·lica i va marxar. No obstant això, l'Edward Cullen es va quedar rígid i es va girar a poc a poc per mirar-me, amb aquell rostre absurdament atractiu i una mirada penetrant i plena d'ira. Per un moment, vaig sentir un calfred d'autèntic terror que em va fer posar la pell de gallina. La mirada només va durar un segon, però em va deixar més glaçada que aquell vent tan fred. Es va girar un altre cop cap a la recepcionista.

—Llavors tant se val —va dir de pressa, amb una veu vellutada—. Ja veig que no pot ser. Gràcies de totes maneres per la seva ajuda.

I es va girar sense mirar-me i va desaparèixer per la porta. Vaig anar tímidament cap al taulell, per un cop amb la cara blanca com el paper en comptes de vermella, i li vaig donar el full signat.

—Com t'ha anat el primer dia, maca? —em preguntar la recepcionista, amb to maternal.

—Bé —vaig mentir amb un fil de veu.

No la vaig convèncer gaire.

Quan vaig arribar a la camioneta era pràcticament l'últim cotxe que quedava a l'aparcament. Ja era com un refugi, el que més s'assemblava a una llar en aquest antre verd i humit. Em vaig quedar una estona asseguda a dins, mirant absorta pel parabrises. Ben aviat, però, vaig tenir prou fred com per necessitar la calefacció. Vaig girar la clau i el motor va rugir estrepitosament. Vaig tornar cap a casa, aguantant-me les llàgrimes tot el camí.

Llibre obert

El dia següent va ser millor... però també pitjor.

Va ser millor perquè encara no plovia, tot i que els núvols eren densos i foscos; i més fàcil perquè ja sabia a què m'enfrontava. En Mike es va asseure al meu costat a Literatura, i em va acompanyar a la classe següent mentre l'Eric, el noi del club d'escacs, se'l mirava amb odi. Era afalagador. La gent ja no em mirava tant com el dia anterior. A l'hora de dinar vaig seure amb un grup nombrós, entre ells en Mike, l'Eric, la Jessica i més estudiants dels quals ja podia recordar les cares i els noms. Ja no em sentia tant com un peix fora de l'aigua.

Va ser pitjor perquè estava cansada. El vent encara no em deixava dormir. També va ser pitjor perquè el senyor Varner em va preguntar a Trigonometria sense ni tan sols tenir la mà aixecada i em vaig equivocar. Va ser desastrós perquè vaig haver de jugar a voleibol i, l'únic cop que no em vaig apartar de la trajectòria de la pilota i la vaig encertar, va rebotre al cap d'una companya. I, per sobre de tot, va ser pitjor perquè l'Edward Cullen no va venir a l'institut.

Em vaig passar el matí patint per l'hora de dinar i per haver de tornar a aguantar les seves mirades estrambòtiques. Per una banda, m'hi volia enfrontar i preguntar-li quin problema tenia amb mi. Quan estava estirada al llit sense poder dormir fins i tot em vaig imaginar el que li diria. Em coneixia massa bé per pensar que tindria el valor de fer-ho de debò. Al meu costat, el lleó poruc d'*El mag d'Oz* era *Terminator.*

En entrar a la cafeteria amb la Jessica, mentre mirava que els ulls no se me n'anessin instintivament a l'Edward sense aconseguir-ho, vaig veure com els quatre germans, per dir-ne d'alguna manera, seien a la mateixa taula sense ell.

En Mike ens va veure i ens va fer anar a la seva taula. La Jessica va semblar complaguda per aquella deferència i les seves amigues se'ns van ajuntar tot seguit. Mentre intentava escoltar la seva conversa insubstancial, estava terriblement incòmoda mentre esperava neguitosa que ell arribés. Desitjava que m'ignorés i que demostrés que les meves sospites eren falses.

No venia i, a mesura que passava l'estona, m'anava posant més i més nerviosa.

Vaig anar cap a Biologia més tranquil·la quan vaig veure que, al final de l'hora de dinar, encara no havia aparegut. En Mike, que s'estava convertint en la personificació d'un gos falder, va tornar-me a acompanyar fidelment a classe. Quan vaig ser a la porta, em vaig aguantar la respiració i vaig veure que l'Edward Cullen tampoc no hi era. Vaig sospirar i vaig anar cap al meu seient. En Mike em va seguir tot explicant una excursió que es faria a la platja i es va quedar a la meva taula fins que va sonar el timbre. Llavors em va somriure malenconiosament i va anar a seure al costat d'una noia que duia ferros i una permanent terrible. Hauria de fer alguna cosa amb en Mike i no seria fàcil. En un poble com aquest, on tothom vivia enganxat, la diplomàcia era vital. El tacte no era el meu fort i la meva experiència a l'hora de tractar nois excessivament amigables era nul·la.

Em va tranquil·litzar veure que tenia tota la taula per mi ja que l'Edward no hi era. M'ho vaig repetir un munt de vegades, però no em podia treure del cap la persistent idea que era culpa meva. Era ridícul i egocèntric pensar que podia afectar tant algú, era del tot impossible. Tot i així, no podia parar de capficar-m'hi.

Quan per fi es varen acabar les classes, i mentre em marxava la vermellor de les galtes per l'incident de voleibol, em vaig tornar a posar els texans i el jersei blau marí. Vaig sortir rabent del vestidor de noies, feliç de saber que havia evitat amb èxit el meu amic, el gos falder. Vaig anar de pressa cap a l'aparcament, que estava ple d'alumnes que se n'anaven. Vaig pujar a la camioneta i em vaig assegurar que portava tot el que em calia a la motxilla.

Com que la nit anterior havia descobert que en Charlie no sabia fer gaire més que ous ferrats amb cansalada, vaig demanar-li si em podia fer càrrec dels àpats mentre fos allà. S'hi va mostrar més que disposat. Com que a casa no hi havia res per menjar, havia fet una llista, havia agafat diners d'una gerra que posava "diners per al menjar" que hi havia a l'armari, i ara me n'anava al supermercat Thriftway.

Vaig engegar aquell trasto ensordidor, tot ignorant els caps que es van girar a mirar-me, i vaig fer marxa enrere amb compte per ficar-me a la cua de cotxes que sortien de l'aparcament. Mentre m'esperava, tot fent veure que aquell terrible estrèpit venia d'un altre cotxe, vaig veure els dos Cullen i els bessons Hale pujant al seu cotxe. Era el Volvo flamant, evidentment. Fins llavors no m'havia fixat en la roba que duien perquè estava massa hipnotitzada pels seus rostres. Ara que me'ls mirava, vaig veure que tots anaven excepcionalment ben vestits. Era una roba senzilla, però que semblava feta a mida; tot i que, amb l'elegància i estil que tenien, haurien fet goig fins i tot amb quatre parracs. Era injust que, a més de ser atractius, tinguessin diners però, pel que sé, el món sol estar així de mal repartit. Malgrat tot, no semblava que això els hagués fet guanyar l'acceptació del poble.

No m'ho acabava de creure. Sabia que aquell aïllament havia de ser, per força, voluntari. No podia ser que Forks tanqués les portes a tanta bellesa.

Quan els vaig passar pel costat, es van mirar la meva camioneta sorollosa, com tothom. Vaig seguir endavant com si res, i em vaig sentir alleujada quan vaig sortir del campus.

El Thriftway no quedava gaire lluny, només a uns quants carrers al sud, al costat de la carretera. Era agradable estar al supermercat, semblava normal. Com que a Phoenix també era jo qui anava a comprar, em va semblar bé fer-me càrrec de les feines de casa. L'edifici era prou gran com perquè no es sentís la pluja que queia al sostre i no hagués de recordar on era.

Quan vaig arribar a casa, vaig descarregar el menjar i el vaig entaforar als espais buits que vaig trobar. Vaig suposar que a en Charlie no li faria res. Vaig embolicar les patates amb paper de plata i les vaig ficar al forn per coure-les; i vaig deixar un bistec a marinar a la nevera, a sobre d'una capsa d'ous.

Tot seguit, vaig pujar la motxilla amb els llibres. Abans de començar a fer els deures, em vaig posar una dessuadora seca, em vaig fer una cua de cavall amb els cabells humits, i vaig mirar per primer cop la bústia del correu electrònic. Hi tenia tres missatges. M'havia escrit la mare.

Bella,

Escriu-me tan aviat com arribis i explica'm com t'ha anat el viatge. Plou? Ja ara et trobo a faltar. Ja gairebé tinc les maletes fetes per anar a Florida, però no trobo la brusa rosa. Et sona on la vaig guardar? Records d'en Phil.

Mare.

Vaig sospirar i vaig obrir el següent. L'havia enviat vuit hores després del primer.

Bella,

Com és que encara no m'has escrit? Què esperes?

Mare.

L'últim era d'aquest matí.

Isabella,

Si a dos quarts de sis de la tarda encara no sé res de tu, trucaré en Charlie.

Vaig mirar el rellotge. Encara em quedava una hora, però sabia que la mare sempre s'avançava als esdeveniments.

Mare,

Tranquil·la. Ara t'escric. No facis bestieses.

Bella.

Vaig enviar-lo i en vaig començar un altre.

Mare,

Tot va bé. És clar que plou. Esperava escriure't quan tingués alguna cosa per explicar-te. L'institut no està malament, només és una mica repetitiu. He conegut gent simpàtica que s'asseu amb mi a l'hora de dinar.

Tens la brusa a la tintoreria, l'hauries d'anar a buscar divendres.

En Charlie m'ha comprat una camioneta. Qui ho hauria dit, eh? M'encanta. És vella però molt resistent, cosa que em fa prou falta.

Jo també et trobo a faltar. Ja et tornaré a escriure aviat, però no m'estaré mirant el correu cada cinc minuts. Calma't, respira fons. Petons,

Bella

Havia decidit rellegir *Cims borrascosos*, la novel·la que fèiem a Literatura, perquè em venia de gust; i això era el que estava fent quan va arribar en Charlie. Havia perdut la noció del temps. Vaig córrer escales avall per treure les patates del forn i ficar-hi el bistec perquè es cogués.

—Bella? —va cridar el pare quan em va sentir baixant les escales.

Qui vols que sigui? Vaig pensar.

—Ei, pare, benvingut.

—Gràcies.

Va penjar el cinturó de la pistola i es va treure les botes mentre feinejava a la cuina. Que jo sabés, no havia hagut de fer servir mai la pistola, però la tenia a punt. Quan venia de petita, sempre treia les bales només d'entrar a casa. Suposo que pensava que ara era prou gran com per no disparar-me per accident i que no estava tan deprimida com per suïcidar-me.

—Què hi ha per sopar? —va preguntar amb recel.

La mare posava imaginació a la cuina i els resultats dels seus experiments no sempre eren comestibles. Em va sorprendre i entristir alhora que encara se'n recordés d'aquestes coses.

—Bistec amb patates —vaig respondre, i es va tranquil·litzar.

Com que semblava que se sentia incòmode estant a la cuina sense fer res, se'n va anar d'esma a la sala d'estar, a mirar la televisió mentre jo cuinava. Tots dos ens sentíem millor així. Mentre els bistecs s'estaven fent, vaig fer una amanida i vaig parar taula.

El vaig cridar quan el sopar va estar a punt i va ensumar amb interès mentre entrava a la cuina.

—Quina bona olor, Bella.

—Gràcies.

Vàrem sopar en silenci durant una estona. No era desagradable, ja que no ens molestava la tranquil·litat. En alguns aspectes, estàvem fets per viure junts.

—Així, t'agrada l'institut? Ja hi has fet amics? —em va preguntar mentre se'n posava més.

—Bé, vaig a algunes classes amb una noia que es diu Jessica i m'assec amb les seves amigues a l'hora de dinar. I llavors hi ha un noi, en Mike, que és molt amable. Tots semblen bona gent.

Amb una clara excepció.

—Ah, deu ser en Mike Newton. És bon noi, de bona família. El seu pare té una botiga de material esportiu als afores del poble. Es guanya bé la vida amb els excursionistes que passen per aquí.

—Coneixes els Cullen? —vaig preguntar indecisa.

—La família del doctor Cullen? I tant, el doctor és un gran home.

—És que... els nois... són una mica diferents. No semblen encaixar gaire bé a l'institut.

En Charlie em va sorprendre amb una mirada airada.

—La gent d'aquest poble... —va rondinar—. El doctor Cullen és un cirurgià brillant que podria treballar en qualsevol hospital del món i guanyar deu vegades el que cobra aquí —i va continuar, alçant la veu—. Tenim sort que visqui aquí, gràcies a que la seva dona volia viure en un poble. És de gran valor per a la comunitat, i els seus nois són formals i ben educats. Quan varen arribar, tenia els meus dubtes. Quan els vaig veure amb tots aquells adolescents adoptius, em pensava que ens donarien problemes, però tots els nanos són molt madurs. No n'he tingut mai cap queixa, cosa que no puc dir dels fills d'algunes famílies de Forks de tota la vida. I estan units com ho hauria de fer una família com cal, van de càmping un parell de caps de setmana al mes... La gent n'ha de parlar malament només perquè són nouvinguts.

Era el discurs més llarg que li havia sentit mai. El devia afectar molt, el que deia la gent.

Vaig afluixar una mica.

—A mi em semblen bones persones, només una mica reservats. I molt atractius —vaig afegir com a elogi.

—Hauries de veure el doctor —va dir en Charlie rient—. Ja va bé que sigui feliçment casat. A moltes infermeres de l'hospital els costa concentrar-se en la feina quan el tenen a prop.

I vàrem tornar a quedar-nos en silenci mentre acabàvem de sopar. Va desparar taula mentre em posava a rentar els plats. Se'n va tornar a mirar la televisió i, quan vaig acabar de rentar els plats a mà —no hi havia rentaplats—, vaig pujar amb desgana a fer els deures de matemàtiques. Vaig pensar que això es convertiria en una rutina.

Finalment, la nit va ser tranquil·la. Em vaig adormir de pressa, estava rendida.

La resta de la setmana va transcórrer sense incidents. Em vaig acostumar a la rutina de les classes. El divendres ja era capaç d'identificar gairebé tots els estudiants, encara que de molts no en recordava el nom. A Educació Física els del meu equip ja havien après a no passar-me la pilota i a posar-se davant meu si l'equip contrari es volia aprofitar de la meva poca traça. Els vaig deixar fer, satisfeta.

L'Edward Cullen no havia tornat a l'institut.

Cada dia esperava inquieta que la seva família hagués entrat a la cafeteria per assegurar-me que ell no hi era. Llavors em tranquil·litzava i m'afegia a la conversa, que majoritàriament era sobre una excursió a La Push Ocean Park, que es faria al cap de dues setmanes i que organitzava en Mike. M'hi varen convidar i els vaig dir que sí, més per educació que per ganes. Les platges han ser càlides i seques.

El divendres ja entrava a la classe de Biologia completament tranquil·la perquè ja no em preocupava que hi pogués ser l'Edward. Pel que sabia, havia deixat l'institut. Mirava de no pensar-hi, però no podia deixar de capficar-me en el fet que la seva absència fos culpa meva, per ridícul que pogués semblar.

El meu primer cap de setmana a Forks va transcórrer sense incidents. En Charlie, que estava acostumat a estar-se en una casa habitualment buida, el va passar a la feina. Vaig fer neteja, vaig avançar els deures i vaig escriure a la mare més correus plens d'alegria fingida. El dissabte vaig anar a la biblioteca, però tenia tan poca cosa que no vaig ni fer-me el carnet de sòcia. Aviat hauria d'anar a Olympia o a Seattle i buscar una bona llibreria. Vaig calcular quanta gasolina consumiria la camioneta i el resultat em va fer venir esgarrifances.

Com que la pluja va ser lleugera i silenciosa durant el cap de setmana, vaig poder dormir bé.

El dilluns al matí la gent em va saludar a l'aparcament. No recordava els noms de tots, però els vaig fer hola somrient. Aquell matí feia més fred, però per sort no plovia. A classe de Literatura, en Mike es va asseure com de costum al meu costat. Vàrem tenir examen sorpresa de *Cims borrascosos*. Era molt fàcil, no em va costar gens.

Malgrat tot, en aquell moment estava molt més còmoda del que m'hagués pensat mai. Fins i tot millor del que havia pensat que podria estar en aquell poble.

Quan vàrem sortir de classe, l'aire era ple de flocs blancs que voleiaven. Vaig sentir com la gent cridava emocionada. El vent em tallava les galtes i el nas.

—Ostres! —va exclamar en Mike—. Està nevant.

Vaig observar com els borrissols de cotó s'acumulaven a la vorera i ballaven capritxosament davant meu.

—Buf!

Neu. M'havia llevat amb el peu esquerre. En Mike em va mirar sorprès.

—No t'agrada la neu?

—No, perquè vol dir que fa massa fred com perquè plogui —*elemental*—. A més, em pensava que els flocs serien diferents entre ells. Aquests semblen puntes de bastonets per a les orelles.

—Que no havies vist mai neu? —va preguntar incrèdul.

—I tant —vaig fer una pausa—. A la tele.

En Mike va riure i llavors una bola de neu grossa i humida li va impactar al clatell. Ens vàrem girar per veure d'on venia. Vaig pensar que hauria estat l'Eric, que caminava en direcció contrària i equivocada per la classe següent. Pel que sembla, en Mike va pensar el mateix, ja que es va ajupir i va començar a amuntegar aquella cosa blanca.

—Ens veiem a l'hora de dinar, d'acord? —vaig continuar caminant mentre parlava—. Me'n vaig a dins, si la gent es comença a tirar aquesta cosa humida.

Em va fer que sí, amb la mirada clavada a la silueta de l'Eric, que s'allunyava.

La gent es va passar el matí comentant emocionada que nevava; segurament era la primera nevada del nou any. No vaig dir res. Almenys era més seca que la pluja... fins que se't fonia als mitjons.

Vaig caminar amb compte cap a la cafeteria amb la Jessica després de la classe d'Espanyol. Hi havien boles blanques voleiant per tot arreu. Duia la carpeta a les mans per fer-la servir d'escut si calia. La Jessica ho va trobar còmic, però la meva cara de pomes agres la va dissuadir de tirar-me cap bola de neu.

En Mike ens va atrapar quan entràvem, rient mentre es fonia la neu que tenia a les puntes dels cabells. Mentre fèiem cua, la Jessica i ell parlaven animats sobre la guerra de neu. D'esma, vaig mirar la taula del racó i em vaig quedar glaçada. Hi havia cinc persones.

La Jessica em va estirar el braç.

—Ei? Bella? Què vols?

Vaig abaixar la vista. Les orelles em cremaven. No tenia res de què avergonyir-me, vaig recordar-me a mi mateixa. No havia fet res dolent.

—Què li passa a la Bella? —va preguntar en Mike a la Jessica.

—Res —vaig contestar—. Només prendré un refresc.

Em vaig posar al final de la cua.

—No tens gana? —va preguntar la Jessica.

—De fet, estic una mica marejada —vaig dir sense alçar la vista ni un moment.

Vaig esperar que agafessin el menjar i llavors els vaig seguir fins a la taula, sempre mirant a terra.

Vaig beure'm el refresc a poc a poc, fent glopets. Se'm regirava l'estómac. En Mike em va demanar dues vegades, amb una preocupació innecessària, com em trobava. Li vaig dir que no era res, però em vaig plantejar si valdria més la pena fingir i poder passar la següent hora a la infermeria.

Era ridícul. No tenia per què fugir.

Vaig decidir que faria una ullada a la taula de la família Cullen. Si m'estava mirant, faria campana de Biologia, com la covarda que era.

Amb el cap cot, vaig mirar per sota les pestanyes. No n'hi havia cap que mirés cap aquí. Vaig aixecar una mica el cap.

Estaven rient. L'Edward, en Jasper i l'Emmett tenien els cabells plens de neu que es fonia. L'Alice i la Rosalie s'apartaven mentre l'Emmett les esquitxava amb els cabells. Gaudien del dia de neu, com la resta d'alumnes, amb la diferència que ells semblaven sortits d'una pel·lícula.

Deixant a part les rialles i els jocs, hi havia alguna cosa diferent i no sabia determinar exactament què era. Vaig observar l'Edward amb més deteniment. Tenia la pell menys pàl·lida, vaig pensar —potser estava acalorat de la guerra de neu— i tenia les ulleres molt menys marcades. Però hi havia alguna altra cosa. Vaig començar a observar-lo per descobrir quin era el canvi.

—Bella, què mires? —em va interrompre la Jessica, tot buscant on mirava.

En aquell precís moment, els ulls de l'Edward es van encendre en trobar-se amb els meus.

Vaig abaixar el cap de cop, deixant que els cabells em cobrissin la cara. Estava convençuda que, en el moment que les nostres mirades es van creuar, no se'l veia irat ni antipàtic com l'últim cop que l'havia vist. Tornava a mirar encuriosit, en certa manera decebut.

—L'Edward Cullen t'està mirant —em va dir rient la Jessica, a cau d'orella.

—No se'l veu enfadat, oi? —no vaig poder evitar preguntar.

—No —va dir, sorpresa per la meva pregunta—. Per què ho hauria d'estar?

—Em sembla que no li caic bé —li vaig confessar. Encara estava bastant marejada. Vaig recolzar el cap sobre el braç.

—Als Cullen no els agrada ningú... Bé, no es fixen prou en ningú com perquè els agradi. Però encara t'està mirant.

—No te'l miris —vaig xiuxiuejar.

Va riure per sota el nas, però em va fer cas. Vaig aixecar prou el cap com per veure si havia deixat de mirar-lo. Faria ús de la violència si no em feia cas.

Llavors en Mike ens va interrompre. Estava planejant una èpica batalla de neu a l'aparcament després de les classes i volia que ens hi apuntéssim. La Jessica va dir que sí entusiasmada. La manera en què es mirava en Mike donava a entendre que faria qualsevol cosa que li demanés. No vaig dir res. M'hauria d'amagar al gimnàs fins que es buidés l'aparcament.

Durant la resta de l'hora de dinar, vaig procurar tenir els ulls clavats a la taula. Vaig decidir complir el tracte que m'havia proposat. Com que no se'l veia enfadat, aniria a Biologia. Només de pensar que m'hauria d'asseure al seu costat em va fer venir lleus punxades a l'estómac.

No tenia ganes d'anar a classe amb en Mike com ho feia habitualment, ja que semblava que era el blanc preferit dels franctiradors de boles de neu però, quan vàrem arribar a la porta, tothom es va posar a remugar menys jo. La pluja s'estava enduent tota la neu, deixant només vetes glaçades al costat de la vorera. Em vaig tapar el cap amb la caputxa, amagant la meva alegria. Podria anar a casa directament després d'Educació Física.

En Mike es va continuar queixant mentre anàvem cap a l'edifici quatre.

Un cop a l'aula, vaig veure alleujada que la meva taula encara estava buida. El senyor Banner anava deixant un microscopi i una capsa de portaobjectes a cada taula. Com que encara faltaven uns quants minuts perquè la classe comencés, tothom xerrava animadament. Vaig apartar els ulls de la porta i em vaig distreure fent gargots a la coberta de la llibreta. La cadira del meu costat es va moure, però vaig mantenir la mirada fixa en el dibuix que feia.

—Hola —em va dir una veu suau i musical.

Vaig alçar la mirada, sorpresa pel fet que m'estigués parlant. Seia tan lluny com podia, però tenia la cadira encarada cap a mi. Els cabells, despentinats, li degotaven. Fins i tot ara semblava que acabés de rodar un anunci de xampú. El seu rostre enlluernador era amable i sincer, i els seus llavis perfectes formaven un lleu somriure. Malgrat tot, tenia cert recel en la mirada.

—Em dic Edward Cullen —va seguir—. La setmana passada no vaig poder-me presentar. Deus ser la Bella Swan.

Em rodava el cap del desconcert. M'ho havia inventat tot? Ara era exquisidament educat. Havia de contestar alguna cosa, però no se'm va acudir res convencional per dir.

—Co... com saps el meu nom? —vaig quequejar.

Va fer una rialla suau i encantadora.

—Vaja, em sembla que tothom el sap. Tot el poble t'estava esperant.

Vaig fer una ganyota. Sabia que era veritat.

—No —vaig seguir insistint com una ximpleta—. Vull dir per què em dius Bella.

Va semblar desconcertat.

—T'estimes més Isabella?

—No, m'agrada que em diguin Bella —vaig respondre—, però em penso que en Charlie, vull dir el meu pare, diu Isabella quan parla de mi. Per això tot el poble em coneix per aquest nom —vaig mirar d'explicar-li, sentint-me com una estúpida.

—Ah.

Ho va deixar córrer. Vaig desviar la mirada, incòmoda.

Per sort, el senyor Banner va començar la classe en aquell precís moment. Vaig mirar de concentrar-me mentre explicava la pràctica de laboratori que faríem. Els portaobjectes estaven desordenats. Cada parella hauria d'ordenar els portaobjectes de cèl·lules de puntes d'arrel de ceba segons les fases de la mitosi que representaven i posar-los l'etiqueta corresponent. No podíem fer servir el llibre. Al cap de vint minuts vindria a mirar si ho havíem fet bé.

—Comencin —va ordenar.

—Les dames primer, companya? —va preguntar l'Edward. Vaig alçar la vista i vaig veure com feia un somriure murri tan meravellós que no podia deixar de contemplar-lo com una beneita.

—O puc començar jo, si vols—. El somriure li va desaparèixer, era obvi que es preguntava si la meva intel·ligència donava per tant.

—No —vaig dir enrojolant-me— ja començo jo.

Em vaig fer una mica la llesta. Ja havia fet aquesta pràctica i sabia com s'havia de fer. Seria senzill. Vaig posar el primer portaobjectes al microscopi, el vaig ajustar ràpidament a la lent de quaranta augments, i el vaig examinar d'una revolada.

—Profase —vaig afirmar amb rotunditat.

—Et fa res que ho miri? —em va preguntar mentre ja treia el portaobjectes. Em va agafar la mà per aturar-me mentre m'ho demanava. Els seus dits eren glaçats, com si els hagués posat a la neu abans de venir a classe, però no vaig apartar la mà per això. Quan em va tocar, va ser com si m'enrampés.

—Ho sento —va murmurar i va apartar la mà de pressa. Tot i això, va agafar el microscopi. El vaig observar estupefacta mentre examinava el portaobjectes encara més ràpid que jo.

—Profase —va confirmar, i ho va escriure amb bona lletra al primer espai del nostre full de treball. Va canviar ràpidament el primer portaobjectes pel segon, i llavors se'l va mirar per sobre.

—Anafase —va murmurar mentre ho escrivia.

—Puc mirar-ho? —vaig dir amb indiferència.

Va somriure amb suficiència i em va acostar el microscopi.

Vaig mirar per l'objectiu, però vaig quedar decebuda. Maleït sia, tenia raó!

—Em dones el tercer portaobjectes? Vaig allargar la mà sense ni mirar-me'l.

Me'l va donar, aquest cop vigilant de no tocar-me. Vaig ferhi el cop d'ull més veloç que vaig poder.

—Interfase.

Li vaig donar el microscopi abans que me'l demanés. Va fer-hi una ràpida ullada i ho va apuntar. Ho podia haver escrit jo mentre ell s'ho mirava, però la seva cal·ligrafia clara i elegant m'intimidava. No volia esguerrar la pàgines amb els meus gargots.

Vàrem acabar abans que ningú. En Mike i la seva companya comparaven una i altra vegada dos portaobjectes i una altra parella tenia el llibre obert sota la taula.

Com que ja estàvem, l'únic que podia fer era intentar no mirar-me'l... sense sortir-me'n. Quan vaig alçar la vista, m'estava mirant fixament, amb aquella mateixa mirada d'inexplicable frustració. De cop, vaig descobrir quina era aquella subtil diferència en el seu rostre.

—T'has posat lents de contacte? —li vaig deixar anar sense pensar.

Crec que es va quedar parat amb aquella pregunta inesperada.

—No.

—Ah —vaig balbucejar—. Em pensava que tenies alguna cosa diferent als ulls.

Va encongir les espatlles i va desviar la mirada.

De fet, estava segura que hi havia alguna cosa diferent. Recordava nítidament el negre intens dels seus ulls de l'últim cop que em va mirar. Un color que destacava en aquella pell pàl·lida i aquells cabells caoba. Avui tenia els ulls d'un color totalment diferent: un ocre estrany, daurat com el caramel, però més fosc. No entenia de què es podia tractar, si no és que, per alguna raó, m'havia mentit en això de les lents de contacte. O potser és que Forks em tornava boja en el sentit literal de l'expressió.

Vaig mirar avall. Tornava a tenir els punys tancats amb força.

Llavors el senyor Banner es va acostar per veure per què no fèiem res. Mirant per sobre les nostres espatlles, va veure que teníem la pràctica acabada. Llavors va comprovar detingudament les respostes.

—Edward, no troba que la Isabella també hauria de poder mirar pel microscopi? —va preguntar el senyor Banner.

—Bella —el va corregir l'Edward—. De fet, ha identificat tres dels cinc portaobjectes.

Ara el professor em mirava a mi, amb cara escèptica.

—Ja havia fet aquesta pràctica? —em va demanar.

Vaig somriure tímidament.

—No pas amb arrels de ceba.

—Amb una blàstula de peix blanc?

—Sí.

El senyor Banner va assentir.

—Que estava en un curs avançat, a Phoenix?

—Sí.

—Bé —va dir després de fer una pausa—. Estarà bé que siguin companys de laboratori.

Va murmurar alguna cosa més mentre s'allunyava. Un cop va haver marxat, vaig tornar a fer gargots a la llibreta.

—És una llàstima això de la neu, eh? —em va preguntar l'Edward. Em va donar la sensació que s'esforçava a donar-me conversa. Definitivament, m'estava tornant paranoica. Semblava com si hagués sentit el que havíem dit amb la Jessica mentre dinàvem i m'intentés demostrar que m'equivocava.

—Doncs no —vaig respondre amb sinceritat en comptes de fer veure que era com els altres. Com que continuava intentant esborrar aquella estúpida sensació de sospita, no em podia concentrar.

—No t'agrada el fred.

No era una pregunta.

—Ni la humitat.

—Et deu resultar difícil viure a Forks —va xiuxiuejar.

—Ni t'ho imagines —vaig murmurar secament.

Per algun motiu que no em podia imaginar, les meves paraules el varen fascinar. El seu rostre m'atreia tant que vaig intentar no mirar-lo més del que fos estrictament necessari per no semblar mal educada.

—I per què has vingut, llavors?

Ningú m'ho havia preguntat, almenys de forma tan directa i exigent com ell.

—És... complicat.

—Suposo que et podré seguir —va insistir.

Vaig fer una llarga pausa i vaig cometre l'error de mirar-me aquells ulls foscos i daurats, que em varen deixar desconcertada, i vaig respondre sense pensar.

—La meva mare s'ha tornat a casar —vaig dir.

—No em sembla tan complicat —va discrepar, però de sobte es va mostrar comprensiu.

—Fa molt?

—El setembre.

Fins i tot jo vaig notar el to trist de la meva veu.

—I ell no et cau bé —va suposar l'Edward, amb el mateix to amable.

—No, en Phil m'agrada. Potser és massa jove, però està bé.

—I com és que no t'has quedat amb ells?

No podia entendre el seu interès, però em continuava observant amb una mirada penetrant, com si la meva insulsa vida fos una cosa crucial.

—En Phil viatja molt. És jugador de beisbol professional —vaig dir fent mitja rialla.

—És conegut? —em va preguntar tot tornant-me el somriure.

—No crec. No ho fa massa bé, només juga a la lliga menor. Sempre va d'aquí d'allà.

—I la teva mare t'ha fet venir aquí per poder viatjar amb ell —va dir un altre cop com a suposició i no com a pregunta.

Vaig aixecar una mica la barbeta.

—No m'ha fet venir ella, he volgut venir jo.

Va arrufar les celles.

—No ho entenc —va admetre. Se'l veia innecessàriament contrariat per aquest fet.

Vaig sospirar. Per què li estava explicant això? Va continuar mirant-me fixament amb curiositat descarada.

—Primer s'estava amb mi, però el trobava a faltar. Com que la mare no era feliç, vaig decidir que era un bon moment per estar una temporada amb en Charlie —vaig acabar amb veu abatuda.

—Però ara ets tu qui no és feliç —va assenyalar.

—I? —el vaig desafiar.

—No em sembla just.

Va encongir les espatlles, però encara tenia una mirada intensa. Vaig riure sense ganes.

—No t'han dit mai que la vida és injusta?

—Em sona haver-ho sentit a dir —va assentir secament.

—Doncs ja està —vaig insistir, preguntant-me per què em continuava mirant d'aquella manera.

Va analitzar-me amb la mirada.

—Estàs dissimulant molt bé —va dir a poc a poc—, però m'hi jugo el que vulguis que estàs patint molt més del que sembla.

Li vaig fer una ganyota per no fer-li un llengot com una criatura, i vaig apartar la mirada.

—Que potser no tinc raó?

Vaig mirar d'ignorar-lo.

—Em sembla que sí —va murmurar amb orgull.

—I tu què n'has de fer? —vaig preguntar irritada. Vaig mantenir la mirada apartada, observant com el professor feia la ronda.

—És una bona pregunta —va mormolar, tan fluix que em vaig preguntar si parlava per a ell mateix. Després d'uns quants segons de silenci, però, vaig adonar-me que seria l'única resposta que n'obtindria.

Vaig sospirar mentre em mirava la pissarra empipada.

—Et molesto? —em va preguntar. Crec que ho trobava divertit.

Vaig mirar-me'l sense pensar... i li vaig tornar a dir la veritat.

—No ben bé. Estic més enfadada amb mi mateixa. És fàcil veure què penso, la mare sempre diu que sóc un llibre obert —vaig dir, arrufant les celles.

—Més aviat al contrari, trobo que costa saber què penses.

Malgrat tot el que li havia dit i el que ell havia encertat, semblava que ho deia de debò.

—Llavors deu ser que tens facilitat per llegir el pensament —vaig respondre.

—Habitualment, sí.

Va fer un gran somriure, mostrant unes dents perfectes i blanquíssimes.

Llavors el senyor Banner va posar ordre i em vaig girar alleujada per escoltar-lo. No em podia creure que hagués explicat la meva trista vida a aquest noi tan estrany i atractiu, que ni tan sols sabia si em menyspreava. Tot i que durant la conversa semblava fascinat, ara, de reüll, veia que es tornava a apartar de mi i que s'agafava a les vores de la taula amb una inequívoca tensió.

Vaig mirar de fer veure que estava atenta mentre el professor mostrava amb transparències al retroprojector el que ja havia vist sense cap mena de dificultat al microscopi, però no podia dominar els meus pensaments.

Quan per fi va tocar el timbre, l'Edward va sortir de classe de forma tan ràpida i elegant com ho havia fet el dilluns. I, igual que el dilluns, me'l vaig quedar mirant sorpresa.

En Mike va venir corrents al meu costat i em va recollir els llibres. Me'l vaig imaginar remenant la cua.

—Ha estat terrible! —es va queixar—. Totes es veien igual. Tens sort de tenir en Cullen de company.

—No hi he tingut cap problema —vaig dir, molesta per la seva suposició, però de seguida em va saber greu haver-li contestat així—. Ja havia fet aquesta pràctica —vaig afegir abans que se sentís ferit.

—Avui en Cullen semblava amable —va comentar mentre ens posàvem els impermeables. Pel que sembla, no li havia fet massa gràcia.

Vaig mirar de mostrar indiferència.

—No sé què li devia passar dilluns.

No em podia concentrar en el que m'explicava en Mike mentre anàvem al gimnàs i la classe en si tampoc va aconseguir que em centrés. Avui estava al meu equip i, cavallerosament, va cobrir la meva posició i la seva alhora, per la qual cosa podia estar amb les meves cabòries menys quan havia de servir. Els meus companys d'equip s'ajupien amb recel cada cop que em tocava.

La pluja s'havia convertit en boirina quan vaig anar cap a l'aparcament, però em vaig trobar millor en entrar a la cabina seca de la camioneta. Vaig engegar la calefacció sense que, per un cop, m'importés el monòton estrèpit del motor. Em vaig descordar la jaqueta, em vaig treure la caputxa i em vaig deixar anar els cabells humits perquè se m'assequessin pel camí.

Vaig mirar als costats per assegurar-me que no hi havia ningú. Llavors va ser quan vaig percebre aquella silueta blanca i immòbil. Era l'Edward Cullen, que estava recolzat a la porta de davant del Volvo, a uns tres cotxes més enllà del meu, mirant-me intensament. Vaig apartar ràpidament la mirada, i vaig fer marxa enrere tan de pressa que una mica més i xoco amb un Toyota Corolla rovellat. Per sort del Toyota, vaig frenar a temps. Era la mena de cotxe que la meva camioneta hagués convertit en ferralla. Vaig respirar fons, mirant encara cap a l'altra banda i, amb compte, vaig sortir un altre cop, aquesta vegada amb èxit. Vaig mirar cap endavant quan vaig passar pel costat del Volvo, però juraria que el vaig veure riure quan el vaig mirar de reüll.

El prodigi

Aquell matí, quan vaig obrir els ulls, hi havia alguna cosa diferent.

Era la llum. Tot i que encara tenia el color verd-grisós propi d'un dia ennuvolat al bosc, en certa manera era més clara. Per la finestra vaig veure que no hi havia boira.

Vaig saltar del llit per mirar a fora, i llavors vaig gemegar decebuda.

Una fina capa de neu cobria el pati, havia empolsinat el sostre de la meva camioneta i havia emblanquinat la carretera. Però això no era el pitjor. La pluja d'ahir s'havia glaçat i havia cobert les agulles dels arbres formant meravelloses figures, però també havia convertit la carretera en una pista de gel, relliscosa i letal. Ja tenia prou problemes intentant no caure quan el terra estava sec, seria millor que me'n tornés al llit.

En Charlie havia marxat a la feina abans que baixés. En molts aspectes, viure amb ell era com tenir casa pròpia, i la solitud em feia sentir més alleujada que no pas abandonada.

Vaig engolir un bol de cereals i vaig beure suc de taronja directament del bric. Tenia moltes ganes d'anar a l'institut i m'espantava reconèixer que no era ni per l'estimulant entorn educatiu ni per veure els meus nous amics. Per ser sincera, sabia que era perquè veuria l'Edward Cullen, la qual cosa era una autèntica ximpleria.

L'hauria d'evitar com fos després de la meva xerrameca absurda i comprometedora del dia anterior. I no em refiava d'ell: per què m'havia mentit sobre allò dels seus ulls? Encara estava espantada per l'hostilitat que de vegades notava que emanava d'ell, i m'embarbussava quan m'imaginava el seu rostre perfecte. Com que era conscient que no estàvem ni de lluny al mateix nivell, no hauria d'estar neguitosa pel fet de tornar-lo a veure.

Vaig haver de fer servir tota la meva capacitat neuronal per caminar per aquell camí glaçat sense matar-me. Tot i que una mica més i perdo l'equilibri, quan vaig arribar a la camioneta em vaig poder aguantar amb el retrovisor. Definitivament, el dia d'avui seria un malson.

Mentre conduïa cap a l'institut, per no capficar-me en la por que em feia caure ni en les meves absurdes cabòries sobre l'Edward Cullen, vaig començar a pensar en en Mike i l'Eric i en el tracte clarament diferent que em donaven els nois d'aquí. Estava convençuda que no havia canviat gens des que estava a Phoenix. Potser era que els nois d'allà havien seguit totes les difícils etapes de la meva adolescència i encara em tractaven de la mateixa manera. O potser era perquè era una novetat a Forks, on de novetats en tenien ben poques. Segurament trobaven la meva espectacular poca traça més encantadora que patètica, i em prenien per una dama amb problemes. Fos quina fos la raó, em desconcertava el comportament de gosset falder d'en Mike i la descarada rivalitat de l'Eric envers ell. M'hagués estimat més passar desapercebuda.

La camioneta recorria sense problemes les carreteres cobertes de gel ennegrit, però conduïa a poc a poc per no sembrar el pànic a Main Street.

En arribar i baixar del cotxe, em vaig adonar de per què no havia tingut problemes. Em va cridar l'atenció un reflex platejat i vaig anar cap a la part posterior del vehicle per mirar els pneumàtics, aguantant-me al lateral per no caure. Tenien les cadenes posades. En Charlie s'havia llevat a vés a saber quina hora per posar-me-les al cotxe. Se'm va fer un nus a la gola. No estava acostumada a que ningú tingués cura de mi i el fet que el pare ho hagués fet en silenci em va sorprendre.

Estava a la part de darrere de la camioneta, intentant superar aquesta intensa emoció, quan vaig sentir una fressa estranya.

Era un xerric agut que s'anava tornant més i més fort. Quan vaig alçar la vista, sobresaltada, vaig veure diverses coses alhora, i no anaven precisament a càmera lenta, com a les pel·lícules. Al contrari, semblava que la descàrrega d'adrenalina em fes anar el cervell més ràpid i pogués veure amb tot detall diverses coses a la vegada.

L'Edward Cullen estava a quatre cotxes del meu, mirant-me esgarrifat. El seu rostre destacava en un mar de cares, totes glaçades de terror. El més important, però, era una furgoneta de color blau fosc que derrapava, amb les rodes bloquejades i els frens xerricant, tot girant amb violència pel gel de l'aparcament. Estava a punt de xocar contra la part del darrere del meu vehicle i jo quedaria entremig. No vaig tenir temps ni d'aclucar els ulls.

Just abans de sentir el terrible cruixit de la furgoneta encastant-se a la base del meu cotxe, vaig notar un fort impacte, però no des de la direcció que esperava. Vaig picar amb el cap contra l'asfalt glaçat i vaig notar que una cosa freda i sòlida m'immobilitzava a terra. Estava estirada darrere d'aquell cotxe marró fosc al costat del qual havia aparcat, però no vaig tenir temps de veure res més perquè la furgoneta encara s'acostava. Després de ratllar sorollosament la part posterior de la meva camioneta, continuava lliscant mentre girava, i estava a punt d'atropellar-me. Per segona vegada.

Em vaig adonar que hi havia algú al meu costat quan vaig sentir com una veu que era impossible no reconèixer deia un renec fluixet. Dues manes llargues i blanques es van estendre davant meu per protegir-me. La furgoneta es va aturar a batzegades a poc més d'un pam del meu cap. Curiosament, aquelles mans eren de la mateixa mida que l'impressionant bony que s'havia fet al lateral del vehicle.

Llavors es van moure tan ràpid que es varen tornar borroses. De sobte, una va agafar per sota la furgoneta i vaig notar que alguna cosa m'arrossegava, fent-me anar les cames d'aquí d'allà com una nina, fins que varen topar amb un dels pneumàtics del cotxe marró. Amb un soroll sord i metàl·lic que em va eixordar, la furgoneta va caure sobre l'asfalt, enmig d'una pluja de vidres, precisament on, moments abans, tenia les cames.

Hi va haver un instant de silenci fins que es varen començar a sentir crits. En aquell caos sobtat, vaig sentir com diverses persones cridaven el meu nom però, per sobre de la cridòria, sentia arran d'orella la veu suau i desesperada de l'Edward Cullen.

—Bella, estàs bé?

—Sí.

La meva veu sonava rara. Quan vaig intentar incorporar-me, em vaig adonar que em tenia abraçada tan fort contra el seu cos que no em podia ni moure.

—Vés amb compte —em va advertir, mentre intentava deslliurar-me'n—. Em sembla que t'has donat un bon cop al cap.

Vaig començar a ser conscient d'un dolor penetrant, just a sobre de l'orella esquerra.

—Ai! —vaig exclamar sorpresa.

—Ja m'ho pensava.

Per increïble que sembli, donava la sensació que s'aguantava el riure.

—Però com coi...

Vaig aturar-me per aclarir-me les idees i orientar-me.

—Com has arribat fins aquí tan de pressa?

—Era al teu costat, Bella —va dir, aquest cop amb un to seriós.

Vaig intentar incorporar-me de nou i aquest cop no m'ho va impedir. Em va deixar anar la cintura i es va apartar tant com va poder, tenint en compte el limitat espai. Vaig mirar-me la seva expressió amoïnada i innocent, i em vaig tornar a quedar desconcertada per la força d'aquells ulls daurats. Què li havia preguntat?

I llavors ens van trobar. Hi havia una multitud plorosa, cridant entre ells i també a nosaltres.

—No us mogueu —va ordenar algú.

—Traieu en Tyler de la furgoneta! —va cridar algú més.

Hi havia molta agitació al voltant nostre. Em vaig intentar aixecar, però la mà gèlida de l'Edward em va retenir per l'espatlla.

—De moment, queda't aquí.

—Però fa fred! —em vaig queixar. Em va sorprendre que rigués fluixet per sota el nas, amb ironia.

—Eres allà! —vaig recordar de sobte, i va deixar de riure de cop—. Eres al costat del teu cotxe.

L'expressió se li va endurir.

—No és veritat.

—T'hi he vist.

Al voltant nostre s'havia sembrat el caos. Sentia les veus aspres dels adults que arribaven al lloc dels fets, però em vaig entestar a continuar la discussió. Tenia raó i ho hauria d'admetre.

—Bella, estava amb tu i t'he apartat del mig del pas.

I va alliberar tot el poder devastador de la seva mirada, com si em volgués transmetre alguna cosa crucial.

—No —vaig dir, tossuda.

El to daurat dels seus ulls va brillar.

—Bella, fes el favor.

—Per què? —vaig preguntar-li.

—Confia en mi —em va suplicar, amb una veu suau i irresistible.

Ara se sentien sirenes.

—Però em promets que després m'ho explicaràs tot?

—Entesos —va etzibar, desesperat tot d'una.

—Entesos —li vaig respondre, empipada.

Varen caldre sis tècnics mèdics i dos professors, el senyor Varner i l'entrenador Clapp, per apartar la furgoneta de manera que hi poguessin passar les lliteres. L'Edward va rebutjar la seva amb vehemència i jo vaig voler fer el mateix, però el molt traïdor els va dir que m'havia donat un cop al cap i que segurament tenia una contusió. Una mica més i em moro de la vergonya quan em varen posar un collar ortopèdic. Semblava que hi hagués tot l'institut allà observant-me tranquil·lament mentre em pujaven al darrere de l'ambulància. A sobre, van deixar que l'Edward anés al davant. Era desesperant.

Per si amb això no n'hi havia prou, el cap Swan va arribar abans que se m'enduguessin.

—Bella! —va cridar com un histèric quan em va reconèixer a la llitera.

—Estic bé, Char... pare —vaig sospirar—. No m'he fet res.

Es va girar cap al tècnic mèdic que hi havia més a prop per tenir una segona opinió. El vaig ignorar i em vaig posar a analitzar la barrija-barreja d'imatges que em dansaven caòticament al cap. Quan em varen apartar del cotxe, vaig veure el profund bony que hi havia al para-xocs del cotxe marró. La zona deformada era de la mateixa mida que les espatlles de l'Edward, com si s'hagués recolzat contra el cotxe amb prou força per danyar-ne l'estructura metàl·lica.

A més, hi havia la seva família, observant des de la distància. Les seves expressions anaven de la desaprovació a l'ira, però sense cap indici de preocupació per la integritat del seu germà.

Vaig mirar de trobar una resposta lògica que expliqués el que acabava de veure i que no impliqués que m'havia tornat boja.

Naturalment, l'ambulància va tenir una escorta de policia fins a l'hospital del comtat. Em vaig sentir ridícula durant tota l'estona que varen tardar en baixar-me del vehicle, però encara va ser pitjor veure com l'Edward entrava cerimoniosament a l'hospital pel propi peu. Vaig serrar les dents.

Em varen portar a urgències, una llarga sala amb una filera de llits separats per cortines amb motius pastel. Una infermera em va posar l'aparell per mesurar la pressió i un termòmetre sota la llengua. Com que ningú s'havia pres la molèstia de tancar la cortina per donar-me una mica d'intimitat, vaig decidir que no calia que portés més aquell coi de collar. Quan la infermera va marxar, vaig desfer el velcro i vaig tirar el collar ràpidament a sota el llit.

De cop, va entrar una altra munió de personal i van traspassar un altre pacient d'una llitera al llit del meu costat. Vaig reconèixer en Tyler Crowley, de la classe d'Història, sota l'embenat ensangonat que duia al cap. Feia cara d'estar molt pitjor que jo, tot i que em mirava preocupat.

—Bella, em sap molt de greu!

—Estic bé, Tyler. A tu sí que se't veu molt malament, com estàs?

Mentre parlàvem, les infermeres varen començar a treure-li l'embenat brut, i se li varen veure una pila de talls al front i a la galta esquerra.

En Tyler em va ignorar.

—Em pensava que et mataria! Anava massa de pressa i he relliscat amb el gel...

Va fer una ganyota de dolor quan una infermera li va començar a netejar la cara.

—No pateixis, no m'has envestit.

—Com t'has pogut apartar tan ràpid? Has desaparegut en un tres i no res...

—Ah, l'Edward m'ha estirat.

Va fer una cara estranyada.

—Qui?

—L'Edward Cullen, estava al meu costat.

No n'havia sabut mai, de dir mentides. No quedava gens creïble.

—En Cullen? No l'he vist... Ostres, suposo que és perquè tot ha anat molt de pressa. Està bé?

—Suposo que sí. És per aquí, però no l'han fet entrar amb llitera.

Sabia que no m'havia tornat boja. Què havia passat? El que havia vist no es podia explicar de cap manera.

Em varen portar amb cadira de rodes a fer-me radiografies cranials. Els vaig dir que no em passava res i tenia raó. No tenia ni una contusió. Vaig demanar si me'n podia anar, però la infermera em va dir que primer calia que parlés amb el metge. Em va tocar quedar-me esperant a urgències, assetjada per les constants disculpes d'en Tyler. Per més que el volgués convèncer que em trobava bé, es continuava turmentant. Al final vaig aclucar els ulls i vaig fer com si no el sentís, però va seguir murmurant coses plenes de remordiments.

—Que dorm? —va preguntar a algú una veu musical. Vaig obrir els ulls de cop.

L'Edward estava als peus del meu llit, amb un somriure cínic. Me'l vaig mirar amb odi. No va ser fàcil, perquè el més natural hagués estat mirar-lo amb admiració.

—Ei, Edward, em sap molt de greu... —va començar en Tyler. Aquest va aixecar la mà per aturar-lo.

—Com que no hi hagut desgràcies, no passa res —va dir amb un somriure brillant. Es va anar a asseure a la vora del llit d'en Tyler, de cara cap a mi. Va tornar a somriure amb suficiència.

—I quin és el diagnòstic? —em va preguntar.

—No em passa res, però no em deixen marxar —em vaig queixar—. Com és que a tu no t'han retingut en una llitera com a nosaltres?

—Tinc contactes —va respondre—. No pateixis, he vingut a alliberar-te.

Llavors un metge va girar la cantonada, i em vaig quedar amb la boca oberta. Era jove, ros... i més atractiu que qualsevol actor de cinema. Tanmateix, era pàl·lid, i feia ulleres i cara de cansat. Pel que havia dit el pare, havia de ser per força el pare de l'Edward.

—Com es troba, senyoreta Swan? —va dir el doctor Cullen amb una veu francament atractiva.

—Estic bé —vaig dir, esperant que fos l'últim cop que em calgués dir-ho.

Es va dirigir al panell de llum que hi havia sobre el meu cap i el va encendre.

—La radiografia està bé —va dir—. Li fa mal el cap? L'Edward diu que es va donar un bon cop.

—Estic bé —vaig repetir amb un sospir, tot fent una mirada de desaprovació al seu fill.

Em va examinar lleugerament el cap amb els dits freds. Va notar que feia una ganyota de dolor.

—Li fa mal? —em va preguntar.

—No massa.

Havia tingut mals de cap pitjors.

Vaig sentir una rialla burleta, i vaig alçar els ulls per veure l'habitual somriure condescendent de l'Edward. Vaig mig aclucar els ulls amb ràbia.

—El seu pare és a la sala d'espera, se'n pot tornar a casa amb ell, però torni si es mareja o nota dificultats de visió.

—No puc tornar a l'institut? —vaig preguntar, imaginant-me que en Charlie voldria estar per mi.

—No, per avui millor que no.

Vaig mirar-me l'Edward, furiosa.

—I ell sí que hi podrà anar?

—Algú ha de donar la notícia que som vius —va dir l'Edward amb un to cregut.

—De fet —el va corregir el doctor—, diria que hi ha mig institut a la sala d'espera.

—Ostres, no! —vaig rondinar, tot tapant-me la cara amb les mans.

El doctor va aixecar les celles.

—S'estima més quedar-se?

—No, no! —vaig insistir, posant els peus a terra i aixecant-me de pressa del llit, tan ràpid que vaig tentinejar i el metge em va aguantar. Se'l veia preocupat.

—Estic bé —li vaig tornar a assegurar. No calia explicar-li que els meus problemes d'equilibri no tenien res a veure amb el fet que m'hagués donat un cop al cap.

—Prengui paracetamol per al dolor —em va recomanar mentre m'ajudava a estabilitzar-me.

—Tampoc em fa tant de mal —vaig insistir.

—Pel que sembla, ha tingut molta sort —va dir el doctor somrient mentre em signava l'informe amb una rúbrica.

—Afortunadament, l'Edward estava al meu costat —vaig corregir amb una mirada severa cap al responsable de tot plegat.

—Ah, sí, és veritat —va assentir el doctor que, tot d'una, estava atrafegat amb els papers que tenia davant. Va desviar la mirada cap en Tyler, i se'n va anar al següent llit. Vaig tenir la intuïció que estava al cas de tot.

—Em temo que s'haurà de quedar una mica més amb nosaltres —va dir a en Tyler mentre començava a examinar-li els talls.

Un cop el metge es va haver girat, em vaig posar al costat de l'Edward.

—Podem parlar un moment? —vaig xiuxiuejar. Es va fer enrere i va tibar la mandíbula.

—El teu pare t'espera —va remugar entre dents.

Vaig mirar el doctor Cullen i en Tyler.

—Vull parlar a soles, si no et fa res —vaig insistir.

Va fer una mirada agressiva, va fer mitja volta i es va allunyar de pressa per la llarga sala. Pràcticament vaig haver de córrer per atrapar-lo. Quan vàrem girar la cantonada que donava a un petit vestíbul, es va tombar de cop per enfrontar-se'm.

—Què vols? —em va preguntar amb un to molest.

Tenia la mirada freda i la seva hostilitat em va intimidar. Li vaig parlar amb menys duresa de la que hauria volgut.

—Em deus una explicació —li vaig recordar.

—T'he salvat la vida, no et dec res de res.

El seu to ressentit em va estremir.

—M'ho havies promès.

—Bella, t'has donat un cop al cap, no saps el que et dius —va dir amb un to mordaç.

Això em va encendre i me'l vaig mirar desafiant.

—No em passa res al cap.

Em va tornar la mirada agressiva.

—Què vols de mi?

—Vull saber la veritat —vaig dir—. Vull saber per què em toca mentir per tu.

—Què et penses que ha passat? —em va etzibar.

Vaig contestar-li d'una tirada.

—Només sé que no eres a prop meu... En Tyler tampoc t'ha vist, no em diguis que m'he donat un mal cop... Aquella furgoneta estava a punt d'envestir-nos i no ho ha fet... Li has fet bonys al lateral amb les mans i també has deixat una marca a l'altre cotxe i, tot i això, estàs il·lès... La furgoneta m'hauria d'haver destrossat les cames, però l'estaves aixecant...

Vaig veure que tot plegat era una bestiesa i no vaig poder continuar. Estava tan empipada que estava a punt de plorar, però vaig mirar d'aguantar-me les llàgrimes serrant les dents.

L'Edward em mirava fixament, incrèdul, però tenia la cara tensa i a la defensiva.

—Et penses que vaig aixecar una furgoneta perquè no t'atropellés?

El seu to qüestionava el meu senderi, però només va fer que augmentés el meu recel. Era com una frase perfectament pronunciada per un actor professional. Només vaig assentir amb el cap, amb la mandíbula tensa.

—Ningú es creurà aquesta història —va dir amb un to burleta.

—No ho explicaré a ningú.

Vaig mastegar les paraules, mirant de controlar la meva ira. Va fer cara de sorpresa.

—Doncs així per què ho vols saber?

—Perquè m'importa —vaig insistir—. Com que no m'agrada dir mentides, vull que almenys hi hagi una bona raó per fer-ho.

—No em pots donar les gràcies i deixar-ho córrer?

—Gràcies.

Em vaig esperar, plena de ràbia.

—No ho deixaràs estar, oi?

—No.

—En aquest cas, espero que gaudeixis amb la decepció.

Ens vàrem mirar arrufant les celles, en silenci. Vaig ser la primera de parlar, mirant de concentrar-me. Corria el perill que el seu rostre lívid i magnífic em distragués. Era com intentar vèncer un àngel exterminador.

—I per què m'has volgut salvar? —vaig preguntar secament.

Es va aturar i, per un instant, el seu meravellós rostre es va tornar inesperadament vulnerable.

—No ho sé —va xiuxiuejar.

I llavors es va girar i se'n va anar.

Estava tan furiosa que va passar una estona abans no vaig reaccionar. Quan vaig aconseguir caminar, vaig dirigir-me lentament a la sortida que hi havia al capdavall del vestíbul.

L'ambient de la sala d'espera era pitjor del que em temia. Semblava que les cares de tothom que coneixia a Forks fossin allà, mirant-me fixament. En Charlie va córrer cap a mi, però vaig aixecar les mans.

—No em passa res —vaig assegurar-li, esquerpa. Encara estava empipada, no tenia ganes de xerrar.

—Què t'ha dit el metge?

—El doctor Cullen m'ha visitat, ha dit que estava bé i que podia tornar a casa —vaig sospirar. En Mike, la Jessica i l'Eric eren allà i es començaven a acostar.

—Anem —vaig insistir.

En Charlie em va posar un braç a l'esquena, pràcticament sense tocar-me, i em va portar cap a les portes de vidre de la sortida. Vaig fer adéu tímidament als meus amics, amb la intenció de comunicar-los que ja no calia que s'amoïnessin. Per primer cop, em sentia alleujada de pujar al cotxe patrulla.

Vàrem tornar a casa en silenci. Estava tan perduda en els meus pensaments que ja gairebé no recordava que estava amb en Charlie. Estava segura que l'actitud defensiva que l'Edward havia tingut al vestíbul confirmava els estranys fets que encara no m'acabava de creure que hagués presenciat.

Quan vàrem arribar a casa, el pare finalment va obrir la boca.

—Mm... Hauries de trucar la Renée.

I va abaixar el cap, culpable. Em vaig quedar consternada.

—Li has dit a la mare!

—Em sap greu.

Quan vaig sortir del cotxe patrulla, vaig tancar la porta donant un cop més fort del compte.

Evidentment, la mare estava histèrica. Li vaig haver de dir vint o trenta vegades que estava bé abans no es va calmar. Em va suplicar que tornés a casa —sense tenir en compte que en aquells moments no hi havia ningú a Phoenix— però els seus precs van ser més fàcils de resistir del que m'hagués pensat. Em moria de curiositat pel misteri que envoltava l'Edward i estava més que obsessionada amb ell. Mira que n'arribava a ser de ximpleta! No tenia les ganes de fugir de Forks que hauria d'haver tingut, les que hauria tingut qualsevol persona normal i assenyada.

Vaig pensar que aquella nit me n'aniria a dormir aviat. En Charlie em continuava mirant preocupat i em posava nerviosa. Em vaig aturar a agafar tres pastilles de paracetamol del lavabo. Em varen anar bé i, quan se'm va calmar el dolor, em vaig adormir.

Va ser la primera nit que vaig somiar amb l'Edward Cullen.

Les invitacions

Al meu somni hi regnava la foscor, i l'única llum tènue que hi havia semblava que provenia de la pell de l'Edward. No li podia veure la cara, només l'esquena, mentre s'allunyava de mi, abandonant-me en aquella negror. Per molt ràpid que corregués, no el podia atrapar; per molt que cridés, no es girava mai. Em vaig despertar angoixada a mitja nit i no vaig poder tornar-me a dormir durant una llarga estona. A partir de llavors, va aparèixer als meus somnis gairebé cada nit, però sempre a la llunyania, mai al meu abast.

El primer mes després de l'accident va ser complicat, tens i, al principi, incòmode.

Desgraciadament, em vaig convertir en el centre d'atenció durant tota aquella setmana. En Tyler Crowley es va fer insofrible, em seguia a pertot obsessionat en compensar-me. Vaig mirar de fer-li entendre que el que més desitjava era que deixés de capficar-se, ja que, en realitat, no m'havia passat res, però va continuar insistint. Em seguia entre classes i seia a la nostra taula, ara totalment plena de gent, a l'hora de dinar. En Mike i l'Eric es mostraven encara més hostils cap a ell que no pas entre ells dos, cosa que em feia pensar que se m'havia afegit un altre admirador indesitjat.

No semblava que ningú es preocupés per l'Edward, tot i que vaig explicar una vegada rere l'altra que ell havia estat l'heroi, i com m'havia apartat de la trajectòria de la furgoneta amb el risc de ser també atropellat. Vaig mirar de quedar convincent. La Jessica, en Mike, l'Eric i la resta de gent no feien res més que dir que no l'havien vist fins que varen apartar la furgoneta.

Em preguntava per què ningú més havia vist com n'era de lluny abans que em salvés la vida de forma sobtada i increïble. Amb certa irritació, em vaig adonar que probablement era perquè ningú es fixava tant en l'Edward com jo. Ningú més se'l mirava com jo. Que trist.

A l'Edward no el varen envoltar piles d'alumnes encuriosits per sentir la seva versió dels fets. La gent el continuava evitant, com sempre. Els Cullen i els Hale seien a la mateixa taula, com de costum, sense menjar i parlant només entre ells. Cap d'ells, ni tan sols l'Edward, va tornar a mirar cap al meu lloc.

Quan seia al meu costat a classe, tan lluny com el pupitre li permetia, semblava que ni tan sols advertia la meva presència. Només de tant en tant, quan de cop tancava els punys, amb la pell tibada encara més blanca sobre els artells, em preguntava si era tan alliè a tot plegat com semblava.

Desitjava no haver-me apartat de la trajectòria de la furgoneta d'en Tyler, no podia haver-hi cap altra explicació.

Anhelava poder parlar amb ell, i ho vaig intentar l'endemà de l'accident. L'últim cop que el vaig veure, sortint d'urgències, tots dos estàvem massa enfadats. Jo encara estava empipada perquè no m'havia volgut explicar la veritat, encara que complís plenament la meva part del tracte. De totes maneres, m'havia salvat la vida, independentment de com ho hagués fet, i cada nit la meva ira s'apaivagava per convertir-se en respectuosa gratitud.

Quan vaig anar a Biologia ja estava assegut i mirava cap endavant. Vaig seure, esperant que es girés cap a mi, però no va fer cap senyal d'haver notat la meva presència.

—Hola, Edward —vaig dir, amable, per demostrar-li que em comportaria.

Va girar el cap un segon, sense ni mirar-me, va assentir, i va mirar cap a l'altre cantó.

I aquest va ser l'últim contacte que vaig tenir amb ell, tot i que era allà cada dia, a un pam de mi. A vegades el mirava, no ho podia evitar, tot i que ho feia des de la distància, a la cafeteria o a l'aparcament. Veia com els seus ulls daurats s'anaven tornant més i més foscos cada dia. A classe no li vaig donar més senyals de reconeixement dels que ell em donava a mi. Estava destrossada, però continuava tenint aquells somnis.

Per sobre les meves mentides descarades, el to dels meus correus electrònics va fer que la Renée s'adonés que estava deprimida i em va trucar uns quants cops, preocupada. Vaig mirar de fer-li creure que era cosa del mal temps.

Almenys en Mike era feliç amb l'evident tibantor entre el meu company de laboratori i jo. Notava que havia estat preocupat per si l'heroic rescat de l'Edward m'havia deixat impressionada, i ara se'l veia alleujat d'adonar-se que, pel que semblava, havia causat l'efecte contrari. Va anar agafant confiança fins a asseure's a la vora de la meva taula per parlar abans que comencés la classe, ignorant l'Edward tal i com ell ho feia amb nosaltres.

La neu va desaparèixer del tot després d'aquell perillós dia de gel. En Mike estava disgustat per no haver pogut fer la seva lluita de neu, però content perquè l'excursió de la platja es podria fer aviat. Tot i això, la pluja va continuar caient de forma persistent i les setmanes varen anar passant.

La Jessica em va fer adonar que s'acostava un altre acte social. Em va trucar el primer dimarts de març per dir-me si em feia res que demanés a en Mike que fos la seva parella al ball de primavera, que se celebraria al cap de dues setmanes.

—Segur que t'és igual? No li volies demanar tu? —va insistir quan li vaig dir que tant me feia.

—No, Jess, ni tan sols hi vaig —vaig assegurar-li.

Ballar quedava descaradament fora del meu ventall d'habilitats.

—Serà molt divertit.

La seva manera de convèncer-me era desganada. Sospitava que a la Jessica li agradava més la meva inexplicable popularitat que la meva companyia en si.

—T'ho passaràs bé amb en Mike —la vaig animar.

L'endemà em va sorprendre que la Jessica no estigués efusiva com sempre a Trigonometria i Espanyol. Caminava en silenci al meu costat entre classes i em feia por preguntar-li el perquè. Si en Mike li havia dit que no, jo era l'última persona a qui ho voldria explicar.

Les meves pors varen augmentar durant el dinar, quan vaig veure que la Jessica s'havia assegut tan lluny d'en Mike com havia pogut i xerrava animadament amb l'Eric. En Mike estava excepcionalment silenciós.

Quan va anar amb mi cap a la classe, encara no havia obert la boca, i la seva mirada incòmoda era mal senyal. Tanmateix, no va treure el tema fins que vaig anar al seient i ell es va asseure al meu pupitre. Com sempre, vaig notar que l'Edward s'asseia prou a prop meu com per tocar-lo, però prou lluny com per pensar que només era producte de la meva imaginació.

—Saps? —va dir en Mike, mirant a terra —la Jessica m'ha demanat que sigui la seva parella de ball.

—Que bé! —vaig exclamar fingint un to alegre i entusiasta—. T'ho passaràs d'allò més bé amb ella.

—Bé...

No sabia què fer mentre observava el meu somriure, disgustat per la meva resposta.

—Li he dit que m'ho pensaria.

—Però per què?

Vaig posar un to de desaprovació, però em va alegrar saber que no li havia donat un "no" rotund. Va desviar la mirada cap a terra, vermell com un perdigot. La compassió va fer que la meva determinació s'afeblís.

—Em preguntava si... Bé, si tenies la intenció de demanar-m'ho.

Vaig fer una pausa, envaïda per un insuportable sentiment de culpabilitat. Tanmateix, vaig veure de cua d'ull que el cap de l'Edward s'inclinava reflexiu cap a mi.

—Mike, trobo que li hauries de dir que sí —vaig dir.

—Ja li ho has demanat a algú?

No sé si l'Edward va notar com els ulls d'en Mike es desviaven cap a ell.

—No —li vaig assegurar—. Ni tan sols aniré al ball.

—I com és això? —em va preguntar en Mike.

Com que no volia exposar-me al perill que em representava ballar, vaig improvisar el que tenia pensat fer aquell cap de setmana.

—És que aquell dissabte vaig a Seattle —vaig explicar. Com que volia sortir del poble igualment, de sobte se'm va presentar l'oportunitat idònia.

—I no hi pots anar un altre cap de setmana?

—No, em sap greu —vaig respondre—. No hauries de fer esperar més la Jessica, és de mala educació.

—Sí, tens raó —va murmurar, i se'n va anar abatut al seu seient.

Vaig aclucar els ulls i em vaig fregar les temples per si em marxava la culpabilitat i la compassió. El professor Banner va començar a parlar. Vaig sospirar i vaig obrir els ulls.

L'Edward em mirava encuriosit, amb aquell inconfusible matís de frustració, ara encara més perceptible en els seus ulls negres.

Vaig mirar-me'l sorpresa, esperant que apartés la mirada de cop, però em va continuar mirant als ulls amb gran intensitat. No podia deixar de mirar-lo i em varen començar a tremolar les mans.

—Sr. Cullen? —va dir el professor, buscant una resposta a una pregunta que no havia sentit.

—El cicle de Krebs —va respondre l'Edward, que semblava reticent a mirar el professor.

Vaig baixar la vista al llibre tan bon punt els seus ulls em varen alliberar per mirar de centrar-me. Covarda com sempre, vaig deixar caure els cabells sobre l'espatlla dreta per amagar la cara. No em sabia avenir de l'emoció que m'envaïa només perquè m'havia mirat per primer cop des de feia un mes i mig. No podia ser que m'influís així. Era patètic. Bé, més que patètic, malaltís.

Vaig provar amb totes les forces de no mirar-lo en tota l'hora i, com que m'era impossible, almenys vaig intentar que no s'adonés que estava pendent d'ell. Quan per fi va sonar el timbre, vaig donar-li l'esquena mentre recollia les coses, esperant que marxés immediatament, com solia fer.

—Bella?

La seva veu no m'hauria d'haver resultat familiar com si l'hagués sentida tota la vida i no pas des d'unes quantes setmanes abans.

Em vaig girar a poc a poc, sense voler. No volia sentir el que sabia de sobres que sentiria quan veiés aquell rostre excessivament perfecte. Quan finalment em vaig girar, vaig posar una cara prudent. La seva expressió era inescrutable. No va dir res.

—Què? Ara em tornes a parlar? —vaig preguntar finalment, amb involuntària arrogància.

Va moure nerviosament els llavis per aguantar un somriure.

—La veritat és que no —va admetre.

Vaig tancar els ulls i vaig respirar a poc a poc pel nas, conscient que estava serrant les dents. Es va esperar.

—Doncs què vols, Edward? —vaig preguntar amb els ulls encara tancats, així em resultava més fàcil parlar-li de forma coherent.

—Em sap greu —va dir amb un to que sonava sincer—. Ja sé que estic sent molt mal educat, però pensa que és millor així.

Vaig obrir els ulls. Feia una cara molt seriosa.

—No sé què vols dir —vaig dir amb veu prudent.

—És millor que no siguem amics —em va dir—, creu-me.

Vaig mig tancar els ulls. No era el primer cop que sentia això.

—Llàstima que no haguessis arribat abans a aquesta conclusió —vaig remugar entre dents—. T'hauries estalviat els remordiments.

—Remordiments? Quins?

Evidentment, aquella paraula i el meu to el varen enganxar desprevingut.

—Els de no deixar que aquell coi de furgoneta m'esclafés.

Es va quedar parat i em mirava incrèdul. Quan per fi va parlar, semblava pràcticament furiós.

—Et penses que em penedeixo d'haver-te salvat la vida?

—I tant que sí —vaig etzibar-li.

—No en tens ni idea.

Definitivament, s'havia enfadat. Vaig girar el cap per no veure'l, mossegant-me la llengua per aguantar-me els retrets que volia fer-li. Vaig recollir els llibres, em vaig aixecar i vaig anar cap a la porta. Volia sortir solemnement de l'aula però, com era d'esperar, vaig enganxar-me la punta de la bota amb el brancal de la porta i em varen caure els llibres. Vaig aturar-me un moment, dubtant si els havia de deixar a terra. Llavors, però, vaig sospirar i em vaig ajupir a collir-los. Ell, però, ja era allà i els havia apilonat. Me'ls va donar amb una expressió dura al rostre.

—Gràcies —li vaig dir fredament.

Va aguditzar la mirada.

—De res —va replicar.

Em vaig aixecar ràpid, em vaig tornar a apartar d'ell, i me'n vaig anar airada cap a Educació Física sense girar-me a mirar.

La classe va ser terrible. Vàrem començar a fer bàsquet. El meu equip no em passava mai la pilota, cosa que ja m'anava bé, però vaig caure un munt de vegades i alguns cops vaig endurme gent per davant i tot. Aquell dia encara ho feia pitjor que habitualment perquè només tenia l'Edward al cap. Vaig intentar concentrar-me en què feia amb els peus, però ell tornava a immiscir-se en els meus pensaments en el precís moment que necessitava mantenir l'equilibri.

Com sempre, em vaig sentir alleujada quan es van acabar les classes. Pràcticament me'n vaig anar corrents a la camioneta, hi havia massa gent a qui volia evitar. El cotxe havia sofert pocs danys amb l'accident. Havia hagut de canviar els llums posteriors i, si hagués sabut pintar, l'hagués acabat de retocar. Els pares d'en Tyler havien hagut de vendre la furgoneta per peces.

Vaig estar a punt de tenir un atac quan vaig girar la cantonada i vaig veure una silueta alta i fosca recolzada al lateral de la camioneta. Llavors vaig veure que només era l'Eric i vaig continuar caminant.

—Ei, Eric —el vaig cridar.

—Hola, Bella.

—Què vols? —vaig dir-li mentre obria la porta. Com que no em vaig adonar del to incòmode amb què parlava, el que va dir a continuació em va agafar per sorpresa.

—Bé, em preguntava... si voldries venir al ball de primavera amb mi.

Se li va trencar la veu a l'última paraula.

—Em pensava que eren les noies qui triaven la parella —vaig respondre. M'havia quedat massa parada per ser diplomàtica.

—Sí, ja ho sé —va admetre avergonyit.

Vaig recuperar la calma i vaig mirar de fer-li un somriure càlid.

—Gràcies per demanar-m'ho, però aquell dia seré a Seattle.

—Vaja! —va exclamar—. Bé, potser en la propera ocasió.

—I tant —vaig assentir, i llavors em vaig mossegar el llavi. No volia que s'ho prengués massa al peu de la lletra.

Se'n va tornar capcot a l'institut. Vaig sentir una rialla ofegada.

L'Edward passava per davant de la camioneta, mirant cap endavant, amb els llavis fortament tancats. Vaig obrir la porta d'una revolada, vaig saltar dins del cotxe i vaig tancar-la amb un fort cop. Vaig accelerar de forma desafiant i vaig fer marxa enrere cap al passadís. L'Edward ja era al seu cotxe, a dues places més avall de la meva, i va avançar tot tallant-me el pas. Es va aturar allà mateix per esperar la seva família. Els vaig veure a tots quatre anant cap a ell, però encara eren al costat de la cafeteria. Em va passar pel cap envestir el seu flamant Volvo, però hi havia massa testimonis. En mirar pel retrovisor vaig veure que s'estava formant una cua. Just darrere meu, en Tyler Crowley em saludava des del Sentra de segona mà que s'acabava de comprar, però estava massa furiosa per tornar-li la salutació.

Mentre estava allà esperant, mirant a pertot menys al cotxe que tenia davant, vaig sentir que picaven el vidre de l'acompanyant. Era en Tyler. Vaig mirar estranyada pel retrovisor. Tenia el cotxe engegat i amb la porta oberta. Vaig estirar-me per baixar el vidre. Com que anava molt dur, només el vaig baixar fins la meitat.

—Ho sento, Tyler, estic bloquejada darrere en Cullen.

Estava empipada perquè, evidentment, l'embús no era culpa meva.

—Sí, ja ho sé. Només et volia preguntar una cosa aprofitant que estem aquí aturats —va dir amb un gran somriure.

No em podia creure el que m'estava passant.

—Em demanaràs que t'acompanyi al ball? —va continuar.

—No seré al poble, Tyler —vaig contestar-li amb un to una mica sever. Havia d'haver tingut en compte que no era culpa seva que en Mike i l'Eric ja haguessin esgotat la meva quota de paciència diària.

—Sí, ja ho ha dit en Mike —va admetre.

—Llavors per què m'ho dius?

Va encongir les espatlles.

—Tenia l'esperança que només fos per no donar-li carbassa de forma tan directa.

Genial, llavors sí que era culpa seva.

—Em sap greu, Tyler —vaig dir, mirant d'amagar la meva ira—. De veritat que seré fora.

—No passa res. Encara ens queda el ball de final de curs.

I abans que pogués respondre, se'n va tornar al cotxe. Em va deixar de pasta de moniato. Quan vaig mirar cap endavant, l'Alice, la Rosalie, l'Emmett i en Jasper pujaven al Volvo i l'Edward em clavava la mirada pel retrovisor. Era indubtable que reia com un boig, com si ho hagués sentit tot. Frisava per posar el peu a l'accelerador. Un cop petit no els faria cap mal, només faria saltar la pintura gris metal·litzada. Vaig accelerar.

Per desgràcia, ja havien pujat tots i l'Edward s'allunyava a tot drap. Vaig anar cap a casa conduint a poc a poc i amb precaució, remugant tot el camí.

Quan vaig arribar, vaig decidir fer *enchilada* de pollastre per sopar. Com que era un plat elaborat, estaria entretinguda una bona estona. Mentre posava a coure a foc baix les cebes i el bitxo, va sonar el telèfon. Gairebé em feia por agafar-lo, però devia ser en Charlie o la mare.

Era la Jessica, que estava radiant. En Mike l'havia atrapada en sortir de l'institut per acceptar la seva invitació. Ho vaig celebrar breument amb ella mentre remenava el sopar. Igualment, m'havia de deixar, ja que volia trucar l'Angela i la Lauren per explicar-los la notícia. Vaig deixar-li caure, com qui no vol la cosa, que potser l'Angela, la noia tímida que anava a Biologia amb mi, podia demanar-li a l'Eric que fos la seva parella, i que la Lauren, una noia esquerpa que sempre m'havia ignorat mentre dinàvem, li podia dir a en Tyler, que havia sentit que encara estava lliure. La Jess va trobar que era molt bona idea. Ara que ja tenia en Mike al sac, semblava sincera quan em va dir que li agradaria que anés al ball. Li vaig donar l'excusa de Seattle.

Després de penjar, vaig mirar de concentrar-me en el sopar, sobretot mentre tallava el pollastre a daus. No tenia ganes de fer una altra visita a urgències. No obstant això, el cap em donava voltes mentre analitzava paraula per paraula el que m'havia dit l'Edward avui. Què volia dir, que era millor que no fóssim amics?

Se'm va regirar l'estómac quan em vaig adonar de què havia volgut dir. Devia notar com n'estava d'obsessionada i no devia voler que em fes il·lusions. Per això, no podíem ser ni amics... perquè no tenia cap mena d'interès per mi.

És clar que no li interessava, vaig pensar amb ràbia, mentre em cremaven els ulls, per una reacció retardada a les cebes. Jo no era interessant i ell sí. Interessant... i brillant... i misteriós... i perfecte... i atractiu... i segurament capaç d'aixecar furgonetes amb una sola mà.

Bé, tant li feia. El podia deixar tranquil. És més: el deixaria en pau. Superaria la sentència que jo mateixa m'havia imposat en aquest purgatori i llavors, amb sort, alguna universitat del sud-oest, o potser de Hawaii, em concediria una beca. Em vaig centrar en els meus somnis de platges assolellades i palmeres mentre acabava les *enchiladas* i les posava al forn.

En Charlie va posar cara de recel quan va arribar i va sentir l'olor dels pebrots verds. No era culpa meva que el restaurant mexicà decent més proper fos probablement al sud de Califòrnia. Però com que era policia, de poble però policia, va tenir prou valor per fer-hi un mos. Va semblar que li agradava i tot. Era divertit veure com, de mica en mica, anava agafant confiança als meus plats.

—Pare? —li vaig preguntar quan ja gairebé estava.

—Digues.

—Et volia comentar que dissabte que ve no, l'altre, vull anar a passar el dia a Seattle... Et sembla bé, oi?

No volia demanar permís per no establir precedent però, com que em va sonar brusc, vaig arreglar-ho al final de la frase.

—I per què?

Va sonar sorprès, com si no es pogués imaginar que hi havia coses que no es podien trobar a Forks.

—Bé, volia comprar uns quants llibres... La biblioteca d'aquí és molt limitada, i potser també em miraré roba.

Tenia més diners dels habituals ja que, gràcies a ell, no m'havia hagut de comprar un cotxe, tot i que m'hi deixava una bona picossada en benzina.

—Diria que la camioneta consumeix molt —va dir, com si em llegís el pensament.

—Ja ho sé. M'aturaré a Montessano i a Olympia, i a Tacoma, si cal.

—Te n'hi aniràs sola? —em va preguntar. No sabia si era perquè sospitava que tenia un xicot secret o si només estava preocupat pels problemes que em podia causar el cotxe.

—Sí.

—Seattle és una ciutat gran, et pots perdre —va dir preocupat.

—Pare, Phoenix en fa cinc com Seattle... i sé seguir plànols, no t'amoïnis.

—Vols que t'hi acompanyi?

Vaig mirar de ser múrria mentre dissimulava hàbilment el meu estupor.

—De debò que no, pare. Segurament em passaré el dia als emprovadors. Et resultaria molt avorrit.

—Ah, d'acord.

La sola idea d'haver-se d'esperar durant un temps indeterminat en botigues de roba femenina el va fer desistir de pressa.

—Gràcies —li vaig dir somrient.

—I ja tindràs temps de tornar pel ball?

Maleït sia. Només en un poble petit un pare sap quan hi ha balls a l'institut.

—No, pare, no ballo.

Ell hauria de ser el primer d'entendre-ho: els problemes d'equilibri no els havia pas heretat de la mare.

—Ah, és veritat —va reconèixer quan se'n va adonar.

El matí següent, quan em vaig aturar a l'aparcament, vaig deixar el cotxe tan lluny com vaig poder del Volvo platejat. No volia caure a la temptació i acabar devent-li un cotxe nou. Quan vaig sortir de la cabina, vaig agafar la clau amb poca traça i em va caure en una bassa. Mentre m'ajupia a collir-la, vaig veure com apareixia una ràpida mà blanca que l'agafava abans que jo. Em vaig aixecar bruscament. L'Edward Cullen estava al meu costat, recolzat com si res a la meva camioneta.

—Com ho fas això? —li vaig preguntar empipada i sorpresa alhora.

—El què?

Em va acostar la clau mentre parlava. Quan vaig intentar prendre-li, me la va deixar caure al palmell.

—Aparèixer del no-res.

—Bella, no és culpa meva si t'hi fixes tan poc.

El seu to era suau com sempre... vellutat i indiferent.

Vaig mirar el seu rostre perfecte arrufant el front. Avui tornava a tenir els ulls clars, d'un intens color de mel. Llavors vaig haver de baixar la mirada per reordenar els meus, de sobte, complicats pensaments.

—A què va venir l'embús d'ahir? —li vaig preguntar sense deixar d'apartar la mirada—. Em pensava que faries veure que no existia i no pas que m'estaries empipant.

—Ho vaig fer per en Tyler, no per mi. Li havia de donar una oportunitat —va riure per sota el nas.

—Ets un... —vaig cridar sufocada. No vaig trobar un insult prou fort. Em pensava que el foc de la meva ira el consumiria, però només semblava divertir-se cada cop més.

—No faig veure que no existeixes —va continuar.

—Aleshores el que vols és matar-me a disgustos, ja que la furgoneta d'en Tyler no ho va aconseguir, no?

Vaig veure com els seus ulls marrons s'encenien d'ira. Va prémer fort els llavis i li va marxar el bon humor de cop.

—Bella, això és una autèntica bestiesa —va dir en veu baixa i freda.

Vaig sentir un formigueig a les mans i una ànsia irrefrenable de pegar algú. Em vaig sorprendre de mi mateixa, solia ser una persona pacífica. Vaig fer mitja volta i vaig començar a allunyar-me.

—Espera —va cridar. Vaig continuar caminant, xipollejant furiosa sota la pluja, però de seguida el vaig tenir al meu costat, seguint-me sense esforç.

—Em sap greu, m'he passat —va dir mentre caminàvem. El vaig ignorar—. No et diré que no sigui veritat —va continuar—, però igualment ha estat lleig dir-ho.

—Per què no em deixes en pau? —vaig rondinar.

—Et volia preguntar una cosa, però m'has desviat el tema —va riure burleta. Semblava que tornava a estar d'humor.

—Tens un trastorn de personalitat múltiple? —li vaig preguntar, asprament.

—I torna-hi.

Vaig sospirar.

—D'acord. Què em vols preguntar?

—Em demanava si aquest dissabte no, l'altre... el dia del ball de primavera...

—Et vols fer el graciós? —el vaig interrompre, girant-me cap a ell. La cara em va quedar xopa quan vaig alçar la mirada per veure la seva expressió. Els seus ulls brillaven amb una pèrfida diversió.

—Et fa res deixar-me acabar?

Em vaig mossegar el llavi i vaig agafar-me fort les mans, amb els dits entrellaçats, per no fer cap bestiesa.

—Dius que vas a Seattle aquell dia i em preguntava si volies anar a fer un vol.

No m'ho esperava.

—Què?

No estava segura d'on volia anar a parar.

—Que si vols anar a fer un vol a Seattle.

—Amb qui? —vaig preguntar, perplexa.

—Amb mi, evidentment.

Va articular cada síl·laba, com si parlés amb un discapacitat mental.

Encara estava desconcertada.

—Per què?

—Bé, pensava anar a Seattle una setmana d'aquestes i, si t'he de ser franc, no em refio del teu cotxe.

—La meva camioneta va la mar de bé. Gràcies per preocupar-te.

Vaig tornar a marxar, però estava massa astorada per mantenir el mateix nivell de fúria.

—Però la teva camioneta hi pot arribar amb un sol dipòsit?

Em va tornar a atrapar.

—No veig per què t'hauria de preocupar.

Estúpid propietari d'un Volvo flamant.

—Malgastar recursos limitats és una preocupació de tots.

—De debò, Edward, no et segueixo.

Em va venir una esgarrifança quan vaig pronunciar el seu nom, cosa que no suportava.

—Em pensava que no volies ser amic meu.

—Vaig dir que seria millor que no fóssim amics, no que no ho volgués ser.

—Ah, gràcies, ara sí que ho entenc tot.

Magnífic sarcasme. Em vaig adonar que m'havia tornat a atu-rar. Com que ara estàvem aixoplugats sota la teulada de la ca-feteria, li podia mirar la cara més fàcilment, cosa que no con-tribuïa a aclarir-me les idees.

—Seria més... prudent que no fossis amiga meva —va expli-car—, però estic cansat d'evitar-te.

La seva mirada es va fer magníficament intensa mentre pro-nunciava l'última frase amb un to provocatiu. No recordava ni com respirar.

—Vindràs a Seattle amb mi? —em va demanar amb la ma-teixa intensitat.

Com que encara no havia recuperat l'alè, només vaig assen-tir. Va fer un breu somriure i llavors es va posar seriós.

—Valdria més que t'allunyessis de mi —em va advertir—. Ens veiem a classe.

Va fer mitja volta bruscament i se'n va tornar per on haví-em vingut.

Grup sanguini

Vaig anar cap a Literatura desconcertada. Ni tan sols em vaig adonar que la classe ja havia començat.

—Gràcies per venir, senyoreta Swan —em va retreure el professor Mason.

Em vaig posar vermella i vaig córrer al meu seient.

No va ser fins que es va acabar la classe que em vaig adonar que en Mike ja no seia al pupitre del meu costat. Vaig sentir remordiments però, com que tant ell com l'Eric em van esperar a la porta com sempre, vaig suposar que més o menys m'havien perdonat. En Mike semblava que s'anava refent mentre caminava, s'anava animant mentre parlava del temps que faria aquest cap de setmana. En principi, pararia una mica de ploure i potser es podria fer l'excursió a la platja. Vaig fer veure que em feia il·lusió per compensar que l'hagués rebutjat. Seria complicat: tant si plovia com si no, la temperatura continuaria sent de menys de deu graus, amb sort.

La resta del matí va resultar-me confosa. Em costava de creure que el que m'havia dit l'Edward i la seva mirada no fossin només imaginacions meves. Potser era un somni molt real que havia barrejat amb la realitat. Era més probable que no pas que hagués aconseguit despertar-li cap mena d'interès.

Per tot això, estava nerviosa i espantada quan vaig entrar a la cafeteria amb la Jessica. Volia veure el seu rostre per saber si ja tornava a ser la persona freda i indiferent que havia vist durant les darreres setmanes o bé si, per algun miracle, aquest matí havia sentit el que creia haver sentit de debò. La Jessica va continuar xerrant del ball, sense adonar-se que ni tan sols l'escoltava. La Lauren i l'Angela ja ho havien demanat als altres nois i hi anirien tots junts.

El desencís em va envair quan la mirada se me'n va anar sens dubte a la seva taula. Tot i que els altres quatre hi eren, ell no. Se n'havia anat a casa? Vaig anar cap a la cua amb la Jessica, que encara anava xerrant. No tenia gana, només em vaig comprar una llimonada. Volia anar a seure i emmurriar-me.

—L'Edward Cullen et torna a mirar —va dir la Jessica, interrompent les meves cabòries—. No sé per què seu sol.

Vaig aixecar el cap de cop i vaig seguir-li la mirada per veure com l'Edward, amb el seu somriure murri, m'observava des d'una taula buida, a l'altra punta d'on seia habitualment. Quan va veure que el mirava, va aixecar la mà i em va indicar que anés amb ell. Mentre me'l mirava, incrèdula, em va picar l'ullet.

—T'ho diu a tu? —va dir la Jessica, amb un to insultantment sorprès.

—Potser vol que l'ajudi amb els deures de Biologia —vaig murmurar per fer-la contenta—. Bé, vaig a veure què vol.

Vaig notar com la Jessica em mirava fixament mentre m'allunyava.

Quan vaig arribar a la seva taula, em vaig quedar dreta rere la cadira de davant seu, sense saber què fer.

—Per què no t'asseus amb mi, avui? —va preguntar-me somrient.

Vaig seure immediatament, mirant-me'l amb precaució. Encara somreia. No em podia creure que algú tan atractiu fos real. Em feia por que tot d'una desaparegués entre un núvol de fum, i em despertés del somni. Semblava que esperava que digués alguna cosa.

—Això és diferent —vaig aconseguir dir finalment.

—Bé —va fer una pausa i després va continuar parlant d'una tirada—. He decidit que ja que aniré a l'infern, val més que hi vagi del tot.

Vaig esperar que digués alguna cosa amb sentit. Anava passant el temps.

—Saps que no sé ni de què parles? —vaig acabar dient.

—Ja ho sé.

Va tornar a somriure i va canviar de tema.

—Em penso que als teus amics no els ha agradat que et fes seure amb mi.

—Ja ho superaran.

Vaig notar com les seves mirades se'm clavaven a l'esquena.

—Pot ser que no t'hi deixi tornar —va dir, amb una espurna de malícia als ulls.

Vaig empassar saliva i va riure.

—Se't veu amoïnada.

—No —vaig dir-li, però se'm va trencar la veu de forma ridícula—. Més aviat m'he quedat parada... A què ve tot plegat?

—Ja t'ho he dit... Com que m'he cansat d'evitar-te, m'he rendit.

Encara somreia, però els seus ulls ocres es veien seriosos.

—Que t'has rendit? —vaig repetir estranyada.

—Sí, m'he cansat de mirar de ser bona persona. A partir d'ara faré el que em sembli, i que passi el que hagi de passar.

El somriure li va desaparèixer mentre parlava i la veu li va anar adquirint un to dur.

—M'he tornat a perdre.

Va tornar a fer aquell impressionant somriure.

—Sempre parlo més del compte amb tu... És un dels problemes que tinc.

—No pateixis, tampoc entenc res del que dius —vaig dir-li irònicament.

—Ja hi compto.

—Però, a veure, som amics?

—Amics... —va murmurar amb un to dubtós.

—O no? —vaig remugar.

Va fer un ampli somriure.

—Bé, podem intentar-ho, suposo. T'aviso, però, que no seré una bona companyia.

Rere el seu somriure, l'advertència era real.

—Ho dius molt, això —li vaig remarcar, mirant de no pensar en com de cop se'm regirava l'estómac, i provant que no em tremolés la veu.

—Sí, perquè no m'escoltes. Encara espero que t'ho creguis. Si ets espavilada, m'evitaràs.

—També has deixat clar diverses vegades què en penses de la meva intel·ligència —vaig fer, mig aclucant els ulls, i va somriure com si demanés perdó—. Doncs, mentre no sigui... espavilada, podem mirar de ser amics?

Em va costar condensar aquell confús intercanvi de frases.

—No em sembla malament.

Vaig mirar-me les mans, que tenia agafades a l'ampolla de llimonada, sense saber massa què fer.

—Què penses? —va preguntar-me amb curiositat.

Vaig alçar la mirada per veure-li aquells profunds ulls daurats i, com que em vaig desconcertar, com sempre se'm va acabar escapant la veritat.

—Miro de descobrir què ets.

Va tibar la mandíbula però, amb esforç, va aconseguir mantenir el somriure.

—I te'n surts? —va preguntar amb un to brusc.

—No massa —vaig admetre.

Va riure entre dents.

—Quines teories tens?

Em vaig ruboritzar. M'havia passat el mes dubtant entre si era una mena de Bruce Wayne o de Peter Parker. No li ho podia confessar de cap manera.

—No m'ho diràs? —va preguntar, tot inclinant el cap amb un somriure increïblement temptador.

Vaig fer que no.

—Em fa vergonya.

—Ostres, no em facis això —es va queixar.

—No —li vaig dir ràpid amb una mirada severa—. No entenc com a algú li pot molestar que els altres no li diguin què pensen quan aquest algú es passa el dia fent comentaris críptics que farien passar les nits en blanc a qualsevol. Per què li hauria de molestar?

Va fer una ganyota.

—O encara pitjor —vaig continuar, alliberant tota aquella ira continguda— que aquest algú s'hagi dedicat a fer coses rares, com ara salvar-te la vida miraculosament un dia i l'endemà marginar-te com si no et pogués veure, i que mai t'hagi explicat el perquè, tot i haver-te promès que sí que ho faria. Això sí que no molesta gens.

—Tens una mica de mal geni, no?

—No m'agrada la doble moral.

Ens vàrem mirar seriosos. Llavors, va mirar per sobre la meva espatlla i, de sobte, va riure per sota el nas.

—Què?

—Em sembla que el teu xicot es pensa que t'estic tractant malament. Està dubtant de si venir a posar pau o no.

Va tornar a riure de manera burleta.

—No sé de qui em parles —vaig dir fredament— però, igualment, sé que t'equivoques.

—I tant que no. Ja et vaig dir que la majoria de gent era fàcil d'entendre.

—Menys jo, clar.

—Sí, menys tu —va canviar d'humor de cop i la mirada se li va tornar malenconiosa—. Em pregunto què ho deu fer.

Vaig haver d'apartar la vista d'aquella intensa mirada. Em vaig concentrar en obrir la llimonada. Vaig fer-ne un glop amb els ulls clavats a la taula.

—No tens gana? —em va preguntar, distret.

—No.

No tenia ganes de dir que ja tenia l'estómac ple... de nervis d'enamorament.

—I tu? —vaig dir mirant la seva taula buida.

—No, tampoc.

No vaig entendre la seva expressió, semblava que reia d'alguna broma interna.

—Em pots fer un favor? —li vaig preguntar, després de dubtar un segon.

Tot d'una es va posar a la defensiva.

—Depèn de què sigui.

—No gran cosa —vaig assegurar-li.

Va esperar, previngut, però amb curiositat.

—Em preguntava... si em podries avisar d'entrada el dia que decidissis ignorar-me pel meu bé. Així ja estaria preparada.

Vaig parlar mirant l'ampolla llimonada, tot resseguint-ne el broc amb el dit petit.

—Em sembla bé.

Quan el vaig mirar, tancava els llavis amb força perquè no se li escapés el riure.

—Gràcies.

—Aleshores, em donaràs una resposta com a agraïment? —em va preguntar.

—Només una.

—Explica'm només una de les teories.

Ostres!

—Això sí que no.

—No, m'has promès una resposta sense especificar res—em va recordar.

—Tu també n'has trencat, de promeses —li vaig recriminar.

—Només una, no me'n riuré.

—I tant que te'n riuràs.

N'estava segura. Va abaixar la mirada, i llavors em va mirar per sota d'aquelles llargues pestanyes negres amb els seus ulls ocres abrasadors.

—Si us plau… —va sospirar, acostant-se'm.

Vaig parpellejar i em vaig quedar en blanc. Com carai s'ho feia?

—El què? —vaig preguntar desconcertada.

—Vinga, explica'm només una de les teories…

Em mirava encara amb ulls ardents.

—Bé… Et va picar una aranya radioactiva?

També feia hipnosi o simplement era que jo era fàcil de dominar?

—No és gaire creatiu —va dir, burleta.

—Ho sento, és el que hi ha —vaig dir ofesa.

—Fred, fred —va dir per provocar-me.

—No és cosa d'aranyes?

—Fred.

—Ni de radioactivitat?

—Glaçat.

—Vaja —vaig sospirar.

—Tampoc m'afecta la criptonita —va dir rient.

—Has dit que no te'n riuries, te'n recordes?

Va intentar posar-se seriós.

—Ho acabaré descobrint —el vaig amenaçar.

—M'estimo més que no ho provis.

Tornava a estar seriós.

—I per què...?

—I si no fos el superheroi? I si fos el dolent? —va dir amb un somriure alegre, però la seva mirada era inexpugnable.

—Ah —vaig dir, mentre diverses coses de les que havia insinuat tot d'una tenien sentit—. Ja ho entenc.

—Ah sí?

De cop, el seu rostre es va tornar sever, com si hagués xerrat massa.

—Ets perillós? —vaig conjecturar.

El pols se m'anava accelerant a mesura que intuïa que no anava desencaminada. Era perillós de debò. Era el que m'estava intentant dir fins ara. Em va mirar amb una mena d'emoció als ulls que no vaig poder entendre.

—Però no dolent —vaig xiuxiuejar tot movent el cap—. No, no crec que siguis dolent.

—T'equivoques.

La seva veu es va tornar gairebé inaudible. Va abaixar la mirada, em va agafar el tap de l'ampolla i el va fer girar entre els dits. Me'l vaig mirar fixament, preguntant-me per què no li tenia por. Sense dubte, m'estava parlant seriosament, però no tan sols m'inquietava, em neguitejava... sinó que, per sobre de tot, em fascinava, de la mateixa manera que sempre que estava al seu costat.

El silenci va durar fins que em vaig adonar que la cafeteria estava gairebé buida. Em vaig alçar de cop.

—Farem tard.

—Avui no vaig a classe —va dir, girant la tapa tan de pressa que pràcticament ni es veia.

—Per què no?

—Perquè va bé fer campana de tant en tant.

Em va fer un somriure, però encara se li veia una mirada preocupada.

—Bé, doncs me'n vaig —li vaig dir. Em feia massa por que m'enxampessin.

Va concentrar l'atenció en el tap.

—Doncs ja ens veurem després.

Vaig dubtar, indecisa, però el primer timbre va fer que corregués cap a la porta, no sense abans tornar a confirmar que no s'havia ni mogut de la taula.

Mentre pràcticament corria cap a classe, el cap em donava voltes més ràpid que el tap de l'ampolla. M'havia respost molt poques preguntes en comparació amb totes les noves que m'havien sorgit. Almenys, però, havia parat de ploure.

Vaig tenir sort: el professor Banner encara no era a l'aula. Em vaig asseure ràpid i vaig notar que en Mike i l'Angela em miraven. A en Mike se'l veia ofès; a l'Angela, sorpresa i una mica intimidada.

Llavors va entrar el professor i va posar ordre. Feia malabarismes perquè no li caiguessin unes quantes capsetes de cartró que portava als braços. Les va deixar a la taula d'en Mike i li va dir que les repartís.

—Bé, nois, vull que cadascú agafi un paquet de cada capsa —va dir mentre es treia un parell de guants de goma de la butxaca de la bata de laboratori i se'ls posava. El so sec dels guants encaixant-se-li als canells em va semblar un mal averany—. El primer hauria de ser una targeta indicadora del grup sanguini —va continuar, tot agafant una tarja blanca amb els quatre cantons marcats i mostrant-la—. El segon és un aplicador de quatre puntes... —va agafar una cosa que semblava una pinta sense pues— ... i el tercer una microllanceta esterilitzada —i va mostrar una funda de plàstic blau i la va obrir. Tot i que l'agulla no es veia de lluny, se'm va remoure l'estómac.

—Els portaré un comptagotes perquè preparin les targetes, no comencin fins que vingui... —va començar un altre cop per la taula d'en Mike, tot posant amb compte una gota d'aigua a cadascun dels quatre cantons de la targeta—. Llavors, quan es punxin el dit amb compte amb la llanceta...

Va agafar la mà d'en Mike i va clavar-li l'agulla a la punta del dit del mig. *Ostres, no!* Vaig notar com el front se m'amarava de suor llefiscosa.

—Posin una goteta de sang a cadascuna de les puntes.

Va mostrar com ho havíem de fer prement el dit d'en Mike fins que li va sortir sang. Vaig començar a empassar-me la saliva compulsivament, em venien nàusees.

—I llavors apliquin-la a la targeta —va acabar, ensenyant-nos una targeta que degotava sang. Vaig tancar els ulls i vaig intentar sentir alguna cosa malgrat els xiulets que em feien les orelles.

—Com que el cap de setmana vinent la Creu Roja fa una campanya de donacions de sang a Port Angeles, he pensat que estaria bé que sabessin quin és el seu grup sanguini —semblava orgullós de si mateix—. Els menors de divuit anys necessitaran el permís patern... Tinc impresos a la meva taula.

Va continuar passejant per l'aula amb el comptagotes. Vaig recolzar la galta sobre la taula negra i freda i vaig mirar de mantenir-me conscient. Al meu voltant sentia xisclets, queixes i rialles mentre els meus companys de classe es punxaven els dits. Vaig començar a respirar a poc a poc per la boca.

—Bella, es troba bé? —em va preguntar el professor. Notava la seva veu molt a prop i semblava esverat.

—Ja sé el meu grup sanguini, senyor Banner —vaig dir amb un fil de veu. Em feia por aixecar el cap.

—S'ha marejat?

—Sí, senyor —vaig mormolar, mentre em maleïa per no haver fet campana tot i tenir-ne l'oportunitat.

—Algú seria tan amable d'acompanyar la Bella a la infermeria? —va cridar.

No em va caldre mirar per saber que s'oferiria en Mike.

—Pot caminar? —va preguntar-me el professor.

—Sí —vaig xiuxiuejar. *Si em deixa sortir d'aquí, marxaré arrossegant-me, si cal.*

En Mike semblava impacient quan em va agafar per la cintura i em va posar el braç a la seva espatlla. Em vaig recolzar pesadament en ell mentre sortíem de classe.

Em va arrossegar a poc a poc pel campus. Quan vàrem girar la cantonada de la cafeteria, prou lluny de l'edifici quatre per si el professor estava mirant, em vaig aturar.

—Em deixes seure un moment, si us plau? —li vaig suplicar.

Em va ajudar a seure a la vorera.

—I facis el que facis, no et fiquis on no et demanen —el vaig avisar.

Encara estava massa marejada. Em vaig deixar caure de costat, de manera que la galta em toqués al ciment fred i humit de la vorera, i vaig aclucar els ulls. Em va anar bé.

—Ostres, Bella, estàs verda —va dir en Mike atabalat.

—Bella? —va dir una veu a la llunyania.

No! Si us plau, que aquella veu tan familiar fossin només imaginacions meves.

—Què li passa, que s'ha fet mal?

Ara la veu era més a prop i semblava preocupada. No m'ho imaginava. Vaig tancar els ulls amb força i vaig desitjar morir allà mateix o, almenys, no vomitar.

En Mike semblava tens.

—Em sembla que s'ha desmaiat. No sé què li ha passat, ni tan sols s'ha punxat el dit.

—Bella.

Sentia la veu de l'Edward al meu costat, que ara semblava alleujada.

—Em sents?

—No —vaig grunyir—. Ves-te'n.

Va riure burleta.

—La portava a la infermeria —va explicar en Mike de forma defensiva— però no ha volgut caminar més.

—Ja la hi portaré jo —va dir l'Edward. Vaig notar com somreia—. Pots tornar a classe.

—No —va protestar en Mike—, me n'he d'encarregar jo.

De cop, vaig deixar de notar la vorera. Vaig obrir els ulls de l'ensurt. L'Edward m'havia agafat a coll, amb tanta facilitat que semblava que pesés cinc quilos en comptes de cinquanta.

—Deixa'm!

Si us plau, no volia vomitar-li a sobre.

Va començar a caminar abans que hagués acabat de parlar.

—Eh! —va cridar en Mike, a deu passes de nosaltres.

L'Edward el va ignorar.

—Estàs fatal —em va dir amb un gran somriure.

—Deixa'm a la vorera! —em vaig queixar.

El balanceig que feia mentre caminava em marejava encara més. Em portava apartada del seu pit, amb compte, aguantant tot el meu pes només amb els braços i no semblava que es cansés.

—Et desmaies quan veus sang? —em va preguntar. Semblava que li fes gràcia.

No vaig respondre. Vaig tornar a aclucar els ulls i vaig aguantar-me les nàusees amb totes les meves forces, prement bé els llavis.

—I ni tan sols era la teva sang —va continuar, tot divertit.

No sé com va obrir la porta sense deixar-me anar, però de cop vaig notar escalfor i vaig saber que érem a dins.

—Ai, Senyor!—vaig sentir que exclamava sufocada una veu femenina.

—S'ha marejat a Biologia —va explicar-li l'Edward.

Vaig obrir els ulls. Estava a l'oficina i l'Edward em portava ràpid, passant pel costat del taulell, cap a la porta de la infermeria. La senyora Cope, la recepcionista pèl-roja, va córrer davant seu per obrir-li la porta. La infermera, que semblava una àvia entranyable, va alçar els ulls de la novel·la que llegia, astorada, mentre l'Edward m'entrava a l'habitació i em posava amb compte sobre el paper cruixent que cobria el matalàs marró de vinil de la llitera. Llavors es va anar a recolzar a la paret, tan lluny de mi com li va permetre l'estreta habitació. Tenia els ulls brillants de l'emoció.

—Només està una mica marejada —va dir per tranquil·litzar la sobresaltada infermera—. S'estaven mirant el grup sanguini a Biologia.

La infermera va assentir amb comprensió.

—Sempre n'hi ha, d'aquests.

L'Edward va ofegar una rialleta.

—Queda't estirada una estona, maca; ja et passarà.

—Ja ho sé —vaig sospirar. Les nàusees ja m'anaven marxant.

—Et passa sovint? —em va preguntar.

—A vegades —vaig admetre. L'Edward va estossegar per amagar una altra riallada.

—Ja pots tornar a classe —li va dir la infermera.

—És que m'he de quedar amb ella —va respondre, amb aquell to seu tan autoritari que, tot i que la infermera va prémer els llavis, no va ser capaç de dur-li la contrària.

—Vaig a buscar una mica de gel perquè te'l posis al front, reina —em va dir i va sortir atrafegada de l'habitació.

—Tenies raó —em vaig queixar, tot deixant que se m'acluquessin els ulls.

—En solc tenir... però en què, en concret?

—Va bé fer campana.

Vaig continuar respirant regularment.

—Abans m'has espantat —va admetre després d'una pausa. Pel seu to semblava que confessés una feblesa humiliant—. Em pensava que en Newton arrossegava el teu cadàver per enterrar-lo al bosc.

Vaig riure. Encara tenia els ulls clucs però, de mica en mica, m'anava trobant millor.

—T'ho dic de debò: he vist cadàvers que feien més bona cara. Em preocupava haver de venjar el teu assassinat.

—Pobre Mike, segur que s'ha enfadat.

—No em pot veure —va dir, content.

—No ho saps —li vaig dir, però de seguida vaig pensar que potser sí.

—Li he vist la cara. Ho sé.

—I com és que m'has vist a mi? Em pensava que feies campana.

Ja gairebé em trobava bé del tot, malgrat que el mareig m'hagués passat més ràpid si hagués menjat alguna cosa per dinar. Per altra banda, potser era una sort que tingués l'estómac buit.

—Era al cotxe, escoltant un CD.

Era una resposta tan normal que em va sorprendre. Vaig sentir la porta i vaig obrir els ulls. La infermera portava una compresa freda.

—Aquí tens, nina —me la va posar al front—. Ja fas més bona cara —va afegir.

—Em sembla que ja estic bé —vaig dir mentre m'asseia. Només sentia un xiulet fluix a les orelles, però no em rodava el cap. Les parets de color verd menta ja no donaven voltes.

Vaig veure que em volia tornar a fer estirar, però en aquell moment es va obrir la porta i la senyora Cope va treure el cap.

—Ja en tenim un altre —va anunciar.

Vaig saltar de la llitera per deixar-la lliure pel següent pacient i vaig tornar la compresa a la infermera.

—Tingui, no la necessito.

Llavors va entrar en Mike tentinejant mentre portava en Lee Stephens, un altre noi de la classe de Biologia, que feia una cara grogosa. L'Edward i jo ens vàrem arrambar a la paret per deixar-los espai.

—Ostres, no —va remugar l'Edward—. Vés cap a l'oficina, Bella.

Me'l vaig mirar desconcertada.

—Creu-me, vés.

Vaig girar-me, vaig aguantar la porta abans que es tanqués, i vaig sortir ràpid de la infermeria. Vaig notar que tenia l'Edward darrere.

—Veig que m'has fet cas.

Estava sorprès.

—He sentit l'olor de sang —vaig dir, arrufant el nas. En Lee no estava marejat de veure la sang dels altres, com jo.

—La gent no pot sentir l'olor de la sang —em va contradir.

—Bé, jo sí. És això el que em mareja. Fa olor de rovell... i de sal.

Em mirava amb una expressió inexpugnable.

—Què? —li vaig preguntar.

—Res.

Llavors va sortir en Mike i em va mirar a mi i després a l'Edward. La mirada que li va fer a ell confirmava que realment no el podia veure. Em va tornar a mirar, abatut.

—Fas més bona cara —em va dir, acusador.

—Preocupa't de tu —el vaig tornar a avisar.

—Ja no hi ha ningú més que sagni —va murmurar—. Tornes a classe?

—Que fas broma? Hauria de fer mitja volta i tornar cap aquí.

—Sí, ja ho entenc... Llavors, véns aquest cap de setmana a la platja?

Mentre parlava va fer una altra mirada assassina a l'Edward, el qual estava recolzat al taulell ple de papers, inert com una estàtua, mirant cap a l'infinit.

Vaig mirar de semblar amable.

—I tant, ja vaig dir que vindria.

—Hem quedat a la botiga del meu pare, a les deu.

Va tornar-se a mirar l'Edward, preguntant-se si estava revelant massa informació. El seu llenguatge corporal deixava clar que no era una invitació oberta a tothom.

—Seré allà —li vaig prometre.

—Ens veiem a Educació Física, doncs —va dir mentre es dirigia dubtós cap a la porta.

—Fins després —vaig respondre-li.

Em va mirar un cop més, amb el seu rostre arrodonit una mica trist, i, mentre creuava lentament la porta, va deixar caure les espatlles. La compassió em va envair. Vaig plantejar-me si era bona idea tornar a veure el seu rostre disgustat… a Educació Física.

—Gimnàstica —vaig remugar.

—D'això me n'encarrego jo.

No havia notat que l'Edward havia vingut cap a mi, però ara em parlava a cau d'orella.

—Només has de seure i posar cara pàl·lida —va murmurar.

No era res de l'altre món: sempre estava pàl·lida i aquell mareig m'havia deixat una fina pàtina de suor a la cara. Vaig asseure'm en una d'aquelles cadires plegables encoixinades que xerricaven i vaig recolzar el cap a la paret amb els ulls clucs. Sempre em quedava cansada quan em marejava.

Vaig sentir com l'Edward parlava fluixet al taulell.

—Senyora Cope?

—Digues.

No havia sentit que tornés a la taula.

—La Bella té Educació Física la següent hora i no crec que es trobi prou bé. De fet, pensava que seria millor que la portés a casa. Que podria dir-li al professor?

Posava una veu melosa i m'imaginava com en devia ser d'irresistible, la seva mirada.

—També necessites que li ho expliqui al teu professor, Edward? —va dir la senyora Cope, atabalada. Per què jo no ho sabia fer això?

—No, tinc classe amb la senyora Goff, no li farà res.

—D'acord, ja me n'encarregaré. Cuida't, Bella —em va dir en veu alta. Vaig assentir feblement, sobreactuant una mica.

—Pots caminar o vols que et torni a portar a coll?

Com que estava d'esquena a la recepcionista, va posar una expressió sarcàstica.

—Ja caminaré.

Vaig aixecar-me amb compte i encara em trobava prou bé. Em va aguantar la porta amb un somriure educat, però una mirada burleta. Havia començat a caure un plugim fred. Em va agradar que em rentés l'enganxosa suor de la cara. Per primer cop agraïa la constant humitat que queia del cel.

—Gràcies —vaig dir mentre m'acompanyava a fora—. Ha valgut la pena continuar trobant-me malament per perdre'm la classe d'Educació Física.

—A disposar.

Mirava endavant, amb la pluja caient-li als ulls.

—Vindràs? Aquest dissabte, vull dir.

Esperava que volgués venir, tot i que ho trobava improbable. No me l'imaginava compartint cotxe amb la resta de nois de l'institut. Estava en una altra òrbita, però només de pensar que potser vindria, va fer que, per primer cop, la sortida em fes il·lusió.

—A on aneu, exactament? —va dir sense deixar de mirar endavant, sense cap mena d'expressió.

—A La Push, al port.

Vaig examinar-li el rostre per mirar d'entendre què pensava. Em va semblar que aclucava molt lleument els ulls. Em va mirar de cua d'ull, somrient secament.

—Em sembla que no m'hi han convidat.

Vaig sospirar.

—Ho acabo de fer jo.

—Mirem que entre tu i jo no fem patir més el pobre Mike aquesta setmana, que encara se'ns trencarà. Els ulls li brillaven. Fruïa més del compte amb aquesta idea.

—En Mike el manefla... —vaig murmurar, preocupada per la manera en què havia dit "entre tu i jo". M'havia agradat més del que hauria de ser normal.

Érem a prop de l'aparcament. Vaig girar a l'esquerra, cap a la meva camioneta, però vaig sentir que alguna cosa m'estirava la jaqueta i em tornava enrere.

—On et penses que vas? —va dir-me, enrabiat. Em tenia agafada per la jaqueta, amb una sola mà. Em vaig quedar petrificada.

—A casa.

—Que no has sentit que he dit que et portaria a casa sana i estàlvia? Et penses que deixaré que condueixis en el teu estat?

Encara feia una veu indignada.

—Quin estat? I la meva camioneta? —em vaig queixar.

—Li demanaré a l'Alice que la porti després de classe.

I em va arrossegar cap al seu cotxe, estirant-me per la jaqueta. No podia fer res més si no volia caure cap enrere perquè, si hagués caigut, segurament m'hauria arrossegat igualment.

—Deixa'm anar! —vaig insistir, tot i que no em va fer cap cas.

Vaig tentinejar d'aquí d'allà per la humida vorera fins que vàrem arribar al Volvo. Llavors em va deixar anar i vaig ensopegar contra la porta de l'acompanyant.

—Ets un pesat! —vaig rondinar.

—És obert —em va dir com a resposta, i va pujar al costat del conductor.

—Sóc perfectament capaç de conduir fins a casa!

Em vaig quedar dreta al costat del cotxe, traient foc pels queixals. Ara plovia més intensament i, com que no m'havia posat la caputxa, tenia els cabells xops. Va baixar el vidre automàtic i es va inclinar des de l'altre seient.

—Bella, puja.

No vaig contestar. Estava calculant les possibilitats que tenia d'arribar a la camioneta abans que em pogués atrapar. Vaig haver d'admetre que eren escasses.

—Et tornaré a arrossegar cap aquí —em va amenaçar, intuint el meu pla.

Vaig mirar de mantenir la dignitat mentre pujava al cotxe. No me'n vaig sortir gaire bé: semblava una gallina remullada i les botes em cruixien.

—La veritat és que no calia que em portessis —vaig dir secament.

No va respondre. Va començar a remenar els comandaments, va apujar la calefacció i va abaixar la música. Mentre sortia de l'aparcament, estava decidida a ignorar-lo amb el més profund dels silencis i posant cara de pomes agres, però vaig reconèixer la música que tenia posada i la curiositat em va fer malbé els plans.

—*Clair de Lune*? —vaig preguntar, sorpresa.

—Coneixes Debussy?

Ell també semblava sorprès.

—No massa —vaig admetre—. La mare solia posar música clàssica, però només em sé les meves preferides.

—També és una de les que més m'agraden.

I va fixar la mirada en la pluja que queia a l'exterior, absort en els seus pensaments.

Vaig escoltar la música i em vaig posar còmoda en el seient de cuir gris clar. Era impossible no reaccionar a aquella coneguda melodia suau i relaxant. A l'exterior de la finestra, la pluja ho convertia tot en taques grises i verdes. Tot d'una, em vaig adonar que anàvem molt ràpid, però el cotxe era tan regular i estable que no notava la velocitat, només es veia per les cases que passaven rabent.

—Com és la teva mare? —em va preguntar de cop.

Li vaig fer un cop d'ull: m'estava examinant amb curiositat.

—Físicament com jo, però més bonica —vaig dir i ell va alçar les celles—. Retiro massa en Charlie. Ella és més extravertida i valenta que jo. És irresponsable, una mica excèntrica i una cuinera imprevisible. És la meva millor amiga.

Vaig parar perquè parlar d'ella m'estava deprimint.

—Quants anys tens? —em va dir amb un to de frustració per alguna raó que no em podia imaginar. Va parar el cotxe i vaig veure que ja érem davant de casa. Plovia tant que a penes es veia l'edifici. Era com si el cotxe fos al fons d'un riu.

—Disset —li vaig contestar, una mica estranyada.

—No els aparentes.

M'ho va dir com qui fa un retret i em va fer riure.

—Què passa? —va tornar a preguntar amb curiositat.

—La mare sempre em diu que vaig néixer amb trenta-cinc anys i que cada any em vaig fent més madura —vaig riure i després vaig sospirar—. Bé, algú havia de fer el paper d'adult —vaig fer una pausa—. Tu tampoc fas cara d'estudiant d'institut, per això.

Va fer una cara estranya i va canviar de tema.

—Així, per què es va casar amb en Phil la teva mare?

Em vaig quedar parada que se'n recordés del nom. Només ho havia dit un cop i ja feia dos mesos. Vaig trigar una mica a contestar.

—La mare... encara és jove tot i l'edat que té. I suposo que en Phil la fa sentir encara més jove. Sigui com sigui, està boja per ell —vaig moure el cap. Els camins de l'atracció encara em resultaven inescrutables.

—I et sembla bé, la relació? —em va preguntar.

—I què més dóna? —li vaig rebatre—. Vull que sigui feliç, i si és amb ell amb qui vol estar...

—És una actitud molt generosa... però em pregunto... —va mormolar.

—El què?

—Si ella també tindria aquesta deferència amb tu, triessis a qui triessis.

Tot d'una estava concentrat i buscava la meva mirada.

—Suposo que sí —vaig quequejar—, però al cap i a la fi és la meva mare, i això ho fa una mica diferent.

—Llavors l'acceptaria si no fes massa por —va dir burleta.

Vaig fer una rialla com a resposta.

—Què vols dir, que faci por? Que tingui la cara plena de píercings i vagi tatuat de dalt a baix?

—Sí, és una de les definicions, suposo.

—I quina és la teva?

Tanmateix, no em va respondre i em va fer una altra pregunta.

—Creus que jo podria fer por?

Va aixecar una cella i un indici d'un somriure li va il·luminar la cara.

Vaig pensar durant un moment si era millor dir la veritat o una mentida, però em vaig decantar per la primera opció.

—Mmmm... suposo que sí, si volguessis.

—I ara et faig por?

El seu somriure va desaparèixer i la seva cara angelical es va tornar tot d'una seriosa.

—No —vaig respondre massa ràpid.

Va tornar a somriure.

—M'explicaràs alguna cosa de la teva família? —li vaig preguntar per distreure'l—. Diria que tens una història molt més interessant que la meva.

De sobte es va posar a la defensiva.

—Què vols saber?

—Els Cullen et varen adoptar? —vaig dir per comprovar que fos veritat.

—Sí.

Vaig dubtar un moment.

—Què els va passar als teus pares?

—Varen morir fa molts anys —va contestar amb naturalitat.

—Em sap greu —vaig murmurar.

—No els recordo massa. Fa temps que en Carlisle i l'Esme són els meus pares.

—I te'ls estimes.

No era una pregunta. Resultava obvi, tenint en compte com parlava d'ells.

—Sí —va dir somrient—. No em puc imaginar persones millors que ells.

—Tens molta sort.

—Ja ho sé.

—I els teus germans?

Va mirar-se el rellotge del cotxe.

—Tant els meus germans com en Jasper i la Rosalie estaran una mica enfadats si m'han d'esperar sota la pluja.

—Vaja, veig que te n'has d'anar.

No tenia ganes de sortir del cotxe.

—I suposo que vols la camioneta abans que el cap Swan torni a casa i així no li hagis d'explicar l'incident de Biologia —em va dir fent un gran somriure.

—Segur que ja li han dit. No hi ha secrets, a Forks —vaig sospirar.

Va esclafir a riure amb un to estrany.

—Passa-t'ho bé a la platja... sembla que farà bon temps per parar el sol.

Va fer un cop d'ull a la intensa pluja.

—No ens veurem demà?

—No, l'Emmett i jo ens n'anem abans de cap de setmana.

—I què fareu?

Com a amiga podia preguntar-li això, no? Esperava que no se'm notés massa el disgust.

—Anem d'excursió a la reserva de Goat Rocks, al sud del mont Rainier.

Vaig recordar que en Charlie havia dit que els Cullen anaven sovint d'acampada.

—Ah, passa-t'ho bé.

Vaig mirar de sonar entusiasta, però no crec que l'enganyés. Va fer mitja rialla.

—Em pots fer un favor aquest cap de setmana?

Es va girar per mirar-me directament, desplegant al màxim el poder dels seus ardents ulls daurats. Faig fer que sí dòcilment.

—No t'ho prenguis malament, però sembles d'aquella gent que és com un imant per als accidents. Així que, mira de no caure a l'oceà, que no t'atropellin ni res estrany, d'acord?

Va fer un somriure murri. Aquelles paraules van fer que em passés la docilitat de cop i li vaig fer una mirada agressiva.

—Es farà el que es pugui —li vaig etzibar mentre baixava del cotxe, sota la pluja. Vaig tancar la porta de cop, amb massa força.

L'Edward encara somreia mentre s'allunyava.

Històries de por

En realitat, mentre seia a l'habitació mirant de concentrar-me en el tercer acte de *Macbeth*, només estava pendent de si sentia la meva camioneta. Em pensava que, tot i la intensa pluja, en sentiria el rugit del motor, però, quan vaig tornar a apartar la cortina, ja era allà.

No tenia cap ganes que arribés el divendres, i el dia va ser encara més insuls del que m'esperava. Evidentment, hi va haver alguns comentaris sobre el meu mareig, sobretot de la Jessica, que semblava que gaudia amb aquella història. Per sort, en Mike va tenir la boca tancada i semblava que ningú sabia que l'Edward s'hi havia ficat pel mig. Tot i això, a l'hora de dinar la Jessica em va atabalar amb una pila de preguntes.

—Què volia l'Edward Cullen, ahir? —em va preguntar a Trigonometria.

—Ni idea —vaig respondre sincerament—. No va anar al gra.

—Semblaves enfadada —em va dir per fer-me xerrar.

—Ah sí? —vaig dir amb cara de pòquer.

—És que no l'havia vist mai seure amb ningú que no fos de la seva família. Era estrany.

—Sí que ho va ser —vaig afirmar.

Se la veia molesta. S'anava entortolligant els seus rissos foscos, impacient. Suposo que volia sentir una bona història per poder-la explicar a tothom.

El pitjor va ser que, tot i que sabia que no hi seria, tenia l'esperança que l'Edward vingués. Quan vaig entrar a la cafeteria amb la Jessica i en Mike, no vaig poder evitar mirar la seva taula, on seien la Rosalie, l'Alice i en Jasper, que parlaven amb els caps junts. Tampoc vaig poder evitar que m'envaís la tristesa quan em vaig adonar que no sabia quant m'hauria d'esperar abans no el pogués tornar a veure.

A la meva taula de sempre tothom parlava de què faríem l'endemà. En Mike tornava a estar animat i confiava plenament en l'home del temps, que havia pronosticat un dia assolellat. Ho hauria de veure per creure-m'ho, però avui la temperatura era més càlida, gairebé setze graus. Potser la sortida no seria tan terrible.

Vaig notar algunes mirades poc amistoses de la Lauren durant el dinar, que no vaig entendre fins que vàrem tornar a classe. Caminava darrere seu, a un pam de la seva sedosa cabellera ros platejat, i era evident que no s'adonava que jo era allà mateix.

—... no entenc per què la Bella —va recalcar el meu nom, de manera despectiva— no s'asseu amb els Cullen i ja està, a partir d'ara.

Vaig sentir com remugava coses a en Mike. No m'havia fixat mai en la seva veu desagradable i nasal, i em va sorprendre la malícia que destil·lava. No la coneixia massa, o almenys no tant com per caure-li malament... o això em pensava jo.

—És la meva amiga i seurà amb nosaltres —va xiuxiuejar en Mike lleialment, però també per marcar territori. Vaig aturarme perquè la Jess i l'Angela m'avancessin. No volia sentir res més.

Aquell vespre, mentre sopàvem, en Charlie semblava emocionat amb la meva excursió a La Push de l'endemà. Em penso que se sentia culpable per deixar-me sola els caps de setmana, però s'havia passat massa anys seguint aquella rutina com per trencar-la ara. Evidentment sabia el nom de tots els alumnes que venien, dels seus pares i, probablement, dels besavis i tot. Semblava que ho trobava bé. No sabia si li agradaria que me n'anés a Seattle amb l'Edward Cullen, tot i que no li ho pensava dir.

—Pare, et sona un lloc que es diu Goat Rocks o una cosa així? Em penso que és al sud del mont Rainier —vaig preguntar, fingint desinterès.

—Sí, per què?

Vaig arronsar les espatlles.

—Uns companys deien d'anar-hi a acampar.

—No és massa bon lloc —va dir, sorprès—. Hi ha massa óssos, la gent hi sol anar quan és temporada de caça.

—Ah —vaig murmurar—. Potser he entès malament el nom.

Volia dormir fins tard, però em va despertar una claror poc habitual. Vaig obrir els ulls i vaig veure una llum de color groc pàl·lid que entrava per la finestra. No m'ho podia creure. Vaig córrer a comprovar-ho i, efectivament, feia sol. No era al lloc que li corresponia, quedava massa baix i es veia molt llunyà però, al cap i a la fi, feia sol. Hi havia núvols a l'horitzó, però al mig s'hi veia una gran franja de cel blau. Em vaig quedar una estona a la finestra per por que, si me n'anava, el blau del cel tornaria a desaparèixer.

La botiga d'articles esportius dels Newton era al nord del poble. Ja l'havia vista, però no m'hi havia aturat mai ja que no em calia material per fer activitats a l'aire lliure. A l'aparcament vaig reconèixer el Suburban d'en Mike i el Sentra d'en Tyler.

Quan em vaig aturar al costat dels cotxes, vaig veure el grup que estava davant del Suburban. Hi havia l'Eric amb dos altres nois que venien a classe amb mi. Estava bastant convençuda que es deien Ben i Conner. També hi havia la Jess, entre l'Angela i la Lauren, així com tres noies més, entre elles una a qui recordava haver caigut a sobre a la classe d'Educació Física de divendres. Aquesta em va fer una mirada assassina quan vaig baixar de la camioneta i va xiuxiuejar alguna cosa a la Lauren, la qual es va sacsejar els cabells rossos i em va mirar amb menyspreu.

Es presentava un gran dia. Almenys en Mike semblava content de veure'm.

—Has vingut! —va cridar joiós—. Veus com sí que ha fet sol?

—Ja et vaig dir que vindria —li vaig recordar.

—Només falten en Lee i la Samantha… si no és que has convidat algú més —va afegir en Mike.

—No, no —vaig mentir, esperant que ningú m'enxampés, però també desitjant que es produís el miracle i arribés l'Edward.

En Mike semblava satisfet.

—Vindràs al meu cotxe, oi? Pots triar entre el meu o la minifurgoneta de la mare d'en Lee.

—És clar.

Va somriure feliç. No costava gens fer content en Mike.

—Podràs seure a davant —em va prometre. Vaig dissimular el disgust. No resultava gens fàcil fer feliços en Mike i la Jessica a la vegada. Ja me la veia, mirant-nos amb cara de pomes agres.

No obstant això, va ser una sort que vingués més gent de la que em pensava. En Lee va portar dos companys de més i varen quedar tots els seients ocupats. Vaig aconseguir esmunyir la Jess entre en Mike i jo als seients de davant del Suburban. En Mike podria haver estat una mica més elegant, però almenys la Jess semblava satisfeta.

Només hi havia uns vint-i-cinc quilòmetres de Forks a La Push. La major part del trajecte transcorria entre magnífics boscos frondosos i, fins i tot, es veia un parell de vegades com el cabalós riu Quillayute serpentejava sota la carretera. Era un plaer seure al costat de la finestra. Havíem tornat a baixar els vidres —un Suburban amb nou persones resulta una mica claustrofòbic— i mirava d'absorbir tota la llum solar que podia.

Com que havia estat molts cops a les platges dels voltants de La Push durant els meus estius a Forks amb en Charlie, la platja de First Beach, de més d'un quilòmetre de llarg i forma de mitja lluna, m'era familiar. Tot i així, encara em resultava impressionant. L'aigua, d'un color de plom fins i tot quan hi tocava la llum del sol, es gronxava coronada d'escuma blanca fins a l'escullera de roques grises. Les parets de les illes, que s'alçaven en les fosques aigües del port, eren escarpats penya-segats, que acabaven en cims desiguals, coronats per avets alts i sobris. La platja només tenia una estreta franja de sorra a la vora de l'aigua, darrere de la qual s'acumulaven milions de còdols grossos i llisos que, de lluny, semblaven una massa gris uniforme. Si es miraven de prop, però, s'hi podien distingir pedres de color terracota, verd mar, blau lavanda, blau grisós i daurat mat. La marca de la marea estava sembrada de troncs caiguts, que havien agafat color de marfil a causa de la salabror de l'aigua. Alguns estaven apilats als límits d'un bosc; d'altres, reposaven solitaris, lluny de l'abast de les onades.

Bufava una brisa marina, fresca i salabrosa. Els pelicans suraven sobre l'onatge mentre les gavines i una àliga solitària voleiaven sobre seu. Encara hi havia núvols al cel, que amenaçaven amb cobrir-lo en qualsevol moment, però de moment el sol lluïa resplendent en el seu halo de cel blau.

Vàrem baixar cap a la platja, i en Mike ens va dur a un cercle de troncs arrossegats per la marea. Era evident que ja s'havien fet servir abans per trobades com la nostra. Ja hi havia marcada la foguera, plena de cendres negres. L'Eric i el noi que em pensava que es deia Ben varen recollir les branques trencades dels troncs més secs que hi havia a la vora del bosc, i els varen apilar en forma de piràmide sobre les cendres.

—Has vist mai una foguera amb fusta d'aquesta? —em va preguntar en Mike.

Estava asseguda en un d'aquells bancs de color d'ivori; les altres noies, totes juntes, explicaven xafarderies animadament al meu voltant. En Mike es va agenollar al costat de foc i va encendre un dels branquillons més petits amb un encenedor.

—No —li vaig respondre mentre col·locava amb compte el branquilló encès a la piràmide de troncs.

—Llavors t'agradarà, mira quins colors.

Va encendre una altra branqueta i la va deixar al costat de la primera. Les flames varen començar a consumir ràpidament la fusta seca.

—És blau! —vaig dir sorpresa.

—És per la sal. És maco, oi?

En va encendre una altra, la va posar en un cantó on el foc encara no s'havia encès i es va venir a asseure amb mi. Per sort, la Jessica estava a l'altre costat d'en Mike, es va girar cap a ell i va acaparar tota la seva atenció. Em vaig quedar mirant les curioses flames de color blau i verd que crepitaven cap al cel.

Després d'estar mitja hora xerrant, alguns nois varen voler anar a fer un vol a les maresmes que hi havia a prop. Vaig dubtar. Per una banda, m'agradaven, em fascinaven des de petita. Era l'única cosa que tenia ganes de veure quan havia de venir a Forks. Per l'altra, però, hi havia caigut moltes vegades. Res de l'altre món quan tens set anys i vas amb el pare, però em va fer pensar en la petició que m'havia fet l'Edward de no caure a l'aigua.

La Lauren va prendre la decisió per mi. No tenia ganes de caminar i no portava el calçat adequat. La resta de noies, excepte l'Angela i la Jessica, també es varen voler quedar a la platja. Vaig esperar que en Tyler i l'Eric s'haguessin compromès a quedar-se amb elles per aixecar-me discretament i afegir-me al grup que sí que hi volia anar. En Mike em va fer un gran somriure quan va veure que hi anava.

La caminada no era gaire llarga, però no m'agradava perdre de vista el cel un cop s'entrava al bosc. Aquella llum verdosa no lligava gaire amb les rialles adolescents, era massa obscura i sinistra al costat de les alegres bromes que feia la gent del meu voltant. Com que havia de vigilar bé cada pas que feia, i mirar d'evitar les arrels de terra i les branques de sobre meu, aviat em vaig quedar enrere. Al final vaig endinsar-me en els límits maragdes del bosc i vaig anar a sortir un altre cop a la riba rocosa. La marea era baixa i hi havia un rierol que ens passava pel costat per anar a desembocar al mar. Al llarg de les seves vores plenes de petits còdols, les maresmes poc profundes que mai s'acabaven d'assecar estaven plenes de vida.

Vaig vigilar de no abocar-me massa als estanyols oceànics. Els altres saltaven per les roques sense por i es repenjaven a les vores de forma precària. Vaig trobar una roca que semblava molt estable a la vora d'una de les maresmes més grosses i hi vaig seure amb compte, meravellada per l'aquari natural que hi havia sota els meus peus. Els rams d'anemones brillants s'ondulaven sense parar en el corrent invisible, les curculles es camuflaven a les vores, i els crancs s'ocultaven al seu interior. Les estrelles de mar estaven immòbils a les roques i enganxades les unes amb les altres, mentre una petita anguila negra amb ratlles blanques feia ziga-zagues entre les brillants algues verdes, tot esperant que pugés la marea. Estava completament absorta per l'espectacle. Una petita part de mi, però, es preguntava què devia estar fent l'Edward i mirava d'imaginar què diria si fos aquí al meu costat.

Finalment als nois els venir gana i em vaig aixecar amb rigidesa per seguir-los fins a la platja. Com que aquest cop vaig mirar de seguir el ritme del grup pel bosc, vaig caure algun cop, com és evident. Tot i que em vaig fer rascades a les mans i tenia taques verdes als genolls dels texans, podria haver estat pitjor.

Quan vàrem tornar a First Beach, el grup que havíem deixat s'havia multiplicat. A mesura que ens hi anàvem acostant vàrem entrellucar els cabells brillants, llisos i negres i la pell courenca dels nouvinguts, adolescents de la reserva que havien vingut a fer amics.

Ja havien començat a repartir el menjar. Els nois es varen espavilar a reclamar la seva ració mentre l'Eric ens presentava a mesura que entràvem al cercle de troncs. L'Angela i jo vàrem ser les últimes en arribar i, quan l'Eric va dir els nostres noms, vaig notar com el noi més jove, que seia a les pedres de vora el foc, em mirava amb interès. Vaig seure al costat de l'Angela, i en Mike ens va portar entrepans i un munt de refrescos per triar. El noi que semblava el més gran va dir els noms dels altres set forasters que l'acompanyaven. Només vaig entendre que una de les noies també es deia Jessica i que el noi que m'havia mirat es deia Jacob.

Era relaxant seure amb l'Angela: era d'aquelles persones assossegades que no tenen la necessitat d'omplir tots els silencis amb la seva xerrera. Va deixar que pogués concentrar-me en els meus pensaments mentre menjàvem. Trobava que el temps passava inconnex a Forks, alguns cops tan ràpid que ni me n'adonava, amb només algunes imatges que recordava més que les altres; però, en canvi, altres vegades cada segon tenia importància i em quedava gravat a la ment. M'horroritzava saber perfectament què causava aquesta diferència.

Mentre dinàvem els núvols varen començar a cobrir lentament el cel blau, tapant el sol de tant en tant, i estenent llargues ombres per la platja, que enfosquien les onades. Quan vàrem acabar de menjar, la gent va començar a dispersar-se en grups de dues o tres persones. Alguns varen caminar fins a la vora del mar per jugar a fer saltar pedres per la superfície. Uns altres varen formar una segona expedició a les maresmes. En Mike, amb la Jessica que el seguia de prop, va anar a una botiga del poble. Alguns dels nois d'allà varen anar amb ells, els altres amb els de l'excursió. Quan ja tots havien marxat, seia sola en el meu tronc, amb la Lauren i en Tyler que escoltaven música amb un CD portàtil que havia dut algú, i tres adolescents de la reserva que estaven escampats pel cercle, entre ells el que es deia Jacob i el noi més gran que havia fet de portaveu.

Pocs minuts després que l'Angela marxés amb els de l'excursió, en Jacob va venir a asseure's al lloc que havia quedat al meu costat. Semblava que tenia uns catorze anys, potser quinze, i tenia uns cabells foscos, llargs i brillants, recollits amb una goma al clatell. Tenia una pell preciosa, sedosa i vermellosa, i uns ulls foscos sobre els pronunciats pòmuls. A la barbeta encara quedava l'indici de la cara arrodonida que havia tingut de petit. Tenia un rostre molt atractiu. Tanmateix, la bona opinió que tenia del seu aspecte es va esfondrar quan va obrir la boca.

—Ets la Isabella Swan, oi?

Allò era com tornar al primer dia d'institut.

—Bella —vaig sospirar.

—Em dic Jacob Black —em va allargar la mà amablement—. Vares comprar la camioneta del meu pare.

—Ah —vaig dir alleujada, tot encaixant aquella mà suau—. Ets el fill d'en Billy. Suposo que m'hauria de recordar de tu.

—No, sóc el petit, segurament et recordes de les meves germanes grans.

—La Rachel i la Rebecca —vaig recordar de cop.

En Charlie i en Billy ens havíen deixat soles molts cops quan havia vingut perquè ens entretinguéssim mentre ells pescaven. Totes érem massa tímides per fer-nos gaire amigues. I, evidentment, havia muntat prou rebequeries com perquè s'acabés la història d'anar a pescar quan tenia onze anys.

—Són aquí?

Em vaig mirar les noies que hi havia a la riba, tot preguntant-me si en reconeixeria cap.

—No —va fer en Jacob negant-ho també amb el cap—. La Rachel té una beca de l'Estat de Washington i la Rebecca es va casar amb un surfista de Samoa. Ara viu a Hawaii.

—Ostres, ja és casada! —em vaig quedar parada. Les bessones amb prou feines tenien un any més que jo.

—T'agrada la camioneta? —em va preguntar.

—M'encanta, va de primera.

—Sí, però és molt lenta —va riure—. Vaig quedar descansat quan en Charlie la va comprar. El meu pare no m'hagués deixat construir un altre cotxe tenint-ne un que anava bé.

—No és tan lenta —vaig objectar.

—Has provat d'anar a més de noranta?

—No —vaig reconèixer.

—Millor, val més que no ho provis —va dir fer un ampli somriure, que no vaig poder evitar tornar.

—És molt resistent en cas de col·lisió —vaig dir en defensa de la camioneta.

—Em sembla que a aquell trasto no el guanyaria ni un tanc —va tornar a dir rient.

—I dius que fas cotxes? —vaig preguntar sorpresa.

—Quan tinc peces i temps lliure. No deus pas saber d'on puc treure un cilindre mestre per a un Volkswagen Rabbit del 86, no? —va preguntar divertit. Tenia una veu agradable i rogallosa.

—Em sap greu —vaig dir rient—. Últimament no n'he vist cap, però estaré a l'aguait.

No sabia ni de què em parlava, però m'agradava conversar amb ell. Va fer un somriure encantador i em va mirar atent, d'una manera que ja estava aprenent a reconèixer. No vaig ser l'única que ho va notar.

—Coneixes la Bella, Jacob? —va preguntar la Lauren des de l'altre costat de la foguera, en un to que vaig imaginar que devia ser insolent.

—Ens coneixem més o menys des que vàrem néixer —va dir rient i em va tornar a somriure.

—Que bé!

No semblava que ho trobés bé de cap manera, i va mig aclucar aquells ulls pàl·lids de rap.

—Bella —em va cridar, mentre em mirava detingudament—. Estava dient a en Tyler que és una llàstima que no hagi vingut cap dels Cullen. Ningú va pensar a convidar-los?

La seva suposada cara de preocupació no era gens convincent.

—Vols dir la família del doctor Carlisle Cullen? —va preguntar el noi alt i més gran abans que pogués dir res, cosa que va fer enfurismar la Lauren. Semblava més un home que no pas un noi i tenia una veu molt greu.

—Sí, els coneixeu? —va preguntar condescendent, mig girant-se cap a ell.

—Els Cullen no vénen aquí —va dir tancant el tema i ignorant la seva pregunta.

En Tyler, mirant de tornar a atreure la seva atenció, va preguntar a la Lauren què li semblava el CD que tenia i la va distreure.

Em vaig quedar mirant el noi de veu greu, desconcertada. Ell tenia la mirada desviada cap al bosc fosc que hi havia darrere nostre. Havia dit que els Cullen no venien aquí, però el to donava a entendre més coses: que no els era permès o que ho tenien prohibit. La seva actitud em va donar una impressió estranya i vaig intentar passar-la per alt sense aconseguir-ho.

—Encara t'hi tornes boja a Forks? —va dir en Jacob, interrompent els meus pensaments.

—Et quedes curt —vaig dir fent una ganyota, i ell va riure, comprensiu.

Quan encara donava voltes a aquell breu comentari sobre els Cullen, em va venir una inspiració sobtada. Era un pla estúpid, però no tenia cap idea millor. Esperava que el jove Jacob encara no tingués massa experiència amb les noies i no notés com n'eren de patètics els meus intents de lligar.

—Vols venir a fer un vol a la platja? —li vaig preguntar, mirant d'imitar la mirada de l'Edward per sota de les pestanyes. Estava segura que no li causaria la mateixa impressió, però en Jacob es va aixecar prou convençut.

Mentre caminàvem cap al nord a través dels còdols de nombrosos tons, en direcció a l'escullera plena de branquillons, els núvols finalment varen cobrir el cel, fent que les aigües s'enfosquissin i la temperatura baixés. Em vaig ficar les mans a les butxaques de la jaqueta.

—I dius que tens setze anys? —vaig preguntar mentre li feia una caiguda d'ulls com les de les noies de la televisió, i mirava de no semblar ximpleta.

—N'acabo de fer quinze —va confessar, afalagat.

—De debò? —vaig dir amb cara de falsa sorpresa—. Em pensava que eres més gran.

—Sóc alt per l'edat que tinc —va explicar.

—Véns molt, a Forks? —vaig preguntar-li maliciosament, com si m'esperés un sí. Notava que quedava estúpida i em feia por que tot d'una s'empipés i em digués que em reia d'ell, però semblava complagut.

—No massa —va admetre amb mala cara—, però podré anar-hi tant com vulgui quan tingui el cotxe acabat ... i carnet —va afegir.

—Qui era el noi que parlava amb la Lauren? Semblava força gran per venir amb nosaltres.

Em vaig posar expressament al grup dels joves per deixar clar que el preferia a ell.

—És en Sam, té dinou anys —em va informar.

—Què deia de la família del doctor? —vaig preguntar innocentment.

—Els Cullen? Ah, no poden venir a la reserva.

Va desviar la mirada cap a l'illa James, confirmant-me així el que em pensava que havia notat en el to d'en Sam.

—Per què no?

Em va tornar a mirar de cop i es va mossegar el llavi.

—Ho sento, no ho puc explicar.

—No pateixis, no ho diré a ningú, és simple curiositat.

Vaig mirar de posar un somriure seductor mentre em preguntava si m'estava quedant massa fingit, però em va tornar el somriure encantat. Llavors va aixecar una cella i la veu se li va tornar encara més rogallosa.

—T'agraden les històries de por? —em va preguntar de manera inquietant.

—M'encanten! —vaig respondre entusiasmada, ficant-me més en el paper.

En Jacob va anar fins a un tronc proper, que tenia les arrels sortides com les blanquinoses potes d'una gran aranya. Es va recolzar una mica en una de les arrels entortolligades mentre jo m'asseia als seus peus, reclinant-me sobre el tronc. Va mirar cap a les roques, amb un somriure en els seus llavis carnosos. Vaig suposar que ho faria tan bé com sabés. Vaig concentrar-me perquè l'interès que sentia se'm reflectís a la mirada.

—Saps alguna de les nostres antigues llegendes, les que expliquen els nostres orígens, els dels *quileute*, vull dir? —va començar.

—La veritat és que no —vaig admetre.

—Bé, n'hi ha un munt. Algunes es remunten al Diluvi Universal. Es diu que els antics *quileute* varen amarrar les seves canoes a les copes dels arbres més alts de la muntanya per sobreviure com Noè amb la seva arca.

Em va somriure per mostrar-me la poca credibilitat que donava a aquestes històries.

—N'hi ha una altra que diu que som descendents dels llops i que aquests encara són els nostres germans. La llei tribal prohibeix matar-los. I llavors hi ha les històries dels gèlids —va afegir enfosquint una mica la veu.

—Els gèlids? —vaig preguntar sense haver de fingir la intriga.

—Sí. Algunes històries dels gèlids són tan antigues com les dels llops, però també n'hi ha de molt més recents. Segons la llegenda, el meu besavi en va conèixer. Va ser ell qui va fer el tractat que els allunyava de les nostres terres.

Va alçar els ulls al cel, incrèdul.

—El teu besavi? —vaig dir per animar-lo a continuar.

—Era el cap de la tribu, com el meu pare. Els gèlids són els enemics naturals dels llops. Però no dels llops en si, sinó dels que es converteixen en homes, com els nostres avantpassats. Els que tu anomenaries licantrops.

—Els homes llop tenen enemics?

—Només un.

Me'l vaig quedar mirant seriosa, esperant que confongués la meva impaciència amb admiració.

—Com pots veure —va continuar en Jacob— els gèlids són des de temps immemorials els nostres enemics. Tanmateix, el grup que va venir al nostre territori en l'època del meu besavi era diferent. No eren caçadors com la resta de la seva espècie, i no semblaven perillosos per a la tribu. Per tant, el meu besavi va signar una treva amb ells. No els delataríem als rostres pàl·lids si prometien allunyar-se de les nostres terres.

Em va picar l'ullet.

—Però si no eren perillosos, llavors per què...? —vaig mirar de trobar-hi la lògica, mirant que no notés que m'estava prenent la història de por massa seriosament.

—Sempre és arriscat que els humans estiguin amb els gèlids, fins i tot si són civilitzats com era aquell clan. No se sap mai si la set farà que no puguin reprimir-se —va esforçar-se en posar una veu amenaçadora.

—Què vols dir amb això de "civilitzats"?

—Deien que no caçaven humans. Suposadament podien substituir-los per animals.

—I això què té a veure amb els Cullen? Són com els gèlids que va conèixer el teu besavi? —vaig dir mirant de posar un to despreocupat.

—No —va dir fent una pausa dramàtica—. Són els mateixos.

Suposo que es va pensar que la cara que vaig posar era perquè la història m'havia fet por. Va somriure satisfet i va continuar.

—Ara són més, hi ha un mascle i una femella nous, però la resta són els mateixos. Ja a l'època del meu besavi la nostra tribu ja coneixia el seu cap, en Carlisle. Anava i venia per aquestes terres fins i tot molt abans que arribés la teva gent —va dir aguantant-se el riure.

—I què són? —vaig preguntar finalment—. Què són els gèlids?

Va fer un somriure sinistre.

—Bevedors de sang —va respondre amb una veu corprenedora—. La teva gent els anomena vampirs.

Un cop va haver contestat, em vaig quedar mirant el brau onatge perquè no sabia massa quina cara em devia haver quedat.

—T'ha vingut pell de gallina —va dir, rient de gust.

—En saps molt, d'explicar històries —li vaig dir com a afalac, sense deixar de mirar les onades.

—Quines bestieses, eh? No m'estranya que el pare no vulgui que ho expliquem a ningú.

Encara no podia controlar prou l'expressió com per mirar-me'l.

—No pateixis, no et delataré.

—Suposo que acabo d'infringir el tractat —va dir rient.

—M'enduré el secret a la tomba —vaig prometre i em va venir una esgarrifança.

—De totes maneres, no li diguis res a en Charlie. Es va enfadar bastant amb el pare quan va sentir que alguns de nosaltres ja no anàvem a l'hospital des que el doctor Cullen hi va començar a treballar.

—És clar que no.

—Trobes que som una colla d'indígenes supersticiosos o què? —va dir amb un to juganer, però amb certa preocupació. Com que encara no havia apartat els ulls de l'oceà, em vaig girar i li vaig fer un somriure tan natural com vaig poder.

—No, trobo que en saps molt, d'explicar històries de por. Mira, encara tinc pell de gallina —vaig dir ensenyant-li el braç.

—Genial —va somriure.

I llavors el cruixit dels còdols ens va fer adonar que s'acostava algú. Vàrem aixecar el cap alhora i vàrem veure en Mike i la Jessica a poc més de deu metres, caminant cap a nosaltres.

—Eres aquí, Bella! —va cridar en Mike, alleujat, fent senyals amb el braç.

—És el teu xicot? —va preguntar en Jacob, alarmat per la gelosia que desprenia la veu d'en Mike. Em vaig sorprendre que ho trobés tan obvi.

—No, és clar que no —vaig xiuxiuejar.

Li estava terriblement agraïda i el volia fer feliç. Li vaig picar l'ullet, anant en compte que no em veiés en Mike. Va somriure, responent eufòric al meu inepte flirteig.

—Doncs quan tingui carnet… —va començar.

—M'has de venir a veure a Forks. Podem sortir alguna estona.

Em vaig sentir culpable d'haver-li dit això, ja que l'havia estat utilitzant, però en Jacob m'agradava de debò. Era algú de qui no costava fer-se amic.

En Mike ja havia arribat allà on érem, amb la Jessica a poques passes. Vaig notar com analitzava en Jacob amb la mirada i semblava satisfet de veure que era clarament més jove que nosaltres.

—On has estat? —em va preguntar, tot i tenir la resposta davant seu.

—En Jacob m'ha estat explicant llegendes de la zona —li vaig dir sense que m'ho demanés—. Ha estat molt interessant.

Vaig somriure càlidament a en Jacob i em va tornar la rialla.

—Bé —en Mike va fer una pausa per reavaluar detingudament la situació quan es va adonar de la nostra complicitat—. Estem recollint, sembla que vol ploure.

Vàrem mirar el cel ennuvolat. Definitivament, semblava que plouria.

—D'acord —vaig dir aixecant-me d'un salt—, ja vinc.

—M'ha agradat tornar-te a veure —va dir en Jacob. Vaig notar que es volia riure una mica d'en Mike.

—I tant! El proper cop que en Charlie vingui a visitar en Billy, jo també vindré —li vaig prometre.

Va fer un somriure d'orella a orella.

—Genial.

—I gràcies —vaig afegir de tot cor.

Em vaig posar la caputxa mentre caminàvem amb treballs entre les roques per anar a l'aparcament. Havien començat a caure gotes, que deixaven taques negres als còdols on queien. Quan vàrem arribar al Suburban, els altres ja ho estaven acabant de carregar tot. Vaig esmunyir-me al seient de darrere amb l'Angela i en Tyler, tot dient que ja havia tingut l'oportunitat d'anar a davant. Com que l'Angela es va quedar mirant per la finestra la tempesta que s'anava intensificant, i la Lauren no parava de moure's al seient del mig per acaparar l'atenció d'en Tyler, només vaig poder recolzar el cap al seient, aclucar els ulls, i fer tots els esforços possibles per no pensar.

Malson

Vaig dir a en Charlie que tenia molts deures per fer i que no volia menjar res. Com que feien un partit de bàsquet amb el qual estava molt emocionat —tot i que jo no entenia què tenia d'especial— no va notar-me res d'estrany a la cara ni a la veu.

Un cop vaig ser a la meva habitació, vaig tancar la porta amb clau. Vaig buscar entre les coses que tenia sobre l'escriptori fins que vaig trobar els meus auriculars vells, i els vaig connectar al meu reproductor de CD. Vaig agafar un disc que en Phil m'havia regalat per Nadal. Era d'un dels seus grups preferits però, pel meu gust, feien servir massa el baix i eren massa estridents. El vaig posar i em vaig estirar al llit. Em vaig posar els auriculars, vaig engegar-lo i vaig pujar el volum fins que em va eixordar. Vaig aclucar els ulls però, com que la llum encara em molestava, em vaig posar un coixí a la cara.

Em vaig concentrar totalment en la música, tot mirant d'entendre les lletres de les cançons i desxifrar el complicat ritme de la bateria. Quan vaig sentir el disc per tercera vegada, ja em sabia almenys la lletra de les tornades. Em va sorprendre descobrir que, un cop em vaig haver acostumat al so estrident, aquell grup m'agradava i tot. Li ho hauria de tornar a agrair a en Phil.

I va funcionar. Aquell ritme ensordidor no em deixava pensar, cosa que era l'objectiu primordial de l'experiment. Vaig escoltar repetides vegades el CD, fins que ja seguia totes les cançons i fins que, finalment, em vaig adormir.

Quan vaig obrir els ulls, estava en un lloc que em resultava familiar, tot i que algun racó de la meva ment era conscient que tot plegat era un somni. Vaig reconèixer la claror verdosa del bosc i, en un lloc proper, sentia com les ones s'esberlaven als esculls. Sabia que, si trobava l'oceà, podria veure el sol. Vaig intentar guiar-me per la remor de l'aigua, però llavors va aparèixer en Jacob Black, que m'estirava la mà i m'arrossegava cap a la part més llòbrega del bosc.

—Jacob? Què passa? —vaig preguntar. Tenia una expressió aterrida, mentre m'estirava amb totes les seves forces, ja que jo em resistia. No volia anar cap a la foscor.

—Corre, Bella, corre! —em va xiuxiuejar atemorit.

—Per aquí, Bella! —vaig reconèixer la veu d'en Mike, que cridava des del tenebrós cor del bosc, però no el podia veure.

—Per què? —vaig preguntar, intentant desfer-me d'en Jacob, desesperada per trobar el sol.

Tot d'una, em va deixar anar, va fer un udol i va caure al fosc terra del bosc, agitat. Es rebolcava per terra mentre jo me'l mirava horroritzada.

—Jacob! —vaig cridar.

Però havia desaparegut. Al seu lloc hi havia un gran llop vermellós i d'ulls negres. L'animal es va encarar en direcció a la platja, amb el pèl del llom eriçat, tot grunyint greument i ensenyant els ullals.

—Corre! —va cridar en Mike darrere meu, però no em vaig girar. Veia una llum que venia de la platja i que s'acostava cap a mi.

Llavors l'Edward va sortir d'entre el boscatge. La pell li resplendia tènuement i tenia una mirada fosca i perillosa. Va allargar una mà i em va fer un gest perquè hi anés. El llop va grunyir als meus peus.

Vaig fer un pas endavant, cap a l'Edward. Llavors va somriure, mostrant unes dents punxegudes i esmolades.

—Confia en mi —va xiuxiuejar.

Vaig fer un altre pas.

El llop va saltar entremig del vampir i jo, ensenyant els ullals i a punt de saltar-li a la jugular.

—No! —vaig xisclar, incorporant-me de cop.

El meu moviment brusc va fer que els auriculars arrosseguessin el reproductor de CD, que tenia a la tauleta, i caigués sorollosament al terra de fusta. Encara tenia el llum encès i estava asseguda al llit, vestida i amb les sabates posades. Desorientada, vaig mirar el rellotge del tocador. Eren dos quarts de sis de la matinada.

Vaig rondinar, em vaig deixar caure al llit i em vaig girar cara amunt. Em vaig treure les botes a batzegades, tot i que no em trobava massa bé per tornar-me a adormir. Em vaig tornar a girar, em vaig descordar els texans i me'ls vaig treure a estrebades mentre intentava continuar estirada. Com que encara duia la trena i se'm clavava al clatell, em vaig tombar, em vaig treure la goma, i me la vaig desfer amb els dits. Em vaig tornar a posar el coixí a sobre els ulls.

Evidentment, no va servir de res. El meu subconscient havia recuperat les imatges que tan desesperadament havia intentat evitar i ara m'hi hauria d'enfrontar.

Vaig asseure'm i el cap em va donar voltes una estona, fins que em va començar a baixar la sang. *Però primer el més important*, vaig pensar per mi mateixa, feliç d'aplaçar el tema tant com pogués. Vaig agafar el necesser.

Tot i això, no vaig trigar tant com em pensava a dutxar-me. Fins i tot assecant-me bé els cabells, de seguida no vaig saber què més fer. Vaig anar cap a l'habitació embolicada amb una tovallola. No sabia si en Charlie encara dormia o ja havia marxat. Vaig veure per la finestra que el cotxe patrulla ja no hi era. Havia tornat a anar a pescar.

Em vaig posar a poc a poc la roba més còmoda que tenia i vaig fer el llit, cosa que no solia fer mai. No ho podia endarrerir més. Vaig asseure'm a l'escriptori i vaig engegar el meu ordinador.

No m'agradava navegar per Internet aquí. El mòdem era terriblement antic i l'accés gratuït, deficient. S'estava tanta estona només per connectar-se que vaig decidir anar-me a preparar un bol de cereals mentrestant.

Vaig esmorzar a poc a poc, mastegant amb cura cada cullerada. Quan vaig acabar, vaig rentar el bol i la cullera, els vaig eixugar i els vaig endreçar. Vaig pujar les escales arrossegant els peus. Primer vaig collir el reproductor de CD de terra i el vaig deixar exactament al mig de la taula. Vaig desconnectar els auriculars i els vaig desar al calaix de l'escriptori. Llavors vaig posar el mateix disc, tan fluix que semblava fressa de fons.

Amb un altre sospir, vaig anar cap a l'ordinador. Com era d'esperar, la pantalla estava plena de finestres emergents de publicitat. Vaig asseure'm en aquella cadira plegable dura i vaig començar a tancar-les totes. Llavors, vaig anar al meu cercador preferit i, després de tancar unes quantes finestres més, vaig escriure-hi una paraula.

"Vampir"

Evidentment, va trigar una eternitat. Quan varen aparèixer els resultats, hi havia un munt d'enllaços per descartar: tots els de pel·lícules i sèries de televisió, jocs de rol, grups de música *metal* i empreses de cosmètics gòtics.

Llavors vaig trobar una pàgina que semblava interessant: "Els vampirs de la A a la Z". Vaig esperar neguitosa que es carregués, mentre tancava ràpidament qualsevol anunci que aparegués a la pantalla. Al final va aparèixer una pàgina senzilla, de text negre sobre fons blanc i aspecte acadèmic. Hi havia dues citacions a la pàgina principal:

No hi ha en tot el vast i tenebrós món dels dimonis i dels esperits cap figura més terrible, terrorífica i temuda, però alhora envoltada d'una paorosa fascinació, com la del vampir, que no és en si mateix ni un esperit ni un dimoni, però que comparteix la seva naturalesa obscura i posseeix les misterioses i terribles qualitats de tots dos.

Reverend Montague Summers.

Si hi ha hagut en aquest món algun fet garantit i comprovat, aquest és el dels vampirs. No falta res: informes oficials, declaracions de persones eminents, de cirurgians, de religiosos i de jutges; les proves judicials són nombroses. I malgrat tot, qui creu en els vampirs?

Rousseau.

La resta de la pàgina era un llistat alfabètic dels diversos mites sobre els vampirs arreu del món. El primer que vaig mirar, el *danag*, era un vampir filipí que presumptament havia plantat taro a aquelles illes molt temps ençà. Els *danag* varen treballar amb els humans durant molts anys, però la convivència es va acabar el dia que una dona es va fer un tall al dit i un *danag* li va llepar la ferida, i li va agradar tant el gust que li va xuclar fins l'última gota de sang del cos.

Vaig llegir detingudament les descripcions per veure si alguna cosa em sonava familiar o, fins i tot, versemblant. La majoria de mites sobre els vampirs eren de dones precioses representades com a éssers diabòlics, les víctimes de les quals eren els nens. Donava la sensació que eren històries creades per justificar els alts índexs de mortalitat infantil i donar als homes una excusa per a l'adulteri. En molts dels relats hi apareixien esperits incorporis i advertències sobre els enterraments mal efectuats. No n'hi havia gaires que s'assemblessin al que havia vist a les pel·lícules, i només a alguns, com ara l'*estrie* hebrea i l'*upier* polonès, els preocupava beure sang.

Només hi varen haver tres entrades que em cridessin l'atenció de debò: el *varacolaci* romanès, un poderós ésser no mort que podia aparèixer com un humà atractiu de pell pàl·lida, el *nelapsi* eslovac, una criatura tan forta i ràpida que podia devastar un poble sencer en una hora després de la mitjanit, i l'*stregoni benefici*. Sobre aquest últim només hi havia una breu descripció

Stregoni benefici: vampir italià que afirmava estar al bàndol del bé; era l'enemic mortal de tots els vampirs malvats.

Aquella petita entrada em va alleujar, l'únic mite entre centenars que assegurava que hi havia vampirs bons.

Malgrat tot, no coincidien massa amb les històries d'en Jacob o les meves pròpies observacions. Em vaig fer un petita fitxa mental mentre llegia i hi anava comparant cada mite detingudament. Velocitat, força, bellesa, pell pàl·lida i ulls que canvien de color. I llavors els criteris d'en Jacob: bevedors de sang, enemics dels homes llop, pell gèlida i immortalitat. Hi havia molt pocs mites que coincidissin almenys en un sol factor.

També hi havia un altre problema que recordava de les poques pel·lícules de terror que havia vist i que aquella lectura confirmava: els vampirs no podien sortir de dia. El sol els cremava fins a deixar-ne només les cendres. Dormien en taüts durant el dia i sortien només de nit.

Irritada, vaig tancar de cop l'ordinador, sense esperar que el sistema operatiu s'apagués correctament. A més de ràbia, sentia una vergonya insuportable. Tot era massa estúpid. Estava a la meva habitació, buscant informació sobre els vampirs. Què m'estava passant? Vaig decidir que gran part de la culpa de tot plegat es trobava fora del llindar de casa meva, al poble de Forks. De fet, a tota la humida península d'Olympic.

Havia de sortir de casa, però no hi havia enlloc on volgués anar que no suposés passar-me tres dies conduint. De totes maneres, em vaig posar les botes, sense saber massa on aniria, i vaig baixar. Em vaig posar l'impermeable sense mirar quin temps feia i vaig sortir decidida.

Feia núvol, però encara no plovia. Vaig deixar estar la camioneta i vaig començar a caminar cap a l'est, passant pel pati d'en Charlie, en direcció al sempre ufanós bosc. De seguida em vaig haver endinsat prou per perdre de vista la casa i la carretera, i les úniques fresses que sentia eren el xerricar del terra humit sota els meus peus i els sobtats crits dels gaigs.

Hi havia un corriol estret que recorria el bosc; si no, no m'hagués arriscat a vagar per allà sola, ja que no tenia cap mena de sentit de l'orientació i era capaç de perdre'm en paratges molt menys complicats. El caminet s'anava endinsant al bosc, més aviat cap a l'est, diria. Feia ziga-zagues entre els avets, les cicutes, els teixos i els aurons de Sitka. Sabia per sobre els noms dels arbres que m'envoltaven perquè me'ls havia anat ensenyant en Charlie des de la finestra del cotxe patrulla quan era petita. N'hi havia que no coneixia i d'altres que no n'estava segura perquè estaven massa coberts d'insectes verds.

Vaig avançar pel corriol impulsada per la fúria que sentia cap a mi mateixa. A mesura que em vaig anar calmant, vaig afluixar el pas. Regalimaven gotes d'aigua del cobricel, però no estava segura de si era que començava a ploure o si, entre les fulles que hi havia a sobre meu, hi havia quedat aigua estancada i ara anava degotant a terra. Hi havia un arbre que havia caigut feia poc perquè encara no estava totalment cobert de molsa, recolzat al tronc d'un dels seus germans, creant així una mena d'aixopluc a poques passes del camí. Vaig passar per sobre les falgueres i em vaig asseure amb compte, vigilant que la jaqueta quedés entre el seient humit i la meva roba. Vaig recolzar el cap, amb la caputxa posada, a l'arbre viu.

No hauria d'haver anat a un lloc així. Ja m'ho havia d'haver suposat, però on més podia anar? Aquell bosc verd intens s'assemblava massa a l'escena del somni que havia tingut per poder tenir pau d'esperit. Ara que ja no sentia el so de les meves passes, el silenci era corprenedor. Els ocells també estaven tranquils i les gotes començaven a caure amb més freqüència. Devia ploure. Ara que estava asseguda, les falgueres s'alçaven per sobre meu, i sabia que qualsevol que hagués passat pel corriol, que estava a menys d'un metre, ni tan sols m'hagués vist.

Allà, entre els arbres, em resultava molt més fàcil creure aquells disbarats que m'havien fet avergonyir estant a casa. Durant milers d'anys, aquest bosc havia quedat inalterable. Tots els mites i llegendes de centenars de terres diferents semblaven més plausibles enmig d'aquella boirina verda que no pas a la meva il·luminada habitació.

Vaig mirar de concentrar-me, de mala gana, en les dues preguntes vitals que havia de respondre.

Primer, calia que determinés si era possible que el que havia dit en Jacob sobre els Cullen fos veritat.

La primera resposta que em va venir al cap va ser rotundament negativa. Era una ximpleria morbosa capficar-se en coses així. *Però si no, què?*, em vaig preguntar. El fet que encara fos viva no tenia cap explicació racional. Vaig tornar a fer una llista mental de tot el que havia vist: la velocitat i la força sobrehumana, els ulls que canviaven de negres a daurats i viceversa, la bellesa que no era d'aquest món i la pell pàl·lida i gèlida. I altres detalls que havia anat apuntant de mica en mica, com ara que no menjaven mai i l'elegància dels seus moviments. I també era destacable la manera que ell tenia de parlar a vegades, amb una cadència estranya i frases més pròpies d'una novel·la de finals del segle XIX que no pas d'una classe del segle XXI. Havia fet campana el dia que ens havíem mirat el grup sanguini i tampoc havia dit que no vindria a l'excursió de la platja fins que va saber on anàvem. Semblava que llegís els pensaments de tots els qui l'envoltaven... menys els meus. M'havia dit que era el dolent de la pel·lícula, que era perillós...

Podia ser que els Cullen fossin vampirs?

Bé, almenys eren alguna cosa. Davant dels meus ulls incrèduls prenia forma una cosa que quedava fora de tota explicació racional. Tant si era un dels *gèlids* d'en Jacob com un dels superherois de la meva teoria, l'Edward Cullen no era... humà. Era alguna cosa més.

Així, doncs... Potser això seria per ara la resposta a la meva pregunta.

I llavors hi havia la qüestió més crucial de totes: què faria si fos veritat?

En el cas que l'Edward fos realment un vampir, una possibilitat que pràcticament no podia ni concebre, què faria? Era impensable explicar-ho a ningú. Si ja a mi em costava de creure, si ho digués a algú altre faria el ridícul.

Només hi havia dues opcions que semblaven factibles. La primera era fer cas del seu consell: ser espavilada i evitar-lo el màxim possible, anul·lar els nostres plans i tornar a ignorar-lo tant com pogués, fer veure que hi havia un mur gruixut i impenetrable entre nosaltres a la classe que ens tocava seure junts, i dir-li que em deixés en pau... aquest cop de debò.

Em va envair una sensació tan agònica i desesperada quan vaig tenir en compte aquesta alternativa que, per defugir el dolor, vaig passar ràpidament a la següent opció.

No fer res diferent. Després de tot, encara que fos alguna cosa... sinistra, no m'havia fet mal fins ara. De fet, hagués quedat encastada al para-xocs d'en Tyler si no hagués reaccionat tan ràpid. Tant, vaig pensar, que podia haver estat per pur acte reflex. Com podia ser malvat, si tenia l'instint de salvar vides? Anava donant voltes a preguntes sense resposta.

Del que estava segura de debò, si és que ho estava d'alguna cosa, era que l'Edward fosc del somni de la nit anterior era només un reflex de la por a allò que m'havia explicat en Jacob, i no de l'Edward en si. Tot i això, quan vaig xisclar de terror davant l'atac del licantrop, no era la por de l'home llop el que em va fer cridar que s'aturés, sinó que ell prengués mal. Encara que m'atragués amb ullals esmolats, tenia por que li passés res.

Ja tenia la resposta que buscava tot i que no sabia si realment havia tingut alternatives algun cop. Ja hi estava massa ficada. Ara que ho sabia, si és que ho sabia, no podia fer res amb el meu terrible secret. Quan pensava en ell, en la seva veu, en els seus ulls hipnòtics, en el magnetisme de la seva personalitat, no desitjava res més que estar al seu costat immediatament, fins i tot si... Però no podia pensar-hi més. No aquí, sola enmig d'un bosc que s'anava enfosquint, no mentre la pluja el feia tan obscur com el crepuscle sota el cobricel i dispers com les petjades en el fang. Em va venir una esgarrifança i vaig sortir ràpid del meu amagatall, amoïnada per si la pluja havia esborrat el camí.

Tanmateix, encara era allà, nítid i sinuós, mostrant la sortida d'aquell regalimós laberint verd. El vaig seguir apressadament, amb la caputxa ben tancada. Em vaig sorprendre, mentre pràcticament corria entre els arbres, de com n'havia anat de lluny. Em començava a preguntar si el camí em portaria a la sortida o als límits del bosc. Abans que em pogués espantar massa, vaig entreveure clarianes entre el brancatge entortolligat i vaig sentir un cotxe que passava pel carrer. Era lliure! Vaig veure la gespa d'en Charlie davant meu i la casa que em prometia escalfor i uns mitjons secs.

Quan vaig tornar, només era migdia. Vaig pujar i em vaig posar roba d'estar per casa: uns texans i una samarreta, ja que em quedaria a dins. No em va costar gaire concentrar-me en els deures d'aquell dia: un treball sobre *Macbeth* pel dimecres. Vaig començar a fer un esborrany amb una satisfacció i una serenitat que no tenia des de... Bé, des de dijous a la tarda, per ser exactes.

Sempre havia tingut aquesta manera de ser. Em costava prendre decisions, eren la meva creu. Tanmateix, un cop les havia pres, em limitava a seguir-les... Habitualment, descansada per haver-les pres. De vegades, però, l'alleujament es convertia en desesperació, com amb la meva decisió de venir a Forks, però era millor que no pas debatre'm entre les alternatives.

Era terriblement fàcil seguir endavant amb aquella decisió. Perillosament fàcil.

El dia va resultar tranquil i productiu. Vaig acabar el treball abans de les vuit. En Charlie va arribar amb molts peixos, i vaig prendre nota mental de comprar un llibre de receptes de peix quan anés la setmana següent a Seattle. Les esgarrifances que em venien quan pensava en aquesta sortida eren les mateixes que vaig sentir abans de començar a passejar amb en Jacob Black. Tanmateix, creia que haurien de ser diferents. Hauria d'estar espantada... ho hauria d'estar, però el que sentia no era exactament por.

Aquella nit no vaig somniar res. Estava cansada d'haver-me llevat tan aviat i haver dormit tan poc la nit anterior. Per segon cop des que havia arribat a Forks, em va despertar la llum radiant d'un dia assolellat. Vaig córrer cap a la finestra i em vaig meravellar de veure que a penes hi havia núvols al cel i que els que hi havia només eren filagarses blanques que no podien portar pluja. Vaig obrir la finestra, sorpresa que no hagués fet fressa ni s'hagués encallat, ja que qui sap quants anys feia que ningú l'obria, i vaig aspirar aquella brisa relativament seca. Pràcticament feia calor i a penes bufava vent. Sentia com la sang em bullia a les venes.

Quan vaig baixar, en Charlie ja acabava d'esmorzar, i de seguida es va adonar del meu bon humor.

—Fa bon dia —va comentar.

—I tant —vaig assentir amb una rialla.

Em va tornar el somriure i se li va arrugar la pell del voltant dels seus ulls marrons. Quan somreia era fàcil veure per què la mare i ell s'havien casat de forma tan precipitada. Gran part del jove romàntic que havia estat havia desaparegut abans que jo el conegués, quan els seus cabells castanys i arrissats, del mateix color que els meus però de diferent textura, havien començat a clarejar, revelant de mica en mica la pell lluent del front. Tot i això, quan somreia podia veure un xic de l'home que havia fugit amb la Renée quan ella només tenia dos anys més dels que tinc jo ara.

Vaig esmorzar contenta mentre mirava com la pols voleiava en el raig de sol que entrava per la finestra de darrere. En Charlie es va acomiadar i vaig sentir com el cotxe patrulla s'allunyava. Mentre em dirigia a la porta, vaig dubtar de si agafava o no l'impermeable. Era arriscat deixar-lo a casa. Amb desgana, me'l vaig posar doblat a sobre el braç i vaig sortir sota la llum més resplendent que havia vist des de feia mesos.

A còpia de força de braços vaig aconseguir baixar gairebé del tot els vidres de la camioneta. Vaig ser de les primeres d'arribar a l'institut, no m'havia ni aturat a mirar l'hora de la pressa que tenia per sortir. Vaig aparcar i vaig encaminar cap als bancs del costat sud de la cafeteria, que a vegades es feien servir per a *picnics*. Com que encara estaven una mica humits, em vaig asseure sobre l'impermeable, contenta de poder-lo fer servir per a alguna cosa. Un dels avantatges de tenir poca vida social és que ja havia acabat els deures, però tenia uns quants problemes de Trigonometria que no estava segura d'haver resolt bé. Vaig treure el llibre amb parsimònia però, quan només estava a la meitat del primer problema, ja tornava a badar amb els raigs de sol que jugaven entre els arbres d'escorça vermellosa. Vaig posarme a fer gargots al marge de la llibreta, distreta. Al cap d'una estona em vaig adonar que havia dibuixat cinc parells d'ulls negres que em miraven. Els vaig esborrar de cop.

—Bella! —vaig sentir que cridava una veu que semblava la d'en Mike.

Vaig mirar al meu voltant i em vaig adonar que havia arribat una pila de gent mentre estava asseguda, absorta en els meus pensaments. Tothom anava amb màniga curta, alguns fins i tot amb pantalons curts, tot i que la temperatura no podia ser de més de quinze graus. En Mike venia cap a mi, amb pantalons de color caqui i una samarreta de rugbi ratllada, tot saludantme amb la mà.

—Ei, Mike —vaig cridar, tornant-li la salutació. Amb un matí com aquest, no podia estar desganada.

Es va venir a asseure amb mi. Les ordenades punxes dels seus cabells rossos brillaven amb el sol i tenia un immens somriure a la cara. Estava tan content de veure'm que no vaig poder evitar sentir-me complaguda.

—No m'hi havia fixat mai… Tens els cabells una mica vermellosos —em va comentar, agafant-ne entre els dits un ble que voleiava amb la suau brisa.

—Només quan m'hi toca el sol.

Que em posés aquells cabells darrere l'orella em va fer sentir una mica violenta.

—Fa un dia genial, eh?

—La mena de dies que m'agraden —vaig assentir.

—Què vares fer ahir?

El seu to era una mica massa possessiu.

—Em vaig dedicar a fer el treball de Literatura.

No vaig especificar que ja l'havia acabat, no calia semblar repel·lent. Es va donar un cop al front amb la mà.

—Ostres, sí… És per dijous, no?

—Mm... Em penso que per dimecres.

—Per dimecres? —va dir posant cara de pomes agres—. Malament rai. Sobre què l'estàs fent?

—Sobre el possible tractament misogin que Shakespeare fa dels personatges femenins.

Se'm va quedar mirant com si li hagués dit en xinès.

—Em sembla que m'hi hauré de posar aquest vespre —va dir, desanimat—. Et volia preguntar si volies sortir.

—Vaja.

Em va agafar desprevinguda. Per què ja no podia tenir una conversa agradable amb en Mike sense que s'acabés tornant violenta?

—Bé, podríem anar a sopar fora o alguna cosa així… i ja em posaria a fer el treball més tard.

Em va fer un somriure esperançat.

—Mike…—no suportava estar entre l'espasa i la paret—. Em sembla que no és massa bona idea.

Li va quedar la cara llarga de cop.

—Per què? —va preguntar, prudent. Els meus pensaments varen anar cap a l'Edward i em vaig preguntar si en Mike també pensava el mateix.

—Si xerres a algú el que et diré, t'apallissaré fins a la mort sense remordiments —el vaig amenaçar—, però crec que, fent això, feriries els sentiments de la Jessica.

Es va quedar desconcertat, era obvi que no s'ho havia ni plantejat.

—La Jessica?

—Mike, de debò, ets cec o què?

—Vaja —va sospirar, totalment desorientat. Vaig aprofitar aquell moment per tocar el dos.

—Ja és hora i no puc tornar a fer tard.

Vaig recollir els llibres i els vaig ficar a la motxilla.

Vàrem caminar en silenci cap a l'edifici tres. En Mike anava distret. Vaig confiar que, fossin quins fossin els pensaments en els quals estava immers, el portessin en la direcció adequada.

Quan vaig veure la Jessica a Trigonometria, estava entusiasmada. L'Angela, la Lauren i ella se n'anaven aquella tarda a Port Angeles a comprar roba de gala pel ball. Volien que anés amb elles, tot i que jo no m'havia de comprar res. No sabia què fer. Estaria bé sortir del poble amb amigues, però hi hauria la Lauren. I qui sap què més podria fer aquella tarda... Però l'últim que havia de fer era deixar que el pensament em divagués. Evidentment, estava contenta perquè feia sol, però aquest no era l'únic motiu de la meva eufòria, ni molt menys.

Li vaig dir que potser sí, que li havia de preguntar primer a en Charlie.

No va parlar de res més que del ball mentre anàvem a Espanyol i va continuar com si res després que, per fi, s'acabés la classe, cinc minuts més tard de l'hora, i també mentre anàvem a dinar. Estava massa absorta per les expectatives com per sentir massa res del que deia. Em moria de ganes de veure'ls, no només a ell, sinó a tots els Cullen per comparar-los amb les noves sospites que em sorgien. Quan vaig entrar a la cafeteria, vaig sentir la primera sotragada de terror, que em va anar de l'esquena fins a l'estómac. Sabrien què estava pensant? I llavors em va sacsejar una altra sospita: hi hauria l'Edward esperant que em tornés a seure amb ell?

Com feia sempre, primer vaig fer un cop d'ull a la taula dels Cullen. Vaig sentir una punxada de pànic a l'estómac quan vaig veure que era buida. Amb cada cop menys esperança, vaig examinar cada racó de la cafeteria, amb l'esperança de trobar-lo sol, esperant-me. El local estava gairebé ple, ja que la classe d'Espanyol ens havia fet arribar tard, però no hi havia ni rastre de l'Edward ni de la seva família. El desconsol em va afectar amb una força extraordinària. Vaig seguir la Jessica d'esma, sense ni tan sols fer veure que l'escoltava.

Arribàvem tan tard que ja tothom era a taula. Vaig evitar la cadira buida que hi havia al costat d'en Mike i em vaig asseure a la del costat de l'Angela. Vaig veure vagament com en Mike oferia educadament la cadira a la Jessica i que a aquesta se li il·luminava la cara com a resposta.

L'Angela em va preguntar discretament algunes coses del treball de *Macbeth*, que vaig respondre de forma tan natural com vaig poder mentre queia en un pou de desolació. Ella també em va convidar a anar a comprar amb elles, i vaig acceptar, aprofitant l'oportunitat de distreure'm amb el que fos.

Em vaig adonar que m'havia aferrat a l'últim bri d'esperança quan vaig entrar a Biologia, vaig veure el seu seient buit, i em va envair la desil·lusió.

La resta del dia va passar a poc a poc, tristament. A Educació Física vàrem tenir una classe teòrica sobre les regles del bàdminton, la nova tortura que m'esperava. Tot i això, almenys podia estar asseguda escoltant en comptes de tentinejar d'aquí d'allà a la pista. El millor va ser que l'entrenador no va tenir temps d'acabar i l'endemà tampoc hi hauria classe pràctica. M'era igual que el dia següent m'armessin amb una raqueta abans de lliurar-me a la resta de la classe.

Vaig estar contenta de marxar del campus, ja que tindria temps de caure en la desesperació abans de sortir al vespre amb la Jessica i les altres. Només de posar els peus a casa, però, la Jessica em va trucar per dir que s'anul·lava la sortida. Vaig mirar de fer veure que m'alegrava que en Mike l'hagués convidada a sopar i em sentia alleujada perquè per fi semblava que el noi s'havia adonat de la situació, però fins i tot jo vaig notar que el meu entusiasme sonava fingit. Va aplaçar la sortida al vespre següent.

Això em va deixar sense massa possibilitats de distracció. Ja tenia preparat el sopar: peix marinat, amanida i pa que havia sobrat de la nit anterior. No quedava res més per fer. Vaig passar mitja hora concentrada en els deures, però també els vaig acabar. Vaig mirar la bústia de correu electrònic i em vaig llegir els missatges endarrerits de la mare, que s'anaven fent més insistents a mesura que eren de dates més recents. Vaig sospirar i li vaig escriure una resposta ràpida.

Mare,

Ho sento. He estat fora. Vaig anar a la platja amb uns amics i ara he de fer un treball.

Com que les meves excuses eren més aviat patètiques, ho vaig deixar córrer.

Com que avui fa sol —ja ho sé, jo també m'he quedat parada—, sortiré i absorbiré tota la vitamina D que pugui. Petons.

Bella

Vaig decidir passar una hora llegint coses que no fossin de l'institut. Tenia una petita col·lecció de llibres que m'havia endut a Forks, el més vell dels quals era una antologia de les obres de Jane Austen. El vaig agafar i me'n vaig anar cap al pati, agafant abans un vell edredó que hi havia a l'armari de la roba del capdamunt de les escales.

Un cop al jardí petit i quadrat, vaig plegar l'edredó per la meitat i el vaig estendre lluny de l'ombra dels arbres, en aquella gespa frondosa que, per molt que hi toqués el sol, sempre quedava una mica humida. Em vaig estirar de boca terrosa, creuant les cames a l'aire i vaig començar a fullejar les diferents novel·les per veure en quina em podria concentrar millor. Les meves preferides eren *Orgull i prejudici* i *Sentit i sensibilitat*. Com que la primera feia menys que l'havia llegida, em vaig decantar per la segona, però al capítol tres vaig recordar que, per aquelles casualitats, el protagonista es deia Edward. Empipada, vaig començar *Mansfield Park*, però el noi es deia Edmund i sonava massa similar. És que no hi havien altres noms a finals del segle XVIII? Enfurismada, vaig tancar el llibre de cop i em vaig posar de panxa enlaire. Em vaig arremangar la brusa tot el que vaig poder i vaig aclucar els ulls. No pensaria en res més que l'escalfor que sentia a la pell, em vaig dir seriosa. La brisa encara era suau, però em feia venir cabells a la cara i em feien pessigolles. Me'ls vaig recollir a sobre el cap, deixant-los caure com un ventall sobre l'edredó, i em vaig tornar a concentrar en l'escalfor que m'acariciava les parpelles, els pòmuls, el nas, els llavis, els avantbraços, el coll, i que omplia d'escalfor la meva brusa prima...

La següent cosa de què vaig ser conscient va ser del so del cotxe patrulla girant sobre les rajoles del camí d'entrada. Em vaig incorporar sorpresa i em vaig adonar que la llum de darrere els arbres ja no hi era i que m'havia adormit. Vaig mirar al meu voltant, confosa per la sobtada sensació de no estar sola.

—Charlie? —vaig preguntar, però només vaig sentir com tancava de cop la porta de casa.

Em vaig aixecar d'un salt, feta un manyoc de nervis, i vaig recollir l'edredó, que havia quedat humit, i el llibre. Vaig córrer cap a dins a posar oli a l'estufa i vaig veure que soparíem tard. En Charlie estava penjant el cinturó de la pistola i es treia les botes.

—Ho sento, pare, el sopar encara no està a punt... M'he adormit a fora.

Vaig ofegar un badall.

—No t'hi amoïnis —va dir—. Igualment volia saber el resultat del partit.

Havent sopat, per fer alguna cosa, vaig mirar la televisió amb ell. No feien res de bo però, com que sabia que no m'entusiasmava el beisbol, va canviar de canal per posar una comèdia absurda que no ens va agradar ni a ell ni a mi. Malgrat tot, semblava feliç que féssim alguna cosa junts. Tot i la depressió, em feia il·lusió fer-lo content.

—Pare —vaig dir mentre feien anuncis— demà a la tarda la Jessica i l'Angela van a mirar vestits pel ball a Port Angeles, i volen que les ajudi a triar... Et fa res que hi vagi?

—La Jessica Stanley? —va preguntar.

—I l'Angela Weber —vaig sospirar mentre li donava detalls.

—Però no hi anaves, al ball, no? —es va quedar estranyat.

—No, però les ajudaré a triar el vestit... Ja ho saps, fer-los una crítica constructiva.

A una dona no hauria calgut que li expliqués.

—Bé, d'acord —va dir, adonant-se que no entenia gaire les coses de noies—. Però tens classe, no?

—Marxarem tan bon punt s'acabi l'institut i així podrem tornar aviat. Et deixaré el sopar fet, d'acord?

—Bells, m'he alimentat durant disset anys abans que tu vinguessis —em va recordar.

—I no entenc com has sobreviscut —vaig remugar, i llavors vaig afegir més clarament—. Et deixaré coses a la nevera perquè et puguis fer entrepans freds, d'acord? A la lleixa de sobre.

Em va fer una mirada divertida, però respectuosa.

Al matí següent tornava a fer sol. Em vaig llevar amb ànims renovats que vaig intentar sufocar d'esma. Com que feia bon temps, em vaig posar la brusa blau fosc de coll en punta, tot i que a Phoenix me l'hagués posada a ple hivern.

Vaig arribar a l'escola amb el temps just d'entrar a classe expressament per no haver de fer temps. Amb el cor compungit, vaig donar tota una volta a l'aparcament buscant lloc, mentre alhora buscava un Volvo platejat que, evidentment, no era enlloc. Vaig aparcar a l'última fila i vaig córrer cap a Literatura. Vaig arribar sense alè i desanimada, però abans que toqués l'últim timbre.

Tot va ser igual que el dia anterior, però no podia evitar que encara nasquessin espurnes d'esperança que s'apagaven tan bon punt veia que l'havia buscat debades al menjador i que havia hagut de tornar a seure sola a Biologia.

Els plans d'anar a Port Angeles s'havien aplaçat a aquesta tarda, i el fet que la Lauren tingués altres compromisos els feia especialment atractius. Em moria de ganes de sortir del poble per poder deixar de mirar per sobre l'espatlla amb l'esperança que aparegués del no-res, com solia fer. Em vaig prometre que aquella tarda estaria de bon humor i que no espatllaria la il·lusió de triar el vestit a l'Angela i la Jessica. Fins i tot també em podria comprar alguna cosa jo. Em negava a creure que hagués d'anar a comprar sola a Seattle aquest cap de setmana perquè l'Edward ja no volgués venir. No em volia creure que no vingués sense avisar-me abans.

Després de les classes, la Jessica em va seguir fins a casa amb el seu vell Mercury blanc perquè així pogués deixar els llibres i la camioneta. Quan vaig entrar, em vaig pentinar ràpid, i vaig sentir una lleugera emoció davant la perspectiva de sortir de Forks. Vaig deixar una nota per en Charlie sobre la taula, en la qual li tornava a explicar on tenia el sopar. Vaig ficar la cartera espellifada que duia a la motxilla en una bossa que feia servir molt de tant en tant i vaig sortir corrents per anar amb la Jessica. Després vàrem anar a casa l'Angela, la qual ja ens esperava. La meva ànsia va anar augmentant considerablement a mesura que ens allunyàvem del poble.

Port Angeles

Com que la Jess conduïa més ràpid que el cap Swan, vàrem arribar a Port Angeles cap a les quatre. Feia temps que no passava una tarda només amb noies, per la qual cosa la pujada d'estrogen va ser regeneradora. Vàrem escoltar balades de *rock* mentre la Jessica xerrava atropelladament dels nois amb qui anàvem habitualment. El sopar amb en Mike li havia anat molt bé i esperava que el dissabte següent arribessin a la fase del primer petó. Vaig somriure per mi mateixa, complaguda. L'Angela estava discretament contenta d'anar al ball, però no estava interessada en l'Eric. La Jess va intentar fer-li dir quina mena de nois li agradaven, següent seguida la vaig interrompre amb una pregunta sobre els vestits, per distreure-la. L'Angela em va fer una mirada d'agraïment.

Port Angeles era un bonic parany per turistes, molt més elegant i singular que Forks. Tot i això, com que elles ja ho coneixien bé, no volien perdre el temps en el pintoresc passeig marítim del costat de la badia. La Jess va anar directament a un gran centre comercial de la ciutat, situat a pocs carrers de la zona turística.

S'havia anunciat que el ball seria de mitja etiqueta, i cap de nosaltres sabia ben bé què volia dir. Les noies es varen quedar sorpreses i pràcticament no em varen creure quan els vaig dir que a Phoenix no havia anat mai a cap ball.

—I tampoc has tingut mai xicot ni res així? —em va preguntar la Jess, incrèdula, mentre creuàvem la porta principal dels magatzems.

—De debò que no —vaig dir per convèncer-la, ja que no li volia explicar els meus problemes amb el ball—. No he tingut mai xicot ni res que s'hi assembli. No sortia gaire.

—I per què no? —va preguntar la Jessica.

—Ningú m'ho havia demanat —vaig contestar amb sinceritat.

Em va mirar escèptica.

—Aquí sí que t'ho han demanat —em va recordar— i els has dit que no.

Ara érem a la secció juvenil i analitzàvem els penjadors a la recerca de roba de gala.

—Bé, menys a en Tyler —va corregir l'Angela discretament.

—Perdona? —vaig exclamar—. Com dius?

—En Tyler ha dit a tothom que aniries amb ell al ball de final de curs —em va informar la Jessica amb una mirada de recel.

—Que diu que què? —vaig dir, ennuegant-me.

—Veus com no? —va xiuxiuejar l'Angela a la Jessica.

Em vaig quedar muda d'una sorpresa que s'anava convertint en ràbia. Tanmateix, com que ja havíem trobat la secció, teníem feina per fer.

—Per això no li caus bé a la Lauren —va dir la Jessica amb una rialleta mentre remenàvem la roba.

Vaig serrar les dents.

—Trobes que si l'envesteixo amb la camioneta deixarà de sentir-se culpable per l'accident i que, fins i tot, deixarà de disculpar-se i quedarem en paus?

—Potser sí —va riure la Jessica per sota el nas—, si és que ho fa per això...

La selecció de vestits no era gaire àmplia, però totes dues varen trobar diverses peces que es volien emprovar. Em vaig asseure en una cadira baixa que hi havia als emprovadors, al costat dels tres panells de mirall, esforçant-me per contenir la meva ira.

La Jessica dubtava entre dos models: un vestit negre, llarg i senzill, sense tires, i un altre de blau elèctric, amb tires primes, que li arribava fins als genolls. La vaig animar a que triés el blau, que li destacava els ulls. L'Angela va triar un vestit rosa clar que s'ajustava perfectament a la seva alta figura i ressaltava els reflexos daurats dels seus cabells castany clar. Vaig felicitar-les efusivament i les vaig ajudar a tornar els vestits que no volien als penjadors. El procés va resultar molt més breu i fàcil que quan hi anava amb la Renée a Phoenix. Crec que la varietat limitada té els seus avantatges.

Llavors vàrem anar a la secció de calçat i complements. Mentre se n'anaven emprovant diversos parells, jo només em limitava a observar i opinar. No estava d'humor per comprar-me res, tot i que necessitava sabates noves. La il·lusió de la tarda amb noies s'anava esvaint gràcies a l'empipada que havia agafat amb allò d'en Tyler i anava deixant lloc a la malenconia.

—Angela? —vaig començar a dir, dubitativa, mentre s'emprovava un parell de sabates de taló roses i amb corretja. Estava contentíssima d'anar amb una parella prou alta com per poder dur talons. La Jessica havia anat a mirar l'aparador de joies i ens havíem quedat soles.

—Sí?

Va estirar la cama i va girar el taló per veure's millor la sabata.

Em vaig fer enrere.

—M'agraden.

—Em sembla que me les quedaré, tot i que no facin joc amb res més que amb el vestit —va meditar.

—Vinga, que estan rebaixades —la vaig animar.

Em va somriure i va tornar a tapar una capsa de sabates de color blanc os que es veien més pràctiques. Vaig fer un segon intent.

—Mm, Angela...

Va alçar la vista encuriosida.

—És habitual que els... Cullen —vaig dir sense apartar la vista de les sabates— faltin tant a classe?

Vaig fracassar estrepitosament en el meu intent de sonar indiferent.

—Sí, quan fa bon temps se'n van d'excursió, fins i tot el doctor. Els agrada molt estar a l'aire lliure —em va explicar tranquil·lament mentre examinava les sabates. No em va fer ni una sola pregunta en lloc dels centenars que m'hauria fet la Jessica. M'estava començant a caure molt bé.

—Ah —vaig fer per tancar el tema quan vaig veure que venia la Jessica a ensenyar-nos una pedra preciosa d'imitació que havia trobat, i que li feia joc amb les sabates platejades.

Havíem previst anar a sopar en un petit restaurant italià del passeig marítim, però la tria de vestits no havia estat tan llarga com ens pensàvem. Les noies anirien a deixar les bosses al cotxe i llavors passejarien fins a la badia. Els vaig dir que ens trobaríem al restaurant al cap d'una hora, ja que volia buscar una llibreria. Totes dues em volien acompanyar, però les vaig animar perquè s'anessin a divertir. No sabien fins a quin punt em capficava quan estava envoltada de llibres, era una cosa que m'estimava més fer sola. Varen anar-se'n cap al cotxe xerrant alegrement i jo vaig seguir la direcció que em va indicar la Jessica.

No em va costar trobar la llibreria, però no era el que buscava. Els aparadors estaven plens de cristalls, atrapasomnis* i llibres sobre curació espiritual. Ni tan sols hi vaig entrar. A través de l'aparador vaig veure una dona d'uns cinquanta anys, amb una cabellera grisa i llisa, i un vestit dels anys seixanta, que em somreia cordialment des de darrere el taulell. Vaig decidir que em podia estalviar aquella conversa. Hi havia d'haver alguna llibreria normal.

Vaig serpentejar pels carrers, que s'estaven emplenant de cotxes que tornaven de la feina, i vaig confiar que anava bé per arribar al centre. Caminava sense saber on anava mentre lluitava amb la desesperació. M'esforçava per no pensar en ell i en el que havia dit l'Angela i, per sobre de tot, mirava de no ferme il·lusions pel dissabte, ja que em temia un disgust encara més gros que els altres. Quan vaig alçar la vista i vaig veure un Volvo platejat aparcat al carrer, em va caure el món a sobre. *Vampir estúpid i voluble*, vaig pensar per mi mateixa.

Vaig caminar decidida cap al sud, en direcció a algunes botigues amb aparadors que semblaven prometedors, tot i que, quan hi vaig arribar, només eren un taller de reparacions i un local buit. Encara em quedava molt de temps abans de trobarme amb la Jess i l'Angela i em calia tornar a recuperar el bon humor abans de tornar amb elles. Em vaig passar els dits pels cabells un parell de vegades i vaig agafar aire uns quants cops abans de girar la cantonada.

Quan vaig creuar un altre carrer, em vaig adonar que anava en la direcció equivocada. Els pocs vianants que havia vist anaven cap al nord i els edificis que hi havia per allà eren princi-

* Objecte simbòlic, format per un cercle de fusta, amb una xarxa al seu interior, i sovint decorat amb plomes. Segons la tradició dels indis *ojibwa*, porta sort i impedeix que es tinguin malsons. (N. del T.)

palment magatzems. Vaig decidir anar cap a l'est a la següent cantonada, i llavors donar la volta cap a darrere d'uns edificis per provar sort amb un carrer diferent i tornar al passeig.

Un grup de quatre homes va girar la cantonada a la qual em dirigia. Jo anava massa informal per ser algú que sortia de la feina, però ells anaven massa llardosos per ser turistes. A mesura que se'm varen anar apropant, em vaig adonar que no eren gaire més grans que jo. Feien broma entre ells, reien de forma estrident, i es donaven cops de colze. Vaig sortir tan ràpid com vaig poder de la part interior de la vorera per deixar-los espai i vaig accelerar el pas, mirant cap a la cantonada, rere seu.

—Ei, tu! —va cridar un mentre passava.

Vaig suposar que m'ho deia a mi perquè no hi havia ningú més. Vaig alçar la vista immediatament. Dos d'ells s'havien aturat, els altres dos havien afluixat el pas. Semblava que el que tenia més a prop, un tipus corpulent de cabells foscos, d'uns vint anys, era el que havia cridat. Portava una camisa de franel·la oberta sobre una samarreta bruta, uns texans esparracats i sandàlies. Va fer mitja passa cap a mi.

—Adéu! —vaig mussitar, com a acte reflex.

Llavors vaig apartar de cop la mirada i em vaig posar a caminar ràpid cap a la cantonada. Els sentia que reien com bojos darrere meu.

—Eh, espera't —em va tornar a cridar un d'ells, però vaig mantenir el cap cot i vaig girar la cantonada, sospirant alleujada. Encara els sentia com reien a la meva esquena.

Tot d'una em vaig trobar caminant per una vorera que conduïa cap a la part posterior de diversos magatzems de façanes fosques, tots amb grans portes per a la descàrrega de camionetes, tancades amb pany i clau durant la nit. La banda sud del carrer no tenia vorera, només una tela metàl·lica amb filferro espinós per protegir peces de motor que hi havia en un pati d'emmagatzematge. Tot vagant pels carrers havia passat de llarg la part de Port Angeles que tenia intenció de veure com a turista. Em vaig adonar que s'estava fent fosc i que el cel es tornava a cobrir de núvols, que s'amuntegaven a l'horitzó, a ponent, creant un ocàs prematur. Cap a llevant, el cel encara era clar, però s'anava tornant grisós, amb franges rosades i taronjades. M'havia deixat la jaqueta al cotxe i em va venir un calfred que va fer que m'acostés els braços al pit. Em va passar una furgoneta pel costat, i llavors el carrer va tornar a quedar buit.

De sobte, el cel es va enfosquir més i, mentre mirava empipada per sobre l'espatlla el núvol que havia causat aquesta foscor, em vaig adonar sobresaltada que un parell d'homes em seguien sigil·losament a uns sis metres.

Eren del mateix grup que m'havia trobat a la cantonada, tot i que cap dels dos eren el moreno que m'havia cridat. Vaig tornar a mirar endavant de cop i vaig accelerar el pas. Em va venir una esgarrifança que no era precisament de fred. Portava la bossa a l'espatlla, penjada a davant, com se suposa que s'ha de dur si no vols que te la prenguin d'una estirada. Sabia perfectament on tenia l'esprai antiagressions: encara a la bossa que tenia sota el llit, sense encetar. No portava gaires diners, només vint dòlars i escaig. Vaig pensar en "deixar caure" la bossa i marxar, però una atemorida veueta interior em deia que potser eren alguna cosa pitjor que carteristes.

Vaig escoltar atentament els seus passos sigil·losos, que eren molt silenciosos comparats amb l'escàndol que estaven fent abans. No semblava que acceleressin o se m'apropessin. *Tranquil·la*, em vaig dir. *No saps si et segueixen.* Vaig continuar caminant tan ràpid com vaig poder sense arribar a córrer, concentrada en el trencant a la dreta, a pocs metres. Els continuava sentint, tan lluny com abans. Va girar un cotxe blau que venia del sud, i em va passar rabent pel costat. Vaig pensar en posar-m'hi davant, però vaig dubtar, cohibida, perquè no sabia si de debò em perseguien. Llavors, però, ja va ser massa tard.

Vaig arribar a la cantonada i, amb un cop d'ull, em vaig adonar que només era un atzucac que portava a la part posterior d'un altre edifici. Vaig fer mitja volta abans d'entrar-hi. Havia de rectificar ràpidament i creuar l'estret passeig per tornar a la vorera. El carrer s'acabava a la cantonada següent, on hi havia un senyal d'stop. Em vaig concentrar en les lleugeres passes que sentia darrere meu per decidir si m'arrencava a córrer o no. Se sentien una mica més lluny, però sabia que em podien atrapar si es posaven a córrer. Segur que, si anava més ràpid, ensopegaria i cauria tan llarga com era. Com que els passos sonaven més lluny, em vaig arriscar a fer un cop d'ull per sobre l'espatlla. Alleujada, vaig veure que eren a uns dotze metres, però tots dos em miraven fixament.

Semblava que mai arribaria a la cantonada. Vaig continuar amb pas lleuger, i els vaig anar deixant enrere. Potser s'havien adonat que m'havien espantat i els havia sabut greu. Vaig veure dos cotxes que creuaven la intersecció cap on anava, en direcció nord, i vaig sospirar alleujada. Segurament trobaria més gent quan sortís d'aquell carrer solitari. Vaig girar feliç la cantonada i em vaig esmunyir fins a l'stop.

Era un carrer amb parets blanques a totes dues bandes, sense portes ni finestres. A la llunyania vaig veure dues interseccions, fanals, cotxes, i més vianants, però eren massa lluny. Els dos altres homes del grup estaven recolzats en un edifici de l'oest, a mig carrer, observant-me amb uns somriures d'excitació que em varen deixar glaçada. De sobte, em vaig adonar que no m'havien estat seguint, sinó que m'havien fet anar on els havia convingut.

Vaig aturar-me un segon, que se'm va fer etern. Llavors em vaig girar i vaig córrer cap a l'altre costat de carrer. Em va donar la terrible sensació que era esforçar-me en va. Ara les passes que em seguien se sentien més fortes.

—És allà!

L'estrident veu de l'home rabassut de cabells foscos va trencar el silenci i em va sobresaltar. En la creixent foscor, semblava que em passaria de llarg.

—Sí! —va dir amb força una altra veu darrere meu, tornantme a sobresaltar mentre intentava marxar corrents carrer avall—. Hem passat per un altre lloc.

Ara havia de caminar més a poc a poc. Estava escurçant massa de pressa la distància entre aquell parell d'homes recolzats a la paret i jo. Com que sabia cridar amb força, vaig agafar aire per poder xisclar, però tenia la gola tan seca que no sabia fins a quin punt se'm sentiria. Amb un gest ràpid, em vaig posar la bossa al cap i vaig agafar la nansa amb una mà, preparada per donar-los-la o fer-la servir com a defensa, segons les circumstàncies.

El rabassut, ja lluny de la paret, va encongir les espatlles quan em vaig aturar amb recel, i va caminar a poc a poc cap al carrer.

—No se m'acosti! —el vaig avisar amb una veu que se suposava que havia de sonar forta i sense por, però era veritat allò de la gola seca... Em va sortir una veu escanyada.

—No et posis així, nena! —em va cridar, i vaig tornar a sentir les riallades estridents darrere meu.

Vaig separar els peus i, malgrat el pànic, em vaig preparar intentant recordar les poques nocions d'autodefensa que sabia. Un cop ascendent amb la base de la mà per, amb sort, trencarli el nas o encastar-li al cervell. Ficar-li un dit a l'òrbita per treure-li un ull. I, evidentment, l'habitual cop de genoll als genitals. Vaig tornar a sentir la mateixa veueta interior, pessimista, que em deia que no me'n sortiria ni amb un i eren quatre. *Calla!*, vaig ordenar-li abans que el pànic em paralitzés. No cauria sense arrossegar-ne algun amb mi. Vaig intentar empassarme la saliva, així podria xisclar com calia.

De sobte, vaig veure la llum d'uns fars a la cantonada. L'automòbil una mica més i envesteix el rabassut, el qual va haver de saltar enrere cap a la vorera. Vaig llançar-me a la carretera. Aquest cotxe s'hauria d'aturar, si no volia atropellar-me. Tanmateix, el cotxe platejat va derrapar inesperadament i es va aturar, amb la porta de l'acompanyant oberta, a pocs metres de mi.

—Puja —va ordenar una veu furiosa.

Sorprenentment, aquella por asfixiant em va passar de cop i em va envair una sensació de seguretat, fins i tot mentre encara era al carrer, en sentir la seva veu. Vaig saltar al seient i vaig tancar la porta d'un cop.

Dins el cotxe era fosc, no s'havia encès cap llum en obrir la porta, i amb prou feines li veia la cara amb la claror dels comandaments. Els pneumàtics varen xerricar quan va girar cap al nord, accelerant massa sobtadament i girant de cop cap a aquells homes, que s'havien quedat atordits. De reüll, vaig veure com es llançaven a la vorera, mentre ens dirigíem cap al port.

—Posa't el cinturó —em va ordenar, i em vaig adonar que estava agafada al seient amb totes dues mans. Vaig obeir immediatament. El crec de la sivella del cinturó va ressonar a la foscor. Va girar bruscament a l'esquerra, va accelerar cap endavant i es va saltar diversos senyals d'stop.

De moment, però, em sentia fora de perill, i no em preocupava cap a on ens dirigíem. Me'l vaig mirar alleujada, un sentiment que anava més enllà de la meva sobtada salvació. Tot examinant les seves faccions perfectes en l'escassa claror, mentre intentava recuperar l'alè, em vaig adonar que la seva expressió era de ràbia homicida.

—Estàs enfadat amb mi? —li vaig preguntar, sorpresa de la veu ronca que m'havia sortit.

—No —va dir secament, però el seu to era irat.

Em vaig quedar en silenci, mirant-li el rostre mentre tenia els ulls encesos, clavats a la carretera, fins que es va aturar de cop. Vaig mirar als voltants, però era massa fosc com per veure res a part de la difuminada silueta dels arbres de la vora de la carretera. Ja no érem a la ciutat.

—Bella? —em va preguntar amb una veu tensa, però mesurada.

—Sí?

Encara tenia la veu aspra. Vaig mirar d'escurar-me la gola discretament.

—Estàs bé?

Encara no m'havia mirat, però tenia una evident expressió de fúria.

—Sí —vaig dir fluix amb la veu ronca.

—Mira de distreure'm —em va ordenar.

—Què dius?

Va sospirar bruscament.

—Parla'm de qualsevol cosa banal fins que em calmi —va aclarir, mentre aclucava els ulls i es pessigava el pont del nas amb el polze i l'índex.

—Doncs...—vaig trencar-me el cap per buscar un tema intranscendent—. Demà abans d'entrar a classe atropellaré en Tyler Crowley.

Encara aclucava els ulls amb força, però va moure la comissura dels llavis.

—Per què?

—Està dient a tothom que aniré amb ell al ball de final de curs... O és boig o encara intenta disculpar-se per gairebé matar-me quan... Bé, ja te'n recordes. Doncs es pensa que això del ball és la manera d'arreglar-ho tot. Per tant, si jo poso la seva vida en perill, estarem en paus i no caldrà que es vagi disculpant. No em calen enemics i potser així la Lauren pararà de criticar-me, si ell em deixa estar. Tot i que també podria destrossar-li el Sentra. Si no té cotxe, no podrà portar ningú al ball... —vaig continuar.

—Ja n'havia sentit a parlar —va dir una mica més serè.

—Ah sí? —vaig preguntar incrèdula, mentre se'm revifava la ràbia—. Si es queda tetraplègic, tampoc podrà anar al ball —vaig murmurar, perfeccionant el meu pla.

L'Edward va sospirar i finalment va obrir els ulls.

—Ja estàs bé?

—No massa.

Vaig esperar, però no va dir res més. Va recolzar el cap al seient i es va quedar mirant el sostre del cotxe. Tenia el rostre rígid.

—Què passa? —vaig dir amb un fil de veu.

—A vegades em costa controlar els impulsos.

Ell també parlava xiuxiuejant mentre mirava per la finestra, amb els ulls pràcticament aclucats.

—Però no em convé fer mitja volta i anar-los a caçar...—no va acabar la frase. Tenia la mirada perduda i va tornar a lluitar per controlar l'ira—. Almenys —va continuar— és d'això que m'intento convèncer.

—Ah.

No era el més adequat per dir, però no se'm va acudir una resposta millor. Ara tornàvem a estar en silenci. Vaig fer un cop d'ull al rellotge del cotxe. Eren més de dos quarts de set.

—La Jessica i l'Angela estaran preocupades —vaig murmurar—. Havia quedat amb elles.

Va engegar el motor sense dir res, va fer mitja volta suaument i va accelerar cap a la ciutat. En un moment vàrem tornar a ser sota els fanals. Continuava conduint massa ràpid, tot avançant hàbilment els cotxes que anaven més a poc a poc pel passeig. Va aparcar en paral·lel a la vorada en un lloc que, tot i que semblava massa estret pel Volvo, s'hi va ficar a la primera. Vaig mirar per la finestra per veure els llums de La Bella Itàlia, d'on les noies marxaven ràpidament.

—Com sabies on...? —vaig començar, però llavors vaig moure el cap. Vaig sentir que obria la porta i vaig veure que sortia.

—Què fas? —li vaig preguntar.

—Et porto a sopar.

Va somriure lleugerament, però tenia la mirada severa. Va sortir del cotxe i va tancar la porta d'un cop. Vaig debatre'm amb la tanca del cinturó de seguretat i em vaig espavilar a sortir. M'esperava a la vorera. Se m'havia avançat.

—Atura la Jessica i l'Angela abans que les hagi d'anar a buscar jo. Dubto que pugui aguantar-me si em torno a trobar els teus amics.

El seu to amenaçador em va fer venir una esgarrifança.

—Jess! Angela! —vaig cridar mentre les saludava amb la mà. Van córrer cap a mi. La seva expressió de sincer alleujament es va convertir en sorpresa quan varen veure qui tenia al costat. A uns quants metres de nosaltres, varen dubtar.

—On has estat? —va inquirir-me la Jessica amb recel.

—M'havia perdut —vaig admetre tímidament—. I llavors m'he trobat l'Edward —vaig dir mentre l'assenyalava.

—Us sembla bé que vingui amb vosaltres? —va preguntar amb la seva veu vellutada i irresistible. Vaig veure en les seves cares astorades que encara no els havia mostrat mai els seus encants.

—Eh... I tant! —va dir la Jessica, sense alè.

—De fet, ja hem sopat mentre t'esperàvem... Ens sap greu —va confessar l'Angela.

—No passa res... No tinc gana —vaig dir encongint les espatlles.

—Hauries de menjar alguna cosa.

La veu de l'Edward era suau, però plena d'autoritat. Va alçar la vista cap a la Jessica i va parlar una mica més fort.

—Us fa res que la porti a casa? Així no us heu d'esperar que acabi de sopar.

—No, no passa res, suposo...

La Jessica es va mossegar el llavi i va intentar deduir per la meva expressió si era això el que volia. Li vaig picar l'ullet. No hi havia res que desitgés més que estar sola amb el meu etern salvador. No el podia atacar amb totes les preguntes que tenia per fer-li fins que no estiguéssim sols.

—D'acord —l'Angela va reaccionar més ràpid que la Jessica—. Fins demà, Bella... i Edward.

Va agafar la Jessica per la mà i la va estirar cap al cotxe, que es veia a uns quants carrers més enllà, aparcat a First Street. Quan varen entrar, la Jess es va girar i em va fer adéu, amb una cara encuriosida. Vaig acomiadar-la també i vaig esperar que marxessin abans de girar-me cap a l'Edward.

—T'ho dic de debò: no tinc gana —vaig insistir, mirant-me'l per analitzar la cara que feia. Era impossible llegir la seva expressió.

—Fes-me cas.

Es va dirigir cap a la porta del restaurant i la va aguantar oberta amb una expressió obstinada. Evidentment, no calia discutir-hi més. Vaig passar pel seu costat i vaig entrar, tot fent un sospir de resignació.

Com que era temporada baixa, el restaurant no estava massa ple. Vaig comprendre la mirada que va fer la nostra *maître* quan es va mirar l'Edward. Li va donar una benvinguda una mica més càlida del que calia i em va sorprendre com em va arribar a molestar aquell detall. Era força més alta que jo i rossa tenyida.

—Tenen taula per dos?

La veu de l'Edward era encantadora, tant si s'ho proposava com si no. Vaig veure com la noia em feia una ullada i llavors apartava la mirada, clarament satisfeta per la meva vulgaritat i la falta de contacte entre l'Edward i jo. Ens va acompanyar a una taula prou grossa per quatre persones, al mig de la zona més concorreguda del menjador.

Ja estava a punt d'asseure'm quan l'Edward em va fer que no.

—Tenen res més íntim? —va insistir tranquil·lament. No ho podria assegurar, però em va donar la sensació que li havia donat propina discretament. No havia vist mai ningú que rebutgés una taula excepte a les pel·lícules antigues.

—Cap problema —diria que estava tan sorpresa com jo. Es va girar i ens va portar rere una mampara, on hi havia una sala de taules reservades, totes buides—. Què li sembla?

—Perfecte.

Va fer el seu somriure resplendent i la va deixar atordida un instant.

—Bé —va dir movent el cap i parpellejant—, ara els atenc.

Va marxar amb pas insegur.

—No hauries de fer això a la gent —vaig queixar-me—. No està bé.

—El què?

—Enlluernar-los d'aquesta manera... Segurament ara és a la cuina hiperventilant.

Es va quedar estranyat.

—Au, va! —vaig dir dubitativa—. Segur que t'adones de l'efecte que causes.

Va decantar el cap, amb una mirada encuriosida.

—Enlluerno la gent?

—No te n'has adonat? Et penses que tothom se surt amb la seva tan fàcilment?

Va ignorar el que li preguntava.

—T'enlluerno?

—Molts cops —vaig admetre.

Llavors va arribar la cambrera, amb una expressió expectant. Definitivament la *maître* havia desaparegut entre vestidors, i no semblava que a aquesta altra noia li sabés massa greu. Es va posar un ble dels seus cabells negres darrere l'orella i va somriure amb innecessària calidesa.

—Bona nit. Em dic Amber i els serviré aquesta nit. Què voldran per beure?

No em va passar per alt que només es dirigia a ell. L'Edward em va mirar.

—Per mi una Coca-Cola.

Va sonar com si ho preguntés.

—Dues —va dir ell.

—Els les porto en un moment —va assegurar-li amb un altre somriure innecessari. Però no se'n va ni adonar, m'estava mirant a mi.

—Què? —vaig preguntar quan la noia va marxar. Tenia els ulls clavats al meu rostre.

—Com et trobes?

—Bé —vaig respondre, sorpresa per la seva intensitat.

—No estàs marejada, ni et trobes malament, ni tens fred...?

—Per?

Va riure's del meu to desconcertat.

—Bé, de fet, estic esperant que entris en estat de xoc.

Va canviar de cara per fer aquell perfecte somriure murri.

—No crec que passi —vaig dir un cop vaig recuperar l'alè—. Sempre n'he sabut, d'evitar les coses desagradables.

—És igual, estaré més tranquil quan hagis ingerit glucosa i hagis menjat alguna cosa.

En aquell moment, la cambrera va venir amb les begudes i una panera de bastonets de pa. Em va donar l'esquena mentre ho posava a la taula.

—Ja saben què prendran? —va preguntar a l'Edward.

—Bella? —em va preguntar.

La cambrera es va girar amb desgana cap a mi. Vaig demanar el primer que vaig veure al menú.

—Mm... per mi raviolis de bolets.

—I vostè? —va dir girant-se cap a ell amb un somriure.

—No prendré res —va dir.

Evidentment.

—Avisi'm si canvia d'opinió.

Encara somreia coquetament, però ell no se la va mirar i va marxar decebuda.

—Beu —em va ordenar.

Vaig obeir i vaig fer un glop del refresc, i llavors en vaig beure més de cop, sorpresa de la set que tenia. Quan em va acostar el seu got, em vaig adonar que ja me l'havia acabat tot.

—Gràcies —vaig mormolar, encara assedegada. Vaig sentir al pit la fredor de la beguda i em va venir una esgarrifança.

—Tens fred?

—No, és la Coca-Cola —vaig explicar-li, i em va tornar a venir un calfred.

—No portes jaqueta? —em va dir amb to de desaprovació.

—Sí —vaig mirar al banc buit del meu costat—. Vaja, me l'he deixada al cotxe de la Jessica.

L'Edward es va treure la caçadora. De sobte em vaig adonar que mai m'havia fixat en el que duia. No només aquesta nit, sinó en general. No podia apartar la mirada del seu rostre, però m'hi vaig esforçar. Vaig veure que es treia una caçadora prima de cuir beige, sota la qual portava un jersei de coll alt de color d'ivori. Se li ajustava perfectament i li ressaltava el pit musculós.

Em va donar la caçadora mentre me'l mirava embadalida.

—Gràcies —li vaig tornar a dir, ficant els braços a les mànigues.

Era freda com la meva jaqueta quan me la posava al matí, després d'estar penjada en aquell passadís on passava tant de corrent d'aire. Vaig tornar a estremir-me. Feia molt bona olor. Vaig aspirar, intentant identificar aquella aroma. No semblava perfum. Les mànigues m'anaven massa llargues i me les vaig arremangar per poder treure les mans.

—El blau d'aquesta brusa t'afavoreix —va dir, mirant-me. Sorpresa, vaig abaixar la mirada i, evidentment, em vaig posar vermella.

Em va acostar la panera del pa.

—De debò, no entraré en xoc —vaig protestar.

—I tant... una persona normal hi entraria. Tu ni tan sols estàs commocionada.

Se'l veia inquiet. Em va mirar directament i vaig veure com n'eren de clars els seus ulls, més que clars que mai, del color del caramel.

—Em sento molt segura amb tu —li vaig confessar, impel·lida a dir-li la veritat.

Allò no li va agradar i va arrufar el seu front d'alabastre. Va sacsejar el cap, contrariat.

—És més complicat del que em pensava —va remugar per si mateix.

Vaig agafar un bastonet de pa i el vaig començar a rosegar, tot analitzant la seva expressió. Em preguntava quan seria el moment idoni per interrogar-lo.

—Sols estar de més bon humor quan tens els ulls més clars —vaig comentar-li, mirant-lo de distreure del pensament que l'havia fet posar morrut. Em va mirar de cop, parat.

—Què?

—Sols estar més malhumorat quan tens els ulls foscos. Llavors ja ho veig a venir —vaig continuar—. I tinc una teoria per això.

Va mig aclucar els ulls.

—Més teories?

—Doncs sí.

Vaig mastegar un bocinet de pa, mirant de fer-me la indiferent.

—Espero que aquest cop siguis més creativa... o continuen sent coses de còmics?

El seu lleuger somriure era burleta, però continuava fent una mirada dura.

—De fet, no ho he tret d'un còmic, però tampoc ho he trobat jo —vaig confessar.

—I doncs...? —es va avançar.

Llavors, però, va entrar la cambrera amb el meu sopar. Em vaig adonar que, inconscientment, ens havíem anat inclinant un cap a l'altre, perquè quan va venir ens vam asseure enrere de cop. Em va posar el plat al davant, que feia bona cara, i es va girar de pressa cap a l'Edward.

—Ha canviat de parer? —va preguntar—. Li puc oferir alguna cosa?

Vaig captar la doble intencionalitat de les seves paraules.

—No, gràcies, però li agrairia que ens portés alguna cosa més per beure.

Va assenyalar, amb la mà llarga i pàl·lida, els gots buits de davant meu.

—Naturalment.

Va agafar els vasos i va marxar.

—Què deies? —em va preguntar.

—Ja t'ho diré al cotxe. Si... —vaig aturar-me.

—Hi ha condicions?

Va aixecar una cella, la seva veu era llòbrega.

—Tinc unes quantes preguntes, és clar.

—És clar.

La cambrera va tornar amb dues coles més. Aquest cop les va deixar sense dir res i va marxar. Vaig fer-ne un glop.

—Va, dispara —va insistir, amb la veu encara severa.

Vaig començar amb la menys exigent. O això és el que em pensava.

—Per què ets a Port Angeles?

Va abaixar la mirada i va plegar les seves llargues mans, lentament, sobre la taula. Em va mirar per sota les pestanyes, amb un lleu somriure cínic.

—La següent.

—Però si aquesta és la més fàcil! —vaig objectar.

—La següent —va repetir.

Vaig abaixar la vista, frustrada. Vaig agafar la forquilla i vaig punxar un ravioli amb compte. Me'l vaig ficar a la boca lentament, sense alçar la mirada, i el vaig mastegar mentre pensava. Els bolets eren bons. Me'l vaig empassar i vaig fer un altre glop de cola abans de mirar-me'l.

—D'acord —vaig dir, fent-li una mirada d'odi, i vaig continuar a poc a poc—. Diguéssim... Hipotèticament, eh? ...que algú... pot saber què pensa la gent, els llegeix el pensament, saps? Amb poques excepcions.

—Només amb una excepció —va corregir—. Però hipotèticament, eh?

—Això mateix, només amb una excepció.

Em vaig estremir quan vaig veure que em seguia la veta, però vaig intentar dissimular.

—Com funciona? Té limitacions? Com s'ho faria... aquest algú... per trobar una altra persona en el moment idoni? Com sabria que aquesta persona passa un mal tràngol?

No sabia si aquelles preguntes compulsives tenien algun sentit.

—Hipotèticament? —va preguntar.

—És clar.

—Bé, si... aquest algú...

—Li direm Joe —vaig proposar.

Va somriure secament.

—Doncs Joe. Si en Joe hagués estat al cas, no hauria calgut que la sincronització fos tan exacta —va moure el cap i va alçar els ulls al sostre—. Només tu ets capaç de ficar-te en embolics en una ciutat tan petita. Destarotaries les estadístiques de delinqüència d'una dècada.

—Parlàvem d'un cas hipotètic —li vaig recordar fredament.

Es va riure de mi, amb una mirada càlida.

—I tant —va assentir—. Doncs així li direm Jane?

—Com ho has sabut? —vaig preguntar-li, sense poder reprimir l'ànsia. Em vaig adonar que m'estava tornant a tombar cap a ell.

Semblava que dubtava i que es debatia amb un dilema intern. Les nostres mirades es van trobar, i vaig suposar que estava prenent la decisió de dir-me o no la veritat.

—Sàpigues que pots confiar en mi —vaig murmurar. Em vaig inclinar per tocar-li les mans plegades, però les va apartar minuciosament. Jo també vaig retirar la mà.

—No sé si em queda elecció —va dir amb un fil de veu—. Em vaig equivocar... ets més observadora del que em pensava.

—Em pensava que sempre tenies raó.

—Solia tenir-ne —va tornar a moure el cap—. Em vaig equivocar amb tu també en una altra cosa. No ets un imant d'accidents... aquesta definició no té prou abast. Ets un imant de problemes. Si hi ha alguna cosa perillosa en un radi de quinze quilòmetres, et trobarà inexorablement.

—I tu t'hi inclous, en aquesta definició? —vaig suposar.

Va posar una cara freda, inexpressiva.

—Sens dubte.

Vaig tornar a estirar la mà per sobre la taula, fent veure que no veia que tornava a fer-se lleugerament enrere, i vaig tocar-li amb timidesa el revés de la mà amb la punta dels dits. Tenia la pell gèlida i dura, com una pedra.

—Gràcies —la meva veu desbordava gratitud—, ja és el segon cop.

La seva expressió es va suavitzar.

—Però val més que no hi hagi un tercer, d'acord?

Vaig arrufar les celles, però vaig assentir amb el cap. Va treure la mà de sota la meva i les va posar totes dues sota la taula, però es va inclinar cap a mi.

—T'he seguit a Port Angeles —va admetre, parlant atropelladament—. Mai m'havia proposat mantenir una persona viva i és més complicat del que em pensava. Segurament només és perquè es tracta de tu. La gent normal viu el dia a dia sense tants incidents.

Va fer una pausa. Em vaig preguntar si m'hauria de molestar que m'hagués estat seguint però, contràriament, em va envair una onada de complaença. Em va mirar fixament, potser es demanava per què els meus llavis formaven un somriure involuntari.

—Has pensat mai que potser aquell primer cop, amb la furgoneta, m'havia arribat l'hora i que vares lluitar contra el destí? —vaig especular, mirant de distreure'm.

—Aquell no va ser el primer cop —va dir, amb una veu gairebé inaudible. Me'l vaig mirar atordida, però va abaixar la mirada—. T'havia arribat l'hora quan et vaig veure per primera vegada.

Les seves paraules em varen provocar un espasme de pànic, i llavors em va venir l'abrupte record de la seva mirada assassina, fosca i violenta d'aquell primer dia, però la immensa sensació de seguretat que sentia amb la seva presència el va sufocar. Quan va alçar la vista per llegir la meva expressió, no s'hi veia cap indici de terror.

—Te'n recordes? —em va preguntar, amb el seu solemne rostre angelical.

—Sí —vaig dir serena.

—I encara ets aquí.

La seva veu tenia un matís d'incredulitat. Va aixecar una cella.

—Sí, sóc aquí... gràcies a tu —vaig fer una pausa—, perquè, d'una manera o altra, sabies com trobar-me avui... —vaig avançar-me.

Va prémer els llavis, mirant-me amb els ulls pràcticament aclucats, tornant a debatre's. Llavors, va mirar de cop el meu plat, encara ple, i després a mi.

—Menja i ja parlaré jo —em va proposar.

Ràpidament vaig punxar un altre ravioli i me'l vaig ficar a la boca. El vaig mastegar apressadament.

—És més difícil de l'habitual, seguir-te. Normalment trobo la gent amb facilitat, un cop els he "sentit" el pensament —va mirar-me nerviós, i em vaig adonar que m'havia quedat petrificada. Em vaig empassar el ravioli i ràpidament me'n vaig ficar un altre a la boca.

—Vigilava la Jessica, sense massa atenció. Com t'he dit, només tu et pots ficar en embolics a Port Angeles. Primer no m'havia adonat que te n'havies anat pel teu compte, però llavors he percebut que ja no eres amb elles. T'he buscat a la llibreria que havia vist al cap de la Jessica, però m'he adonat que no hi havies entrat i que t'havies dirigit cap al sud... Com que sabia que aviat hauries de tornar enrere, m'he quedat esperant-te, analitzant a l'atzar els pensaments dels vianants per veure si algú s'havia fixat en tu i així et podria localitzar. No tenia per què preocupar-me... però estava estranyament neguitós...

Es va perdre en els seus pensaments, mirant a la llunyania, visualitzant coses que jo no podia ni imaginar.

—He començat a donar voltes amb el cotxe sense deixar... d'escoltar. Al final s'ha post el sol i ja estava a punt de parar i seguir-te a peu. I llavors...

Es va aturar, prement les dents, amb una fúria sobtada. Va fer un esforç per calmar-se.

—Llavors què? —vaig xiuxiuejar. Va continuar mirant al no-res.

—He sentit el que pensaven —va rugir. El llavi superior se li arremangava lleugerament a sobre les dents—. I he vist el teu rostre en les seves ments.

De cop es va tirar endavant, amb un colze sobre la taula i es va tapar els ulls amb la mà. El moviment va ser tan ràpid que em va sobresaltar.

—Ha estat molt… difícil per mi, no et pots ni imaginar fins a quin punt, només agafar-te i deixar-los… vius —va dir silenciant-se la veu amb el braç—. Et podia haver deixat amb la Jessica i l'Angela, però em feia por que, si em deixaves sol, me n'anés a caçar-los —va admetre amb un xiuxiueig.

Estava en silenci, desconcertada, amb pensaments incoherents. Tenia les mans agafades sobre la falda i em recolzava feblement al respatller de la cadira. Encara tenia la mà a la cara, i estava tan inert que semblava una estàtua esculpida amb la pedra que recordava la seva pell.

Finalment va alçar els ulls, buscant la meva mirada, plena dels seus interrogants.

—Estàs a punt per tornar a casa? —va preguntar-me.

—Sí, estic a punt per marxar d'aquí —vaig matisar, terriblement contenta de saber que teníem més d'una hora de trajecte de tornada. No tenia ganes d'acomiadar-me'n.

Va aparèixer la cambrera com si l'haguéssim cridat. O ens hagués estat observant.

—Va tot bé? —va preguntar a l'Edward.

—Ja ens pot portar el compte, gràcies.

La seva veu era tranquil·la, però més ronca, ja que encara arrossegava la tensió de la nostra conversa. Semblava que havia desconcertat la cambrera. L'Edward va alçar la mirada, expectant.

—I… tant —va quequejar—. Aquí el té.

Es va treure una carpeteta de cuir de la butxaca de davant del davantal negre i la hi va donar.

L'Edward ja tenia un bitllet a les mans. El va ficar a la carpeteta i la hi va tornar de seguida.

—Quedi's el canvi.

Va somriure, es va aixecar i jo vaig fer el mateix, però em vaig ensopegar.

La cambrera va fer-li un altre somriure seductor.

—Que tinguin una bona nit.

Sense deixar de mirar-me, li va donar les gràcies. Vaig aguantar-me el riure.

Em va acompanyar fins a la porta, sempre guardant certa distància. Vaig recordar el que la Jessica havia explicat de la seva relació amb en Mike, que ja eren gairebé a la fase del primer petó. Vaig sospirar. Diria que l'Edward em va sentir i em va mirar encuriosit. Vaig fixar la vista a la vorera, alleujada que, suposadament, no pogués saber què pensava.

Va obrir-me la porta de l'acompanyant, me la va aguantar mentre pujava i va tancar suaument. El vaig veure com passava per davant del cotxe, sorprenent-me un cop més amb com n'arribava a ser d'elegant. Segurament ja m'hi hauria d'haver acostumat, però no era així. Em donava la sensació que l'Edward era una persona a qui ningú es podia acostumar.

Un cop dins el cotxe, va engegar el motor i va posar la calefacció alta. Havia refrescat molt i vaig suposar que el bon temps ja s'havia acabat. Tanmateix, estava bé amb la seva caçadora i inhalava el seu perfum quan creia que no em mirava.

L'Edward es va ficar entre el trànsit, aparentment sense mirar, i va anar avançant entre els cotxes, en direcció a l'autopista.

—Ara —va dir eloqüent —et toca a tu.

Teoria

—Et puc fer una altra pregunta? —vaig suplicar-li mentre recorria excessivament ràpid aquell carrer tranquil. No semblava que es mirés la carretera.

Va sospirar.

—Només una —va assentir. Tenia els llavis premuts, fent una expressió prudent.

—Bé… Has dit que sabies que no havia entrat a la llibreria, i que havia anat cap al sud. Em preguntava com ho sabies.

Va apartar deliberadament la vista.

—Em pensava que ja havíem passat l'època de les evasives —vaig rondinar.

Pràcticament va somriure.

—D'acord. He seguit la teva essència.

Va mirar la carretera i vaig tenir temps d'asserenar-me. No em va semblar una resposta plausible, però me la vaig guardar per analitzar-la més tard. Vaig mirar de centrar-me. No podia deixar que posés punt i final, ara que per fi m'estava explicant coses.

—I tampoc has contestat una de les meves primeres preguntes… —vaig dir per fer temps.

Em va mirar amb desaprovació.

—Quina?

—Com funciona... això de llegir els pensaments? Pots llegir la ment de qualsevol i en qualsevol moment? Com ho fas? La teva família també...?

Em vaig sentir estúpida fent que m'aclarís aquestes invencions.

—Me n'has fet més d'una —va assenyalar. Vaig creuar els dits i me'l vaig mirar, expectant—. No, només ho puc fer jo. I no sento qualsevol persona en qualsevol lloc. Hi he d'estar bastant a prop. Com més coneguda m'és la... "veu", de més lluny la puc "sentir". De totes maneres, només a pocs quilòmetres —va aturar-se, pensarós—. És com estar en una sala plena de gent, amb tothom parlant a la vegada. És un brunzit... una remor de veus de fons, fins que em centro en una única veu. Llavors "sento" nítidament el que pensa. Molts cops ni me les escolto... distreu massa i així resulta més fàcil semblar normal —va fer una cara seriosa quan va dir aquesta paraula— i no respondre els pensaments de la gent en comptes de les seves paraules.

—Per què creus que no em pots "sentir"? —li vaig preguntar encuriosida.

Em va fer una mirada enigmàtica.

—No ho sé —va remugar—. L'única teoria que tinc és que el teu cervell no funciona com el de la resta, és com si els teus pensaments s'emetessin en AM i jo només agafés els d'FM.

Va riure, divertit.

—El cap no em funciona bé? Sóc rara?

Aquelles paraules em varen molestar més del compte... segurament perquè l'havia encertada de ple. Sempre ho havia sospitat i em va incomodar tenir-ne la confirmació.

—Et dic que sento veus i ets tu la qui es preocupa per si és rara —va riure—. No pateixis, només és una teoria...—va endurir l'expressió—. Et torna a tocar.

Vaig sospirar. Com començaria?

—No havíem superat l'etapa de les evasives? —em va recordar suaument.

Per primer cop vaig apartar la mirada del seu rostre, intentant trobar les paraules. Tot d'una, em vaig fixar en el velocímetre.

—Déu meu! —vaig exclamar—. Afluixa!

—Què passa? —es va sobresaltar, però no va disminuir la velocitat.

—Vas a cent seixanta! —vaig dir encara cridant.

Vaig mirar amb terror per la finestra, però era massa fosc per veure res. Només es veia la carretera en la llarga franja il·luminada per la llum blavosa dels fars. El bosc que hi havia a totes dues bandes semblava un mur negre, i seria tan dur com una paret d'acer si sortíem de la carretera a aquesta velocitat.

—Tranquil·la —va dir, tot alçant els ulls, i sense afluixar.

—Vols que ens matem? —vaig preguntar-li.

—No xocarem pas.

Vaig mirar de suavitzar la veu.

—Tanta pressa tens?

—Sempre condueixo així —es va girar per fer-me un somriure murri.

—Mira la carretera!

—No he tingut mai cap accident... ni tan sols m'han posat una multa —va somriure i es va donar un cop al front—. Tinc un detector de radars incorporat.

—Molt graciós —vaig dir irada—. En Charlie és policia, te'n recordes? He crescut complint les normes de circulació. A més, si ens encastem amb un arbre i ens convertim en pasta de Volvo, segurament en sortiràs fresc com una rosa.

—És probable —va assentir amb una riallada—. Però tu no —va sospirar i vaig veure alleujada com l'agulla anava baixant a cent trenta—. Et sembla bé?

—Més o menys.

—No m'agrada conduir a poc a poc —va rondinar.

—Et sembla que vas a poc a poc?

—Deixa la meva conducció en pau —va etzibar-me—. Encara espero que em diguis la teva última teoria.

Em vaig mossegar el llavi. Em va mirar, amb els seus ulls de color de mel, sorprenentment amables.

—No me'n riuré —va prometre.

—Més aviat em fa por que t'enfadis amb mi.

—Tan terrible és?

—Més aviat sí.

Va esperar-se. Em mirava les mans per no haver de veure quina cara posava.

—Digues —em va dir amb la veu serena.

—No sé ni per on començar —vaig confessar.

—I per què no comences pel principi? Has dit que aquest cop no era cosa teva.

—No.

—D'on l'has treta? D'un llibre? D'una pel·lícula? —va intentar endevinar.

—No… Va ser dissabte, a la platja —vaig gosar fer-li una ullada. Se'l veia estranyat—. Vaig trobar-me un antic amic de la família, en Jacob Black —vaig continuar—. El seu pare i en Charlie són amics des que era petita.

Encara se'l veia desconcertat.

—El seu pare és un dels caps dels *quileute* —vaig mirar-me'l atentament. Aquella expressió confosa se li va petrificar de cop—. Vàrem anar a fer un vol… —vaig obviar explicar tots els meus estratagemes— i em va explicar llegendes ancestrals... per espantar-me, suposo. Me'n va explicar una... —vaig dubtar.

—Continua —va dir.

—De vampirs.

Vaig adonar-me que parlava amb un fil de veu. No me'l podia mirar, però vaig veure com tibava compulsivament els artells de les mans al volant.

—I et va fer pensar en mi? —va dir encara tranquil.

—No. Em va parlar... de la teva família.

Estava silenciós, mirant cap a la carretera. De sobte, em vaig preocupar per la seguretat d'en Jacob.

—Es pensava que només era una superstició sense solta ni volta —vaig dir ràpidament—. No s'esperava que m'ho creies —com que semblava que no n'hi havia prou, ho vaig haver de confessar—. Va ser culpa meva, vaig fer que m'ho expliqués.

—Per què?

—La Lauren havia dit alguna cosa de tu per provocar-me i un noi més gran de la tribu va dir que la teva família no anava a la reserva. El problema és que va sonar com si impliqués alguna altra cosa. Llavors em vaig quedar a soles amb en Jacob i el vaig entabanar perquè xerrés —vaig admetre, tombant el cap.

Em va sobresaltar amb una riallada. Me'l vaig mirar amb odi. Reia, però tenia una mirada furiosa, clavada a la carretera.

—Com el vares enredar? —va preguntar-me.

—Vaig intentar flirtejar-hi... i va funcionar millor del que em pensava.

La incredulitat va envair el meu to quan ho vaig recordar.

—M'hagués agradat veure-ho —va dir, amb una rialla tètrica—. I després dius que jo enlluerno la gent... Pobre Jacob Black!

Em vaig posar vermella i vaig desviar la vista cap a l'exterior.

—I llavors què vares fer? —em va preguntar, al cap d'un moment.

—Vaig buscar per Internet.

—I hi vares trobar res de bo?

Semblava que a penes hi estigués interessat, però tenia les mans fortament aferrades al volant.

—No. No hi havia res que lligués. La majoria de coses eren bastant ximples. I llavors… Em vaig aturar.

—Què?

—Vaig decidir que tant li feia —vaig xiuxiuejar.

—Què tant li feia?!

El seu to em va fer alçar la vista. Finalment li havia caigut aquella acurada màscara. La seva expressió era incrèdula, amb cert matís de l'ira que em temia.

—No —vaig dir suaument—. Tant me fa el que siguis.

Va respondre amb un to clarament burleta.

—Tant et fa si sóc un monstre, si ni tan sols sóc humà?

—Sí.

Es va quedar mut i va tornar a mirar endavant. Tenia el rostre llòbrec i gèlid.

—T'has enfadat —vaig sospirar—. No hauria d'haver dit res.

—No —va dir, però el seu to era tan tens com el seu rostre—. M'estimo més saber què penses… encara que sigui una bogeria.

—Torno a estar equivocada? —el vaig reptar.

—No em referia a això de "tant li feia!" —va citar-me, serrant les dents.

—Tinc raó? —vaig exclamar.

—Importa?

Vaig agafar alè.

—No massa —vaig aturar-me—. Però estic encuriosida.

Almenys tenia la veu serena. De cop va rendir-se.

—Què és el que t'encurioseix?

—Quants anys tens?

—Disset —va contestar ràpidament.

—I quant fa que en tens disset?

Va moure compulsivament els llavis mentre mirava la carretera.

—Bastant de temps —va admetre finalment.

—D'acord.

Vaig somriure complaguda pel fet que, després de tot, encara fos sincer. Em va mirar atentament, encara més que quan es pensava que tindria un xoc. Vaig somriure per animar-lo, però va fer mala cara.

—No riguis però... com pot ser que puguis sortir de dia?

Va riure igualment.

—És un mite.

—I que no et cremi el sol?

—Un altre mite.

—No dorms en un taüt?

—Un mite, també —va dubtar un moment, i la seva veu va adquirir un to peculiar—. No puc dormir.

Vaig tardar una estona a assimilar-ho.

—Gens?

—No dormo mai —va dir, amb una veu gairebé inaudible.

Es va girar a mirar-me, malenconiós. Em va capturar la mirada amb aquells ulls daurats, i em vaig desorientar. El vaig continuar observant fins que va apartar els ulls.

—Encara no m'has preguntat el més important.

Ara tenia la veu dura i em va mirar amb uns ulls freds. Vaig parpellejar, encara desconcertada.

—El què?

—No et preguntes res sobre la meva alimentació? —va dir sarcàsticament.

—Ah —vaig mormolar— "allò".

—Sí, "allò" —tenia la veu tenebrosa—. No vols saber si bec sang?

Em vaig estremir.

—Bé, en Jacob va dir alguna cosa sobre el tema.

—Què et va dir? —va preguntar amb rotunditat.

—Va dir que no... caçàveu gent, que suposadament la teva família no era perillosa perquè només caçàveu animals.

—Va dir que no érem perillosos?

El seu to era totalment escèptic.

—No exactament. Va dir que suposadament no ho éreu, però que els *quileute* no volen que poseu els peus a les seves terres, per si de cas.

Va mirar endavant, però no veia si mirava la carretera o no.

—Així, tenia raó en això que no caceu persones? —vaig preguntar mirant que no em sortís la veu alterada.

—La memòria dels *quileute* es remunta lluny... —va xiuxiuejar.

M'ho vaig prendre com una confirmació.

—Tot i que això no t'hauria de satisfer —em va advertir—. Fan bé de guardar les distàncies. Encara som perillosos.

—No ho entenc.

—Ens hi esforcem...—va explicar a poc a poc—. Solem ferho molt bé tot, però a vegades cometem errors. Per exemple jo, que m'he permès estar sol amb tu.

—I això és una equivocació?

Vaig notar que feia una veu trista, però no sé si ell també se'n va adonar.

—Una de molt perillosa —va remugar.

Llavors ens vàrem quedar en silenci. Vaig mirar com els llums dels fars es movien amb els revolts. Anaven massa ràpids, no semblaven reals. Era com un videojoc. Em vaig adonar que el temps s'escolava ràpidament, s'acabava com l'asfalt sota nostre, i em va esgarrifar pensar que potser no tornaria a tenir una altra oportunitat d'estar amb ell com ara, obertament, sense cap mur entre nosaltres. Intentava tancar el tema, però jo m'hi negava. No podia desaprofitar ni un sol minut dels que estava amb ell.

—Explica'm més coses —vaig suplicar-li desesperadament, sense importar-me el que havia dit, només per tornar a sentir la seva veu. Em va mirar ràpidament, sobresaltat pel canvi de to que havia fet.

—Què més vols saber?

—Explica'm per què caceu animals en comptes de persones —vaig proposar, encara amb un deix de desesperació. Em vaig adonar que tenia els ulls humits, i vaig lluitar contra la pena que em volia envair.

—És que no vull ser un monstre —va dir molt fluix.

—Però amb els animals en fas prou?

Va fer una pausa.

—Doncs no ho sé, però suposo que és com alimentar-se de tofu i llet de soia. Ens diem a nosaltres mateixos vegetarians, és la nostra broma interna. No ens sacia totalment la gana o, més ben dit, la set, però ens manté prou forts com per resistir… pràcticament sempre —el seu to es va tornar sinistre—. Unes vegades és més difícil que d'altres.

—Ara et resulta gaire difícil? —vaig preguntar-li.

—Sí —va sospirar.

—Però ara no estàs assedegat —vaig dir-li, confiada, afirmant-ho en lloc de preguntant-ho.

—Què t'ho fa pensar?

—Els teus ulls. Ja t'ho vaig dir, tinc una teoria. He notat que la gent, els homes en especial, es posen de mal humor quan tenen gana.

Va ofegar una rialla.

—Ets observadora, eh?

No vaig respondre. Només vaig escoltar el so del seu riure i el vaig gravar a la memòria.

—Aquest cap de setmana has anat de cacera amb l'Emmett? —vaig preguntar quan ens vàrem tornar a quedar en silenci.

—Sí —va aturar-se un segon, com si pensés si havia d'afegir alguna cosa o no—. No volia anar-hi, però calia que ho fes. És una mica més fàcil estar amb tu quan no estic assedegat.

—Per què no volies anar-hi?

—M'inquieta... estar lluny de tu —tenia una mirada tendra, però intensa, que semblava que em desfeia els ossos—. No feia broma quan et vaig demanar que miressis de no caure a l'oceà o que no t'atropellessin dijous passat. M'he passat el cap de setmana distret, capficat en tu. Després del que ha passat aquesta tarda, estic sorprès que hagis sortit del cap de setmana sana i estàlvia —va moure el cap, i llavors va semblar que recordava alguna cosa—. Bé, no pas del tot.

—Què dius?

—Les mans —em va recordar.

Me les vaig mirar, tenia rascades pràcticament curades a la base. No se li escapava res.

—Vaig caure —vaig sospirar.

—És el que em vaig pensar —va dir movent les comissures—. Suposo que, tractant-se de tu, hauria pogut ser molt pitjor... i aquesta possibilitat em turmentava mentre era fora. Han estat tres dies que s'han fet molt llargs i he posat l'Emmett nerviós.

Em va somriure tristament.

—Tres dies? Que no has tornat avui?

—No, vàrem arribar diumenge.

—Llavors per què no vàreu venir a classe?

Estava decebuda, gairebé empipada, mentre pensava com m'havia disgustat la seva absència.

—Bé, m'has preguntat si el sol em feia mal i no és cert, però no em pot tocar la llum directa... Almenys on em pugui veure la gent.

—Per què?

—Ja t'ho ensenyaré algun dia —em va prometre.

Vaig rumiar-hi un segon.

—M'hauries d'haver trucat —vaig decidir.

Es va quedar desconcertat.

—Però ja sabia que estaves bé.

—Però jo no sabia on eres. No... —vaig dubtar, tot baixant ràpidament la mirada.

—Què?

La seva veu vellutada era irresistible.

—No em va agradar no veure't. A mi també m'inquieta.

Em vaig sufocar en dir això en veu alta i es va quedar en silenci. Vaig alçar la vista, aprensiva, i vaig veure que la seva expressió era de rebuig.

—Oh —va gemegar fluix—. Això no pot ser.

No vaig entendre la seva resposta.

—Què he dit?

—Que no ho veus, Bella? Una cosa és que jo estigui afligit, però una altra és que tu hi estiguis ficada fins al coll —va desviar aquella mirada sobtadament angoixada cap a la carretera i parlava tan ràpid que pràcticament ni l'entenia—. No vull sentir que et sents així —va dir amb un to fluix, però apressant. Les seves paraules em van deixar tallada—. No pot ser i no és segur. Sóc perillós, Bella... Si us plau, ho has d'entendre.

—No.

Vaig esforçar-me per no semblar que feia una rebequeria.

—T'ho dic de debò —va grunyir.

—Jo també. Ja t'he dit que tant me feia el que fossis. Ja és massa tard.

La seva veu esclatar, greu i ronca.

—No ho diguis mai, això!

Em vaig mossegar el llavi, contenta que no pogués saber fins a quin punt em feia mal. Vaig clavar la vista a la carretera. Devíem estar a punt d'arribar. Conduïa massa de pressa.

—En què penses? —em va preguntar, amb la veu encara aspra.

Només vaig moure el cap, no estava segura de si podria parlar. Notava com em clavava els ulls al clatell, però vaig continuar mirant endavant.

—Estàs plorant?

Se'l veia consternat. No m'havia adonat que m'havien començat a llagrimejar els ulls. Em vaig eixugar ràpidament la galta amb la mà, però evidentment em queien les llàgrimes delatores, traint-me.

—No —vaig negar, però se'm va esquerdar la veu.

Vaig veure com m'acostava dubitatiu la mà dreta, però es va aturar i la va tornar a posar lentament sobre el volant.

—Em sap greu.

La seva veu estava consumida pels remordiments. Sabia que no em demanava perdó només per les paraules que m'havien fet enfadar.

La foscor ens envoltava, en silenci.

—Digues-me una cosa —em va preguntar al cap d'una estona, i vaig notar com s'esforçava en fer servir un to més suau.

—Sí?

—Què pensaves aquesta nit, abans que aparegués a la cantonada? No he entès la teva expressió... No se't veia massa espantada, semblava que t'estiguessis concentrant en alguna cosa.

—Intentava recordar com reduir un agressor... Autodefensa, saps? Volia encastar-li el nas al cervell —em va venir ràbia quan vaig pensar en l'home moreno.

—T'hi volies enfrontar? —es va quedar tot disgustat—. No havies pensat a arrencar-te a córrer?

—Caic fàcilment quan corro —vaig admetre.

—I a cridar?

—Estava a punt de fer-ho.

Va fer que no amb el cap.

—Tenies raó... estic lluitant contra el destí quan intento conservar-te amb vida.

Vaig sospirar. Quan vàrem entrar a Forks, va començar a disminuir la velocitat. Havíem tardat menys de vint minuts.

—Ens veurem demà? —vaig demanar-li.

—Sí... jo també he d'entregar un treball —va somriure—. Et guardaré lloc a l'hora de dinar.

Era una bestiesa que, després de tot el que havíem passat aquella nit, aquella promesa m'emocionés i em quedés sense poder dir res.

Érem davant de casa d'en Charlie. Els llums estaven encesos i la camioneta, al seu lloc. Tot perfectament normal. Era com despertar-se d'un somni. Va parar el cotxe, però no em vaig moure.

—Em promets que hi seràs demà?

—T'ho prometo.

Vaig reflexionar un moment i llavors vaig fer que sí amb el cap. Em vaig treure la seva caçadora i la vaig olorar per últim cop.

—Te la pots quedar... Si no, demà no en tindràs —em va recordar

La hi vaig tornar.

—No, que no vull haver de donar explicacions a en Charlie.

—Està bé —va dir somrient.

Quan ja tenia la mà al pany, vaig dubtar, amb la intenció d'allargar el moment.

—Bella? —va preguntar en un to diferent, més seriós però dubitatiu.

—Sí?

Em vaig girar cap a ell massa entusiasmada.

—Em promets una cosa?

—Sí —vaig dir, i immediatament em vaig penedir de la meva acceptació incondicional. I si em demanava que m'allunyés d'ell? No podia complir una promesa així.

—No vagis sola al bosc.

Me'l vaig quedar mirant, totalment parada.

—Per què?

Va fer mala cara, i va posar una mirada dura mentre mirava a l'horitzó per la finestra.

—No sóc el més perillós que t'hi pots trobar. Deixem-ho aquí.

Em vaig estremir una mica per aquella veu desolada, però estava alleujada. Almenys era una promesa fàcil de complir.

—El que tu diguis.

—Ens veiem demà —va sospirar, i vaig saber que volia que sortís del cotxe.

—Fins demà, llavors.

Vaig obrir la porta amb desgana.

—Bella?

Em vaig girar i estava inclinat cap a mi, amb la seva cara pàl·lida i solemne a pocs centímetres de la meva. Se'm va aturar el cor.

—Que dormis bé —va dir.

Em va venir el seu alè a la cara, i em va deixar atordida. Feia la mateixa flaire exquisida que la seva caçadora, però més concentrada. Vaig parpellejar, totalment desconcertada. Es va tornar a apartar.

No vaig ser capaç de moure'm fins que se'm va aclarir una mica el cap. Llavors, vaig sortir del cotxe amb poca traça i em vaig haver d'agafar al marc de la porta. Em va donar la sensació que reia per sota el nas, però era un so massa fluix per tenir-ne la certesa.

Es va esperar fins que vaig arribar tentinejant a la porta principal, i llavors vaig sentir que accelerava silenciosament el motor. Em vaig girar just per veure com el cotxe platejat desapareixia rere la cantonada. Em vaig adonar que feia molt fred.

Vaig buscar les claus mecànicament, vaig obrir la porta i vaig entrar. En Charlie em va cridar des de la sala.

—Bella?

—Sí, pare, sóc jo.

Vaig entrar a veure'l. Mirava un partit de beisbol.

—Si que arribes aviat.

—Ah sí? —estava sorpresa.

—No són ni les vuit —em va dir—. Us ho heu passat bé?

—Sí, ha estat molt divertit —el cap em donava voltes mentre intentava recordar com m'havia imaginat que seria la tarda amb les noies—. Totes dues han trobat vestit.

—Et trobes bé?

—Només estic cansada. He caminat molt.

—Bé, potser t'hauries d'anar a estirar.

Se'l veia amoïnat. Em vaig preguntar quina cara devia fer.

—Primer trucaré la Jessica.

—Però no eres amb ella fins ara? —va preguntar sorprès.

—Sí... però m'he deixat la jaqueta al seu cotxe. Vull assegurar-me que demà me la porti.

—Dona, deixa-li temps d'arribar a casa.

—És veritat —vaig assentir.

Vaig anar a la cuina i vaig caure exhausta en una cadira. Estava marejada i em preguntava si al final sí que entraria en xoc. *Controla't!* Vaig dir-me.

De sobte va sonar el telèfon i vaig fer un salt. El vaig despenjar de cop.

—Digui? —vaig dir sense alè.

—Bella?

—Ei, Jess, et volia trucar.

—Ja ets a casa? —la seva veu era alleujada... i sorpresa.

—Sí. M'he deixat la jaqueta al cotxe... Me la pots portar demà?

—I tant, però explica'm què ha passat! —em va suplicar.

—Mm, demà... a Trigonometria, d'acord?

Ho va entendre de seguida.

—Ah, el teu pare és amb tu?

—Sí, això mateix.

—D'acord, en parlarem demà, doncs. Adéu!

Vaig notar-li com n'estava d'impacient.

—Adéu, Jess.

Vaig pujar les escales a poc a poc, amb una pesada somnolència que m'emboirava el cap. Em vaig preparar per anar a dormir sense posar massa atenció en el que feia. No va ser fins que vaig ser sota la dutxa, amb l'aigua tan calenta que em cremava la pell, que em vaig adonar que estava glaçada. Em vaig estremir violentament durant una estona fins que, amb el vapor, se'm varen relaxar els músculs entumits. Llavors, em vaig quedar a la dutxa, massa cansada per moure'm, fins que l'aigua calenta es va començar a acabar.

Vaig sortir fent tentines i em vaig embolicar bé amb una tovallola, per així mantenir l'escalfor i que així no em tornessin els dolorosos calfreds. Em vaig posar el pijama ràpidament i vaig ficar-me sota l'edredó, cargolant-me i abraçant-me per estar calenta. Em varen venir unes quantes esgarrifances lleus.

El cap encara em donava voltes de forma vertiginosa, amb tot d'imatges que no podia entendre i algunes que intentava reprimir. Primer no em quedava res clar però, a mesura que em vaig anar adormint, se'm varen fer evidents algunes certeses.

Hi havia tres coses de les quals estava completament segura. Primera, que l'Edward era un vampir. Segona, que hi havia una part d'ell —que no sabia fins a quin punt era dominant— que anhelava beure's la meva sang. I tercera, que estava incondicionalment i perdudament enamorada d'ell.

Interrogatoris

Al matí següent em va resultar molt difícil debatre'm amb la part de mi que estava segura que la nit passada havia estat un somni. Ni la lògica ni el sentit comú estaven a favor meu. Em vaig aferrar als detalls que no em podia haver imaginat, com ara la seva olor. Estava segura que mai podia haver somniat una cosa així.

A l'exterior de la finestra feia un dia fosc i boirós. Perfecte. L'Edward no tindria cap raó per no anar a classe. Com que recordava que no tenia la jaqueta, em vaig posar roba gruixuda. Una altra prova que els meus records eren verídics.

Quan vaig baixar, en Charlie ja tornava a ser fora: se m'havia fet més tard del que em pensava. Em vaig cruspir una barreta de *musli* amb tres queixalades, me la vaig fer passar avall amb llet que vaig beure directament del bric, i vaig córrer cap a la porta. Amb una mica de sort, no començaria a ploure fins que hagués trobat la Jessica.

Feia més boira de l'habitual, gairebé semblava que l'aire estigués ple de fum. La boirina que em queia a la cara i al coll era freda com el gel. Em moria de ganes de poder posar la calefacció a la camioneta. La boira era tan espessa que, fins que no vaig ser a uns quants metres del camí d'entrada, no em vaig adonar que hi havia un cotxe platejat. El cor se'm va aturar, va vacil·lar i després es va posar a bategar a tota velocitat.

No havia vist d'on havia sortit però, de cop, era allà, amb la porta oberta.

—Vols que et porti, avui? —em va preguntar, divertit per l'expressió que vaig posar perquè m'havia tornat a agafar desprevinguda.

Feia una veu dubitativa. M'estava oferint aquella possibilitat: m'hi podia negar i part d'ell confiava que ho fes. Evidentment, era en va.

—I tant, gràcies —vaig dir, mirant de semblar calmada.

Quan vaig entrar al càlid cotxe, vaig veure la seva caçadora de color de canyella penjada al recolzacaps del seient de l'acompanyant. Va tancar la porta darrere meu i, més ràpid del que hauria estat possible, ja estava assegut al meu costat i engegava el motor.

—T'he portat la caçadora. No vull que et posis malalta ni res estrany.

Feia una veu cauta. Vaig adonar-me que no duia jaqueta, sinó només una samarreta de punt de màniga llarga, gris clar i de coll en punta, que se li ajustava perfectament al pit musculós. Va ser un increïble homenatge al seu rostre que apartés la mirada del seu cos.

—Tampoc sóc tan delicada —vaig dir, però em vaig posar la caçadora a la falda i vaig ficar els braços en aquelles mànigues que m'anaven llargues, intrigada per saber si aquella essència era tan bona com la recordava. I era encara millor.

—Ah no? —em va contradir, amb una veu tan fluixa que no vaig saber si volia que el sentís o no.

Vàrem passar pels carrers plens de boira, com sempre, a massa velocitat, incòmodes. Almenys jo. La nit passada havien caigut els murs... gairebé tots. No sabia si avui encara seríem igual de sincers. Em vaig quedar sense poder parlar i esperava que ho fes ell.

Es va girar per fer-me un somriure cínic.

—Què, no tens una pila de coses per demanar-me avui?

—Et molesten les meves preguntes? —vaig preguntar, alleujada.

—No tant com les teves reaccions.

Semblava que feia broma, però tampoc n'estava massa segura. Vaig arrufar les celles.

—Reacciono malament?

—No, aquest és el problema. T'ho prens tot massa a la lleugera... no és normal. Em pregunto què penses en realitat.

—Sempre et dic el que penso de veritat.

—No, ho suavitzes —em va acusar.

—Tampoc tant.

—Prou per fer-me parar boig.

—Perquè no vols sentir segons què —vaig remugar, de forma gairebé inaudible.

Me'n vaig penedir tan bon punt ho vaig haver dit. El patiment de la meva veu era gairebé imperceptible, esperava que no l'hagués notat.

No va contestar i em vaig preguntar si ho havia esguerrat tot. Tenia una expressió inexpugnable mentre entràvem a l'aparcament de l'institut. Quan ja era massa tard, se'm va acudir una cosa.

—I els teus germans? —vaig preguntar. Estava contenta d'estar amb ell, però vaig recordar que habitualment anaven al seu cotxe.

—Han agafat el cotxe de la Rosalie —va encongir les espatlles mentre aparcava al costat d'un descapotable vermell, nou de trinca, amb la capota posada—. Que ostentós, eh?

—Ostres! —vaig exclamar sense alè—. Si té aquest cotxàs, per què va amb tu?

—Com acabo de dir, és ostentós. Mirem de passar desapercebuts.

—No us en sortiu gaire bé.

Vaig riure i vaig fer que no mentre sortíem del cotxe. Ja no feia tard. La seva conducció suïcida m'havia fet arribar a l'institut amb temps de sobres.

—I com és que la Rosalie ha vingut amb el cotxe si destaca massa?

—Que no te n'has adonat? Ara em salto totes les regles.

Em va esperar davant del cotxe, i vàrem anar cap al campus, molt junts. M'hagués agradat trencar aquella distància, estirar la mà i tocar-lo, però em feia por que no li agradés.

—Com és que teniu aquesta mena de cotxes —vaig preguntar-me en veu alta— si el que voleu és passar desapercebuts?

—És un caprici —va admetre amb un somriure entremaliat—. A tots ens agrada conduir ràpid.

—No cal que ho juris... —vaig remugar en veu baixa.

La Jessica m'esperava aixoplugada sota el ràfec de la cafeteria, amb els ulls a punt de sortir-li de les òrbites. Per sort, portava la meva jaqueta al braç.

—Ei, Jessica! —vaig dir quan estàvem a pocs metres d'ella—. Gràcies per recordar-te'n.

Me la va donar sense dir ni piu.

—Bon dia, Jessica —va dir l'Edward, educadament. No en tenia cap culpa de tenir una veu tan irresistible. Ni de tenir aquell poder a la mirada.

—Ah... Hola! —va dirigir-me una mirada desbocada, intentant posar ordre als seus pensaments embrollats—. Suposo que ens veurem a Trigonometria.

Em va fer una mirada eloqüent i vaig sufocar un sospir. Què coi li explicaria?

—Sí, ens veiem després.

Va allunyar-se, però es va aturar un parell de cops per mirar-nos de reüll per sobre l'espatlla.

—Què li diràs? —va mormolar l'Edward.

—Ei, em pensava que no em podies llegir el pensament! —vaig xiuxiuejar.

—No puc —va dir, sobresaltat. Llavors, se li va il·luminar la mirada—, però si que puc llegir el seu. S'esperarà que sigueu a classe per acorralar-te.

Vaig remugar mentre em treia la seva caçadora, la hi donava i em posava la meva. Se la va doblegar a sobre el braç.

—Doncs què li diràs?

—No em pots ajudar una mica? —vaig suplicar-li—. Què vol saber?

Va fer que no amb el cap, tot fent un somriure pervers.

—Això és jugar brut.

—No, que tu no comparteixis el que saps és jugar brut.

Va reflexionar un moment mentre caminàvem. Ens vàrem aturar davant la porta de la meva primera classe.

—Vol saber si ens veiem en secret. I també què sents per mi —va dir finalment.

—Ostres, què li he de dir?

Vaig mirar de mantenir una expressió molt ingènua. La gent ens passava pel costat mentre anava cap a les classes i segurament ens mirava, però a penes m'hi fixava.

—Mmmm —va fer una pausa per agafar un ble de cabells que m'havia sortit de la trena i me'l va posar al seu lloc. El cor em va bategar a cent per hora—. Suposo que pots dir que sí de la primera... Si no et fa res. És més fàcil que qualsevol altra explicació.

—No em fa res —vaig dir amb una veu dèbil.

—I pel que fa a l'altra pregunta... Bé, ja escoltaré per sentir la resposta.

Va aixecar una comissura per formar aquell somriure murri que tant m'agradava. No vaig poder recuperar l'alè per respondre aquell comentari abans que fes mitja volta i se n'anés.

—Ens veiem a l'hora de dinar —va cridar per sobre l'espatlla.

Tres alumnes que entraven es varen girar a mirar-me.

Vaig córrer cap a classe, sufocada i empipada. Era un trampós! Ara encara estava més amoïnada pel que li diria a la Jessica. Vaig seure al meu pupitre habitual, deixant caure la motxilla, empipada.

—Bon dia, Bella —em va dir en Mike des del seient del costat. Vaig alçar la vista. Feia una mirada estranya, pràcticament resignada.

—Com va anar a Port Angeles?

—Va estar... —no tenia cap manera de descriure-ho honestament— molt bé —vaig acabar la frase sense convicció—. La Jessica va trobar un vestit molt bonic.

—Va dir res de la nit de dilluns? —va preguntar, amb els ulls brillants. Vaig somriure pel gir que havia pres la conversa.

—Va dir que s'ho havia passat molt bé —vaig assegurar-li.

—De debò? —va dir il·lusionat.

—No ho dubtis.

El professor Mason va posar ordre i ens va demanar que lliuréssim els treballs. Les classes de Literatura i Història varen passar borroses mentre em preocupava per com li explicaria tot plegat a la Jessica, i em desesperava quan pensava si realment l'Edward sentiria el que deia a través dels pensaments d'ella. Que inoportuna que resultava la seva habilitat... quan no es tractava de salvar-me la vida.

Cap al final de la segona hora la boira ja gairebé s'havia escampat, però encara feia un dia fosc, amb núvols baixos i sufocants. Vaig fer un somriure al cel.

Evidentment, l'Edward tenia raó. Quan vaig entrar a Trigonometria, la Jessica seia a l'última fila, pràcticament fent bots al seient de l'emoció. Vaig anar a seure amb ella de mala gana, mirant de convèncer-me que valia més que m'ho tragués de sobre com més aviat millor.

—Explica-m'ho tot! —em va ordenar abans que em pogués asseure.

—Què vols saber? —vaig dir per fer temps.

—Què va passar ahir al vespre?

—Em va convidar a sopar i em va portar a casa.

Em va mirar enfurismada, amb una expressió plena d'escepticisme.

—Com vares arribar a casa tan d'hora?

—Condueix com un boig. Va ser terrible.

Vaig confiar que l'Edward ho sentís.

—Va ser una mena de cita? Havies quedat amb ell allà?

No havia pensat en aquest detall.

—No... em vaig quedar molt parada de trobar-me'l.

Va arrugar els llavis, decebuda pel meu to clarament sincer.

—Però avui t'ha portat a l'institut, no? —va indagar.

—Sí... també ha estat una sorpresa. Ahir va veure que no duia jaqueta —li vaig explicar.

—I tornareu a sortir junts?

—Em va proposar portar-me a Seattle dissabte, ja que pensa que la meva camioneta no pot fer un trajecte així. No sé si això compta...

—Sí —va assentir.

—Bé, doncs llavors sí.

—Aaal-çaaa! —va dir arrossegant totes dues síl·labes—. L'Edward Cullen!

—Ja ho sé —vaig assentir. "Alça" no ho expressava ni de lluny.

—Espera! —va dir aixecant les mans cap a mi com si aturés el trànsit—. T'ha fet un petó?

—No —vaig balbucejar—. No és d'aquests.

Va fer cara de decebuda. Segur que jo també.

—I penses que dissabte...? —va dir aixecant les celles.

—Ho dubto molt.

La contrarietat en la meva veu no va quedar massa ben dissimulada.

—De què vàreu parlar? —va inquirir xiuxiuejant, per treure més informació. La classe ja havia començat, però el senyor Varner no s'hi fixava massa i no érem les úniques que encara parlàvem.

—No ho sé, Jess, de moltes coses —vaig respondre-li fluixet—. Vàrem parlar una mica del treball de Literatura.

Una mica per no dir gens. Em sembla que ho va esmentar de passada.

—Si us plau, Bella —va suplicar-me—. Dóna'm detalls.

—D'acord... bé, un. Hauries d'haver vist com li tirava la canya la cambrera... Va ser massa! Però ell no li va fer ni cas.

A veure què en diria l'Edward d'això.

—És bon senyal —va assentir—. Era maca?

—Molt maca... devia tenir dinou o vint anys.

—Encara millor. Això és que li agrades.

—Suposo que sí, però qui sap. És sempre tan críptic —vaig afegir, sospirant, a favor d'ell.

—No entenc com tens valor de quedar-t'hi sola —va dir fluixet.

—Per què?

Em vaig quedar parada, però no va entendre la meva reacció.

—És que és tan... intimidant. Jo no sabria ni què dir-li.

Va fer una ganyota. Segurament recordava el matí o la tarda del dia abans, quan se la va mirar amb l'implacable poder dels seus ulls.

—Em costa ser coherent quan estic amb ell —vaig admetre.

—Ja... és que és terriblement atractiu.

La Jessica va encongir les espatlles, com si això justifiqués qualsevol errada, cosa que, segurament, ella creia.

—Però és molt més que això.

—Ah sí? En quin sentit?

M'hauria agradat que ho hagués deixat córrer. Gairebé tant com que el fet que l'Edward m'hagués dit que m'estaria escoltant fos només una broma.

—No t'ho puc explicar ara... però sota la seva aparença és encara més increïble.

El vampir que volia ser bo i que anava salvant vides d'aquí d'allà per no ser un monstre... Vaig fixar la mirada a la part de davant de la classe.

—És possible? —va dir amb una rialleta.

Vaig ignorar-la i vaig fer veure que m'escoltava el professor Varner.

—Llavors t'agrada, no?

No es rendiria.

—Sí —vaig dir secament.

—Vull dir si t'agrada de debò —va pressionar-me.

—Sí —vaig repetir, posant-me vermella.

Esperava que aquest detall no quedés gravat en els seus pensaments. S'hauria de conformar amb respostes monosil·làbiques.

—Fins a quin punt t'agrada?

—Massa —vaig respondre xiuxiuejant—. Més del que li agrado jo a ell, però no sé com evitar-ho.

Vaig sospirar, ruboritzant-me un cop rere l'altre. En aquell moment, afortunadament, el professor va preguntar a la Jessica.

Aquesta no va tenir l'oportunitat de reprendre el tema durant la classe i, tan bon punt va tocar el timbre, vaig contraatacar amb una evasiva.

—A Literatura en Mike m'ha preguntat si havies dit res de dilluns a la nit —li vaig explicar.

—Au va! I què li has dit? —va exclamar parada, perdent totalment el fil.

—Li he dit que t'ho havies passat molt bé... i ha estat content.

—Explica'm fil per randa què t'ha dit i què li has respost!

Vàrem estar analitzant la conversa paraula per paraula fins que vàrem arribar a classe i ens vàrem passar gairebé tota l'hora d'Espanyol fent una acurada descripció de les cares que havia posat en Mike. No hauria allargat tant la història si no fos que em preocupava que tornés al tema anterior.

Llavors va tocar el timbre de l'hora de dinar. El fet que m'aixequés d'un salt, fiqués els llibres a la motxilla de qualsevol manera i tingués una expressió animada devia donar clars indicis a la Jessica.

—Avui no t'asseuràs amb nosaltres, oi? —va suposar.

—No crec.

No tenia clar si tornaria a desaparèixer en el moment menys oportú. Malgrat tot, l'Edward m'esperava a la sortida d'Espanyol, recolzat a la paret, la viva imatge d'un déu hel·lènic. La Jessica va fer una ullada, va alçar els ulls al sostre, i va marxar.

—Fins després, Bella.

El seu to de veu amagava múltiples insinuacions. Segurament hauria de desconnectar el timbre del telèfon.

—Hola —va dir amb una veu divertida i empipada alhora. Evidentment, havia estat escoltant.

—Ei.

Com que no se'm va acudir res més per dir-li i ell tampoc va obrir la boca —suposo que esperava el moment oportú—, vàrem anar en silenci cap a la cafeteria. Caminar al costat de l'Edward durant la concorreguda hora de dinar va ser com el meu primer dia: tothom em mirava.

Va anar cap a la cua, sense dir res, tot i que m'anava mirant de tant en tant, amb una mirada especulativa. Em va donar la sensació que la irritació estava guanyant terreny a la satisfacció com a expressió dominant en el seu rostre. Vaig començar a jugar, atabalada, amb la cremallera de la jaqueta.

Es va acostar al taulell i es va emplenar la safata de menjar.

—Què fas? —vaig replicar—. Estàs agafant tot això per mi?

Va fer que no amb el cap i es va fer endavant per pagar el dinar.

—La meitat és per mi.

Vaig aixecar una cella.

Va dirigir-se cap al mateix lloc que ens havíem assegut l'altra vegada. Des de l'altra punta de la taula llarga, un grup d'estudiants d'últim curs ens mirava sorprès mentre ens assèiem un davant de l'altre. L'Edward semblava aliè a tot plegat.

—Agafa el que vulguis —em va dir, tot acostant-me la safata.

—Estic encuriosida —vaig dir mentre agafava una poma i la feia girar entre les mans—. Què faries si algú et desafies a menjar?

—Tu sempre estàs encuriosida.

Va fer una ganyota, tot movent el cap. Se'm va quedar mirant fixament mentre agafava un tros de pizza, se'l ficava tot de cop a la boca, el mastegava ràpidament i se l'empassava. Em vaig quedar amb uns ulls com unes taronges.

—Si algú et desafies a menjar terra, ho faries, no? —va preguntar condescendent.

Vaig arrufar el nas.

—Ho vaig fer una vegada... per una aposta —vaig admetre—. No va ser tan terrible.

Va riure.

—No sé per què no m'estranya.

Alguna cosa de darrere meu li va cridar l'atenció.

—La Jessica està analitzant tot el que faig... t'ho desglossarà més tard.

Em va acostar la resta de pizza. Parlar de la Jessica va fer que li tornés part de la irritació anterior al rostre. Vaig deixar la poma i vaig fer una queixalada de pizza. Vaig apartar la mirada perquè sabia el que em venia a sobre.

—Així que la cambrera era maca, eh? —va preguntar com qui no vol la cosa.

—No te'n vares adonar?

—No, no m'hi vaig fixar. Tenia moltes coses al cap.

—Pobra noia.

Em vaig permetre ser indulgent.

—Has dit una cosa a la Jessica que... Bé, m'ha molestat.

No es va deixar distreure. Feia una veu ronca i em mirava per sota les pestanyes amb ulls inquiets.

—No m'estranya que hagis sentit alguna cosa que no t'hagi agradat. Ja saps què diuen dels xafarders... —li vaig recordar.

—Ja t'havia avisat que escoltaria.

—I jo ja t'havia dit que no voldries saber tot el que penso.

—Ja ho sé —va assentir, però encara posava una veu seca—. Però no tens ben bé raó. Vull saber tot el que penses... absolutament tot. Només voldria... que no pensessis segons quines coses.

Vaig fer morros.

—Quina gran diferència!

—Però no és el que et volia dir.

—Llavors què és?

Ara estàvem inclinats un cap a l'altre sobre la taula. Tenia les seves mans grosses i pàl·lides creuades sota la barbeta. Em vaig inclinar cap endavant, recolzant el coll a la mà dreta. Em vaig haver de recordar que érem en un menjador ple de gent amb, probablement, una pila de mirades que ens vigilaven. Era massa fàcil deixar-se embolcallar per la nostra petita bombolla, íntima i tensa.

—De debò creus que et preocupes més per mi que no pas jo per tu? —va mormolar, acostant-se'm més a mesura que parlava i travessant-me amb els seus foscos ulls daurats.

Vaig mirar de recordar-me de respirar. Vaig haver d'apartar la mirada per refer-me.

—Ho tornes a fer —vaig remugar.

Va obrir els ulls de bat a bat.

—El què?

—Enlluernar-me —vaig confessar, mirant de concentrar-me mentre me'l tornava a mirar.

—Ah —va dir fent cara de pomes agres.

—No és culpa teva —vaig sospirar—. No hi pots fer res.

—Em contestaràs la pregunta?

Vaig abaixar la vista.

—Sí.

—Sí que em contestaràs o sí que ho penses?

Tornava a estar enfadat.

—Sí que ho penso.

Vaig mantenir la mirada clavada a la taula, resseguint amb els ulls les vetes de la fòrmica. El silenci es va fer etern. Aquest cop em vaig entestar a no ser la primera en trencar-lo, mentre em debatia per no mirar de reüll quina cara feia. Finalment va parlar, amb una suau veu vellutada.

—T'equivoques.

Vaig alçar la vista. Feia una mirada amable.

—No ho pots saber —vaig dissentir amb un fil de veu. Vaig moure el cap, dubitativa, tot i que anhelava creure'm aquelles paraules que em varen accelerar el cor.

—Què t'ho fa pensar?

Els seus ulls de topazi líquid se'm clavaven, intentant, en va, obtenir la veritat del meu pensament. Vaig mirar-me'l, debatent-me per pensar amb claredat, malgrat la visió del seu rostre, i trobar alguna manera d'explicar-me. Mentre buscava les paraules, veia com s'anava impacientant; decebut pel meu silenci, va començar a mirar-me malament. Vaig apartar la mà que tenia al coll i vaig aixecar un dit.

—Deixa'm pensar —vaig insistir.

La seva expressió es va relaxar, ara se'l veia content pel fet que volgués contestar-lo. Vaig deixar caure la mà dreta sobre la taula i la vaig ajuntar amb l'esquerra. Em vaig quedar mirant-me les mans mentre anava jugant amb els dits, fins que al final vaig decidir parlar.

—Bé, deixant a part el que és obvi, a vegades... —vaig dubtar—. No n'estic segura perquè no sé llegir el pensament però, de tant en tant, em dóna la sensació que et vols acomiadar de mi quan estàs dient una altra cosa.

Va ser la millor manera que vaig trobar de resumir l'angoixa que alguns cops em provocaven les seves paraules.

—Ets perspicaç —va murmurar. I vaig tornar a sentir aquella angoixa quan va confirmar les meves pors—. És precisament per això que estàs equivocada —va començar a explicar, però llavors em va mirar amb els ulls mig clucs—. Què vols dir amb "el que és obvi"?

—Bé, mira'm —vaig dir innecessàriament perquè no deixava de clavar-me els ulls—. Sóc normal i corrent, si deixem de banda que he estat a punt de morir un munt de vegades i que sóc gairebé inútil de tan poca traça. I mira't tu.

Vaig fer un gest amb la mà cap a ell, assenyalant la seva torbadora perfecció. L'Edward va arrugar un moment el front amb ràbia, però llavors va suavitzar l'expressió i va fer-me una mirada de complicitat.

—No et veus amb gaire claredat, saps? Tanmateix, he d'admetre que amb els defectes l'has encertada de ple —va riure foscament—, però no vares sentir què pensaven tots els nois de l'institut quan vares arribar.

Vaig parpellejar astorada.

—No m'ho crec... —vaig mormolar per mi mateixa.

—Per un cop, creu-me, no ets gens habitual.

La vergonya que em va venir va superar de llarg la satisfacció que em va provocar la mirada que feia mentre em deia això. Vaig recordar-li ràpidament la meva premissa inicial.

—Però jo no m'acomiado de tu —vaig assenyalar.

—Que no ho veus? Això em dóna la raó. Sóc el que es preocupa més perquè, si calgués fer-ho —va moure el cap, com si és debatés amb aquell pensament—, si calgués que et deixés, llavors seria jo qui em torturaria per no ferir-te, per protegir-te.

Me'l vaig mirar amb odi.

—I et penses que jo no faria el mateix?

—No hauràs de prendre mai aquesta decisió.

De sobte, el seu humor imprevisible va tornar a canviar. Ara feia un somriure entremaliat i corprenedor que el va fer canviar de cara.

—És clar que protegir-te comença a ser com una feina a temps complet que requereix la meva constant presència.

—Avui encara no m'ha intentat matar ningú —vaig recordar-li, agraïda que hagués tret un tema més banal. No volia que parlés més de comiats. Si calia, suposo que seria capaç de posar-me deliberadament en perill per tal de tenir-lo al meu costat... Vaig eliminar aquest pensament abans que els seus veloços ulls me'ls llegissin al rostre. Una idea com aquesta em portaria problemes.

—Encara —va afegir.

—Encara —vaig assentir. Li hauria discutit, però m'estimava més que es pensés que em passarien desgràcies.

—Tinc una altra pregunta per fer-te —va dir encara tranquil.

—Dispara.

—Havies d'anar de debò a Seattle aquest dissabte o era una excusa per no haver de dir que no als teus admiradors?

Vaig fer una ganyota recordant-ho.

—Ja saps que encara no t'he perdonat per allò d'en Tyler —el vaig avisar—. És culpa teva que es faci il·lusions que aniré al ball de final de curs amb ell.

—Bah, ja hauria trobat la manera de demanar-t'ho sense la meva intervenció... Només volia veure la cara que hi posaves —va dir rient, burleta. M'hauria empipat més si la seva rialla no hagués estat tan atractiva—. Si t'ho hagués demanat jo, també m'haguessis donat carbassa? —va preguntar-me, encara rient.

—Segurament no —vaig admetre—, però ho hagués anul·lat més tard, fent veure que estava malalta o que m'havia torçat un turmell.

Es va quedar perplex.

—Però per què?

Vaig moure el cap tristament.

—Suposo que no m'has vist mai a Educació Física, però em pensava que ho entendries.

—Et refereixes al fet que no pots caminar per una superfície plana i estable sense trobar alguna cosa amb la qual ensopegar?

—És clar.

—Això no seria cap problema —se'l veia molt segur—, tot depèn de la parella de ball —va veure que estava a punt de protestar i em va tallar—. Malgrat tot, encara no m'has respost... Estàs decidida a anar a Seattle o vols que fem alguna altra cosa?

Des del moment que va parlar en plural, ja no em va preocupar res més.

—Estic oberta a alternatives —vaig admetre—, però t'he de demanar un favor.

Se'l veia cautelós, com sempre que li feia una pregunta oberta.

—Quin?

—Puc conduir jo?

Va fer mala cara.

—Per què?

—Bé, principalment perquè vaig dir a en Charlie que aniria a Seattle, i em va preguntar si hi aniria sola i, en aquell moment, sí que hi anava. Si m'ho tornés a preguntar, segurament li diria la veritat però, com que no crec que em torni a dir res, deixar la camioneta a casa faria que tornés a treure el tema innecessàriament. A més, em fa por com condueixes.

Va alçar els ulls al sostre.

—De totes les coses que t'haurien de fer por de mi, només et preocupa la meva manera de conduir —va fer que no amb el cap, decebut, però tornava a fer una mirada seriosa—. No vols dir al teu pare que aniràs a passar el dia amb mi?

Vaig notar un rerafons a la pregunta que no vaig entendre.

—Amb en Charlie, com menys li dius, millor —en això vaig ser categòrica—. De totes maneres, on anirem?

—Com que farà bon temps, he d'estar lluny de les mirades... i pots estar amb mi, si vols.

Un cop més, em deixava que triés.

—I m'ensenyaràs què volies dir amb allò del sol? —vaig preguntar, emocionada davant la perspectiva de desvelar un altre dels seus secrets.

—Sí —va somriure i després va fer una pausa—, però si no vols estar... sola amb mi, és millor que no te'n vagis a Seattle pel teu compte. Em vénen esgarrifances només de pensar en els embolics en què et pots ficar en una ciutat així de gran.

Em vaig ofendre.

—Phoenix en fa tres com Seattle només en població. D'extensió...

—Però, pel que sembla —em va interrompre—, a Phoenix encara no t'havia arribat l'hora. M'estimo més que estiguis a prop meu.

Els seus ulls varen tornar a fer aquell injust truc de seducció. No vaig poder debatre ni amb els ulls ni amb arguments el que, fos com fos, era un punt discutible.

—No em fa res estar sola amb tu quan et passi.

—Ja ho sé —va sospirar malenconiosament—, però li hauries de dir a en Charlie.

—Per què carai ho hauria de fer?

De sobte, la mirada se li va tornar agressiva.

—Per tenir un mínim al·licient per tornar-te.

Vaig empassar-me la saliva. Tanmateix, després de pensar-m'ho una estona, estava decidida.

—Em sembla que correré el risc.

Va rebufar empipat i va desviar la mirada.

—Parlem d'un altre tema —vaig proposar-li.

—De què vols parlar? —em va preguntar. Encara estava enrabiat.

Vaig mirar al meu voltant per assegurar-me que no ens escoltava ningú. Mentre analitzava la cafeteria amb la mirada, vaig veure la seva germana, l'Alice, que m'observava fixament. La resta es miraven l'Edward. Vaig desviar ràpidament els ulls cap a ell i li vaig preguntar el primer que em va passar pel cap.

—Com és que vàreu anar a Goat Rocks el cap de setmana passat? De cacera? En Charlie va dir que no era un bon lloc per anar d'excursió perquè hi ha óssos.

Em va mirar com si m'hagués passat per alt alguna cosa molt òbvia.

—Ho dius pels óssos? —vaig preguntar amb un fil de veu. Em va fer un somriure cínic—. Ja sé que ara no és temporada —vaig afegir secament per dissimular la sorpresa.

—Si te les llegeixes detingudament, veuràs que les normes només regulen la cacera amb armes —em va informar.

Em mirava divertit mentre veia com ho assimilava lentament.

—Óssos? —vaig repetir amb dificultat.

—L'ós bru és el preferit de l'Emmett.

Encara feia una veu brusca, però analitzava la meva reacció amb la mirada. Vaig mirar de calmar-me.

—Mmmm —vaig dir mentre feia una altra mossegada de pizza com a excusa per baixar la vista. Vaig mastegar detingudament i llavors vaig fer un glop llarg de Coca-Cola sense alçar la mirada.

—Així —vaig dir al cap d'una estona, quan vaig tornar a retrobar la seva mirada inquieta— quin és el teu preferit?

Va aixecar una cella i va baixar les comissures, disgustat.

—El puma.

—Ah —vaig dir amb un to educadament desinteressat mentre tornava a agafar el refresc.

—És clar que —va dir imitant el meu to— hem de vigilar de no perjudicar el medi ambient amb una cacera imprudent. Mirem de centrar-nos en zones amb superpoblació de depredadors... i ens allunyem tant com faci falta. Aquí sempre hi ha cérvols i ants, i ja en faríem prou, però quina gràcia tindria?

Va somriure burleta.

—Certament —vaig remugar mentre feia un altre mos de pizza.

—La temporada preferida de l'Emmett és a principis de primavera. Acaben de sortir de la hibernació i estan més irritables —va somriure com si recordés alguna broma.

—Ja ho diuen que no hi ha res més divertit que un ós bru ben enfadat —vaig assentir.

Va riure per sota el nas, tot movent el cap.

—Va, digues-me el que penses de debò.

—Miro d'imaginar-m'ho... però no puc —vaig admetre—. Com caces un ós sense armes?

—Ah, sí que en tenim, d'armes— va dir ensenyant-me aquelles dents tan blanques en un somriure breu i amenaçador. Vaig reprimir-me una esgarrifança delatora—, però no les que tenen en compte quan redacten normes de caça. Si has vist mai a la televisió com ataca un ós, has de poder visualitzar com caça l'Emmett.

No vaig poder dissimular el següent calfred que em va venir. Vaig mirar a l'altra punta de cafeteria on seia l'Emmett, el qual, per sort, no m'estava mirant. Ara els músculs que tenia als braços i al tors em semblaven més amenaçadors.

L'Edward em va seguir la mirada i va riure. Me'l vaig mirar de cop, nerviosa.

—Tu també ets com un ós? —vaig preguntar fluixet.

—Més aviat com un puma, o això diuen —va dir com si res—. Potser les nostres preferències són significatives.

Vaig mirar de somriure.

—Potser —vaig repetir, però tenia el cap ple d'imatges contradictòries que no podia connectar—. Ho podré veure?

—És clar que no!

Es va quedar més pàl·lid de l'habitual i de cop va fer una mirada furiosa. Em vaig fer enrere, astorada i —tot i que mai li confessaria— espantada per la seva reacció. Ell també es va apartar i va plegar els braços a l'alçada del pit.

—Em faria massa por? —vaig preguntar quan vaig aconseguir controlar la veu.

—Si fos per mi, t'hi portaria aquesta mateixa nit —va dir amb un to sec—. Et cal una bona dosi de terror. És el que més necessites.

—Llavors, per què no? —vaig insistir, mirant d'obviar la seva expressió irada.

Em va fer una mirada assassina que va durar una eternitat.

—Més tard —va dir al final, i es va alçar àgilment—. Farem salat.

Vaig mirar al meu voltant i em vaig sorprendre de veure que tenia raó. La cafeteria estava gairebé buida. Quan estava amb ell, el temps i l'espai se'm confonien i en perdia la noció. Em vaig aixecar d'un salt i vaig agafar la motxilla del respatller de la cadira.

—Més tard, llavors —vaig assentir.

No ho oblidaria.

Complicacions

Tothom ens mirava mentre ens dirigíem junts a la nostra taula del laboratori. Vaig adonar-me que ja no apartava la cadira per asseure's tan lluny de mi com el pupitre li permetés. Ans el contrari, se m'asseia bastant a prop, els braços gairebé se'ns tocaven.

Llavors el professor Banner va entrar a l'aula de recules —quin do de l'oportunitat que tenia l'home!— arrossegant una gran estructura metàl·lica amb rodes amb una televisió antiga i feixuga, i un reproductor de vídeo. Miraríem una pel·lícula. L'ambient es va animar de cop. El professor va ficar la cinta en aquell reproductor cabut i va anar cap a la paret per apagar els llums.

Llavors, l'aula es va quedar a les fosques i vaig ser plenament conscient que l'Edward s'asseia a pocs centímetres de mi. La inesperada electricitat que va fluir pel meu cos em va deixar atordida, i em vaig quedar sorpresa que fos possible estar més pendent d'ell del que ja ho estava. Pràcticament no vaig poder reprimir un impuls boig d'allargar la mà i tocar-lo, d'acariciar, només una vegada, el seu rostre perfecte en la foscor. Vaig plegar els braços amb força a l'alçada del pit, prement els punys. Estava perdent el seny.

Van sortir els títols de crèdit, que van il·luminar bastant l'aula. Els ulls se me'n varen anar cap a ell. Vaig somriure tímidament quan vaig veure que estava amb la mateixa postura que jo, prement els punys sota els braços, sota els ulls que em miraven constantment. Em va tornar el somriure. Els ulls que li brillaven fins i tot a la foscor. Vaig apartar la mirada abans de començar a hiperventilar. Era completament ridícul que em maregés.

L'hora se'm va fer molt llarga. No tan sols no em podia concentrar en la pel·lícula, sinó que no sabia ni de què anava. Vaig intentar, en va, calmar-me, però el corrent elèctric que semblava sorgir del seu cos no disminuïa. De tant en tant, em permetia fer una ràpida ullada cap a ell, tot i que tampoc se'l veia relaxat. Com que tampoc em marxaven les irresistibles ganes de tocar-lo, vaig prémer els punys contra les costelles fins que els dits em varen quedar adolorits de l'esforç.

Vaig sospirar alleujada quan el professor Banner va encendre els llums al final de la classe, i vaig estirar els braços davant meu, flexionant els dits entumits. L'Edward, al meu costat, va riure burleta.

—Bé, ha estat interessant —va murmurar. La seva veu era fosca; els seus ulls, prudents.

—Mmm —va ser tot el que vaig poder contestar.

—Anem? —va preguntar mentre s'aixecava, flexible.

Pràcticament vaig gemegar. Tocava Educació Física. Em vaig alçar amb compte, preocupada perquè aquesta estranya i nova intensitat entre nosaltres m'hagués afectat l'equilibri.

Em va acompanyar a la classe següent en silenci i es va aturar a la porta. Quan em vaig girar per dir-li adéu, el seu rostre em va sobresaltar. La seva expressió afligida, gairebé adolorida, i tan salvatgement atractiva, va fer que l'ànsia de tocar-lo se m'inflamés com abans. Se'm va fer un nus a la gola i no vaig ser capaç de dir-li adéu.

Dubitatiu i amb un conflicte interior reflectit a la mirada, va aixecar la mà i em va fregar ràpidament el pòmul amb la punta dels dits. Tenia la pell gèlida com sempre, però el seu tacte cremava. Va fer mitja volta sense dir ni piu i es va allunyar ràpidament de mi.

Vaig anar cap al gimnàs, marejada i tentinejant. Vaig dirigirme a poc a poc cap al vestidor i em vaig canviar com si estigués en èxtasi, només percebent vagament que tenia més gent al voltant. No vaig xocar amb la realitat fins que em varen donar una raqueta. No pesava gaire, però era un perill a les meves mans. Vaig notar com alguns companys em miraven furtivament. L'entrenador Clapp ens va dir que ens poséssim en parelles.

Per sort, a en Mike encara li quedava una mica de cavallerositat i va venir amb mi.

—Vols que faci parella amb tu?

—Gràcies, Mike... però no cal que ho facis, ja ho saps —vaig dir, fent una ganyota de disculpa.

—No pateixis, m'apartaré de la teva trajectòria —va dir rient. A vegades era molt fàcil estar a gust amb en Mike.

No va anar massa bé. No sé com vaig aconseguir amb un sol balanceig donar-me un cop al cap i alhora colpejar l'espatlla d'en Mike. Em vaig passar la resta de l'hora en el cantó posterior de la pista, aguantant la raqueta amb prudència a l'esquena. Tot i que jo el desafavoria, en Mike era bastant bo i va guanyar ell sol tres jocs de quatre. Em va xocar la mà immerescudament quan l'entrenador va xiular el final de la classe.

—Així... —va dir mentre sortia de la pista.

—Així què?

—Tu i en Cullen, eh? —va preguntar amb un to rebel. El sentiment d'afecte de feia una estona es va dissipar.

—No n'has de fer res —el vaig avisar, mentre per dins maleïa la Jessica i l'enviava a l'avern d'Hades.

—No m'agrada —va dir igualment entre dents.

—No t'ha d'agradar pas a tu —vaig etzibar-li.

—Et mira... com si fossis comestible —va continuar, ignorant-me.

Em vaig empassar la fúria que tenia a punt d'esclatar però, tot i els meus esforços, se'm va escapar una rialleta. Em va mirar amb odi. Li vaig fer adéu i vaig fugir cap al vestidor.

Em vaig canviar ràpidament. Tenia alguna cosa més que els nervis de l'enamorament que em repicava a les parets de l'estómac. La meva discussió amb en Mike ja s'havia convertit en un record llunyà. Ara em preguntava si l'Edward m'estaria esperant o si l'hauria d'esperar jo al cotxe. I si la seva família era allà? Em va envair una sensació de pànic profund. Sabien que jo ho sabia? Se suposa que havia de saber que ells sabien que ho sabia o no?

Quan vaig sortir del gimnàs ja havia decidit que aniria a casa a peu, sense ni tan sols passar per l'aparcament. Tanmateix, les meves preocupacions varen resultar innecessàries: l'Edward m'estava esperant, recolzat tranquil·lament a la paret del gimnàs, amb el seu magnífic rostre ara tranquil. Mentre m'acostava cap a ell vaig notar una peculiar sensació d'alliberament.

—Ei —vaig dir sense alè, amb un enorme somriure.

—Hola —el seu somriure de resposta va ser fabulós—. Com ha anat Educació Física?

L'expressió se'm va endurir una mica.

—Bé —vaig mentir.

—De debò?

No se'l veia convençut. Va apartar una mica la mirada, va mirar per sobre la meva espatlla, mig aclucant els ulls. Fent una ullada enrere, vaig veure com en Mike s'allunyava.

—Què? —vaig preguntar-li,

Va dirigir els ulls cap als meus, encara tens.

—En Newton em posa nerviós.

—Tornaves a escoltar?

Em vaig horroritzar i em va passar el bon humor de cop.

—Com tens el cap? —va preguntar innocentment.

—Ets el que no hi ha!

Vaig fer mitja volta, i vaig marxar decidida cap a l'aparcament, tot i que havia descartat anar-hi, però em va atrapar de seguida.

—Com que havies dit que no t'havia vist mai a Educació Física... tenia curiositat.

Com que no semblava penedit, el vaig ignorar.

Vàrem caminar en silenci —un silenci furiós i incòmode per part meva— cap al seu cotxe. Malgrat tot, em vaig haver d'aturar uns quants passos abans d'arribar-hi: hi havia una colla de nois que l'envoltaven. Llavors, em vaig adonar que no estaven al voltant del Volvo, sinó del descapotable vermell de la Rosalie, amb una evident avidesa als ulls. Cap va alçar la vista quan l'Edward els va passar pel mig per obrir la porta. Vaig pujar ràpidament al seient de l'acompanyant, també sense destacar.

—Massa ostentós —va murmurar.

—Quina mena de cotxe és? —vaig preguntar.

—Un M3.

—No llegeixo revistes de cotxes.

—Un BMW.

Va alçar els ulls al sostre, sense mirar-me, provant de sortir sense atropellar els admiradors del cotxe. Vaig assentir, n'havia sentit a parlar.

—Encara estàs enfadada? —em va preguntar mentre maniobrava amb compte per sortir.

—És clar que sí.

Va sospirar.

—Em perdonaràs si em disculpo?

—Potser... si ho dius de veritat. I si em promets que no ho faràs més —vaig insistir.

De cop, va posar una mirada perspicaç.

—I si t'ho dic de veritat i, a més, et deixo conduir dissabte? —em va oferir com a contraoferta.

Vaig rumiar-m'ho i vaig arribar a la conclusió que segurament era el millor que podia aconseguir.

—Tracte fet —vaig assentir.

—Llavors, em sap molt de greu haver-te fet empipar —els ulls li varen resplendir amb sinceritat durant una llarga estona, tot causant estralls al meu ritme cardíac, i llavors va tornar a estar juganer—, i dissabte a primera hora seré al llindar de casa teva.

—Mmm... Que hi hagi un Volvo inexplicablement aparcat a casa no m'ajudarà massa a l'hora de donar explicacions a en Charlie.

Va fer un somriure condescendent.

—No pensava venir amb cotxe.

—Però com...

Em va tallar de cop.

—No pateixis. Hi seré i sense cotxe.

Ho vaig deixar córrer, tenia una pregunta més primordial.

—Ja és "més tard"? —vaig preguntar eloqüentment. Va fer mala cara.

—Suposo que sí.

Vaig mantenir una expressió amable mentre esperava.

Va parar el cotxe. Vaig alçar la vista, sorpresa. Efectivament, ja érem a casa, aparcats darrere la camioneta. Era més fàcil anar amb cotxe amb l'Edward si només mirava a fora quan el trajecte s'havia acabat. Quan me'l vaig tornar a mirar, m'estava analitzant.

—Encara vols saber per què no em pots veure mentre caço?

Semblava solemne, però vaig notar un matís d'humor en el fons dels seus ulls.

—Bé —vaig aclarir—, més que res em preguntava el perquè de la teva reacció.

—T'he espantat?

Definitivament, m'ho deia de forma irònica.

—No —vaig mentir, però no s'ho va empassar.

—Em sap greu haver-te fet por —va continuar amb un lleuger somriure, però llavors li va marxar el to burleta—. Ha estat la sola idea de pensar que eres allà... mentre caçàvem.

Se li va tibar la mandíbula.

—Tan terrible seria?

Va parlar entre dents.

—No saps fins a quin punt.

—Per...?

Va respirar fons i va quedar-se mirant pel parabrises els núvols espessos en moviment, tan baixos que semblava que es podien arribar a tocar.

—Quan cacem —va dir lentament i amb recel—, ens lliurem totalment als nostres sentits... ens regim menys per la ment. Sobretot ens guiem pel sentit de l'olfacte. Si fossis a prop meu quan perdés el control d'aquesta manera... —va fer que no amb el cap, sense deixar de mirar taciturn els núvols densos.

Vaig mantenir fermament la meva expressió serena, tot esperant que els seus ulls avaluessin veloçment la meva reacció. No vaig revelar res.

Tanmateix, les nostres mirades es van trobar, el silenci es va fer més profund... i va canviar. Les guspires d'electricitat que havia notat aquella tarda varen començar a carregar l'atmosfera mentre em mirava inexorablement. No va ser fins que em va començar a rodar el cap que em vaig adonar que no respirava. Quan vaig començar a rebufar violentament, trencant així el silenci, l'Edward va aclucar els ulls.

—Bella, em sembla que és millor que entris a casa —la seva veu era baixa i ronca, tenia els ulls encara clavats als núvols.

Vaig obrir la porta i la ràfega àrtica que va entrar al cotxe em va anar bé per aclarir-me el cap. Com que estava marejada i em feia por ensopegar, vaig sortir amb cura del cotxe i vaig tancar la porta sense mirar enrere. La fressa del vidre automàtic que baixava em va fer girar.

—Ah, Bella? —em va cridar amb la veu més serena. Es va inclinar cap a la finestra oberta amb un lleuger somriure als llavis.

—Sí?

—Demà em toca a mi —va declarar.

—El què?

Va fer un somriure més ampli, mostrant les seves dents brillants.

—Fer preguntes.

I llavors va marxar a tota velocitat i va desaparèixer a la cantonada abans que pogués ordenar els meus pensaments. Vaig somriure mentre em dirigia a casa. Si més no, quedava clar que demà em volia veure.

Com ja era habitual, aquella nit l'Edward va protagonitzar els meus somnis. Tanmateix, el clima del meu subconscient havia canviat. M'estremia amb la mateixa electricitat que m'havia carregat aquella tarda, em regirava sense parar i em despertava sovint. No em vaig poder adormir fins a la matinada, en un son esgotat i profund, sense somnis.

Quan em vaig llevar encara estava cansada, però també neguitosa. Em vaig posar el jersei marró de coll alt i els inevitables texans, i vaig sospirar mentre somniava desperta en poder anar amb brusa de tires i pantalons curts. L'esmorzar va ser tranquil com sempre. En Charlie es va fer ous ferrats i jo em vaig prendre l'habitual bol de cereals. Em vaig preguntar si s'havia oblidat dels plans del dissabte, però em va respondre la pregunta abans que li fes, quan es va aixecar a deixar el plat a l'aigüera.

—Pel que fa a aquest dissabte... —va començar, mentre travessava la cuina i anava a obrir l'aixeta.

Em vaig encongir.

—Sí, pare?

—Encara estàs entestada a anar a Seattle? —va preguntar.

—Això mateix.

Vaig fer una ganyota mentre desitjava que no hagués dit res perquè així no hauria hagut d'inventar mitges veritats. Va tirar una mica de sabó al plat i el va rentar amb el fregall.

—I segur que no tindràs temps de tornar pel ball?

—No hi penso anar, pare.

Me'l vaig mirar amb odi.

—No t'ho ha demanat ningú? —va preguntar, mirant d'amagar la seva preocupació concentrant-se en esbandir el plat.

Vaig esquivar-lo hàbilment.

—Som les noies, les que triem.

—Ah.

Va fer mala cara mentre eixugava el plat.

Em va fer pena. Ha de ser complicat ser pare i haver de viure amb la por de si la filla trobarà un noi que li agradi, però també amb la preocupació de si no el trobarà. Com en seria de terrible, vaig pensar esgarrifant-me, si el pare tingués una mínima noció del que realment m'agradava.

Llavors en Charlie va marxar, em va fer adéu amb la mà, i vaig pujar a rentar-me les dents i recollir els llibres. Quan vaig sentir que el cotxe patrulla marxava, no vaig poder resistir la temptació de mirar per la finestra al cap de pocs segons. Ja hi havia el cotxe platejat esperant al lloc del d'en Charlie. Vaig baixar les escales saltant i vaig sortir, preguntant-me fins quan duraria aquesta curiosa rutina. No volia que s'acabés mai.

L'Edward s'esperava al cotxe i no semblava que em mirés mentre tancava la porta sense tancar la balda. Vaig dirigir-me al cotxe, i em vaig aturar tímidament abans d'obrir la porta i entrar. Estava somrient i tranquil i, com sempre, perfecte i insuportablement atractiu.

—Bon dia —em va dir amb una veu sedosa—. Com estàs avui?

Em va recórrer la cara amb la mirada, com si aquella pregunta anés més enllà de la simple cortesia.

—Bé, gràcies.

Sempre estava bé —molt més que bé— quan estava a prop seu. La seva mirada va aturar-se en les ulleres que feia.

—Se't veu cansada.

—No he pogut dormir —vaig confessar, deixant caure de manera automàtica els cabells a les espatlles per cobrir-me.

—Jo tampoc —va dir burleta mentre engegava el motor. M'estava acostumant a aquell soroll discret. Estava convençuda que el rugit de la meva camioneta m'espantaria, sempre que tornés a conduir-la.

Vaig riure.

—És veritat, però suposo que una mica més que tu sí que he dormit.

—M'hi jugo el que vulguis.

—Què has fet aquesta nit? —vaig demanar-li.

Va riure.

—No, no, avui em toca a mi preguntar.

—Ah, és cert. Què vols saber?

Vaig arrugar el front. No em podia imaginar res meu que li pogués resultar interessant.

—Quin és el teu color preferit? —va dir seriós.

Vaig posar els ulls en blanc.

—Depèn del dia.

—Doncs quin és el teu preferit avui? —va dir, encara solemne.

—Segurament el marró.

Solia triar la roba que fes joc amb el meu humor. L'Edward va rebufar i va deixar d'estar seriós.

—Marró? —va preguntar-me escèptic.

—I tant. El marró és càlid i el trobo a faltar. Tot el que se suposa que és marró —els troncs dels arbres, les pedres, la terra— aquí està cobert per aquesta mena de molsa flonja i verda —vaig remugar.

Semblava fascinat per la meva crítica. Va estar-ho pensant un moment, mirant-me als ulls.

—És veritat —va decidir, tornant-se a posar seriós—. El marró és càlid.

Va allargar la mà, d'una manera encara dubitativa, per posar-me els cabells darrere l'espatlla. Quan ja érem a l'escola, es va girar cap a mi mentre es ficava a l'aparcament.

—Quin CD tens a l'equip de música?

Tenia una expressió tan ombrívola que semblava que em fes confessar un assassinat.

Em vaig adonar que encara no havia tret el disc que em va regalar en Phil. Quan li vaig dir el nom del grup, va fer un somriure murri, amb una peculiar expressió als ulls. Va obrir un compartiment de sota del reproductor del cotxe i en va treure un dels trenta discs que guardava apilonats en aquell espai tan petit, i me'l va donar.

—De Debussy a això? —va aixecar una cella.

Era el mateix CD. Vaig examinar aquella caràtula familiar sense alçar la vista.

La resta del dia va continuar de forma similar. Em va estar preguntant sense parar els detalls més insignificants de la meva existència mentre m'acompanyava a Literatura, quan em va venir a buscar després d'Espanyol i durant tota l'hora de dinar. Les pel·lícules que m'agradaven i les que detestava, els pocs llocs on havia estat i els nombrosos on volia anar, i llibres... llibres sense parar.

No recordava quant feia que no havia parlat tant. La majoria de cops em cohibia amb la certesa que devia resultar-li avorrida. Tanmateix, la cara d'absolut interès que posava i l'inacabable xàfec de preguntes em varen fer continuar. Pràcticament totes eren senzilles, només algunes em varen fer enrojolar però, quan em passava això, començava una nova bateria de preguntes.

Quan em va preguntar quina era la meva gemma preferida, li vaig contestar sense pensar que el topazi. M'havia estat fent tantes preguntes i a tanta velocitat que em donava la sensació d'estar passant un d'aquells tests de psiquiatria els quals has de respondre amb la primera paraula que et ve al cap. Estava segura que hagués continuat aquella suposada llista mental si no fos que em vaig ruboritzar perquè, fins feia poc, la meva gemma preferida era el granat. Mentre li mirava els ulls de color topazi, era impossible no recordar la raó del canvi d'opinió. I, evidentment, no pararia fins que sabés per què m'havia posat vermella.

—Digues-m'ho —em va ordenar finalment, després que li fallés la persuasió perquè havia apartat la mirada del seu rostre.

—És el color dels teus ulls avui —vaig sospirar, rendint-me i mirant-me les mans mentre jugava amb un ble de cabells—. Suposo que si m'ho preguntessis d'aquí dues setmanes, et diria l'ònix.

Per culpa de la meva involuntària honestedat, li havia donat més informació de la necessària i em preocupava haver desencadenat aquella estranya ira que s'inflamava cada cop que cedia i revelava clarament com n'estava d'obsessionada.

Però va fer una pausa molt curta.

—Quina mena de flors t'estimes més? —va etzibar-me.

Vaig sospirar alleujada i vaig continuar la psicoanàlisi.

Biologia va tornar a ser una murga. L'Edward va continuar fent-me preguntes fins que el professor Banner va entrar a l'aula, arrossegant un altre cop l'equip audiovisual. Mentre el professor s'acostava a l'interruptor, vaig notar com l'Edward apartava una mica la seva cadira de la meva, tot i que no va servir de res. Tan bon punt ens vàrem quedar a les fosques, vaig sentir la mateixa guspira elèctrica i les mateixes ànsies inesgotables del dia anterior.

Em vaig recolzar a la taula, descansant la barbeta sobre els braços plegats. Amb els dits m'agafava amb força a les vores de la taula, per així intentar ignorar el desig fervent que m'inquietava.

No me'l vaig mirar per por que m'estigués mirant i em resultés encara més difícil controlar-me. Vaig posar voluntat en seguir la pel·lícula però, quan es va acabar l'hora, no tenia ni idea de què havia vist. Vaig tornar a sospirar alliberada quan el professor va obrir el llum i finalment vaig poder mirar-me l'Edward, que m'observava amb ulls contradictoris.

Es va aixecar en silenci i llavors es va quedar dret, esperant-me. Vàrem dirigir-nos en silenci cap al gimnàs, com ahir. I també com ahir, em va acariciar el rostre sense dir res, aquest cop amb el revés de la seva mà gèlida, de la templa a la mandíbula, abans de fer mitja volta i allunyar-se.

L'hora d'Educació Física se'm va fer curta mirant com en Mike jugava a bàdminton en solitari. Avui no m'havia dirigit la paraula, potser en resposta a la meva expressió absent o perquè encara estava enfadat per la baralla d'ahir. En algun racó de la ment em sentia malament per ell, però no m'hi podia concentrar.

Després de la classe vaig córrer a canviar-me, incòmoda, perquè sabia que, com més ràpid acabés, més aviat seria amb l'Edward. La pressió em va fer ser més poca traça de l'habitual, però finalment vaig aconseguir sortir. Vaig sentir el mateix alliberament quan el vaig veure esperant-me i vaig somriure automàticament d'orella a orella. Em va tornar el somriure abans de tornar a l'interrogatori.

Tanmateix, ara les seves preguntes eren diferents, no tan fàcils de respondre. Volia saber què trobava a faltar de Phoenix i insistia en les descripcions de qualsevol cosa que desconegués. Ens vàrem quedar asseguts davant de casa durant hores mentre es feia fosc i queia un xàfec impressionant.

Vaig mirar de descriure coses impossibles, com ara l'essència de la creosota —amargant i lleugerament resinosa, però agradable—, el cant agut i penetrant de les cigales al juliol, la tènue nuesa dels arbres, l'amplitud del cel, el blau del qual s'estenia d'horitzó a horitzó, només interromput breument pels turons coberts de purpúria pedra volcànica.

El més difícil d'expressar era per què aquell paisatge em resultava tan esplèndid, justificar una bellesa que no provenia de l'escassa i espinosa vegetació que sovint semblava marcida, sinó que residia més aviat en les formes de la terra, amb conques poc profundes entre puigs escarpats, i la manera en què conservaven la llum del sol. Vaig haver de gesticular per explicar-li.

Em vaig poder esplaiar amb les seves preguntes tranquil·les i incisives, en la tènue llum de la tempesta, fins al punt de no sentir-me incòmoda per monopolitzar la conversa. Finalment, quan vaig acabar d'explicar fil per randa la meva desordenada habitació de Phoenix, es va aturar en comptes de fer-me una altra pregunta.

—Ja has acabat? —vaig preguntar descansada.

—Ni de broma... però aviat arribarà el teu pare.

—En Charlie! —de cop em vaig recordar de la seva existència i vaig sospirar. Vaig mirar a l'exterior, el cel enfosquit per la pluja, però no em va indicar res—. És gaire tard? —vaig preguntar-me en veu alta mentre mirava el rellotge. Em vaig sorprendre de l'hora, en Charlie ja devia venir cap a casa.

—És l'hora del crepuscle —va mormolar l'Edward, mirant cap a l'horitzó de ponent, enfosquit pels núvols. Feia una veu pensarosa, com si tingués la ment en un paratge llunyà. El vaig observar mentre mirava fixament pel parabrises. Encara me'l contemplava quan em va dirigir de cop la mirada.

—Per nosaltres és l'hora més segura —va dir, contestant la pregunta silenciosa que li feia amb la mirada—. El moment més fàcil, però alhora el més trist, en certa manera... La fi d'un altre dia, el retorn de la nit. La foscor és molt previsible, no trobes? —va somriure malenconiós.

—M'agrada la nit. Sense la foscor, no veuríem mai el firmament —vaig arrufar el front—, tot i que aquí no es veu gaire.

Va riure i de cop es va posar de bon humor.

—En Charlie arribarà d'aquí poca estona. Per tant, si no vols dir-li que passaràs el dissabte amb mi... —va aixecar una cella.

—Gràcies, però no —vaig recollir els llibres i em vaig adonar que estava entumida d'estar tanta estona asseguda sense moure'm—. Així, demà em toca a mi, no?

—Ni de broma! —va cridar fent veure que s'enfadava—. No t'he dit que encara no havia acabat?

—Què més et queda?

—Ho sabràs demà.

Va estendre una mà per obrir-me la porta, i aquella sobtada proximitat va fer que se m'accelerés el cor frenèticament.

Tanmateix, es va quedar immòbil quan anava per obrir el pany.

—Ostres, no —va mormolar.

—Què passa?

Em vaig quedar parada de veure que tenia la mandíbula tibada i la mirada atordida. Em va mirar durant un instant.

—Una altra complicació —va dir abatut.

Va obrir la porta amb un veloç moviment i llavors es va apartar ràpidament de mi, gairebé avergonyit.

Els llums dels fars a través de la pluja em varen cridar l'atenció mentre, a pocs metres, un cotxe fosc pujava la vorada, dirigint-se cap a nosaltres.

—En Charlie és a la cantonada —va avisar-me, mirant l'altre cotxe a través del xàfec.

Vaig sortir d'un salt, malgrat la confusió i curiositat que sentia. La remor de la pluja era molt més forta ara que em queia sobre la jaqueta.

Vaig mirar de reconèixer les siluetes dels seients de davant de l'altre cotxe, però era massa fosc. Veia l'Edward il·luminat pels fars de l'altre automòbil. Encara mirava endavant, amb els ulls clavats en algú o alguna cosa que no podia veure. Tenia una expressió que era una barreja de frustració i desafiament.

Llavors, va engegar el motor i els pneumàtics van xerricar sobre el paviment moll. El Volvo va desaparèixer en qüestió de segons.

—Ei, Bella —va cridar una veu ronca i familiar des del seient del conductor del cotxe petit i fosc.

—Jacob? —vaig preguntar, mirant a través de la pluja.

Llavors, el cotxe d'en Charlie va girar la cantonada, amb els fars que il·luminaven els ocupants del vehicle que tenia davant.

En Jacob ja havia baixat. El seu ampli somriure es veia fins i tot a les fosques. En el seient de l'acompanyant hi anava un home més gran i corpulent, amb una cara memorable. Un rostre que es desbordava, amb les galtes que li arribaven gairebé a les espatlles i arrugues que solcaven la pell vermellosa, com la d'una caçadora de cuir vella. I aquells ulls negres, sorprenentment familiars, que semblaven massa vells i massa joves alhora per aquella cara ampla. Era el pare d'en Jacob, en Billy Black. El vaig reconèixer immediatament, tot i que en els més de cinc anys que feia que no el veia havia aconseguit oblidar el seu nom fins que en Charlie el va pronunciar el dia que vaig arribar. Com que estava mirant-me, escodrinyant-me la cara, vaig somriure-li vacil·lant. Tenia els ulls desorbitats per la sorpresa o pel pànic, i rebufava pels amplis narius. Em va desaparèixer el somriure.

"Una altra complicació", havia dit l'Edward.

En Billy encara em mirava amb una intensa ansietat. Vaig gemegar per dins. En Billy hauria reconegut l'Edward tan fàcilment? De debò es creia les inversemblants llegendes de què es burlava el seu fill?

La resposta quedava clara en la mirada d'en Billy: i tant que se les creia!

Equilibris

—Billy! —va cridar en Charlie tan bon punt va sortir del cotxe.

Vaig girar-me cap a la casa i, mentre em ficava al porxo, vaig fer un gest a en Jacob perquè entrés. Vaig sentir com el pare els saludava efusivament darrere meu.

—Faré veure que no t'he vist al volant, Jake —va dir amb desaprovació.

—A la reserva ens donen el carnet més aviat —va dir en Jacob mentre jo obria la porta i encenia el llum del porxo.

—I tant que sí —va riure en Charlie.

—Bé he d'anar a fer un vol d'alguna manera.

Malgrat els anys que havien passat, vaig reconèixer fàcilment la veu ressonant d'en Billy. El seu so em va fer sentir més jove, una nena.

Vaig entrar, vaig deixar la porta oberta darrere meu, i vaig encendre els llums abans de penjar la jaqueta. Llavors, em vaig quedar a la porta, observant neguitosa com en Charlie i en Jacob ajudaven en Billy a sortir del cotxe i asseure's a la cadira de rodes.

Vaig apartar-me mentre els altres tres s'espavilaven a entrar, tot espolsant-se la pluja.

—Quina sorpresa! —deia en Charlie.

—Feia massa temps que no ens vèiem —va respondre en Billy—. Espero que no hàgim vingut en un mal moment.

Els seus ulls foscos em varen tornar a mirar, amb una expressió inexpugnable.

—No, és perfecte. Espero que us pugueu quedar a veure el partit.

En Jacob va fer una rialla.

—Aquesta és la intenció... Se'ns va espatllar la tele la setmana passada.

En Billy va fer una ganyota al seu fill.

—I, evidentment, en Jacob tenia ganes de tornar a veure la Bella —va afegir.

En Jacob va posar mala cara i va acotar el cap mentre a mi m'envaïen els remordiments. Potser m'havia passat a la platja.

—Teniu gana? —vaig preguntar, dirigint-me cap a la cuina. Volia escapar-me de la mirada d'en Billy.

—No, hem menjat abans de venir —va respondre en Jacob.

—I tu, Charlie? —vaig cridar per sobre l'espatlla mentre desapareixia per la cantonada.

—I tant —va respondre. Per la veu, vaig saber que se n'anava cap a la sala d'estar, a mirar la televisió. Vaig sentir com la cadira d'en Billy també anava cap allà.

Acabava de deixar entrepans de formatge torrant-se a la paella i estava tallant un tomàquet quan vaig sentir la presència d'algú darrere meu.

—Com va tot? —em va preguntar en Jacob.

—Força bé —vaig somriure. Costava resistir-se al seu entusiasme— Com estàs tu? Ja has acabat el cotxe?

—No —va dir arrugant el front—. Encara em falten parts. Aquell ens l'han deixat —va dir mentre assenyalava cap al pati de davant amb el polze.

—Ostres, ho sento. No he vist cap... què era allò que estaves buscant?

—Un cilindre mestre —va dir somrient—. Li passa res a la camioneta? —va preguntar de sobte.

—No.

—Ah, ho deia perquè he vist que no la portaves.

Vaig fixar la vista a la paella mentre aixecava la vora d'un entrepà per veure si estava torrat de sota.

—M'ha portat un amic.

—Té un bon cotxe —va comentar amb admiració—, però no he reconegut el conductor. Em pensava que coneixia la majoria de nois de per aquí.

Vaig fer que sí de manera evasiva, sense alçar la mirada mentre girava els entrepans.

—M'ha semblat que el pare el coneixia d'alguna cosa.

—Jacob, em pots passar algun plat? Són a l'armari de sobre l'aigüera.

—Faltaria més.

Va agafar els plats en silenci. Esperava que ho deixés córrer.

—I qui era? —em va preguntar posant dos plats al pedrís, al meu costat. Vaig sospirar derrotada.

—L'Edward Cullen.

Davant la meva sorpresa, va esclafir a riure. Me'l vaig mirar, se'l veia una mica incòmode.

—Llavors suposo que això ho explica tot —va dir—. Em preguntava per què el pare ha actuat d'una manera tan estranya.

—És veritat —vaig dir amb innocència fingida—. No li agraden els Cullen.

—Vell supersticiós... —va remugar en Jacob entre dents.

—No li explicarà a en Charlie, oi? —no vaig poder evitar preguntar-li. Em varen sortir les paraules de cop, en veu baixa.

En Jacob em va mirar fixament un moment i no vaig poder llegir l'expressió dels seus ulls foscos.

—Ho dubto —va respondre finalment—. Em penso que en Charlie es va enfadar molt amb ell l'última vegada i no han tornat a parlar-se gaire des de llavors. Com que això d'aquesta nit és una mena de retrobada, no crec que torni a treure el tema.

—Vaja —vaig dir, fingint indiferència.

Em vaig quedar a la sala d'estar després de portar el sopar a en Charlie, fent veure que mirava el partit mentre en Jacob parlava amb mi. De fet, no escoltava la conversa dels dos homes, només vigilava si en Billy feia algun senyal de delatar-me i intentava pensar maneres d'aturar-lo si ho feia.

Va ser una nit llarga. Tenia molts deures per fer, però em feia por deixar en Billy sol amb en Charlie. Finalment, el partit es va acabar.

—Tornareu aviat a la platja, els teus amics i tu? —em va preguntar en Jacob mentre empenyia la cadira del seu pare fora del llindar.

—No n'estic segura —vaig contestar evasivament.

—Ha estat divertit —va dir en Billy.

—Vine a veure el proper partit —el va animar en Charlie.

—I tant, i tant —va dir en Billy—. Ja vindrem. Bona nit —em va mirar i el seu somriure va desaparèixer—. Cuida't, Bella —va afegir seriosament.

—Gràcies —vaig mormolar desviant la mirada.

Vaig córrer cap a les escales mentre en Charlie els feia adéu des de la porta.

—Espera, Bella! —va dir.

Em vaig encongir. En Billy li devia haver dit alguna cosa abans que anés a la sala?

Malgrat tot, estava relaxat i encara somrient per aquella visita inesperada.

—No he pogut parlar amb tu aquest vespre. Com t'ha anat el dia?

—Bé —vaig dubtar, amb un peu al primer escaló, pensant en detalls que li pogués explicar sense problemes—. El meu equip de bàdminton ha guanyat tots quatre jocs.

—Ostres, no sabia que sabessis jugar a bàdminton.

—De fet no sé, però el meu company és molt bo —vaig admetre.

—Qui és? —va preguntar interessat.

—Mm... en Mike Newton —li vaig dir sense ganes.

—Ah sí, vares dir que eres amiga del fill dels Newton —es va animar—. Són una bona família —va meditar uns instants—. Per què no li demanes que et porti al ball aquest cap de setmana?

—Pare! —vaig rondinar—. Està més o menys sortint amb la meva amiga Jessica. A més, ja saps que no sé ballar.

—És veritat —va murmurar. Llavors va somriure disculpant-se—. Així suposo que és millor que dissabte marxis... Havia quedat per anar a pescar amb els companys de la comissaria, ja que se suposa que farà molt bon temps però, si vols ajornar la teva excursió fins que trobis algú amb qui anar-hi, em quedaré a casa. Ja sé que et deixo massa temps sola.

—Pare, ho estàs fent molt bé —vaig somriure, esperant que no se'm notés que estava alleujada—. No m'ha fet mai res estar sola... en això m'assemblo amb tu.

Li vaig picar l'ullet i em va fer aquell somriure que li emplenava el voltant dels ulls d'arrugues.

Aquella nit vaig dormir millor, estava massa cansada per tornar a somniar. Quan em vaig llevar, feia un matí gris perla i estava de bon humor. El vespre tens amb en Billy i en Jacob ara em semblava prou anodí i vaig decidir treure-me'l del cap. Em vaig adonar que xiulava mentre em subjectava els cabells de davant un passador i més tard, mentre baixava les escales saltant. En Charlie ho va veure.

—Estàs animada aquest matí —va comentar mentre esmorzàvem.

—És divendres —vaig dir encongint les espatlles.

Vaig espavilar-me per estar a punt de seguida que marxés en Charlie. Tenia la motxilla preparada, m'havia calçat, i rentat les dents, però encara que vaig córrer a la porta quan vaig estar segura que el pare ja era lluny, l'Edward va ser més ràpid. M'esperava en el seu cotxe flamant, amb les finestres baixades i el motor parat.

Aquest cop no vaig dubtar en saltar ràpid al seient de l'acompanyant tan bon punt vaig veure el seu rostre. Em va dedicar aquell somriure murri tan atractiu, que em deixava sense alè i m'aturava el cor. No podia concebre que un àngel pogués ser més magnífic. No hi havia res en ell que es pogués millorar.

—Com has dormit? —em va preguntar. Qui sap si s'adonava de com n'era de seductora la seva veu!

—Bé. I tu, com has passat la nit?

—Ha estat agradable.

Va fer un somriure divertit. Em va donar la sensació de no entendre una broma interna.

—Et puc preguntar què has fet? —vaig demanar-li.

—No —va dir amb un gran somriure—. Avui encara em toca a mi.

Avui volia saber coses sobre la gent: sobre la Renée, les seves aficions i què fèiem juntes quan teníem temps lliure. També sobre l'única àvia que vaig conèixer, els pocs amics de l'escola i... em va fer ruboritzar quan em va preguntar pels nois amb qui havia sortit. Em vaig alegrar de no haver tingut mai xicot perquè així aquest tema en concret no duraria massa. Semblava tan sorprès com la Jessica i l'Angela pel meu inexistent historial amorós.

—No has trobat mai ningú que t'agradi? —em va preguntar amb un to seriós que em va fer preguntar què en devia pensar.

Vaig ser sincera a desgrat.

—No pas a Phoenix.

Va prémer fort els llavis.

En aquell moment érem a la cafeteria. El dia havia passat enmig d'aquella boira confusa que s'estava convertint ràpidament en rutina. Vaig aprofitar la breu pausa que va fer per fer una queixalada al panet.

—Hauria d'haver deixat que avui vinguessis pel teu compte —va dir sense venir al cas mentre mastegava.

—Per què? —vaig preguntar-li.

—Marxo amb l'Alice després de dinar.

—Ah —vaig parpellejar, desconcertada i decebuda—. No passa res, tampoc em queda tan lluny a peu.

Em va mirar impacient, amb mala cara.

—No et faré pas anar a casa a peu. Anirem a buscar la camioneta i te la deixarem aquí.

—No porto la clau —vaig sospirar—. No em fa res tornar caminant.

El que m'importava era perdre part del temps que hauria d'haver passat amb ell.

Va fer que no amb el cap.

—Tindràs la camioneta aquí, amb la clau al contacte... si no és que tens por que algú te la robi.

Va riure només de pensar-ho.

—D'acord —vaig assentir, arrugant els llavis.

Estava pràcticament segura que la clau era als texans que em vaig posar dimecres, sota una pila de roba al safareig. Encara que entrés a casa o qualsevol altra cosa que pensés fer, no la trobaria mai. Va semblar que percebia el repte en el meu consentiment i va somriure cínic, massa segur d'ell mateix.

—On anireu? —vaig preguntar de forma tan natural com vaig poder.

—De cacera —va respondre, sever—. Si demà he d'estar sol amb tu, prendré totes les precaucions que pugui —va fer una cara taciturna i suplicant—, ja saps que sempre ho pots anul·lar.

Vaig abaixar la vista, temorosa del poder persuasiu de la seva mirada. No volia deixar-me convèncer que havia de tenir-li por, per molt real que fos el perill. *Tant li fa*, em repetia mentalment.

—No —vaig xiuxiuejar, tornant-me'l a mirar—. No puc.

—Potser tens raó —va murmurar desoladament. Semblava que els ulls se li anaven enfosquint mentre el mirava.

Vaig canviar de tema.

—A quina hora quedem demà? —vaig preguntar, deprimida d'entrada només pel pensament de deixar-lo ara.

—Depèn... És dissabte, no vols dormir fins tard? —em va oferir.

—No —vaig respondre massa ràpid. Es va aguantar un somriure.

—Llavors, a l'hora de sempre —va decidir—. Hi haurà en Charlie?

—No, demà se'n va a pescar.

Vaig somriure satisfeta mentre recordava que tot havia anat rodat.

—I si no tornessis a casa, què pensaria? —em va inquirir, mordaç.

—No ho sé —vaig contestar tranquil·la—. Com que sap que volia fer la bugada, segurament es pensaria que he caigut a la rentadora.

Em va mirar ofès i jo vaig fer el mateix, tot i que la seva ira era molt més impressionant que la meva.

—Què caçareu aquesta nit? —li vaig preguntar quan vaig veure que havia perdut el concurs de mirades d'odi.

—El que trobem al parc. No anirem lluny —es quedava perplex que li parlés dels seus costums secrets amb tanta naturalitat.

—Per què hi vas amb l'Alice? —em vaig preguntar.

—És la més... comprensiva —va dir arrufant el front.

—I els altres? —vaig preguntar tímidament—. Com s'ho prenen?

Va aixecar la cella un instant.

—Majoritàriament, amb incredulitat.

Vaig girar-me per fer una ràpida ullada a la seva família. Seien amb la mirada perduda en diferents direccions, exactament igual que el primer cop que els vaig veure. L'única diferència és que ara eren quatre. El seu atractiu germà de cabells de bronze seia davant meu, amb els seus ulls daurats inquiets.

—No els agrado —vaig suposar.

—Tampoc és això —va objectar, però la seva mirada era massa ingènua—. No entenen per què no et puc deixar sola.

Vaig fer una ganyota.

—Això no ho entenc ni jo.

L'Edward va moure el cap lentament, girant els ulls cap al sostre abans de tornar-me a mirar.

—Ja t'ho vaig dir... No et veus amb claredat. No havia conegut mai ningú com tu. Em fascines.

Me'l vaig mirar amb odi, segur que s'estava rient de mi. Va somriure quan es va adonar de la cara que feia.

—Tenint els avantatges que tinc —va murmurar mentre es tocava discretament el front—, posseeixo una comprensió de la naturalesa humana superior a l'habitual. Les persones són previsibles, però tu... mai fas el que m'espero. Sempre m'agafes per sorpresa.

Vaig desviar la vista cap a la seva família incòmoda i empipada alhora. Aquelles paraules m'havien fet sentir com un conillet d'índies. Tenia ganes de riure'm de mi mateixa per haver-me'n esperat una altra cosa.

—Aquesta part és prou senzilla d'explicar —va continuar. Notava la seva mirada clavada al meu rostre, però encara no me'l podia mirar perquè em feia por que notés el disgust en els meus ulls—, però hi ha més coses... difícils d'expressar amb paraules...

Encara em mirava els Cullen mentre em parlava. De cop, la Rosalie, la seva espectacular germana rossa, es va girar a mirar-me. En concret, em va fer una mirada d'odi, amb uns ulls foscos i freds. Volia desviar la mirada, però els seus ulls em varen retenir fins que l'Edward es va aturar a mitja frase i va fer un esbufec molt silenciós, gairebé un xiulet.

La Rosalie es va girar i em vaig sentir alleujada que m'hagués alliberat. Vaig tornar a mirar l'Edward... i vaig saber que notava el desconcert i la por que em desorbitaven els ulls. Feia una cara tensa mentre m'ho explicava.

—Em sap greu. Només està amoïnada. És que... després d'estar tant de temps amb tu públicament, no només és perillós per mi si... —va abaixar la vista.

—Si què?

—Si les coses... acaben malament.

Va deixar caure el cap entre les mans, com va fer aquella tarda a Port Angeles. La seva angoixa era evident. Em moria de ganes de consolar-lo, però no sabia com. Vaig acostar-li la mà sense voler, però ràpidament la vaig deixar caure sobre la taula perquè em feia por que tocar-lo encara empitjorés la situació. A poc a poc anava entenent que les seves paraules m'haurien d'atemorir. Esperava que el terror m'envaís, però l'únic que sentia era patiment pel seu dolor.

I frustració... Frustració perquè la Rosalie havia interromput el que volia dir. No sabia com tornar a treure el tema. L'Edward encara tenia el cap entre les mans. Vaig mirar de fer una veu serena.

—Ja te n'has d'anar?

—Sí —va aixecar el cap, va estar seriós un instant, i després va tornar a somriure—. És el millor que puc fer. Encara ens queden quinze minuts d'aquella pel·lícula terrible de Biologia... no crec que ho pugui aguantar més.

Vaig fer un salt. De sobte, l'Alice estava darrere l'espatlla de l'Edward. Els seus cabells curts i negres, de punta, envoltaven com una aurèola desordenada el seu exquisit rostre, petit i delicat. El seu cos lleuger era gràcil i esvelt, fins i tot quan estava immòbil. L'Edward la va saludar sense apartar-me la mirada.

—Alice.

—Edward —va respondre amb una veu aguda, de soprano, gairebé tan atractiva com la d'ell.

—Alice, et presento la Bella... Bella, aquesta és l'Alice.

Ens va presentar, gesticulant de forma natural amb la mà, amb un somriure irònic als llavis.

—Hola, Bella —els seus ulls brillants de color d'obsidiana eren inexpugnables, però el seu somriure era amable—. És un plaer poder-te conèixer per fi.

L'Edward li va llançar una mirada fosca.

—Ei, Alice —vaig mormolar tímidament.

—Estàs a punt? —li va preguntar.

L'Edward tenia la veu distant.

—Gairebé. Ens trobem al cotxe.

L'Alice va marxar sense dir res més. El seu caminar era tan fluid i sinuós que vaig sentir una intensa punxada de gelosia.

—Cal que et digui "que t'ho passis bé" o no va per aquí la cosa? —vaig preguntar-li, tombant-me cap a ell.

—No, "que t'ho passis bé" ja està bé —va somriure àmpliament.

—Passa-t'ho bé, llavors.

Vaig esforçar-me per semblar sincera però, evidentment, no el vaig enredar.

—Ho intentaré —va dir encara somrient—. I tu mira de no prendre mal.

—No fer-me mal a Forks... tot un repte.

—Per tu sí que ho és —va tibar la mandíbula—. Promet-m'ho.

—Et prometo que miraré de no prendre mal —vaig declamar—. Aquest vespre faré la bugada... una missió perillosa com poques.

—No caiguis a la rentadora —va dir, rient-se de mi.

—Es farà el que es pugui.

Llavors es va aixecar i jo el vaig imitar.

—Ens veiem demà —vaig sospirar.

—Et sembla molt de temps, oi? —va meditar.

Vaig fer que sí, abatuda.

—Et vindré a buscar al matí —em va prometre, amb el seu somriure murri. Va estendre la mà per sobre la taula per, un cop més, acariciar-me suaument el pòmul. Llavors, va fer mitja volta i es va allunyar. Me'l vaig quedar mirant fins que va desaparèixer.

Vaig estar terriblement temptada de fer campana la resta del dia, almenys d'Educació Física, però l'instint em va aturar. Sabia que si ara desapareixia, en Mike i la resta donarien per fet que estava amb l'Edward, i ell ja estava preocupat per les estones que passàvem junts en públic... en cas que les coses anessin malament. Em vaig negar a capficar-me en aquest pensament i, en comptes d'això, concentrar-me a fer-li les coses més fàcils.

Intuïa que demà seria un dia crucial i notava que ell també ho pensava. La nostra relació no podia continuar fent equilibris a la corda fluixa. Acabaríem caient cap a una banda o cap a l'altra en funció de la seva força de voluntat o dels seus instints. Jo ja havia pres la meva decisió, fins i tot abans de ser-ne conscient, i em comprometia a tirar-la endavant, perquè no hi havia res més terrorífic i insofrible per mi que la idea d'apartar-me d'ell. M'era del tot impossible.

Vaig anar a classe resignada. Si he de ser sincera, no podria dir què vàrem fer a Biologia perquè estava massa capficada a pensar en demà. A Educació Física en Mike ja em tornava a parlar. Em va dir que m'anés bé a Seattle. Li vaig explicar detingudament que havia cancel·lat l'excursió perquè no em refiava de la camioneta.

—Llavors vas al ball amb en Cullen? —va preguntar, de cop enfurrunyat.

—No aniré al ball ni de broma.

—Llavors què faràs? —em va preguntar amb un excessiu interès.

El meu primer impuls va ser dir-li que no es fiqués on no el demanaven, però vaig decidir mentir-li alegrement.

—Faré la bugada i després he d'estudiar per l'examen de Trigonometria, si no vull suspendre.

—Que t'hi ajudarà, en Cullen?

—L'Edward —vaig recalcar— no m'ajudarà. Marxa no sé on durant el cap de setmana.

Vaig descobrir sorpresa que les mentides em sortien de forma més natural.

—Ah —va dir animat—. Ja saps que pots venir igualment al ball amb el nostre grup... Seria genial. Tots ballaríem amb tu —em va prometre.

La imatge mental de la cara que posaria la Jessica va fer que el meu to fos més violent del que calia.

—Et dic que no aniré al ball, sents?

—D'acord —va tornar a dir empipat—. Només t'ho proposava.

Quan per fi es varen acabar les classes, vaig dirigir-me a l'aparcament sense entusiasme. No tenia ganes d'anar a casa a peu, però no veia possible que hagués pogut portar-me la camioneta. Llavors, vaig tornar a creure un cop més que no hi havia res impossible per ell. Aquest últim instint va resultar encertat: la camioneta estava aparcada al lloc on havia deixat el Volvo al matí. Vaig moure el cap, incrèdula, mentre obria la porta i veia la clau al contacte.

Hi havia un paper blanc plegat sobre el meu seient. El vaig agafar i vaig tancar la porta abans d'obrir-lo. Hi havia escrit dues paraules amb la seva elegant cal·ligrafia: "Sigues prudent".

El rugit del motor de la camioneta em va espantar. Vaig riure'm de mi mateixa.

Quan vaig arribar a casa, la porta estava tancada amb clau, però amb la balda sense passar, com l'havia deixada al matí. Un cop dins, vaig anar directament al safareig. Es veia igual com l'havia deixat. Vaig buscar els meus texans entre la roba i, un cop els vaig trobar, vaig mirar les butxaques. Eren buides. Potser havia deixat la clau penjada al cotxe, vaig pensar movent el cap.

Impulsada pel mateix instint que em va portar a mentir a en Mike, vaig trucar la Jessica amb el pretext de desitjar-li sort al ball. Quan em va desitjar el mateix pel meu dia amb l'Edward, li vaig dir que ho havia anul·lat. Es va quedar més disgustada del que seria normal per un tercer. Després d'això, la vaig acomiadar ràpidament.

Mentre sopàvem, el pare estava distret. Vaig suposar que estava capficat amb alguna cosa de la feina, amb algun partit de bàsquet o potser simplement li agradava molt la lassanya. Era difícil de dir amb en Charlie.

—Saps, pare? —vaig començar, trencant la seva meditació.

—Què vols?

—Em penso que tens raó amb això de Seattle. Em sembla que m'esperaré que la Jessica o algú altre pugui acompanyar-m'hi.

—Ah —va dir sorprès—. D'acord, doncs. T'estimes més que em quedi a casa?

—No, no canviïs els plans. Tinc una pila de coses per fer... Els deures, la bugada... També he d'anar a la biblioteca i al supermercat. Aniré amunt i avall tot el dia... Ves-hi i passa-t'ho bé.

—Segur?

—De debò, pare. A més, ens estem quedant sense peix al congelador... Ja només tenim reserves per a dos o tres anys.

—Resulta molt fàcil viure amb tu, Bella —va dir somrient.

—Igual que amb tu —vaig dir, amb una rialla apagada que segurament no va notar. Em sentia tan culpable per enganyar-lo que vaig estar temptada de fer cas del consell de l'Edward i explicar-li on seria. Vaig estar-hi a punt.

Havent sopat, vaig plegar roba i vaig ficar una altra bugada a l'assecadora. Per desgràcia, era d'aquelles tasques que manté només les mans ocupades, i el cap tenia sens dubte massa temps lliure i se m'estava desbordant. Fluctuava entre una il·lusió tan intensa que gairebé em feia mal i una pèrfida por que em minava la determinació. M'havia d'anar recordant a mi mateixa que ja havia pres una decisió i que no em podia fer enrere. Vaig treure'm la nota de l'Edward de la butxaca més cops dels que feia falta per assimilar aquelles dues paraules que m'havia escrit. *Vol que no prengui mal*, em repetia reiterades vegades. Només em podia aferrar a la confiança que, al final, aquest desig regnaria per sobre dels altres. I quina era la meva altra opció? Apartar-lo de la meva vida? Seria insuportable. A més, des que havia arribat a Forks, semblava que de debò la meva vida girés al seu voltant.

Una veueta es preocupava al fons de la meva ment, preguntant-se si seria gaire terrible... si les coses no acabaven bé.

Em vaig sentir alleujada quan va ser prou tard com per poder-me'n anar al llit. Com que sabia que estava massa cansada com per adormir-me, vaig fer una cosa que no havia fet mai. Em vaig prendre de forma conscient i innecessària pastilles per als refredats, d'aquelles que em deixaven grogui durant vuit hores. Normalment no hauria aprovat aquesta mena de conductes amb mi mateixa, però demà seria un dia suficientment complicat com per, a sobre, estar mig atordida de no haver dormit. Mentre esperava que el medicament em fes efecte, vaig assecar-me els cabells que m'acabava de rentar fins a deixar-me'ls completament llisos, i vaig mirar què em posaria demà.

Quan ho vaig tenir tot preparat, em vaig ficar al llit. Estava esverada, no podia parar de regirar-me. Em vaig aixecar i vaig regirar la capsa de sabates dels CD fins que vaig trobar una recopilació dels nocturns de Chopin. La vaig posar molt fluixeta, i em vaig tornar a estirar, concentrant-me en relaxar parts concretes del meu cos. En el transcurs d'aquest exercici, les pastilles em varen fer efecte i per fi em vaig adormir.

Em vaig llevar d'hora, havent dormit profundament i sense tenir somnis gràcies al meu ús injustificat de medicaments. Tot i que havia descansat bé, continuava tenint l'agitat neguit de la nit anterior. Em vaig vestir a corre-cuita, em vaig ajustar el coll i em vaig posar a estrebades el jersei de color de canyella fins que va quedar penjant per sobre els texans. Vaig fer una mirada furtiva a la finestra i vaig veure que en Charlie ja havia marxat. Hi havia una fina capa de núvols de cotó que enteranyinaven el cel, tot i que no semblava que haguessin de durar gaire.

Vaig prendre'm l'esmorzar sense assaborir-lo i vaig espavilar-me a rentar els plats un cop vaig haver acabat. Vaig tornar a mirar per la finestra, però tot estava igual. Tot just m'havia rentat les dents i anava per baixar les escales quan vaig sentir un cop fluix a la porta que va fer que el cor em retrunyís a les costelles.

Vaig córrer cap a la porta i em va costar treure la balda, però al final vaig obrir d'una estrebada i era allà. Tot el neguit em va desaparèixer tan bon punt li vaig veure el rostre serè. Vaig sospirar alleujada. Les pors d'ahir em varen semblar absurdes.

Primer no somreia, tenia una expressió ombrívola, però es va animar quan em va veure. De cop, es va posar a riure.

—Bon dia —va dir amb una rialla burleta.

—Què passa?

Vaig mirar-me de dalt a baix per assegurar-me que no m'hagués descuidat d'alguna cosa important, com ara les sabates o els pantalons.

—Anem de conjunt —va dir tornant a riure.

Em vaig adonar que duia un jersei llarg i lleuger també de color de canyella, que deixava veure un coll blanc de camisa, i texans blaus. Vaig riure amb ell, tot amagant una fiblada de ressentiment. Per què ell havia de semblar un model de passarel·la i jo no?

Vaig tancar la porta amb clau mentre ell es dirigia a la camioneta. Es va esperar al costat de la porta de l'acompanyant, amb una expressió soferta que era fàcil d'entendre.

—Vàrem fer un tracte —li vaig recordar orgullosa mentre pujava al seient del conductor i em tombava per obrir-li la porta—. On anem? —li vaig preguntar.

—Posa't el cinturó... Ja m'estic posant nerviós.

Li vaig fer una mirada assassina mentre l'obeïa.

—On anem? —vaig repetir amb un sospir.

—Agafa la 101 en direcció nord —em va ordenar.

Era sorprenentment difícil concentrar-se en la carretera mentre sentia la seva mirada al meu rostre. Vaig compensar-ho conduint d'una forma més prudent de l'habitual mentre creuava els carrers del poble, que encara dormia.

—Penses sortir de Forks abans que es faci fosc?

—Una mica de respecte, que aquesta camioneta és prou antiga com per ser l'àvia del teu cotxe —vaig replicar.

Malgrat el seu pessimisme, de seguida vàrem haver sortit del poble. El paisatge de cases amb jardí es va convertir en un paratge d'espès sotabosc i troncs coberts de verdor.

—Gira a la dreta a la 110 —va indicar-me quan estava a punt de preguntar. Vaig obeir en silenci.

—Ara has de seguir fins que s'acabi l'asfalt.

Vaig notar certa mofa en la seva veu, però em feia massa por sortir de la carretera com per mirar-me'l i assegurar-me que tenia raó.

—Què hi ha al final de l'asfalt? —vaig preguntar.

—Un corriol.

—Anirem d'excursió? —vaig preguntar, preocupada. Per sort, portava vambes.

—Hi tens algun problema?

Em va semblar que s'esperava que digués que sí.

—No —vaig mirar de mentir de forma convincent, però si pensava que la camioneta era lenta, quan em veiés a mi...

—No pateixis, només són uns vuit quilòmetres, i no hi ha pressa.

Vuit quilòmetres! No vaig respondre perquè no notés com se'm trencava la veu de l'horror. Vuit quilòmetres d'arrels traïdores i pedres soltes que amenaçaven amb torçar-me el turmell o ferme alguna altra lesió. Seria humiliant.

Vàrem conduir en silenci durant una estona, mentre pensava en el malson que se m'acostava.

—En què penses? —em va preguntar, impacient, al cap d'una estona.

—M'imaginava el lloc on anem —vaig tornar a mentir.

—És un paratge on m'agrada anar quan fa bon temps.

Quan va acabar de parlar, tots dos vàrem mirar per la finestra els núvols que es començaven a esvair.

—En Charlie va dir que avui faria bon temps.

—I li vares dir què faries? —va preguntar-me.

—Doncs no.

—Però la Jessica es pensa que anem junts a Seattle, no?

Semblava content amb la idea.

—No, li he dit que havies anul·lat l'excursió... cosa que és veritat.

—No ho sap ningú que ets amb mi? —em va dir, ara furiós.

—Depèn... He de suposar que li has dit a l'Alice?

—Genial, Bella! —em va etzibar.

Vaig fer veure que no ho havia sentit.

—Forks et deprimeix tant que t'has tornat suïcida? —em va preguntar quan el vaig ignorar.

—Vares dir que el fet que estiguéssim junts en públic... et podia causar problemes —li vaig recordar.

—O sigui que, en el cas que no tornis a casa, el que et preocupa és el que em pugui passar a mi, no? —va fer amb una veu empipada i sarcàstica.

Vaig assentir, amb els ulls clavats a la carretera. L'Edward va remugar alguna cosa tan ràpid i fluix que no el vaig entendre.

Vàrem passar la resta de viatge sense dir-nos res. Notava les ones d'irat rebuig que fluïen d'ell, però no se m'acudia res per dir.

Llavors la carretera es va acabar i es va estrènyer, tot formant un corriol que tenia un petit senyal de fusta. Vaig aparcar a l'estret voral i vaig sortir temorosa perquè estava enfadat amb mi i ja no podia fer servir com a excusa per no mirar-me'l que havia de concentrar-me en la carretera. Feia calor, molta més de la que havia fet a Forks des del dia que vaig arribar i, per culpa dels núvols, gairebé feia xafogor. Em vaig treure el jersei i me'l vaig lligar a la cintura. Estava contenta d'haver-me posat a sota una samarreta lleugera i sense mànigues, sobretot si tenia en compte que hauria de recórrer vuit quilòmetres a peu.

Vaig sentir com tancava la porta d'un cop. Vaig mirar i vaig veure que també s'havia tret el jersei. Tenia la mirada desviada cap al bosc verge que s'estenia al costat de la camioneta.

—Per aquí —va assenyalar, mirant-me per sobre l'espatlla, amb una mirada encara irada. Va endinsar-se al bosc obscur.

—I el corriol?

Se'm notava el terror a la veu mentre donava la volta a la camioneta per atrapar-lo.

—He dit que hi havia un viarany al final de la carretera, no pas que el seguiríem.

—No hi ha camí? —vaig preguntar desesperada.

—No deixaré pas que et perdis.

Llavors es va girar, tot fent-me un somriure burleta i vaig haver de sufocar un gemec. Portava una samarreta blanca sense mànigues, oberta, de manera que la seva pell blanca i suau es veia des del coll fins als contorns d'ivori del seu pit, sense que la seva perfecta musculatura quedés amagada sota la roba. *Era massa perfecte*, vaig reconèixer amb una fiblada de desesperació. Aquella criatura celestial no podia estar feta per a mi.

Se'm va quedar mirant, desconcertat per la meva expressió torturada.

—Vols tornar a casa? —em va dir fluixet. Un dolor diferent del meu li impregnava la veu.

—No.

Vaig tirar endavant fins que vaig estar al seu costat, neguitosa per no malgastar ni un segon del temps que pogués passar amb ell.

—Què passa? —va preguntar amb una veu amable.

—No sóc bona excursionista —vaig respondre, apagada—. Hauràs de tenir paciència amb mi.

—Puc tenir paciència... si faig un gran esforç.

Va somriure sense deixar de mirar-me, provant d'animar-me pel meu sobtat i inexplicable desànim. Vaig mirar de tornar-li el somriure, però em va quedar poc convincent. Va escodrinyar-me el rostre.

—Et portaré a casa —em va prometre.

No vaig entendre si la promesa era incondicional o només es referia a marxar en aquell moment. Sabia que es pensava que era la por el que em desanimava, i un cop més vaig estar contenta de ser l'única persona la ment de la qual no podia llegir.

—Si vols que recorri vuit quilòmetres de boscatge abans no es pongui el sol, valdrà més que comencis a indicar-me el camí —vaig dir mordaç.

Em va mirar amb el front arrugat mentre intentava comprendre el meu to i expressió. Al cap d'un moment es va rendir i va començar a endinsar-se al bosc.

No era tan complicat com em pensava. El camí era majoritàriament pla i ell m'anava apartant les falgueres humides i la molsa. Quan trobàvem trams amb arbres caiguts o pedres, m'ajudava aixecant-me pel colze i deixant-me anar ràpidament quan s'acabaven els obstacles. Cada cop que sentia el tacte gèlid de la seva pell sobre la meva, el cor em trontollava. Els dos cops que em va passar això, vaig veure que feia una cara que delatava que, d'alguna manera, havia percebut els meus batecs.

Mirava d'apartar els ulls de la seva perfecció tant com podia, però alguns cops queia en la temptació i la seva bellesa m'enfonsava en la melangia.

Vàrem recórrer la major part del camí en silenci. De tant en tant, em feia alguna pregunta a l'atzar que no havia pogut formular en els dos dies anteriors d'interrogatori. Em va preguntar pel meu aniversari, pels mestres que vaig tenir a primària i per les mascotes que tenia de petita. Vaig haver de confessar que, després que se'm morissin tres peixos seguits, havia deixat córrer el tema. Amb això va riure més fort del que estava acostumada... i dels boscos deserts que teníem darrere nostre es va sentir un eco que recordava el repicar de les campanes.

La caminada em va durar gairebé tot el matí, però no es va mostrar impacient en cap moment. Com que el bosc s'estenia al voltant nostre com un inacabable laberint d'arbres vells, em vaig començar a posar nerviosa per si no trobàvem la sortida. L'Edward estava a gust i relaxat en aquell laberint verd i no semblava que dubtés de la nostra orientació.

Al cap d'unes quantes hores, la llum que es filtrava a través del cobricel es va transformar d'un to verd oliva tenebrós a un color jade més brillant. El dia s'havia tornat assolellat, tal i com havia predit. Per primer cop des que ens havíem endinsat al bosc, vaig començar a sentir una emoció que es va tornar ràpidament impaciència.

—Encara no hem arribat? —vaig queixar-me, fent veure que estava empipada.

—Ja gairebé hi som —va somriure amb el meu canvi d'humor—. Veus aquella esplendor d'allà?

Vaig mirar a través del boscatge espès.

—Mm.. l'hauria de veure?

Va somriure cínicament.

—Potser encara és aviat pels teus ulls.

—Hauré d'anar a l'oculista —vaig remugar.

El seu somriure de mofa es va fer més evident.

Llavors, al cap d'uns noranta metres, vaig poder veure un fulgor entre els arbres que tenia davant, una lluentor groga en comptes de verdosa. Vaig apressar-me, amb una impaciència creixent a cada pas. L'Edward em va deixar passar a davant i m'anava seguint en silenci.

Vaig arribar a la vora d'aquell estany de llum, i vaig travessar l'última franja de falgueres per arribar al lloc més meravellós que havia vist mai. El prat era petit, d'una forma arrodonida perfecta, i ple de flors silvestres de color violeta, groc i tènue blanc. Sentia el musical borbolleig d'un rierol proper. Teníem el sol just a sobre nostre i omplia el cercle amb una calitja lluminosa de color de mantega. Meravellada, vaig passejar a poc a poc per l'herba tova, enmig de les flors que es gronxaven amb la brisa càlida i daurada. A mig camí em vaig girar per compartir amb l'Edward tot allò, però ja no era darrere meu com em pensava. Atemorida de sobte, em vaig posar a buscar-lo al meu voltant fins que el vaig veure, encara sota la densa ombra del cobricel, a la vora de la clariana. Encara em mirava prudent. Llavors vaig recordar el que la bellesa del prat m'havia fet oblidar: el misteri de l'Edward i el sol, que m'havia promès revelar avui.

Vaig fer una passa cap a ell, amb els ulls fervents de curiositat. Ell, en canvi, feia una mirada cautelosa i plena de recel. Vaig fer-li un somriure encoratjador i li vaig fer que vingués amb la mà, mentre feia una altra passa cap a ell. Com que va aixecar una mà per avisar-me, vaig dubtar i vaig fer un pas enrere.

Va semblar que l'Edward respirava fons i llavors es va encaminar cap a la resplendor del sol del migdia.

Confessions

Sota la llum del sol, l'Edward era impressionant. No m'hi podia acostumar, tot i que l'havia estat observant tota la tarda. La seva pell, pàl·lida malgrat la tènue vermellor de la cacera d'ahir, brillava literalment, com si tingués milers de minúsculs diamants incrustats. Jeia completament immòbil sobre l'herba, amb la camisa oberta que mostrava el seu pit escultural i incandescent, i els seus brillants braços nus. Tenia les resplendents parpelles, de tènue color lavanda, tancades, tot i que, naturalment, no dormia. Era una estàtua perfecta, esculpida amb una pedra desconeguda, llisa com el marbre i lluent com el cristall.

De tant en tant se li movien els llavis tan de pressa que semblava que li tremolessin. Quan li vaig preguntar què li passava, em va dir que cantussejava, però de forma tan inaudible que no el sentia.

També vaig fruir del sol, tot i que la brisa no era prou seca pel meu gust. M'hagués agradat estirar-me com ell i deixar que el sol m'escalfés la cara, però em vaig asseure cargolada, amb la barbeta tocant als genolls, ja que no volia treure-li els ulls del damunt. El vent era suau, em despentinava els cabells, i feia remolins a l'herba que es gronxava al voltant de la seva figura immòbil.

El prat, que em va resultar tan espectacular en un primer moment, empal·lidia al costat de la seva magnificència.

Dubtosa i sempre temorosa, fins i tot ara, que desaparegués com un miratge, massa bell per ser real, vaig allargar un dit i vaig acariciar el revés de la seva mà brillant, que descansava a prop meu. Em vaig tornar a meravellar de la perfecta textura setinada i gèlida com una pedra. Quan vaig tornar a alçar la vista, tenia els ulls oberts i em mirava. Avui eren de color de caramel, més clars i càlids després de la cacera. Se li va dibuixar un ràpid somriure a les comissures dels seus llavis perfectes.

—No et faig por? —va preguntar juganer, tot i que vaig notar autèntica curiositat en la seva veu suau.

—No pas més de l'habitual.

Va fer un somriure més ampli, mostrant les dents, que li lluïen amb el sol.

M'hi vaig acostar una mica més i vaig allargar tota la mà per resseguir els contorns del seu avantbraç amb les puntes dels dits. Vaig veure com em tremolaven els dits i vaig saber que també se n'adonaria.

—Et molesta? —vaig preguntar, veient que havia tornat a tancar els ulls.

—No —em va dir—. No et pots ni imaginar el que se sent —va sospirar.

Vaig recórrer-li suaument amb la mà els músculs perfectes del braç i vaig seguir el lleu dibuix de les venes blavoses de l'interior del plec del colze. Amb l'altra mà, vaig girar la de l'Edward. Com que es va adonar de la meva intenció, va girar de cop la mà, amb un d'aquells moviments veloços i desconcertats. Em va espantar i em vaig quedar sense poder moure els dits, que encara tenia al seu braç, durant un instant.

—Ho sento —va murmurar. Vaig mirar-lo a temps de veure com tancava aquells ulls daurats—. Amb tu és massa senzill ser jo mateix.

Vaig aixecar-li la mà i la vaig girar cap a un costat i l'altre mentre observava com el sol li brillava al palmell. Me la vaig acostar a la cara per veure les facetes amagades de la seva pell.

—Explica'm què penses —em va xiuxiuejar. En mirar-me'l vaig veure que m'observava, sobtadament concentrat—. Encara em resulta estrany no saber-ho.

—Bé, ja saps que la resta ens sentim sempre així.

—És dur —semblava que la seva veu tenia un deix de tristesa—, però encara no m'has respost.

—Desitjava poder saber què pensaves tu... —vaig dir, dubitativa.

—I?

—I volia poder creure que ets real i que no tinc por.

—No vull que tinguis por.

La seva veu era un suau xiuxiueig. Vaig sentir el que no podia dir amb sinceritat, que no havia de tenir por, que no hi havia res de què estar espantada.

—Bé, no em referia a aquesta classe de por, tot i que és un tema que he de meditar.

Es va incorporar tan de pressa que no el vaig ni veure. Estava mig assegut, recolzat sobre el braç dret, amb el seu palmell esquerra encara entre les meves mans. El seu rostre d'àngel era a pocs centímetres del meu. Podia haver-me apartat, ho havia d'haver fet davant d'aquella inesperada proximitat, però era incapaç de moure'm. Els seus ulls daurats m'hipnotitzaven.

—Llavors, de què tens por? —va xiuxiuejar atentament.

Tanmateix, no vaig poder respondre. Com ja havia fet en una altra ocasió, vaig sentir la fresca fragància del seu alè a la cara. Aquella flaire dolça i deliciosa em va fer la boca aigua. No s'assemblava a res que conegués. De forma instintiva i sense pensar, m'hi vaig acostar més i la vaig inhalar.

Llavors l'Edward va desaparèixer. Va apartar la seva mà de la meva i, en el temps de mirar-lo, ja estava a sis metres de mi, a la vora del prat, a l'obscura ombra d'un gran avet. Em mirava amb els seus ulls foscos des de les ombres, amb una expressió inescrutable.

Vaig notar l'expressió de sofriment i sorpresa que em va quedar, i sentia dolor en les meves mans buides.

—Ho... sento... Edward —vaig xiuxiuejar. Sabia que em sentia.

—Permet-me un moment —va cridar amb el volum just perquè ho sentís la meva oïda menys sensitiva. Em vaig asseure, totalment immòbil.

Després de deu segons que es varen fer eterns, va tornar, lentament per tractar-se d'ell. Es va aturar, encara a uns quants metres de mi, i es va deixar caure gràcilment a terra i va plegar les cames. En cap moment va deixar de mirar-me. Va agafar aire un parell de cops i llavors es va disculpar somrient.

—Em sap molt de greu —dubtava—. Entendries què et vull dir si et digués que també tinc instints humans?

Vaig assentir, però vaig ser incapaç de riure-li la broma. A mesura que anava entenent el perill, l'adrenalina em va començar a córrer per les venes. Ho va percebre des d'on estava assegut i el seu somriure es va tornar burleta.

—No diguis que no sóc el millor depredador del món! Tot el que tinc et convida a acostar-te a mi: la meva veu, el meu rostre i, fins i tot, la meva olor. Com si em fes falta res d'això!

Inesperadament, es va alçar i es va allunyar fins que el vaig perdre de vista, però va reaparèixer sota el mateix arbre d'abans, després d'haver donat la volta al prat en menys d'un segon.

—Com si et poguessis escapar de mi! —va riure amargament.

Va allargar la mà i va arrancar de l'avet una branca de gairebé mig metre de gruix, amb una sola mà, sense esforç, i fent un cruixit ensordidor. Amb la mateixa mà la va fer girar uns instants, i llavors la va llançar a gran velocitat cap a un altre arbre enorme, que va tremolar amb el cop.

Ara tornava a ser davant meu, a un parell de pams de mi, inert com una pedra.

—Com si te'm poguessis resistir! —va dir, gentilment.

Em vaig quedar asseguda sense moure'm, més atemorida d'ell que mai. No l'havia vist mai totalment alliberat d'aquella màscara tan elaborada. No havia estat mai tan poc humà, però tampoc tan bell. Jo seia immòbil, amb el rostre lívid i els ulls desorbitats, com un ocell atrapat per l'encanteri dels ulls d'una serp.

Els seus meravellosos ulls lluïen de pur desfici. Al cap d'una estona, però, varen començar a enfosquir-se i, de mica en mica, la seva expressió es va anar amagant sota una màscara d'antiga tristesa.

—No tinguis por —va mormolar amb la seva veu vellutada i involuntàriament seductora—. Et prometo... —va vacil·lar—, et juro que no et faré cap mal.

Semblava que el preocupava més convèncer-se ell mateix que no pas a mi.

—No tinguis por —em va tornar a xiuxiuejar, mentre s'acostava amb exagerada lentitud. Es va asseure sinuosament, amb moviments deliberadament lents, fins que els nostres rostres van quedar al mateix nivell, a poc més d'un pam.

—Perdona'm, si us plau —em va demanar formalment—. Em puc controlar, però m'has agafat desprevingut. Ara em comportaré millor.

Es va esperar, però jo encara no podia parlar.

—Avui no estic assedegat, creu-me —va dir picant-me l'ullet.

Em va fer venir ganes de riure, tot i que la rialla em va sortir tremolosa i sense alè.

—Estàs bé? —em va preguntar tendrament, acostant-se a poc a poc, amb compte, per posar-me la seva mà de marbre sobre la meva.

Vaig mirar-me la seva mà, gèlida i suau, i llavors els seus ulls, dolços i penedits, i després la mà un altre cop. Llavors, vaig tornar a resseguir-ne les línies amb les puntes dels dits. Vaig alçar la vista i vaig somriure tímidament.

El somriure que em va fer com a resposta era enlluernador.

—On ens havíem quedat, abans que em comportés de forma tan grollera? —va preguntar amb les amables cadències de principis del segle passat.

—La veritat és que no me'n recordo.

Va somriure, però se'l veia avergonyit.

—Em sembla que parlàvem de què et feia por, deixant a part la raó òbvia.

—Sí, és veritat.

—I doncs?

Li vaig mirar la mà, i vaig començar a traçar gargots sense rumb pel seu palmell suau i tornassolat. Varen passar els segons.

—Amb quina facilitat que em desanimo! —va sospirar.

Vaig mirar-li els ulls i, de cop, vaig entendre que tot allò era tan nou per ell com ho era per mi. Tot i els nombrosos anys d'inexpugnable experiència que tenia, per ell també resultava difícil. Aquest pensament em va donar coratge.

—Tenia por... perquè, per raons òbvies, no puc estar amb tu, i també perquè m'agradaria estar-hi més del que hauria.

Vaig parlar mirant-li les mans, em resultava molt difícil verbalitzar tot allò.

—Sí —va assentir lentament—. És efectivament quelcom de què estar espantat, això de voler estar al meu costat. La veritat és que no et convé gens.

—Ja ho sé i suposo que podria mirar de no desitjar-ho, però no crec que funcioni.

—M'agradaria poder-te ajudar, de debò —no quedava dubte de la seva sinceritat en aquells ulls líquids—. Me n'havia d'haver anat fa temps. De fet, hauria de marxar ara, però no sé si en sóc capaç.

—No vull que te'n vagis —vaig mormolar trista, un altre cop amb la mirada abaixada.

—És per això que hauria de marxar. Malgrat tot, no pateixis: sóc un ésser egoista. Anhelo massa la teva companyia per fer el que cal.

—Me n'alegro.

—No ho facis! —va apartar la mà, aquest cop amb més suavitat. El seu to era més dur del normal, però més bell que qualsevol veu humana. Era difícil seguir-lo, els seus sobtats canvis d'humor sempre em deixaven desconcertada—. No és només per la teva companyia que em deleixo! No ho oblidis mai. No oblidis que sóc més perillós per tu que per qualsevol altra persona.

Es va aturar i vaig veure com tornava a tenir la mirada al bosc.

Vaig meditar un moment.

—Em sembla que no entenc exactament què vols dir... Almenys l'última part —vaig dir.

Em va tornar a mirar, amb un somriure murri, tornant a canviar d'humor.

—Com t'ho explicaria? —va mormolar—. Sense tornar-te a espantar... A veure...

Distretament, em va posar la mà sobre la meva i jo la vaig agafar fort entre les dues mans. Es va mirar les nostres mans.

—L'escalfor és extraordinàriament reconfortant —va sospirar.

Va passar un moment fins que va posar en ordre els seus pensaments.

—Saps que a tots ens agraden diferents gustos, no? —va començar—. A alguns els agrada el gelat de xocolata, però d'altres s'estimen més el de maduixa.

Vaig fer que sí.

—Em sap greu fer servir l'analogia del menjar, però no se m'acut cap altra manera d'explicar-t'ho.

Vaig somriure i ell va fer una rialla trista.

—Cada persona fa una olor diferent, té una essència pròpia. Si tanques a un alcohòlic en una habitació plena de cervesa rància, se la beurà alegrement, però podria reprimir-se si volgués, si s'estigués desintoxicant. Suposem, però, que hi poses un got de conyac de cent anys, el més rar i exclusiu, que omplís l'habitació amb la seva càlida aroma. Com creus que li aniria?

Sèiem en silenci, mirant-nos els ulls, intentant-nos llegir els pensaments.

L'Edward va trencar el silenci.

—Potser no és el símil més adequat. Potser hagués estat massa fàcil rebutjar el conyac. Segurament hagués estat millor que en comptes d'un alcohòlic hagués fet servir un addicte a l'heroïna com a exemple.

—Així, el que intentes dir-me és que per tu sóc una mena d'heroïna? —vaig fer broma, mirant d'apujar els ànims.

Va somriure ràpidament. Semblava apreciar el meu esforç.

—Sí, per mi ets ni més ni menys que una mena d'heroïna.

—I això passa sovint? —vaig preguntar.

Va mirar a través de les copes dels arbres mentre es rumiava la resposta.

—En vaig parlar amb els meus germans —encara mirava a la llunyania—. Per en Jasper, tots sou el mateix. Ha estat l'últim d'incorporar-se a la nostra família i li resulta molt difícil mantenir l'abstinència. Encara no ha tingut temps per fer-se més sensible als matisos de les olors i dels gustos —em va mirar de cop, amb una expressió de disculpa—. Em sap greu —va dir.

—No em fa res. No pateixis per ofendre'm, espantar-me o el que sigui. És la teva manera de pensar i la puc entendre o, almenys, intentar-ho. Limita't a explicar-te el millor que puguis.

Va inhalar profundament i va tornar a mirar el cel.

—En Jasper no estava segur de si havia trobat mai algú que fos tan... —va dubtar, tot buscant la paraula idònia— apetitós com ho ets tu per mi, cosa que em fa pensar que no. L'Emmett és el que fa més temps que està desintoxicat, per dir-ho d'alguna manera, i va entendre què volia dir. Em va dir que li havia passat dues vegades, una més intensa que l'altra.

—I a tu?

—Mai.

La paraula es va quedar surant uns instants en la càlida brisa.

—Què va fer l'Emmett? —vaig preguntar per trencar el silenci.

No era la pregunta adequada. El rostre se li va enfosquir i va prémer el puny dins la meva mà. Llavors va apartar la mirada i vaig esperar, però sabia que no respondria.

—Suposo que m'ho puc figurar —vaig dir finalment.

Va alçar la vista, amb una expressió malenconiosa i suplicant.

—Fins i tot el més fort de nosaltres té recaigudes, oi?

—Què m'estàs demanant? Permís? —el meu to era més mordaç del que hauria volgut. Vaig mirar de fer una veu més amable, ja que entenia què li suposava ser-me sincer—. Llavors, no hi ha esperança?

Amb quina tranquil·litat que estava parlant de la meva pròpia mort!

—No, no! —es va penedir de seguida—. És clar que hi ha esperança! Vull dir que, evidentment, no... —va deixar la frase inacabada. Els seus ulls cremaven en els meus—. Per nosaltres és diferent. Pel que fa a l'Emmett, aquells dos eren forasters que es va trobar. Va passar fa molt de temps i encara no era tan... experimentat ni prudent com ara.

Es va quedar en silenci i em va mirar atentament mentre jo ho meditava.

—Així, si ens haguéssim trobat... en un carreró fosc o alguna cosa així... —se'm va anar apagant la veu.

—Vaig fer tot el que vaig poder per no saltar-te a sobre en aquella classe plena de gent i... —es va aturar de cop i va desviar la mirada—. Quan em vares passar pel costat, en aquell moment podia haver engegat en orris tot el que en Carlisle havia fet per nosaltres. No hagués estat capaç de controlar-me si no hagués estat frenant la meva set durant els darrers... bé, massa anys.

Es va aturar mentre mirava seriós cap als arbres. Em va mirar sever i tots dos vàrem recordar aquell moment.

—Suposo que et devies pensar que estava posseït.

—No vaig entendre per quin motiu em podies odiar tan ràpidament...

—Per mi eres com una mena de diable invocat directament del meu propi infern per destrossar-me la vida. La fragància que exhalava la teva pell... Aquell primer dia em pensava que em trastocaria. Durant aquella hora vaig pensar centenars de maneres diferents de fer-te sortir d'aquella aula i que et quedessis sola amb mi. I vaig combatre-les totes, pensant en la meva família i en el que els faria. Havia de fugir abans que et digués les paraules que haurien fet que em seguissis...

Va mirar-me el meu rostre astorat mentre jo intentava assimilar aquells records amargs. Els seus ulls daurats cremaven sota les seves parpelles, hipnòtics i letals.

—Hauries vingut —em va assegurar.

Vaig mirar de mantenir la calma.

—Sens dubte.

Va arrugar el front i em va mirar les mans, alliberant-me així de la seva penetrant mirada.

—Llavors, mentre intentava canviar l'horari en un inútil intent d'evitar-te, de sobte eres allà... en aquella habitació petita, càlida i acollidora, i l'essència era exasperant. En aquell moment vaig estar a punt de prendre't. Només hi havia una altra fràgil humana... resultava molt fàcil encarregar-me'n.

Malgrat l'escalfor del sol, em varen venir esgarrifances quan vaig reviure aquells records des del seu punt de vista, amb la diferència que ara n'entenia el perill. Pobra senyora Cope! Em va tornar a venir un calfred de pensar que havia estat a punt de ser la responsable involuntària de la seva mort.

—Tanmateix, vaig resistir. No sé ni com. Vaig esforçar-me per no esperar-te ni seguir-te després de l'institut. A l'exterior, com que ja no et sentia l'olor, em va resultar més fàcil pensar amb claredat i prendre la decisió adequada. Vaig deixar els meus germans a prop de casa... Em feia massa vergonya explicar-los com n'era de feble, només sabien que alguna cosa no anava bé... Llavors vaig anar directament a l'hospital a dir-li a en Carlisle que me n'anava.

Me'l vaig quedar mirant, sorpresa.

—Ens vàrem canviar el cotxe, ja que el seu tenia el dipòsit ple i no em volia aturar. No gosava anar a casa i enfrontar-me amb l'Esme. No m'hauria deixat marxar sense abans muntar-me un número. M'hauria volgut convèncer que no calia... El matí següent, era a Alaska —semblava avergonyit, com si estigués confessant una gran feblesa—. Vaig passar dos dies allà, amb alguns vells coneguts... però m'enyorava. No suportava saber que hauria entristit l'Esme i la resta de la meva família adoptiva. Enmig d'aquell aire pur de les muntanyes em costava creure que poguessis ser tan irresistible. Em vaig convèncer que era de febles intentar fugir. Ja havia resistit la temptació altres vegades, no d'aquesta magnitud, ni de lluny, però havia estat fort. I qui eres tu, una noieta insignificant —va somriure de cop—, per fer-me fora del lloc on volia estar? És per això que vaig tornar...

Va quedar-se mirant a la llunyania. Jo no podia parlar.

—Vaig prendre precaucions, com ara anar de cacera i alimentar-me més del compte, abans de tornar-te a veure. Estava convençut que era prou fort per tractar-te com a un humà més. Vaig ser molt arrogant en aquest aspecte. Hi havia la inqüestionable complicació de no poder llegir els teus pensaments i així no poder saber la reacció que tenies envers mi. No estava acostumat a haver de prendre aquestes mesures tan indirectes. Havia d'escoltar les teves paraules a través de la ment de la Jessica, que no és gens original. Resultava empipador haver-se de rebaixar així, sense saber si de debò pensaves el que deies. Era molt irritant.

Va arrufar el front mentre hi pensava.

—Com que volia que, si era possible, oblidessis el comportament que vaig tenir aquell primer dia, vaig intentar parlar amb tu com ho hauria fet amb qualsevol altra persona. De fet, en tenia ganes perquè esperava poder desxifrar alguns dels teus pensaments. Tanmateix, eres massa interessant i em vaig quedar atrapat amb les teves paraules... i, cada cop que movies l'aire que t'envoltava amb la mà o amb els cabells, la teva aroma em tornava a atordir...

Llavors, vares estar a punt de morir esclafada davant meu. Més tard em vaig inventar una excusa perfecta per justificar per què havia actuat així en aquell moment: si no t'hagués salvat i la teva sang s'hagués vessat davant meu, no hauria pogut reprimir-me i hagués revelat a tothom el que érem. Malgrat tot, aquesta excusa la vaig pensar més tard. En aquell moment només vaig pensar "Ella no".

Va aclucar els ulls, perdut en aquella agònica confessió. Me l'escoltava amb més ànsia de la racional. El sentit comú em deia que havia d'estar atemorida, però em sentia alleujada perquè, finalment, ho entenia tot. M'envaïa la compassió pel seu patiment, fins i tot ara que m'havia confessat que anhelava prendre'm la vida.

Al final vaig ser capaç de parlar, tot i que la veu em va sortir dèbil.

—I a l'hospital?

Va mirar-me de cop.

—Estava horroritzat. No em podia creure que hagués posat els meus en perill i que jo mateix hagués quedat a la teva mercè... D'entre tota la gent, havies de ser precisament tu! Com si necessités més motius per matar-te —tots dos ens vàrem estremir en sentir aquella paraula—. Malgrat tot, l'efecte va ser el contrari —va continuar ràpidament— i em vaig barallar amb la Rosalie, l'Emmett i en Jasper quan em varen insinuar que t'havia arribat l'hora... Va ser la pitjor discussió que hem tingut mai. En Carlisle es va posar de part meva, i també l'Alice —va fer una ganyota quan va pronunciar el seu nom i no vaig imaginar-me per quin motiu—. L'Esme em va dir que fes el que cregués convenient per tal de quedar-me.

Va moure el cap de forma indulgent.

—L'endemà em vaig passar el dia escoltant les ments de tothom amb qui havies parlat, i em vaig quedar sorprès que complissis la teva paraula. No t'entenia gens, però sabia que no podia implicar-me encara més amb tu. Vaig fer el que vaig poder per apartar-me tant com vaig poder de tu. Cada dia, el perfum de la teva pell, del teu alè, dels teus cabells... em fascinava tant com el primer dia.

Va tornar a buscar la meva mirada, amb uns ulls sorprenentment tendres.

—I per tot això —va prosseguir—, m'hagués estimat més delatar-nos en aquell primer moment que no pas ferir-te aquí, sense testimonis ni res que m'aturi.

Era prou humana com per haver-li de preguntar.

—Per què?

—Isabella —va pronunciar el meu nom complet amb compte, i llavors em va despentinar amb la mà que tenia lliure. Em va venir una esgarrifança per tot el cos davant d'aquest contacte fortuït—. No podria viure mai més tranquil si t'arribés a fer mal. No saps fins a quin punt em tortura això —va abaixar la mirada, un altre cop avergonyit—. La idea de veure't immòbil, pàl·lida, gèlida... No tornar a veure mai més el teu rubor escarlata, la guspira d'intuïció als teus ulls quan sospites les meves intencions... Seria insuportable —va alçar els seus ulls magnífics i agònics envers els meus—. Ara ets el més important per mi, el més important que he tingut mai.

El ràpid canvi de direcció que havia pres la conversa em feia rodar el cap: de l'alegre tema de la meva mort imminent a la nostra sobtada declaració. Es va aturar i, encara que vaig abaixar la vista per examinar les nostres mans, sabia que em clavava els seus ulls daurats.

—Evidentment, ja saps el que sento —vaig dir finalment—. Sóc aquí... la qual cosa vol dir més o menys que m'estimaria més morir que estar lluny de tu —vaig dir arrugant el front—. Sóc així de ximpleta.

—I tant que ets ximpleta —va assentir amb una rialla.

Les nostres mirades es van trobar i jo també vaig riure. Vàrem riure junts de l'estupidesa i absurditat de la situació.

—I llavors el lleó es va enamorar de l'ovella... —va murmurar. Vaig apartar els ulls, trasbalsada per aquelles paraules.

—Quina ovella més burra! —vaig sospirar.

—I quin lleó més malalt i masoquista!

Va quedar-se mirant el bosc ombrívol una llarga estona, i em vaig preguntar on el devien haver dut els seus pensaments.

—Per què...? —vaig començar, però em vaig aturar perquè no estava segura de com continuar.

Em va mirar i va somriure. La llum del sol va fer-li lluir el rostre i les dents.

—Digues.

—Explica'm per què has fugit de mi fa una estona.

Li va desaparèixer el somriure.

—Ja ho saps.

—No, em refereixo a què he fet malament. Com que hauré d'estar en guàrdia, val més que aprengui què no he de fer. Això, per exemple —vaig acariciar-li el dors de la mà—, sembla que no és problemàtic.

Va tornar a somriure.

—No has fet res malament, Bella. Ha estat culpa meva.

—Però, si puc, vull ajudar-te per no fer-te les coses encara més difícils.

—Bé... —va rumiar una estona—. Ha estat una qüestió de proximitat. La majoria d'humans instintivament ens eviten, repel·lits per la nostra estranyesa... No m'esperava que tu t'acostessis tant. Ni l'olor del teu coll...

Es va aturar de cop, mirant si m'havia ofès.

—D'acord, doncs —vaig dir poc seriosa per mirar de relaxar l'ambient sobtadament tens, mentre em tapava el coll—. Ja no te l'ensenyaré més.

Va funcionar, perquè va esclafir a riure.

—No, de debò, ha estat més la sorpresa que no pas una altra cosa.

Va alçar la mà que tenia lliure i me la va posar suaument al costat del coll. Estava quieta, la fredor del seu tacte era un avís natural que em deia que havia d'estar atemorida. No tenia por, però sí altres sentiments...

—Veus? —va dir—. No passa res.

El pols se'm va disparar i m'hagués agradat poder-lo apaivagar, ja que notava que els batecs a les meves venes encara ho feien tot més difícil... Estava segura que els sentia.

—M'encanta quan et ruboritzes —va xiuxiuejar.

Va alliberar amb suavitat l'altra mà. Vaig deixar caure les mans, sense força, sobre la falda. Em va acariciar tendrament la galta i llavors em va agafar la cara entre les mans de marbre.

—Estigues ben quieta —va xiuxiuejar, com si no estigués ja del tot petrificada.

A poc a poc i sense apartar-me la mirada, es va acostar cap a mi. Llavors, de cop però molt suaument, va recolzar la seva galta gèlida a la base del meu coll. Pràcticament no em podia ni moure, encara que ho hagués volgut. Vaig sentir el so de la seva respiració compassada mentre observava com el sol i el vent jugaven amb els seus cabells de bronze, la seva part més humana.

Amb una lentitud deliberada, em va deixar lliscar les mans pels costats del coll. Em va venir una esgarrifança i vaig notar com s'aguantava la respiració. No va aturar les mans fins que les va desplaçar dòcilment fins a les espatlles i va detenir-se.

Va arrossegar el cap per un costat del meu coll, tot fregant-me la clavícula amb el nas. Llavors es va aturar per descansar la galta tendrament sobre el meu pit... per escoltar-me el cor.

—Ah —va sospirar.

No sé quanta estona vàrem passar asseguts sense moure'ns. Segurament hores. Al final, els batecs del meu pols es varen calmar, però l'Edward no es va moure ni va tornar a dir res mentre continuava abraçant-me. Sabia que en qualsevol moment podia ser que no ho resistís més i que la meva vida s'hauria acabat, tan ràpid que potser ni ho notaria. Malgrat tot, no podia estar espantada. No podia pensar en res més excepte que ell em tocava.

I llavors, massa aviat, em vaig deixar anar.

Tenia la mirada serena.

—No tornarà a ser tan complicat —va dir satisfet.

—T'ha resultat molt difícil?

—No tant com m'havia imaginat. I a tu?

—No, per mi no ho ha estat gens.

Va riure de la meva entonació.

—Ja saps què vull dir.

Vaig somriure.

—Mira —va agafar-me la mà i se la va posar a la galta—, notes com n'està de càlida?

La seva pell, habitualment gèlida, era tèbia, però a penes ho notava, perquè estava tocant-li el rostre, una cosa que no havia deixat de somniar des del primer dia que el vaig veure.

—No et moguis —vaig xiuxiuejar.

No hi havia ningú que sabés estar tan immòbil com l'Edward. Va tancar els ulls i es va quedar inert com una pedra, era com una estàtua a les meves mans.

Em vaig moure encara més a poc a poc que ell, vigilant de no fer un moviment inesperat. Vaig acariciar-li la galta, i vaig fregar delicadament les seves parpelles i l'ombra lilosa de sota els ulls. Vaig resseguir la forma del seu nas perfecte, i llavors, amb molt de compte, els seus llavis immaculats. Quan hi passava la mà, els va entreobrir i vaig sentir el seu alè fresc a la punta dels dits. M'hi volia acostar per inhalar la seva essència, però vaig treure la mà i em vaig apartar perquè no el volia provocar tant.

Va obrir els ulls, uns ulls assedegats. No prou per atemorir-me, però suficientment perquè se'm fes un nus a l'estómac i el pols em tornés a retrunyir a les venes.

—M'agradaria —va murmurar— que poguessis sentir... la complexitat... la confusió... que jo sento. Que ho poguessis entendre.

Va posar-me la mà als cabells i em va acariciar suaument la cara.

—Explica-m'ho —vaig dir sense alè.

—No crec que pugui. Per una banda, ja t'he explicat la meva gana, la meva set, la criatura menyspreable que sóc, i el que sento per tu. Crec que ho pots entendre, fins a cert punt. Tot i això —va dir fent mitja rialla—, com que no ets addicta a cap substància il·legal, dubto que ho puguis comprendre totalment. Però... —va fregar-me suaument els llavis amb els dits, i em va venir un altre calfred— hi ha altres menes de desigs. Desigs que no puc entendre, que em resulten estranys.

—Ho puc entendre millor del que penses.

—No estic acostumat a tenir instints tan humans. Sempre és així?

—No ho sé — em vaig aturar—. Tampoc ho havia sentit mai. Mai fins ara.

Va agafar-me les mans entre les seves. Me les notava increïblement febles amb la seva força.

—No sé com estar a prop teu —va admetre—. No sé si podré...

Me li vaig acostar molt a poc a poc, vigilant-lo amb la mirada. Vaig recolzar la galta sobre el seu pit de pedra. Sentia la seva respiració... i res més.

—Ja està bé així —vaig sospirar i vaig aclucar els ulls.

En un gest molt humà, em va abraçar i va enfonsar la cara entre els meus cabells.

—Ho fas millor del que et penses —li vaig indicar.

—Tinc instints humans, segurament molt amagats, però hi són.

Ens vàrem quedar així durant una estona incommensurable. M'hagués agradat saber si ell tenia tan poques ganes de moure's com jo. Tot i això, vaig veure que s'anava fent fosc i que les ombres del bosc s'allargaven ja fins nosaltres. Vaig sospirar.

—Te n'has d'anar.

—Em pensava que no em podies llegir el pensament —vaig acusar-lo.

—Cada vegada el veig amb més claredat.

Vaig notar com somreia. Em va agafar per les espatlles i me'l vaig mirar a la cara.

—Et puc ensenyar una cosa? —em va preguntar, amb una sobtada emoció que li feia brillar la mirada.

—El què?

—Com em desplaço pel bosc.

Va veure la cara que hi posava.

—No pateixis, no et passarà res i arribarem a la camioneta molt més ràpid.

Va fer aquell somriure murri que tant m'agradava i una mica més i se m'atura el cor.

—Et convertiràs en rata-pinyada? —li vaig preguntar amb recel.

Va esclatar a riure més fort que mai.

—Aquesta ja l'havia sentida altres cops!

—D'acord, suposo que ja hi estàs acostumat.

—Vinga, poruga, puja'm a coll i be.

Em vaig esperar per veure si feia broma, però semblava que ho deia de debò. Quan es va adonar que dubtava, va somriure i em va agafar. El meu cor va reaccionar. Encara que no em pogués llegir els pensaments, el pols sempre em delatava. Em va pujar a l'esquena, sense que jo hagués de fer a penes esforç, tot i que, quan vaig ser a lloc, m'hi vaig aferrar tan fort amb els braços i les cames que hagués escanyat a qualsevol persona normal. Era com anar a cavall d'una roca.

—Peso una mica més que les motxilles que sols dur —el vaig avisar.

—Bah! —va rebufar. Pràcticament vaig notar com mirava amb suficiència. No l'havia vist mai tan animat.

Em va esfereir quan, de sobte, em va agafar la mà i la va flairar profundament.

—Cada cop m'és més fàcil —va mussitar.

I es va posar a córrer.

Si mai havia tingut por de morir estant al seu costat, no era res comparat amb aquell moment.

Va travessar l'ombrívol i espès sotabosc com una bala, com un espectre. No feia cap mena de fressa, com si els peus no li toquessin a terra. La respiració no se li accelerava i era com si no fes cap mena d'esforç. Malgrat tot, els arbres passaven pel nostre costat a una velocitat vertiginosa, i no hi xocàvem per centímetres.

Estava massa espantada com per tancar els ulls, tot i que la brisa fresca del bosc em cremava la cara. Era com si m'hagués tornat boja i estigués traient el cap per la finestra d'un avió en ple vol. Per primer cop a la vida, vaig sentir el defalliment del mareig per moviment.

Llavors es va acabar. Aquell matí havíem caminat durant hores per arribar al prat de l'Edward i ara, en qüestió de minuts, ja tornàvem a ser a la camioneta.

—És estimulant, eh? —feia una veu aguda i esvalotada.

Es va quedar quiet, esperant que baixés. Ho vaig intentar, però els músculs no em responien. M'aferrava a ell amb els braços i les cames, i el cap em rodava de forma desagradable.

—Bella? —em va preguntar, tot d'una preocupat.

—Em penso que m'hauré d'estirar —vaig dir sufocada.

—Ostres, ho sento —es va esperar, però no em podia moure.

—Em sembla que necessitaré ajuda —vaig admetre.

Va riure silenciosament i em va fer deixar anar els braços amb compte. No podia oferir resistència a la força de ferro de les seves mans. Després em va girar i em va bressolar com si fos una nena petita. Em va aguantar una estona i llavors em va deixar amb compte a sobre de les flonges falgueres.

—Com et trobes? —em va preguntar.

No n'estava massa segura perquè el cap em donava voltes de mala manera.

—Suposo que marejada.

—Posa el cap entre els genolls.

Vaig fer-ho i em va alleujar una mica. Vaig respirar a poc a poc, sense moure gens el cap. Vaig notar que s'havia assegut al meu costat. Va passar una estona i, al final, vaig poder alçar el cap. Notava un xiulet sord a les orelles.

—Em sembla que no ha estat massa bona idea —va murmurar.

Vaig mirar de ser positiva, però feia una veu dèbil.

—No, ha estat interessant.

—Ostres! Estàs blanca com una aparició... No, blanca com jo!

—Em penso que hauria d'haver tancat els ulls.

—Pensa-hi la propera vegada.

—La propera vegada? —vaig rondinar.

Va riure, estava de molt bon humor.

—Fanfarró —vaig remugar.

—Obre els ulls, Bella —va dir calmat.

I era allà, amb el seu rostre a pocs centímetres del meu. La seva bellesa em va atordir els pensaments... Era massa, un excés al qual no em podia acostumar.

—Mentre corria, pensava...

Es va aturar.

—... en no xocar amb els arbres, espero.

—Bleda —va riure, mofant-se de mi—. Córrer és una cosa natural per mi, no hi he ni de pensar.

—Fanfarró —vaig tornar a remugar.

Va somriure.

—No —va continuar—, pensava que volia provar una cosa...

I em va tornar a agafar el rostre entre les mans. No podia ni respirar.

Va dubtar... però no d'una forma normal, no d'una forma humana. No de la manera que un home dubta abans de fer un petó a una dona per observar la seva reacció i veure si ho desitja. Potser vacil·laria per allargar el moment, aquell instant d'anhel previ, a vegades millor que el petó en si.

No, l'Edward dubtava per posar-se a prova ell mateix, per veure si era segur, per assegurar-se que controlava la seva set.

Llavors, els seus llavis de marbre varen acariciar suaument els meus.

El que ni ell ni jo esperàvem era la meva reacció.

Vaig sentir com la sang em bullia sota la pell i em cremava els llavis. Llavors vaig començar a respirar violentament, vaig agafar-lo pels cabells i me'l vaig apropar amb força, amb els llavis entreoberts, per inhalar la seva essència embriagadora. Immediatament, vaig notar com els llavis se li tornaven de pedra. Amb compte però amb una força irresistible, em va fer apartar la cara amb les mans. Vaig obrir els ulls i vaig veure la seva expressió prudent.

—Ai! —vaig dir fluixet.

—Això és quedar-se curt.

Tenia els ulls feroços i tibava la mandíbula per controlar-se, sense que es deformés la seva perfecta expressió. Em va agafar el rostre a pocs centímetres del seu, tot enlluernant-me.

—Vols dir...? —vaig mirar d'apartar-me, de deixar-li espai, però les seves mans només em varen deixar moure un parell de centímetres.

—No, ho puc aguantar. Espera un moment, si us plau —feia una veu educada i controlada.

No vaig deixar de mirar-lo. Veia com l'excitació dels ulls se li anava apagant i es calmava. Llavors, em va fer un somriure sorprenentment trapella.

—Ja està —va dir, clarament orgullós d'ell mateix.

—És tolerable? —vaig preguntar.

Va riure fort.

—Sóc més fort del que em pensava. Està bé saber-ho.

—M'agradaria poder dir el mateix. Ho sento.

—Al cap i a la fi, només ets humana.

—Ah, gràcies —vaig dir sarcàsticament.

Es va aixecar fent un d'aquells moviments àgils, gairebé invisibles de tan ràpids. Em va estendre la mà, un gest inesperat, ja que estava acostumada a la nostra prudent absència de contacte. Vaig agafar la seva mà gèlida, necessitava recolzar-me a alguna cosa més del que em pensava. Encara no havia recuperat l'equilibri.

—Encara estàs marejada del trajecte? O ha estat la meva destresa en besar-te?

Que alegre i que humà que semblava el seu rostre angelical i tranquil quan reia! Era diferent de l'Edward que havia conegut. I estava totalment boja per ell. Ara, separar-me'n em causaria dolor físic.

—No ho sé, encara em trobo estranya —vaig aconseguir respondre—. Em sembla que és per totes dues coses, per això.

—Potser hauries de deixar que conduís.

—Que ets boig? —vaig protestar.

—Puc conduir millor que tu en el teu millor dia —va dir, burleta—. Ets molt més lenta de reflexes.

—Segur que sí, però no crec que els meus nervis ni la camioneta ho puguin suportar.

—Dona, confia una mica en mi.

Tenia la mà a la butxaca i agafava fort la clau. Vaig prémer deliberadament els llavis i vaig fer que no amb el cap, amb un somriure tibat.

—No, ni pensar-hi.

Va aixecar la cella, incrèdul.

Vaig començar a passar pel seu costat per dirigir-me al seient del conductor. Potser m'hagués deixat passar si no hagués tentinejat una mica. Potser no.

—Bella, fins ara m'he esforçat molt per mantenir-te amb vida. No deixaré que et posis darrere el volant d'un vehicle quan ni tan sols pots caminar recta. A més, els amics no deixen que els seus amics condueixin beguts —va dir rient, mentre m'agafava per la cintura de forma que no em pogués escapar. Vaig sentir la fragància increïblement dolça que exhalava el seu pit.

—Com que beguda? —vaig objectar.

—Estàs èbria només per la meva presència —tornava a fer aquell somriure cínic.

—No t'ho puc negar —vaig sospirar. No hi havia manera d'evitar-ho, no em podia resistir a ell. Vaig alçar la clau i la vaig deixar caure. Les va agafar amb la mà, amb la velocitat d'un llampec i sense fer soroll—. Vés amb compte... la meva camioneta ja està a punt de jubilar-se.

—Molt prudent —va assentir.

—I tu no estàs gens afectat per la meva presència? —vaig preguntar, empipada.

Un cop més, les seves volubles faccions es varen transformar en una expressió dolça i càlida. Primer no va respondre. Només va acostar el seu rostre al meu i em va recórrer suaument la mandíbula amb els llavis, de l'orella a la barbeta, endavant i endarrere. Em vaig estremir.

—Després de tot —va mormolar finalment— tinc millors reflexes.

El poder de la ment

Vaig haver d'admetre que, quan anava a una velocitat moderada, l'Edward conduïa bé. Com tantes altres coses, semblava que no li suposava cap esforç. Tot i que pràcticament no mirava la carretera, les rodes no es van desviar ni un centímetre del centre del carril. Conduïa amb una sola mà, i amb l'altra m'agafava la meva al seient. De tant en tant mirava com es ponia el sol, de vegades em mirava a mi... el meu rostre, els meus cabells voleiant cap a la finestra oberta, les nostres mans agafades.

Havia posat una emissora de vells èxits a la ràdio, i cantava una cançó que no havia sentit mai. Se la sabia de dalt a baix.

—T'agrada la música dels cinquanta? —li vaig preguntar.

—La dels cinquanta era bona, molt millor que no pas la dels seixanta, o la dels setanta, ecs! —es va estremir—. Els vuitanta varen ser suportables.

—Em diràs mai quants anys tens? —vaig preguntar, indecisa, ja que no volia espatllar el seu optimisme.

—T'importa molt?

Em va tranquil·litzar veure que el seu somriure encara resplendia.

—No, però m'encurioseix... —vaig fer una ganyota—. No hi ha res com un misteri sense resoldre per no poder dormir a les nits.

—No sé si t'agradarà saber-ho... —va reflexionar per ell mateix. Es va quedar mirant el sol mentre deixava transcórrer una estona.

—Posa'm a prova —vaig dir finalment.

Va sospirar i em va mirar els ulls. Durant una estona va semblar que s'hagués oblidat totalment de la carretera. El que va veure en la meva mirada el devia animar. Va mirar el sol —la llum de l'astre rei que es ponia feia que la seva pell brillés amb guspires de color de robí— i va començar.

—Vaig néixer a Chicago el 1901 —es va aturar i em va mirar de reüll. Vaig intentar no posar cara de sorpresa, i vaig prendre paciència per sentir la resta. Em va fer un petit somriure i va prosseguir—. En Carlisle em va trobar en un hospital l'estiu de 1918. Tenia disset anys i m'estava morint de grip espanyola.

Va sentir com agafava aire, tot i que pràcticament no ho vaig sentir ni jo mateixa. Va tornar-me a mirar als ulls.

—No me'n recordo massa bé, fa molts anys i els records humans s'esvaeixen —va estar una breu estona perdut en els seus pensaments abans de continuar—. Recordo com em vaig sentir quan en Carlisle em va salvar. No és gens fàcil ni una cosa que es pugui oblidar fàcilment.

—I els teus pares?

—Ja s'havien mort de la malaltia. Estava sol, per això em va triar. Enmig del caos de l'epidèmia, ningú s'adonaria de la meva desaparició.

—Com et va... salvar?

Va deixar passar uns instants abans de respondre. Semblava que buscava les paraules adequades.

—Va ser difícil. No tots tenim l'autocontrol necessari per durho a terme. Tanmateix, en Carlisle sempre havia estat el més humà, el més compassiu de tots... No crec que hagi existit ningú com ell en tota la història —es va aturar—. Per mi simplement va ser molt i molt dolorós.

Per la manera que premia els llavis, vaig suposar que no diria res més sobre el tema. Vaig reprimir la meva curiositat, tot i que encara no estava satisfeta. Hi havia moltes coses que necessitava meditar sobre aquest tema en concret, coses que tot just se'm començaven a ocórrer. Sens dubte, la seva ràpida ment ja havia previst quins eren els aspectes que a mi se m'escapaven.

La seva veu suau va interrompre els meus pensaments.

—Va fer-ho perquè se sentia sol. Aquesta sol ser la raó que hi ha darrere de cada tria. Vaig ser el primer membre de la família d'en Carlisle, tot i que de seguida va trobar l'Esme. La noia havia caigut per un penya-segat i l'havien portada directament al dipòsit de cadàvers de l'hospital, tot i que, vés a saber com, el cor encara li bategava.

—Així has d'estar agonitzant per convertir-te en...

No dèiem mai aquella paraula, i ara tampoc la podia pronunciar.

—No, això és cosa d'en Carlisle. Ell no li faria mai això a algú que tingués una altra alternativa —sempre que parlava de la figura del seu pare, ho feia amb un profund respecte—. Tanmateix, diu que és més fàcil —va continuar— si la sang és feble.

Es va quedar mirant la carretera, que ja s'havia enfosquit, i vaig notar com tornava a tancar el tema.

—I l'Emmett i la Rosalie?

—La següent que en Carlisle va portar a la família va ser la Rosalie. No va ser fins molt més endavant que em vaig adonar que esperava que fos per mi el que l'Esme era per ell... Tenia molta cura en què pensava quan era a prop meu —va alçar els ulls al sostre—, però per mi mai va ser res més que una germana. Al cap de només dos anys va trobar l'Emmet. La Rosalie estava caçant —en aquella època érem als Apalatxes— i va trobar un ós que l'estava a punt de matar. El va portar amb en Carlisle, havent de recórrer més de cent seixanta quilòmetres, perquè li feia por no ser capaç de fer-ho ella sola. Només ara començo a intuir fins a quin punt devia de ser de difícil per ella, aquell viatge.

Em va mirar als ulls i va aixecar les nostres mans, que encara teníem agafades, per acariciar-me la galta amb el revés de la mà.

—Però ho va aconseguir —vaig dir per animar-lo, apartant la vista de la insuportable bellesa dels seus ulls.

—Sí —va murmurar—. Va veure alguna cosa en el seu rostre que li va donar forces, i han estat junts des de llavors. A vegades viuen separats de nosaltres, com si fossin un matrimoni. Malgrat tot, com més joves fem veure que som, més temps ens podem estar en un lloc concret. Com que Forks ens semblava perfecte, ens vàrem matricular tots a l'institut —va riure—. Suposo que d'aquí uns quants anys haurem d'anar un altre cop al seu casament.

—I l'Alice i en Jasper?

—Són dos éssers molt especials. Tots dos varen desenvolupar el que nosaltres anomenen consciència sense cap influència externa. En Jasper pertanyia a una altra... família, una de molt diferent de la nostra. Es va deprimir i va començar a vagar en solitari. L'Alice el va trobar. Ella, com jo, té certs poders que estan per sobre dels de la nostra espècie.

—De debò? —vaig interrompre, fascinada—. Però m'havies dit que eres l'únic que podia llegir els pensaments.

—És cert. Ella té altres poders. Veu coses... que poden passar, fets futurs, però és molt subjectiu. El futur no és immutable, els fets canvien.

Va tibar la mandíbula quan va haver dit això i em va fer una mirada tan ràpida que no estava segura de si només me l'havia imaginada.

—Quina mena de coses veu?

—Havia vist en Jasper i sabia que ella era el que estava buscant, fins i tot abans de trobar-se. Va veure en Carlisle i la nostra família i varen venir a trobar-nos. És més sensitiva amb els no-humans. Per exemple, sempre sap quan hi ha un altre clan dels de la nostra espècie a prop i qualsevol amenaça que puguin suposar.

—N'hi ha molts dels de la teva... espècie?

Estava sorpresa. Quants n'hi devien haver entre nosaltres sense que ho sabéssim?

—No, no gaires. Tot i això, la majoria no s'instal·la en un lloc concret. Només poden viure temps amb els humans els que, com nosaltres, han deixat de caçar persones —va fer-me una mirada subtil—. Només hem trobat una família com la nostra en un llogarret d'Alaska. Vàrem viure junts durant una temporada, però érem tants que destacàvem massa. Els que vivim de manera... diferent tendim a ajuntar-nos.

—I la resta?

—Majoritàriament són nòmades. Tots hem viscut d'aquesta manera alguna temporada, però, com tot, es fa pesat. De vegades, però, ens en trobem dels altres, perquè la majoria ens estimem més el nord.

—I com és?

Ara estàvem aparcats davant de casa i havia apagat el motor. Tot era tranquil i fosc, sense lluna. Com que el llum del porxo estava apagat, sabia que encara no havia arribat el pare.

—Has obert els ulls aquesta tarda? —em va dir burleta—. Et penses que em podria passejar pels carrers sota el sol sense causar accidents de trànsit? La raó per la qual vàrem triar la península d'Olympic és perquè és un dels indrets menys assolellats del món. És agradable poder sortir a l'exterior durant el dia. Ni t'imagines com n'arribes a quedar de tip de viure de nit després de més de vuitanta anys.

—És d'aquí d'on provenen les llegendes?

—Segurament.

—I l'Alice venia d'una altra família, com en Jasper?

—No, i això encara és un misteri. No recorda gens la seva vida humana ni sap qui la va convertir. Es va despertar sola. Fos qui fos qui la va crear, va marxar i cap de nosaltres entén per què ni com va poder fer-ho. Si no hagués tingut aquell altre sentit, no hauria vist en Jasper ni en Carlisle, ni hauria sabut que un dia seria un dels nostres i, probablement, s'hagués convertit en una salvatge.

Tenia tantes coses per rumiar, però encara tantes preguntes per fer... Tanmateix, em varen roncar els budells, i em vaig morir de la vergonya. Estava tan intrigada que ni tan sols havia notat que tenia gana. Ara m'adonava que estava famolenca.

—Ho sento, no veia que havies d'anar a sopar.

—Estic bé, de debò.

—No solc estar amb gent que s'alimenta de menjar. Me n'havia oblidat.

—Vull estar amb tu.

Era més fàcil dir-ho a les fosques, tot i que sabia que la veu em delatava i mostrava la meva desesperada addicció a ell.

—Puc entrar? —em va preguntar.

—T'agradaria?

No em podia imaginar aquella criatura celestial asseguda en una cadira atrotinada de la cuina del meu pare.

—Sí, si et sembla bé.

Vaig sentir com tancava silenciosament la porta i, de forma pràcticament simultània, ja era al meu costat, obrint-me.

—Molt humà —li vaig dir, felicitant-lo.

—Definitivament, està ressorgint aquesta part de mi.

Va caminar al meu costat, a les fosques, de forma tan silenciosa que l'havia de mirar constantment per assegurar-me que encara hi era. A la foscor se'l veia molt més normal. Encara era pàl·lid i de bellesa corprenedora, però no l'ésser fantàstic refulgent de la nostra tarda assolellada.

Va arribar a la porta abans que jo i la va obrir. Em vaig aturar a la meitat del llindar.

—Estava obert?

—No, he fet servir la clau que hi ha sota el ràfec.

Vaig entrar, vaig encendre el llum del porxo i em vaig girar per mirar-lo amb les celles aixecades. Estava segura que no havia fet servir mai aquella clau davant seu.

—Tenia curiositat per tu.

—M'has estat espiant?

No podia posar el to d'indignació adequat perquè em sentia afalagada i ell no semblava penedir-se'n.

—Què més es pot fer a les nits, per aquí?

Ho vaig deixar córrer de moment i vaig travessar l'entrada per anar a la cuina. Hi va arribar abans que jo, no necessitava guia. Es va asseure a la mateixa cadira on me l'havia intentat imaginar. La seva bellesa il·luminava la cuina. Vaig tardar un moment abans no vaig poder apartar la vista.

Em vaig concentrar a fer-me el sopar. Vaig agafar la lassanya de la nit anterior que hi havia a la nevera, en vaig posar una porció en un plat i la vaig escalfar al microones. Va començar a girar i va omplir la cuina d'olor de tomàquet i orenga. No vaig apartar la vista del plat mentre parlava.

—Cada quant? —vaig preguntar de forma natural.

—Eh?

Va semblar que li hagués fet perdre el fil dels seus pensaments. No em vaig girar.

—Cada quant véns?

—Gairebé cada nit.

Em vaig girar de cop, astorada.

—Per què?

—Ets interessant mentre dorms —va dir flegmàtic—. Parles adormida.

—No! —vaig cridar sense alè, amb el rubor pujant-me fins a la línia dels cabells. Em vaig haver d'agafar al pedrís per no caure. Evidentment, ja sabia que parlava adormida, la mare sempre se me'n reia, però no em pensava que fos una cosa per la qual m'hagués de preocupar aquí, a Forks.

Es va quedar tot d'una disgustat.

—T'has enfadat amb mi?

—Home, depèn! —em va donar la sensació que m'havia quedat sense aire. Es va esperar.

—De què? —va insistir.

—Del que hagis sentit! —vaig cridar.

De sobte, el tenia al meu costat, agafant-me curosament les mans entre les seves.

—No t'empipis! —em va suplicar.

Va abaixar la cara a l'alçada dels meus ulls i em va mirar. Em feia sentir incòmoda i vaig mirar d'apartar la vista.

—Trobes a faltar la teva mare —em va xiuxiuejar—. Et preocupes per ella. I quan plou, la fressa et fa regirar, inquieta. Solies parlar molt de Phoenix, però ara ja no tant. Un cop vares dir "és massa verd".

Va riure suaument, esperant clarament no ofendre'm més.

—Res més? —vaig exigir.

Ja sabia a què em referia.

—Deies el meu nom —va admetre.

Vaig sospirar derrotada.

—Molt?

—Què és "molt" per tu?

—Déu meu! —vaig dir, deixant caure el cap, però em va acostar al seu pit, de manera suau i natural.

—No et faci vergonya —va dir-me arran d'orella—. Si pogués somniar, et somiaria a tu. I no me n'avergonyiria.

Llavors tots dos vàrem sentir el so dels pneumàtics a les rajoles de l'entrada i vàrem veure els llums del cotxe, que provenien del vestíbul, a través de les finestres de davant. Em vaig quedar petrificada als seus braços.

—El teu pare hauria de saber que sóc aquí? —va preguntar.

—No n'estic segura... —vaig mirar de rumiar-m'ho ràpid.

—Un altre dia, doncs...

I em vaig quedar sola.

—Edward? —vaig xiuxiuejar.

I vaig sentir una rialla fantasmagòrica i res més.

Vaig sentir com el pare girava la clau al pany.

—Bella? —va cridar. Això en una altra ocasió m'hagués molestat, qui més podia haver-hi? De sobte, en Charlie ja no estava tan equivocat.

—Sóc aquí.

Esperava que no notés el to histèric de la meva veu. Vaig agafar el sopar del microones i em vaig asseure a taula mentre entrava. Els seus passos em semblaven molt forts després de passar el dia amb l'Edward.

—Me'n pots preparar un mica? Estic rebentat.

Es va treure les botes recolzant-se a la cadira on s'havia assegut l'Edward.

Vaig agafar la lassanya i la vaig engolir un cop vaig haver posat a fer la seva. Em vaig cremar la llengua. Vaig emplenar dos gots de llet mentre la seva lassanya s'escalfava i vaig fer un glop del meu per refer-me de la cremada. Vaig veure que em tremolava la mà quan, en deixar el got sobre la taula, la llet es movia. En Charlie es va asseure en aquella cadira i el contrast entre ell i el seu anterior ocupant em va resultar còmic.

—Gràcies —va dir quan li vaig posar el menjar a taula.

—Com t'ha anat el dia? —vaig preguntar. Em varen sortir les paraules apressades. Em moria de ganes de fugir a l'habitació.

—Bé. Els peixos picaven... I tu? Has pogut fer tot el que volies?

—No ben bé... s'estava massa bé a fora —vaig fer un altre mos gros de lassanya.

—Ha estat un bon dia —va assentir.

Ni t'ho imagines, vaig pensar per mi mateixa.

Un cop em vaig acabar l'últim tros de lassanya, vaig aixecar el got i vaig beure'm d'un glop la llet que quedava. En Charlie em va sorprendre mostrant-se observador.

—Tens pressa?

—Sí, estic cansada, me n'aniré al llit aviat.

—Se't veu nerviosa —va apreciar.

Per què coi s'havia de fixar en mi precisament aquesta nit?

—Ah sí? —va ser tot el que vaig poder respondre.

Vaig rentar els plats i els vaig posar tombats a sobre d'un drap de cuina per tal que s'assequessin.

—És dissabte —va murmurar.

No vaig contestar.

—No faràs res aquesta nit? —va preguntar-me de cop.

—No, només vull dormir una mica.

—No hi ha cap dels nois del poble que et faci el pes, eh?

El pare sospitava, però fingia naturalitat.

—No, no hi ha cap noi que m'hagi cridat l'atenció, encara.

Vaig mirar de no recalcar massa la paraula "noi" per ser sincera amb en Charlie.

—Em pensava que potser en Mike Newton... Deies que era simpàtic.

—Només és un amic.

—Bé, de totes maneres vals massa per ells. Espera't a anar a la universitat per començar a buscar.

El somni de qualsevol pare és que la seva filla sigui fora de casa abans que les hormones comencin a actuar.

—Em sembla una bona idea —vaig assentir mentre pujava les escales.

—Bona nit, reina —em va cridar. Sens dubte m'estaria escoltant tota la nit, a l'espera d'enganxar-me intentant fugir d'amagat.

—Fins demà, pare. *Ens veiem aquesta nit a l'habitació quan vinguis a comprovar si encara hi sóc.*

Mentre pujava, vaig procurar que els meus passos sonessin lents i cansats. Vaig tancar la porta prou fort perquè en Charlie ho sentís i llavors vaig córrer cap a la finestra de puntetes. Vaig obrir-la de cop i vaig mirar a fora, tot buscant entre la foscor i les impenetrables ombres dels arbres.

—Edward? —vaig xiuxiuejar, sentint-me estúpida del tot.

Vaig sentir una rialla fluixa darrere meu.

—Sí?

Em vaig girar de cop, amb una mà al coll per la sorpresa.

Estava estirat al meu llit, amb un somriure d'orella a orella, les mans darrere el cap, i els peus penjant. La despreocupació personificada.

—Ah! —vaig cridar sense alè, deixant-me caure a terra.

—Perdona.

Va prémer els llavis perquè no se li escapés el riure.

—Dóna'm un moment perquè el cor em torni a bategar.

Es va incorporar a poc a poc per no tornar-me a espantar. Llavors es va fer endavant i em va aixecar per sota els braços, com si fos una nena petita. Em va asseure al llit, al seu costat.

—Per què no t'asseus amb mi? —em va suggerir, tot posant-me la seva mà gèlida sobre la meva—. Com tens el cor?

—Tu sabràs... segur que el sents millor que jo.

Vaig notar com la seva rialla tranquil·la sacsejava el llit.

Vàrem estar una estona asseguts en silenci, escoltant com el cor se'm calmava. Vaig pensar en el fet que tenia l'Edward a la meva habitació, amb el pare a casa.

—Em deixes un minut per ser humana? —vaig preguntar.

—I tant.

Va fer un gest amb la mà perquè fes el que calgués.

—Estigues quiet —vaig dir, intentant mostrar severitat.

—Sí, senyora.

I em va demostrar com es convertia en una estàtua a la vora del meu llit.

Vaig alçar-me d'un salt, vaig recollir el pijama de terra i el necesser de sobre l'escriptori, vaig apagar el llum, vaig sortir i vaig tancar la porta.

El so de la televisió se sentia des de les escales. Vaig tancar la porta del lavabo amb força perquè en Charlie no pugés a molestar-me.

Havia d'anar ràpid. Em vaig rentar les dents amb fúria, mirant de fer-ho de forma ràpida i acurada, eliminant així totes les restes de lassanya. Tanmateix, no podia fer anar més ràpid l'aigua calenta de la dutxa, que em va desentumir l'esquena i em va calmar el pols. L'olor familiar del meu xampú em va fer sentir com si fos la mateixa persona que havia estat aquell matí. Vaig mirar de no pensar en l'Edward esperant-me assegut a l'habitació perquè llavors hauria de tornar a iniciar el procés de relaxació. Finalment, no ho vaig poder allargar més. Vaig tancar l'aigua i em vaig afanyar a eixugar-me. Em vaig posar una samarreta plena de forats i uns pantalons de xandall grisos. Ja era massa tard per penedir-se de no haver agafat el pijama de seda de Victoria's Secret que m'havia regalat la mare pel meu aniversari, feia dos anys. Encara el tenia en algun calaix de Phoenix, amb l'etiqueta posada i tot.

Em vaig tornar a eixugar els cabells amb la tovallola, i llavors me'ls vaig raspallar ràpid. Vaig tirar la tovallola a la cistella de la roba bruta i vaig ficar el raspall i la pasta de dents al necesser. Llavors vaig baixar les escales d'una revolada perquè en Charlie veiés que anava amb pijama i que tenia els cabells molls.

—Bona nit, pare.

—Bona nit, Bella.

Es va espantar amb la meva aparició. Potser això faria que aquesta nit no vingués a vigilar si hi era. Vaig pujar els graons de dos en dos, mirant de no fer soroll, vaig córrer cap a l'habitació i vaig tancar la porta darrere meu.

L'Edward no s'havia mogut ni un mil·límetre, era una estàtua d'Adonis sobre el meu edredó descolorit. Vaig somriure i va moure els llavis, com una estàtua que cobra vida.

Els seus ulls em varen avaluar els cabells humits i la samarreta feta un parrac. Va aixecar una cella.

—Genial.

Vaig fer una ganyota.

—No, et queda bé.

—Gràcies —vaig xiuxiuejar.

Vaig asseure'm al seu costat, amb les cames creuades. Em vaig quedar mirant les vires del terra de fusta.

—A què ha vingut tot això?

—En Charlie es pensa que fugiré d'amagat.

—Ah —s'ho va rumiar—. Per què? —em va preguntar com si no pogués conèixer els pensaments d'en Charlie molt més clarament que no pas jo.

—Perquè se'm veu una mica massa emocionada.

Em va alçar la barbeta per observar-me la cara.

—Se't veu bastant sufocada, de fet —va acostar a poc a poc el seu rostre cap al meu i va recolzar la seva galta freda a la meva pell. Em vaig quedar immòbil—. Mmm... —va sospirar.

Era molt difícil formular adequadament una pregunta mentre sentia el seu tacte. Em va caldre un minut de concentració abans de començar.

—Sembla que ara t'és... més fàcil estar a prop meu.

—Et dóna aquesta sensació? —va mormolar, acariciant-me la mandíbula amb el nas. Vaig notar la seva mà, més lleugera que l'ala d'una mosca, pentinant-me cap enrere els cabells humits per tal de poder-me fregar amb els llavis la part posterior de l'orella.

—Molt i molt més fàcil —vaig dir, intentant respirar.

—Hmm.

—Em preguntava... —vaig tornar a començar, però els seus dits em resseguien lentament la clavícula i vaig perdre el fil.

—Sí? —va dir fluix.

—Per què passa això? —vaig dir amb veu tremolosa, la qual cosa em va avergonyir—. Què penses que ho fa?

Vaig notar com li tremolava l'alè al meu coll mentre reia.

—El poder de la ment.

Em vaig apartar. Quan em vaig moure, es va quedar quiet de cop... i ja no vaig tornar a sentir el so de la seva respiració.

Ens vàrem mirar amb prudència durant una estona. Llavors, se li va començar a relaxar la mandíbula tibada i es va quedar desconcertat.

—He fet alguna cosa malament?

—No, al contrari. Em tornes boja —vaig explicar-li.

S'ho va rumiar un moment i, quan va parlar, se'l veia satisfet.

—De debò?

Se li va formar a poc a poc un somriure triomfant al rostre.

—Volies que t'aplaudís? —li vaig dir sarcàstica.

Va riure.

—Només estic increïblement sorprès —va aclarir—. En els darrers cent anys —va dir fent broma— no m'hagués imaginat mai una cosa així. No em pensava que trobés mai algú amb qui volgués estar... d'una manera diferent que amb els meus germans. I ara descobreixo que, encara que tot sigui nou per mi, ho faig bé... això d'estar amb tu...

—Tu ho fas tot bé —vaig assenyalar.

Es va encongir d'espatlles per assentir, i tots dos vàrem riure fluixet.

—Però com pot ser que ara sigui tan fàcil? —vaig insistir—. Aquesta tarda...

—No ho és pas —va sospirar—, però aquesta tarda encara estava... indecís. Em sap greu, és imperdonable que em comportés així.

—Jo et perdonaria —vaig objectar.

—Gràcies —va dir somrient—. Mira —va continuar, ara mirant cap a terra—, no estava segur de si seria prou fort... —va agafar-me la mà i la va prémer suaument contra el seu rostre— i mentre hi hagués la possibilitat que em pogués... obcecar... —va inhalar l'essència del meu canell— encara era... propens. Fins que no em vaig ficar al cap que era prou fort, que no hi havia cap possibilitat de... que mai...

No l'havia vist dubtar mai tant per trobar les paraules adequades. Em resultava tan... humà.

—I ara ja no existeix aquesta possibilitat?

—El poder de la ment —va repetir, somrient, mostrant unes dents que lluïen fins i tot a les fosques.

—Ostres, ha estat fàcil —vaig dir.

Va apartar el cap i va fer una rialla, silenciosa com un sospir, però exuberant.

—Fàcil per tu! —va corregir, tocant-me el nas amb la punta del dit.

Llavors es va posar seriós de cop.

—Ho intento —va murmurar, amb la veu adolorida—. Si es fes massa... difícil, segurament seria capaç de marxar.

Vaig posar mala cara. No m'agradava que parlés d'anar-se'n.

—Demà serà encara més complicat —va continuar—. He tingut la teva essència al cap durant tot el dia i m'he quedat sorprenentment insensibilitzat. Si estic lluny de tu durant un temps, hauré de tornar a començar, tot i que no crec que des de zero.

—No te'n vagis, doncs —vaig respondre, incapaç d'amagar la recança en la meva veu.

—Em sembla bé —va respondre, somrient relaxat—. Porta els grillons... Sóc el teu presoner.

Tanmateix, mentre parlava em va agafar els canells amb les seves llargues mans, com si fossin manilles. Va fer la seva rialla silenciosa i musical. L'havia sentit riure més aquesta nit que no pas en tot el temps que havia passat amb ell.

—Se't veu més... optimista que habitualment —vaig observar—. No t'havia vist mai així.

—No se suposa que ha de ser així? —va somriure—. L'esplendor del primer amor i totes aquestes coses. No és increïble la diferència entre llegir una cosa o veure-la a les pel·lícules i experimentar-la?

—I tant! —vaig assentir—. És molt més intens del que m'imaginava.

—Per exemple —ara les paraules li sorgien amb facilitat i m'havia de concentrar per seguir-lo bé—, el sentiment de gelosia. Havia llegit sobre ell centenars de milers de vegades, havia vist actors que l'interpretaven en milers d'obres de teatre i pel·lícules. Creia que l'entenia bastant, però em va sorprendre... —va fer una ganyota—. Te'n recordes del dia que en Mike et va demanar per anar al ball?

Vaig fer que sí, tot i que recordava aquell dia per una raó diferent.

—Va ser el dia en què em vares tornar a parlar.

—Em vaig quedar parat per la flamarada de ressentiment, de gairebé fúria, que vaig sentir... Al principi no vaig saber què era. M'exasperava més del compte no saber què pensaves ni per què li havies donat carbassa. Ho feies només per la teva amiga? Hi havia una altra persona? En qualsevol cas, sabia que no tenia cap dret a preocupar-me'n i vaig mirar que fos així.

»I llavors et varen començar a sortir pretendents —va riure burleta. Li vaig fer una mirada assassina a les fosques—. Em vaig esperar, terriblement neguitós, per veure què els diries, per veure quines cares posaves. No podia negar què em sentia alleujat quan veia que t'enfadaves, però tampoc n'estava segur.

»Va ser la primera nit que vaig venir aquí. Em vaig debatre tota la nit, mentre et mirava mentre dormies, entre el que creia que era correcte, moral i ètic i el que realment anhelava. Sabia que si et continuava ignorant com calia o si marxava uns quants anys, fins que te n'anessis, algun dia diries que sí a en Mike o algú com ell. Això em posava frenètic.

»I llavors —va xiuxiuejar— mentre dormies vares dir el meu nom. Parlaves tan clar que en un primer moment em vaig pensar que t'havies despertat, però et vares regirar neguitosa i el vares murmurar un cop més, mentre sospiraves. El sentiment que em va envair en aquell moment va ser desconcertant i meravellós. I vaig saber que ja no et podria ignorar més.

Es va quedar en silenci una estona, segurament en sentir-me els batecs del cor, de sobte irregulars.

—Tot i això, la gelosia... és una emoció estranya. Més poderosa del que m'hauria pensat mai. I irracional! Precisament ara, quan en Charlie t'ha preguntat per l'infame d'en Mike Newton... —va moure el cap, enrabiat.

—Ja m'havia d'haver pensat que estaries escoltant —vaig rondinar.

—És clar.

—Però això t'ha posat gelós?

—Sóc nou en tot això. Estàs ressuscitant l'humà que tinc dins, i tot ho sento més intensament perquè és recent.

—Però, de veritat —vaig dir-li en broma—, com et pot molestar això després que jo hagi hagut de sentir que la Rosalie aquella, la pura bellesa personificada, era per a tu? Amb l'Emmett o sense, com puc competir amb això?

—No cal que ho facis.

Les dents li varen lluir. Em va agafar les mans, que tenia atrapades, i me les va posar a la seva esquena, abraçant-me contra el seu pit. Em vaig quedar tan quieta com vaig poder, fins i tot respirava amb compte.

—Ja ho sé que no cal competir —vaig remugar en l'abric de la seva pell gèlida—. Aquest és el problema.

—És clar que la Rosalie és bonica a la seva manera, però encara que no fos com una germana per mi, encara que no estigués amb l'Emmett, no em suscitaria mai ni una desena part... no, ni una centena part de l'atracció que em provoques tu a mi —ara estava seriós i pensarós—. M'he passat gairebé noranta anys caminant entre els de la meva espècie i els teus... Tot aquest temps havia pensat que estava complet perquè no m'adonava de què estava buscant. I no trobava res, perquè encara no havies nascut.

—No em sembla massa just —vaig xiuxiuejar amb el rostre encara recolzat al seu pit, mentre escoltava el vaivé de la seva respiració—. Jo no he hagut d'esperar gens. Per què m'hauria de resultar tan fàcil?

—Tens raó —va assentir divertit—. Sense dubte t'ho hauria de posar més difícil —va deixar anar una mà i el meu canell, però el va tornar a agafar curosament amb l'altra mà. Em va acariciar suaument els cabells humits, des de les arrels fins a la cintura—. Només t'has de jugar la vida cada segon que passes amb mi, no és demanar massa. Només has de girar l'esquena a la natura i a la humanitat...Val la pena?

—Tampoc n'hi ha per tant... no em sento privada de res.

—De moment no.

I la seva veu va recuperar la seva antiga desolació. Vaig mirar de fer-me enrere per mirar-li la cara, però m'agafava els canells amb una força irresistible.

—Què... —vaig començar a preguntar, però tot d'una el seu cos es va posar en alerta. Em vaig quedar petrificada, però de sobte em va deixar anar les mans i va desaparèixer. Vaig estar a punt de caure de cara a terra.

—Estira't! —va murmurar. No sabia des d'on em parlava, a les fosques.

Em vaig ficar sota l'edredó, cargolada de costat, de la manera que solia dormir. Vaig sentir com cruixia la porta i que en Charlie mirava per veure si encara hi era. Vaig respirar compassadament, exagerant el moviment.

Va passar un llarg minut. Vaig quedar-me escoltant perquè no estava segura de si havia sentit com es tancava la porta. Llavors, tenia el braç gèlid de l'Edward al meu voltant, sota l'edredó, i els seus llavis a la meva orella.

—Ets una actriu pèssima... millor que no t'hi dediquis.

—Maleït sigui! —vaig rondinar.

El cor em martellejava el pit. Va taral·lejar una melodia que no vaig reconèixer, però que semblava una cançó de bressol. Es va aturar.

—Vols que et canti alguna cosa perquè t'adormis?

—D'acord —vaig dir rient—. Com si em pogués adormir amb tu aquí!

—Ho has fet sempre —em va recordar.

—Però no sabia que hi eres —vaig respondre fredament.

—Doncs si no vols dormir... —va suggerir, ignorant el meu to. Em vaig quedar sense alè.

—Si no vull dormir... què?

Va riure burleta.

—Què vols fer, llavors?

No vaig poder contestar de seguida.

—No ho sé —vaig dir finalment.

—Avisa'm quan ho tinguis decidit.

Notava el seu alè fresc al coll mentre sentia com amb el nas em recorria la mandíbula, inhalant.

—Em pensava que estaves insensibilitzat.

—Que em resisteixi al vi no vol dir que no en pugui apreciar el buquet —va mormolar—. Tens una aroma molt floral, com de lavanda... o de freèsia —va indicar—. Se'm fa la boca aigua.

—Sí, malament rai el dia que no em trobo algú que em digui que faig una aroma la mar de comestible.

Va riure i després va sospirar.

—Ja he decidit què vull fer —li vaig dir—. Vull saber més coses de tu.

—Tu pregunta.

Vaig pensar quina de les meves preguntes era la més vital.

—Per què ho feu? —vaig dir—. Encara no entenc perquè us esforceu tant en resistir-vos... al que sou. No em mal interpretis, estic contenta que ho feu. Només que no entenc perquè us hi preocupeu.

Va dubtar abans de respondre.

—És una bona pregunta, i no ets la primera que me la fa. Els altres, la majoria dels nostres que estan satisfets amb el seu destí, també es pregunten com vivim. Ja ho veus, però... no perquè ens hagin donat certes cartes... vol dir que no puguem mirar d'estar per sobre, de superar els lligams d'un destí que cap de nosaltres volia, i retenir tota l'essència d'humanitat que puguem.

Estava estirada, sense moure'm, atrapada per un silenci corprenedor.

—Ja dorms? —va xiuxiuejar al cap d'una estona.

—No.

—Només tenies curiositat per això?

Vaig posar els ulls en blanc.

—No ben bé.

—Què més vols saber?

—Per què pots llegir ments? Per què només tu? I que l'Alice pugui veure el futur... Per què passa?

Vaig notar que encongia les espatlles.

—No n'estem segurs. En Carlisle té una teoria... Creu que tots ens enduem alguna cosa dels nostres trets humans més forts a la propera vida, on s'intensifiquen... com les nostres ments i els nostres sentits. Creu que ja devia ser molt sensible als pensaments dels que m'envoltaven i que l'Alice, fos qui fos, devia tenir certa clarividència.

—Què van endur-se en Carlisle i els altres a la vida següent?

—En Carlisle, la compassió; l'Esme, la capacitat d'estimar apassionadament; l'Emmett, la força; i la Rosalie, la tenacitat. O tossuderia, com li vulguis dir —va riure—. En Jasper és molt curiós. Era bastant carismàtic en la seva primera vida i capaç d'influir els que l'envoltaven perquè veiessin les coses com ell. Ara és capaç de manipular les emocions dels que té al voltant. Per exemple, pot calmar una sala de gent empipada o, en canvi, animar una multitud apagada. És un do molt subtil.

Vaig meditar les coses increïbles que m'havia estat descrivint per mirar d'assimilar-les. Es va esperar pacientment mentre ho feia.

—On va començar tot? Vull dir, en Carlisle et va transformar, però algú el devia convertir a ell i així successivament...

—Bé, d'on heu vingut vosaltres? De l'evolució? De la creació? No podíem haver evolucionat de la mateixa manera que les altres espècies, depredadors i preses? O, si no creus que el món s'ha creat sol, cosa que em costa d'acceptar, és complicat creure que la mateixa força que va crear el delicat peix àngel i el tauró, el cadell de foca i l'orca, va crear les nostres respectives espècies?

—A veure si ho he entès... Jo sóc el cadell de foca, no?

—Exacte.

Va riure i em va tocar els cabells amb alguna cosa... Els llavis? Em volia tombar cap a ell per veure si tenia realment els llavis als meus cabells, però m'havia de comportar i no fer-li més difícil del que ja li devia resultar.

—Ja t'adorms? —em va preguntar, interrompent el breu silenci—. O tens més preguntes?

—Només un parell de milions.

—Ens queda demà, i l'altre, i l'altre... —em va recordar. Vaig somriure satisfeta amb aquest pensament.

—Segur que no desapareixeràs al matí? —volia estar-ne segura—. Al cap i a la fi, ets un mite.

—No et deixaré —la seva veu tenia el deix d'una promesa.

—Doncs aquesta nit una més i prou...

Em vaig quedar vermella i estar a les fosques no em va ajudar. Segur que havia notat la sobtada escalfor de la meva pell.

—Quina?

—No, deixa-ho. He canviat de parer.

—Bella, em pots preguntar el que vulguis.

No vaig respondre i va remugar.

—Miro de convèncer-me que no poder-te llegir els pensaments serà cada cop menys frustrant, però cada cop va a pitjor.

—M'alegro que no em puguis llegir la ment, ja és prou terrible que m'escoltis mentre parlo adormida.

—Vaaa...

Feia una veu persuasiva i no vaig poder-ho resistir.

Vaig fer que no amb el cap.

—Si no m'ho dius, dono per entès que és una cosa molt pitjor del que en realitat és —em va amenaçar foscament—. Vaaa... —un altre cop aquella veu suplicant.

—Està bé —vaig començar, alegrant-me que no em pogués veure la cara.

—Digues.

—Has dit que la Rosalie i l'Emmett es casaran aviat... Aquest matrimoni... és com els dels humans?

Ara va riure de gust perquè va veure on volia anar a parar.

—Aquí és on vols arribar?

Em vaig regirar, incapaç de respondre.

—Sí, suposo que és més o menys el mateix —va dir—. Ja t'he dit que encara tenim la major part de desigs humans, només que estan amagats rere instints més poderosos.

—Ah —va ser tot el que vaig poder dir.

—Hi havia alguna intenció més enllà de la simple curiositat?

—Bé, em preguntava... si algun dia... tu i jo...

Per la sobtada rigidesa del seu cos, vaig notar que s'havia posat seriós de cop. Jo també em vaig quedar petrificada, com a acte reflex.

—No crec que... que... sigui possible.

—Perquè seria massa complicat per tu si estiguéssim... tan junts?

—Evidentment és un problema, però no el que pensava. El cas és que tu ets massa tendra, massa fràgil. Ja ara he de vigilar contínuament els meus moviments quan estem junts per no ferir-te. Et podria matar molt fàcilment, Bella, només per accident —la veu se li havia anat apagant fins a ser un xiuxiueig. Va posar-me el palmell glaçat sobre la galta—. Si em precipités... si només per un instant deixés de posar prou atenció, em podria passar. Volent-te acariciar la cara t'aixafaria el crani sense voler. No te n'adones de fins a quin punt ets fràgil. Mai puc deixar de controlar-me quan estic amb tu.

Va esperar que respongués i es va anar posant neguitós quan va veure que no ho feia.

—Estàs espantada?

Vaig esperar un minut a respondre per poder-li dir la veritat.

—No, estic bé.

Va semblar que meditava un moment.

—Però ara sóc jo qui té curiositat —va dir, amb la veu un altre cop animada—. Mai has...?

Va deixar la frase inacabada de forma suggeridora.

—És clar que no! —vaig dir ruboritzant-me—. Ja et vaig dir que no havia sentit mai res així per ningú, ni de lluny.

—Ja ho sé. Només ho dic perquè conec els pensaments d'altra gent i sé que l'amor i el desig no sempre van pel mateix camí.

—Per mi sí. Almenys ara que els experimento —vaig sospirar.

—Està bé. Almenys tenim una cosa en comú —se'l notava satisfet.

—Els teus instints humans... —vaig començar. Es va esperar—. Bé, t'atrec en aquest sentit?

Va riure i em va despentinar lleugerament els cabells gairebé eixuts.

—Puc no ser humà, però sóc un home —em va assegurar.

Vaig badallar sense voler.

—Ja t'he respost les preguntes, ara hauries de mirar de dormir —va insistir.

—No sé si podré.

—Vols que marxi?

—No! —vaig cridar massa fort.

Va riure i llavors em va començar a taral·lejar a cau d'orella aquella mateixa cançó de bressol desconeguda, amb la seva veu d'arcàngel.

Com que estava més cansada del que em pensava, i esgotada per un llarg dia de tensió emocional i mental com no l'havia tingut mai, em vaig adormir entre els seus braços gèlids.

Els Cullen

Finalment, em vaig despertar amb la llum malaltissa d'un altre dia ennuvolat. Estava estirada amb un braç a sobre els ulls, marejada i atordida. Alguna cosa, un somni digne de recordar, es debatia per entrar a la meva consciència. Vaig gemegar i em vaig girar de costat, pensant que podria dormir més. Llavors, els fets del dia anterior em varen tornar a inundar.

—Ah!

Em vaig incorporar tan ràpid que em va rodar el cap.

—Tens el cabells que semblen un paller... M'agrada.

La seva veu pausada provenia del balancí del racó.

—Edward! T'has quedat! —vaig alegrar-me, i vaig travessar irreflexivament l'habitació per llançar-me a la seva falda. En l'instant que em vaig adonar del que havia fet em vaig quedar glaçada, astorada del meu propi entusiasme desbordat. Vaig mirar-me'l, amb por d'haver-me passat, però vaig veure que reia.

—És clar —va respondre, sorprès, però complagut per la meva reacció. Em va acariciar l'esquena.

Vaig recolzar el cap sobre la seva espatlla, inhalant així l'aroma de la seva pell.

—Em pensava que ho estava somniant.

—No ets tan creativa —va dir mofant-se de mi.

—En Charlie! —vaig recordar, mentre tornava a saltar i corria cap a la porta.

—Fa una hora que ha marxat, després de tornar-te a connectar els cables de la bateria, podria afegir. He d'admetre que m'ha decebut. Es pensava que això t'aturaria, si estaves decidida a marxar?

Em vaig quedar dreta pensant. Em moria de ganes de tornar al seu costat, però em feia por tenir mal alè.

—No sols estar tan confosa als matins —va assenyalar. Em va obrir els braços perquè hi tornés, una invitació gairebé irresistible.

—Necessito un altre minut humà —vaig reconèixer.

—M'esperaré.

Vaig córrer cap al lavabo, amb les emocions confoses. No em coneixia a mi mateixa, ni per dins ni per fora. La cara del mirall em semblava pràcticament forastera: els ulls massa brillants i unes taques vermelloses de febre als pòmuls. Després de raspallar-me les dents, vaig debatre'm per allisar l'embolic en què s'havien convertit els meus cabells. Em vaig esquitxar la cara amb aigua freda, i vaig mirar de respirar amb normalitat, sense sortir-me'n massa bé. Vaig tornar gairebé corrents a l'habitació.

Era com un miracle que fos allà, esperant-me encara amb els braços oberts. Em va estirar cap a ell i el cor em va començar a bategar de manera irregular.

—Benvinguda un altre cop —va murmurar agafant-me a coll.

Em va bressolar una estona en silenci, fins que em vaig adonar que s'havia canviat de roba i tenia els cabells més suaus.

—Has marxat! —vaig acusar-lo, tocant-li el coll de la camisa neta.

—Difícilment podia marxar amb la mateixa roba que havia vingut, què haurien pensat els veïns?

Vaig fer morros.

—Estaves profundament adormida, no m'he perdut res —els ulls li varen brillar—. Ja havies acabat de parlar.

Vaig rondinar.

—I què he dit?

Els seus ulls daurats es varen tornar molt dolços.

—Que m'estimes.

—Això ja ho sabies —li vaig recordar, acotant el cap.

—És igual, és agradable sentir-ho.

Vaig amagar el rostre en la seva espatlla.

—T'estimo —vaig xiuxiuejar.

—Ara ets la meva vida —va respondre simplement.

De moment, no hi havia res més per dir. Ens vàrem bressolar endavant i endarrere fins que es va anar fent clar.

—És hora d'esmorzar —va dir finalment, de forma natural, segurament per demostrar que recordava totes les meves febleses humanes.

Em vaig agafar el coll amb totes dues mans i me'l vaig mirar amb els ulls desorbitats. Es va espantar.

—És broma! —vaig dir rient per sota el nas—. I deies que no sabia actuar!

Va posar cara de pomes agres.

—No té gràcia.

—Has de reconèixer que ha estat molt divertit.

Igualment, vaig analitzar detingudament els seus ulls daurats per assegurar-me que m'havia perdonat. En principi, sí.

—Ho he de reformular? —va preguntar—. És hora d'esmorzar pels humans.

—Ah, així sí.

Em va posar sobre la seva espatlla de pedra, suaument, però a una velocitat que em va deixar sense alè. Vaig protestar mentre em baixava, sense cap mena d'esforç, per les escales, però em va ignorar. Em va asseure amb compte en una cadira.

La cuina es veia il·luminada i alegre, semblava que absorbís el meu bon humor.

—Què hi ha per esmorzar? —vaig preguntar amablement.

Això el va desconcertar durant un minut.

—Mm, no ho sé. Què et ve bé?

El seu front d'alabastre es va arrugar. Vaig somriure mentre m'aixecava d'un salt.

—No passa res, ja m'espavilo prou bé sola. Mira com caço.

Vaig trobar un bol i una capsa de cereals. Notava com em mirava mentre posava la llet i agafava una cullera. Em vaig asseure amb el menjar a la taula i em vaig aturar.

—Vols res? —vaig preguntar, per no ser mal educada.

Va posar els ulls en blanc.

—Limita't a menjar, Bella.

Vaig seure a taula, mirant-me'l mentre em ficava una cullerada a la boca. M'estava observant, estudiant cada moviment, i em feia vergonya. Em vaig aclarir la boca per parlar i distreure'l.

—Quins plans tenim avui? —vaig preguntar.

—Mmm —vaig veure que es rumiava bé la resposta—. Què et semblaria conèixer la meva família?

Vaig empassar-me la saliva.

—Ara et fa por?

Se'l veia optimista.

—Sí —vaig admetre. Com podia negar-ho... m'ho veia als ulls.

—No pateixis —va dir amb un somriure de suficiència—. Et protegiré.

—No em fan por —vaig explicar—. El que em fa por és que... no els agradi. No es quedaran parats que portis algú a casa... bé, algú com jo... perquè els conegui? Saben el que sé d'ells?

—Ah, estan al cas de tot. Saps? Ahir feien apostes —va somriure, però feia una veu dura— sobre si et tornaria, tot i que no m'imagino per quina raó algú apostaria contra l'Alice. En tot cas, no tenim secrets. De fet, no és massa factible amb el meu poder de llegir la ment, la precognició de l'Alice i tot això.

—I en Jasper fent-vos sentir malament per tal que buideu el pap, no ho oblidis.

—T'hi vares fixar —va somriure amb aprovació.

—Solc fer-ho de tant en tant —vaig dir amb una ganyota—. I l'Alice va veure que tornaria?

Va tenir una reacció estranya.

—Més o menys —va dir incòmode i girant-se perquè no li pogués veure els ulls. Me'l vaig mirar encuriosida.

—És bo? —em va preguntar, tornant-se a girar de cop i mirant el meu esmorzar amb expressió burleta—. Sincerament, no es veu gaire suculent.

—Home, no és un ós bru ben enfadat, però... —vaig murmurar i el vaig ignorar quan em va mirar malament. Encara em preguntava per què havia reaccionat d'aquella manera quan havia esmentat l'Alice. Mentre m'ho rumiava, em vaig afanyar a acabar-me els cereals.

Es va quedar dret al bell mig de la cuina, de nou com una estàtua d'Adonis, amb la mirada perduda a l'exterior de les finestres posteriors. Llavors, em va tornar a mirar i va fer-me aquell somriure esbalaïdor.

—I trobo que tu també m'hauries de presentar al teu pare.

—Ja et coneix —li vaig recordar.

—Com a xicot, vull dir.

Me'l vaig mirar amb recel.

—Per què?

—No és el que se sol fer? —va preguntar innocentment.

—No ho sé —vaig reconèixer. El meu historial amorós em donava pocs punts de referència en els quals basar-me i cap de les regles normals servia per aquest cas—. No cal, saps? No espero que tu... Vull dir que no tens per què fingir per mi.

El seu somriure era pacient.

—No fingeixo pas.

Vaig acostar les restes de cereals a la vora del bol mentre em mossegava el llavi.

—Li diràs a en Charlie que sóc el teu xicot o què? —em va preguntar.

—És això el que ets?

Vaig patir només d'imaginar-me l'Edward, en Charlie i la paraula "xicot" en una mateixa habitació i al mateix temps.

—És una interpretació lliure de la paraula "noi", suposo.

—De fet, em donava la sensació que eres alguna cosa més —vaig confessar, sense alçar la vista de la taula.

—Bé, tampoc cal que li donem tots els detalls morbosos —es va inclinar a sobre la taula per aixecar-me la barbeta amb un dit gèlid i suau—, però li haurem de donar alguna explicació de per què seré tant per aquí. No vull que el cap Swan em posi una ordre d'allunyament.

—Hi seràs? —vaig preguntar, neguitosa de cop—. De debò que seràs per aquí?

—Sempre que m'hi vulguis —em va assegurar.

—Et voldré sempre —el vaig avisar—. Per sempre.

Va rodejar a poc a poc la taula, es va aturar a pocs metres i es va inclinar per tocar-me la galta amb les puntes dels dits. La seva expressió era inexpugnable.

—Et posa trist? —vaig preguntar.

No va respondre, sinó que se'm va quedar mirant als ulls durant una estona indeterminada.

—Ja has acabat? —va dir-me finalment.

Vaig alçar-me d'un salt.

—Sí.

—Vés a vestir-te... T'espero aquí.

Era difícil triar què posar-me. Vaig preguntar-me si hi havia llibres d'etiqueta que aconsellessin què posar-te quan el teu xicot vampir et porta a casa seva perquè coneguis la seva família vampir. M'alleujava fer servir aquella paraula en els meus pensaments, ja que sabia que jo mateixa l'acabava evitant sense adonar-me'n.

Al final em vaig posar l'única faldilla que tenia, llarga i de color caqui, bastant informal, i la brusa blau fosc que l'Edward havia dit que m'afavoria. Amb un cop d'ull al mirall vaig veure que tenia els cabells impossibles i em vaig fer una cua de cavall.

—Ja està —vaig baixar les escales saltant—. Estic presentable.

L'Edward m'estava esperant al capdavall, més a prop del que em pensava, i li vaig saltar directament a sobre. Em va aguantar i em va tenir uns segons a una distància prudencial abans d'acostar-me de cop cap a ell.

—Un altre cop malament —em va dir a cau d'orella—. Vas totalment indecent. No està bé que tinguis un aspecte tan apetitós.

—Apetitós en quin sentit? —vaig preguntar—. Em puc anar a canviar...

Va sospirar mentre movia el cap.

—Ets tan bleda...

Va prémer delicadament els seus llavis freds al meu front i l'habitació va començar a donar-me voltes. L'aroma del seu alè no em deixava pensar.

—Cal que t'expliqui fins a quin punt em resultes apetitosa? —va dir.

Evidentment, era una pregunta retòrica. Va resseguir-me la columna amb el dits, lentament, i sentia el seu alè a flor de pell. Tenia les mans sobre el seu pit, balbes, i em vaig tornar a marejar. Va acostar el cap a poc a poc i, amb els seus llavis freds, va tocar els meus per segona vegada, entreobrint-los lleugerament.

Llavors, vaig perdre el coneixement.

—Bella? — va dir esverat quan em va agafar i em va aguantar.

—M'has... fet... desmaiar —el vaig acusar, encara marejada.

—I què n'he de fer, de tu? —va rondinar exasperat—. Ahir et vaig fer un petó i em vares atacar! Avui, te'm desmaies!

Vaig riure dèbilment i vaig deixar que m'aguantés mentre el cap em donava voltes.

—Això em passa per ser tan bo en tot —va sospirar.

—Aquesta és la qüestió —encara estava marejada—. Ets massa bo. Molt i molt bo.

—Et trobes malament? —em va preguntar. Ja m'havia vist així altres cops.

—No... No ha estat la mateixa mena de mareig. No sé què m'ha passat —vaig moure el cap, disculpant-me—. Em sembla que m'he descuidat de respirar.

—No et puc pas portar enlloc, així.

—Em trobo bé —vaig insistir—. Com que de totes maneres la teva família es pensarà que estic com un llum, quina diferència hi ha?

Va analitzar la meva expressió un moment.

—Tinc debilitat per com combina aquest color amb la teva pell —em va dir de forma inesperada.

Em vaig ruboritzar de satisfacció i vaig desviar la mirada.

—Mira, m'esforçaré en no pensar en el que estic a punt de fer. Ja podem marxar? —vaig preguntar.

—O sigui, que el que et preocupa no és ficar-te en una casa plena de vampirs, sinó pensar que no els agradaràs, no?

—Exacte —vaig contestar de seguida, fent veure que no m'havia sorprès que hagués fet servir la paraula de forma tan natural.

Va moure el cap.

—Ets el que no hi ha.

Mentre l'Edward conduïa la meva camioneta cap als afores del poble, em vaig adonar que no tenia ni idea del lloc on vivia. Vàrem passar pel pont sobre el riu Calawah, on la carretera serpentejava cap al nord. Les cases que ens anàvem trobant eren cada cop més apartades de la carretera i més grosses. Llavors vàrem passar un altre nucli de cases abans d'entrar al bosc boirós. Quan estava decidint si tenir paciència o preguntar, va girar de cop i es va ficar en un camí sense asfaltar. Estava sense senyalitzar i pràcticament no es veia per les falgueres. El bosc s'estenia cap a totes dues bandes i envaïa el camí, que serpentejava entre els arbres centenaris, de tal manera que només es veia a escassos metres de distància.

Al cap de pocs quilòmetres, els arbres varen anar disminuint i, de sobte, vàrem arribar a un prat petit... O era un jardí? La penombra del bosc no havia desaparegut perquè sis cedres primigenis feien ombra a tota un acre amb les seves immenses branques encorbades. L'ombra dels arbres protegia les parets de la casa que s'alçava entre ells, fent que el gran porxo que envoltava el primer pis fos inútil.

No sabia què em trobaria, però definitivament no era allò. La casa, probablement d'uns cent anys d'antiguitat, era atemporal i elegant. La façana era d'un color blanc descolorit, i tenia tres pisos, rectangulars i ben proporcionats. Les portes i finestres o bé formaven part de l'edifici original o estaven magistralment restaurades. La meva camioneta era l'únic cotxe que es veia. Vaig sentir la remor del riu, proper i amagat entre la foscor del bosc.

—Alça!

—T'agrada? —va dir somrient.

—Té... cert encant.

Em va estirar la cua i va riure burleta.

—Estàs a punt? —va preguntar-me mentre obria la porta.

—Gens ni mica... Som-hi!

Vaig mirar de fer un rialla, però se'm va quedar encallada al coll. Em vaig allisar els cabells, neguitosa.

—Estàs preciosa.

Em va agafar la mà de forma natural, sense pensar.

Vàrem caminar per l'extensa ombra dels arbres fins al porxo. Sabia que notava que estava tensa i amb el polze em feia cercles al revés de la mà per assossegar-me.

Va obrir-me la porta.

L'interior era encara més sorprenent i menys previsible que l'exterior. Era molt il·luminat, molt espaiós i molt gran. És probable que originàriament hagués estat dividit en diverses habitacions, però havien tirat a terra la majoria d'envans de la planta baixa per crear un únic espai més ampli. La paret posterior, que donava al sud, l'havien substituïda per una vidriera i, més enllà de l'ombra dels cedres, el jardí de gespa i sense arbres s'estenia fins al cabalós riu. Una gran escala de cargol massissa presidia l'ala oest de la sala, i les parets, l'alt sostre de bigues, els terres de fusta i les estores gruixudes eren de diferents tonalitats de blanc.

Els pares de l'Edward ens esperaven per donar-nos la benvinguda, just a l'esquerra de la porta, en una tarima amb un espectacular piano de cua.

Tot i que ja havia vist abans el doctor Cullen, no vaig poder evitar tornar a quedar sorpresa de la seva joventut i la seva esparveradora perfecció. Vaig suposar que la seva acompanyant era l'Esme, ja que era l'únic membre de la família que encara no havia vist mai. Tenia les faccions pàl·lides i boniques com la resta. Alguna cosa de la seva cara, amb forma de cor, i els seus cabells suaus i de color de caramel em va fer pensar en les ingènues protagonistes del cinema mut. Era menuda i esvelta, però menys angular que els altres, més arrodonida. Tots dos portaven roba informal, de colors clars que feien joc amb l'interior de la casa. Em van fer un somriure de benvinguda, però no se'ns varen acostar. Per no espantar-me, suposo.

—Carlisle, Esme —va dir l'Edward, trencant el breu silenci—, us presento la Bella.

—Benvinguda, Bella.

En Carlisle se'm va acostar amb passes compassades i delicades. Em va allargar la mà, vacil·lant, i em vaig fer endavant per encaixar-li.

—És un plaer tornar-lo a veure, doctor Cullen.

—Si us plau, digues-me Carlisle.

—Carlisle.

Vaig fer-li un somriure amb una sobtada seguretat que em va sorprendre a mi mateixa. Vaig notar com l'Edward, que encara era al meu costat, es quedava alleujat.

L'Esme em va somriure i també es va fer endavant per donar-me la mà. El seu tacte era fred com el d'una pedra, com ja m'esperava.

—És un plaer conèixer-te —va dir sincerament.

—Gràcies. Jo també estic contenta de conèixer-te.

I ho estava de debò. Era com conèixer un personatge de conte... Una Blancaneus de carn i ossos.

—On són l'Alice i en Jasper? —va preguntar l'Edward, però ningú va contestar perquè varen aparèixer al capdamunt de les majestuoses escales.

—Ei, Edward! —va dir l'Alice entusiasmada.

Va baixar les escales d'una revolada, era un llampec de cabells foscos i pell pàl·lida. Se'm va posar a davant de cop, de forma elegant. En Carlisle i l'Esme li varen fer mirades d'avís, però a mi em va agradar la seva actitud. Era natural... a la seva manera.

—Ei, Bella! —va dir l'Alice, i em va fer un petó a la galta.

Si d'entrada a en Carlisle i l'Esme se'ls veia cautelosos, ara s'havien quedat petrificats. Jo també vaig fer una mirada de sorpresa, però vaig estar molt contenta de veure que m'acceptava. Tanmateix, em vaig espantar quan l'Edward es va quedar rígid. Me'l vaig mirar, però era impossible determinar la seva expressió.

—Fas molt bona olor, no me n'havia adonat —em va dir l'Alice per elogiar-me, cosa que em va fer ruboritzar.

Quan semblava que ningú sabia massa què dir, es va acostar en Jasper, alt i lleoní. Em va venir una sensació d'alleujament i de cop em sentia a gust malgrat el lloc on era. L'Edward se'l va quedar mirant amb una cella aixecada i llavors vaig recordar el seu poder.

—Hola, Bella —em va dir.

Tot i que va mantenir la distància i no em va donar la mà, era impossible sentir-se incòmode al seu costat.

—Hola, Jasper —li vaig fer un somriure tímid a ell i després als altres—. Estic encantada de conèixer-vos a tots... Teniu una casa preciosa —vaig afegir de forma convencional.

—Gràcies —va dir l'Esme—. Estem molt contents que hagis vingut.

Parlava amb sentiment i em vaig adonar que trobava que jo era valenta.

També vaig veure que la Rosalie i l'Emmett no eren enlloc i vaig recordar la innocent negativa de l'Edward quan li vaig preguntar si no agradava a tots.

La cara que posava en Carlisle em va fer perdre el fil. Es mirava fixament l'Edward, amb una expressió intensa. De reüll, vaig veure que l'Edward li feia que sí.

Vaig apartar la vista educadament. La mirada se me'n va anar un altre cop fins al preciós instrument de la tarima del costat de la porta. De cop, vaig recordar un dels meus desigs d'infantesa: si mai guanyava la loteria, compraria un piano de cua per la mare. No en sabia massa, només tocava per a ella en el piano de paret de segona mà que teníem, però m'agradava veure-la tocar. Se la veia feliç i es quedava absorta... Llavors, em semblava un mena d'ésser nou i misteriós, més enllà de la mare que coneixia. M'havia fet anar a classes com la majoria de nens, però em vaig queixar fins que em va deixar plegar.

L'Esme va notar que estava capficada.

—Toques el piano? —em va preguntar, inclinant el cap en direcció a l'instrument.

Vaig fer que no.

—No, però és preciós. És teu?

—No —va riure—. L'Edward no t'ha dit que tenia talent musical?

—No —vaig fer mala cara per la sobtada expressió d'innocència que va posar ell, amb els ulls mig clucs—. M'ho hauria d'haver suposat.

L'Esme va aixecar les seves delicades celles, confusa.

—L'Edward ho sap fer tot, no? —vaig aclarir-li.

En Jasper va riure per sota el nas i l'Esme va fer una mirada de desaprovació a l'Edward.

—Espero que no hagis estat fent ostentació... És de mala educació —el va renyar.

—Només una mica —va dir, rient de gust. La cara de l'Esme es va relaxar i es varen fer una breu mirada que no vaig entendre, tot i que l'expressió d'ella semblava gairebé d'orgull.

—De fet, ha estat massa modest —vaig corregir.

—Bé, doncs toca una mica per ella —va animar-lo l'Esme.

—Acabes de dir que fer ostentació és de mala educació —va objectar.

—Sempre hi ha una excepció que confirma la regla —va respondre.

—M'agradaria sentir com toques —vaig intervenir sense que ningú m'ho demanés.

—Doncs llavors ja està decidit.

L'Esme va empènyer-lo cap al piano. L'Edward em va arrossegar amb ell i em va fer asseure també a la banqueta. Em va fer una mirada llarga i exasperada abans de començar a tocar.

Llavors, els seus dits varen començar a ballar ràpidament sobre les tecles d'ivori. La sala es va omplir amb una composició tan complexa i exuberant que era impossible creure que la tocava només amb dues mans. Vaig notar com em quedava amb la boca oberta de l'astorament, i vaig sentir rialles burletes darrere meu per la meva reacció.

L'Edward em va mirar amb indiferència mentre continuava tocant sense descans. Em va picar l'ullet.

—T'agrada?

—L'has composada tu? —vaig dir sense alè en comprendre-ho.

Va fer que sí.

—És la preferida de l'Esme.

Vaig tancar els ulls i vaig moure el cap.

—Què passa?

—Em sento terriblement insignificant.

La música va adquirir un ritme més lent i es va transformar en una peça més dolça. Davant la meva sorpresa, vaig reconèixer la melodia de la seva cançó de bressol entre l'exuberància de les notes.

—Tu m'has inspirat aquesta —va dir suaument. La música es va tornar increïblement dolça. No podia ni parlar.

—Els agrades, saps? —va dir tranquil·lament—. Sobretot a l'Esme.

Vaig fer un cop d'ull darrere meu, però la sala s'havia buidat.

—On han anat?

—Suposo que subtilment ens han deixat una mica d'intimitat.

Vaig sospirar.

—Els agrado... Però la Rosalie i l'Emmett... —vaig deixar la frase inacabada perquè no sabia com expressar els meus dubtes.

Va fer mala cara.

—No pateixis per la Rosalie —va dir, amb uns ulls oberts i persuasius—. Ja ho acceptarà.

Vaig prémer els llavis, escèptica.

—I l'Emmett?

—Bé, pensa que estic boig, cosa que és veritat, però no té res en contra teva. Està mirant de convèncer la Rosalie.

—Què és el que no li agrada?

No sabia si de debò volia saber la resposta.

Va sospirar profundament.

—La Rosalie és la que més es debat contra... contra el que som. Li resulta dur que algú de fora sàpiga la veritat. I està una mica gelosa.

—La Rosalie està gelosa de mi? —vaig preguntar incrèdula. Vaig mirar d'imaginar-me un món on algú amb tanta bellesa com la Rosalie tingués alguna raó plausible per estar gelosa d'algú com jo.

—Ets humana —es va encongir d'espatlles—. Ella també voldria ser-ho.

—Ah —vaig mormolar, encara sobtada—. I com és que en Jasper...?

—Això és per culpa meva —va dir—. Ja t'he explicat que ha estat l'últim en provar la nostra forma de vida. El vaig avisar que mantingués la distància...

Vaig pensar en els motius d'aquesta decisió i em vaig estremir.

—I l'Esme i en Carlisle...? —vaig continuar de pressa perquè no ho notés.

—Els agrada veure'm feliç. De fet, a l'Esme li semblaries bé encara que tinguessis tres ulls i peus palmípedes. Tot aquest temps ha estat preocupada per mi. Li feia por que em faltés alguna part essencial del meu caràcter, ja que era massa jove quan en Carlisle em va convertir... Ara està pletòrica. S'ofega de felicitat cada cop que et toco.

—L'Alice sembla molt... entusiasmada.

—Té la seva manera de veure les coses —va dir amb els llavis premuts.

—No m'ho explicaràs, oi?

Va passar una estona de comunicació no verbal entre nosaltres. L'Edward s'havia adonat que sabia que m'amagava alguna cosa. Vaig veure que no el faria xerrar de cap manera. Almenys per ara.

—Què t'estava dient abans en Carlisle?

Va arrufar les celles.

—Te n'has adonat, no?

Vaig encongir les espatlles.

—És clar.

Em va mirar atentament durant uns segons abans de contestar.

—Em volia donar una notícia... però no sabia si volia que tu la sabessis.

—I me la diràs?

—Ho he de fer, perquè hauré de ser una mica... sobreprotector amb tu durant els propers dies, o setmanes, i no voldria que et pensessis que sóc un tirà.

—Què passa?

—De fet, res dolent. L'Alice ha vist que s'acosten uns visitants. Saben que som aquí i tenen curiositat.

—Visitants?

—Sí... Bé, evidentment no són com nosaltres... en els seus hàbits alimentaris, vull dir. Segurament no es ficaran al poble, però no et vull deixar sola fins que hagin marxat.

Em vaig estremir.

—Finalment, una reacció racional! —va murmurar—. Començava a pensar que no tenies instint de supervivència.

Vaig fer com si sentís ploure i em vaig posar a observar l'espaiosa sala. Em va seguir la mirada.

—No és el que t'esperaves, eh? —va preguntar, orgullós.

—No —vaig admetre.

—No hi ha taüts, ni piles de calaveres als racons. Ni tan sols tenim teranyines... Quin disgust que deus haver tingut! —va continuar punxant-me.

Vaig ignorar les seves mofes.

—És tan il·luminada... tan àmplia...

Va respondre de forma més seriosa.

—És l'únic lloc on no ens hem d'amagar.

La melodia que encara tocava, la meva cançó, fluïa cap a la seva conclusió, amb acords finals que tenien un to més malenconiós. L'última nota va surar en el silenci de forma commovedora.

—Gràcies —vaig xiuxiuejar.

Em vaig adonar que tenia els ulls plens de llàgrimes, però me les vaig eixugar, avergonyida. Em va tocar la comissura de l'ull i va agafar una llàgrima que m'havia quedat. Va alçar el dit i es va posar a examinar la gota de forma obsessiva. Llavors, d'una manera tan ràpida que no vaig estar segura de si ho havia fet o no, es va ficar el dit a la boca per tastar-la.

Me'l vaig mirar interrogativa, i em va tornar a mirar una llarga estona abans de somriure finalment.

—Vols veure la resta de casa?

—No hi ha taüts? —vaig comprovar, amb un to sarcàstic que no acabava de dissimular la lleugera però autèntica angoixa que tenia. Va riure i em va agafar la mà per marxar del piano.

—Cap ni un —em va prometre.

Vàrem pujar l'escala massissa mentre feia lliscar la mà per la suau barana. La llarga sala que hi havia al capdamunt de les escales tenia panells de fusta de color de mel, iguals que els del terra.

—L'habitació de la Rosalie i l'Emmett... El despatx d'en Carlisle... L'habitació de l'Alice...

M'anava assenyalant les estances mentre passàvem pel costat de les portes.

L'Edward hauria continuat, si no fos que em vaig aturar astorada al final del passadís i em vaig quedar mirant incrèdula l'ornament que penjava a la paret de sobre el meu cap. Va esclafir a riure de la meva cara de sorpresa.

—Pots riure —va dir—. És força irònic.

No ho vaig fer. Vaig aixecar la mà sense adonar-me'n, amb un dit estès com si anés per tocar la gran creu de fusta. La seva pàtina fosca feia contrast amb el to més pàl·lid de la paret. No la vaig arribar a tocar, tot i que tenia curiositat per saber si la fusta antiga era tan suau com semblava.

—Ha de ser molt vella —vaig conjecturar.

Es va encongir d'espatlles.

—De principis de la dècada de 1630, més o menys.

Vaig apartar els ulls per mirar-me'l.

—Com és que la teniu? —vaig preguntar.

—Per nostàlgia. Havia estat del pare d'en Carlisle.

—Col·leccionava antiguitats? —vaig suggerir dubitativa.

—No, la va tallar ell mateix. Penjava a la paret de sobre el púlpit de la vicaria on predicava.

No estava segura de si la cara que feia delatava la meva sorpresa, però vaig tornar a mirar aquella creu antiga i senzilla per si de cas. Vaig fer un ràpid càlcul mental: la creu tenia més de tres-cents setanta anys. Va perdurar el silenci mentre intentava assimilar la noció de tants anys.

—Et trobes bé? —semblava preocupat.

—Quants anys té en Carlisle? —vaig preguntar fluixet, tot ignorant la seva pregunta i sense deixar de mirar cap enlaire.

—Acaba de celebrar el seu tres-cents seixanta-dos aniversari —va respondre l'Edward. Me'l vaig mirar amb milions de preguntes a la mirada.

Em mirava atentament mentre parlava.

—En Carlisle va néixer a Londres, es pensa que a la dècada de 1640. En aquella època no es determinaven les dates de forma tan acurada com ara, almenys entre la gent normal i corrent. Tanmateix, va ser just abans del govern de Cromwell.

Vaig mantenir una expressió serena, conscient que m'estaria analitzant mentre escoltés. No era difícil si no m'esforçava a creure'm la història.

—En Carlisle era l'únic fill d'un pastor anglicà. La seva mare va morir en el part. El seu pare era un home intolerant. Quan els protestants varen pujar al poder, es va dedicar en cos i ànima a la persecució de catòlics i persones d'altres creences. També creia cegament en l'encarnació del mal i va encapçalar caceres de bruixes, licantrops... i vampirs.

Em vaig quedar encara més quieta quan va pronunciar aquesta paraula. Estic segura que se'n va adonar, però va continuar com si res.

—Varen condemnar molts innocents a la foguera... Evidentment, les criatures que buscaven no eren fàcils d'atrapar. Quan el pastor es va fer gran, va fer que el seu obedient fill dirigís les caceres. Al principi, en Carlisle va ser un fracàs: no es precipitava en les acusacions ni veia dimonis allà on no n'hi havien. Tanmateix, era constant i més intel·ligent que el seu pare. De fet, va descobrir un aquelarre de vampirs autèntics que s'ocultava a les clavegueres de la ciutat i que només sortia a caçar de nit. En aquella època, quan els monstres no eren només mites i llegendes, a la majoria els tocava viure així.

»Evidentment, la gent es va armar amb forques i teies —va dir amb una breu rialla ara més fosca— i es va esperar al lloc on en Carlisle havia vist sortir els monstres. Al final, en va sortir un.

Parlava molt fluix, m'havia d'esforçar per entendre'l.

—Devia ser vell i estava dèbil de tan assedegat. En Carlisle va sentir com avisava els altres en llatí quan va sentir la flaire de la multitud. Llavors, es va arrencar a córrer pels carrers i en Carlisle, que tenia vint-i-tres anys i era molt ràpid, anava al capdavant de la persecució. La criatura els podria haver deixat enrere fàcilment, però en Carlisle creu que estava massa assedegada, així que es va girar i els va atacar. Primer va saltar-li a sobre, però com que la resta de gent era molt a prop, es va girar per defensar-se. El vampir va matar dos homes, se'n va endur un tercer i va deixar en Carlisle dessagnant-se pel carrer.

Va aturar-se. Vaig notar que estava modificant alguna cosa que em volia amagar.

—En Carlisle sabia què hauria fet el seu pare: hauria fet incinerar tots els cossos i hauria destruït qualsevol cosa que hagués estat infectada pel monstre. Va actuar seguint el seu instint de supervivència per salvar la vida. Es va arrossegar lluny del carreró mentre la multitud seguia el dimoni i la seva víctima. Es va amagar en un soterrani, enterrat sota patates podrides, durant tres dies. Va ser un miracle que fos capaç d'estar en silenci i que no el descobrissin. Quan es va acabar tot, es va adonar en què s'havia convertit.

No estava segura de si l'expressió em delatava, però de cop va interrompre la història.

—Com et trobes? —va preguntar.

—Estic bé —li vaig assegurar. I, tot i que em mossegava el llavi dubitativa, es devia haver adonat de la curiositat que em lluïa a la mirada.

Va somriure.

—Suposo que tens algunes preguntes més per fer-me.

—Unes quantes.

Va fer un somriure més ampli, mostrant les seves dents brillants. Va tornar cap a l'entrada, estirant-me per la mà.

—Vine, doncs —em va animar—. T'ho ensenyaré.

En Carlisle

Em va conduir un altre cop a l'habitació que m'havia dit que era el despatx d'en Carlisle. Es va aturar a la porta un instant.

—Endavant —ens va dir la veu d'en Carlisle, convidant-nos.

L'Edward va obrir la porta. Era una estança amb elevats sostres de bigues de fusta i finestres altes i encarades a l'oest. Aquí les parets també tenien panells de fusta, aquest cop més fosca, en els trossos on es podien veure, ja que la major part estaven cobertes per altíssimes lleixes de llibres, que s'alçaven per sobre del meu cap i tenien més llibres dels que mai havia vist fora d'una biblioteca.

En Carlisle seia en una butaca de cuir, darrere d'un enorme escriptori de caoba. Acabava de posar un punt entre les pàgines del volum gruixut que tenia a les mans. El despatx era com sempre m'havia imaginat que devia ser el d'un degà d'una facultat, només que el doctor es veia massa jove per aquest paper.

—Què puc fer per vosaltres? —va preguntar, amable, mentre s'aixecava.

—Volia ensenyar a la Bella part de la nostra història —va dir l'Edward—. Bé, de la teva, per ser exactes.

—No et volíem molestar —vaig disculpar-me.

—No és cap molèstia. Per on comencem?

—Pels quadres —va respondre l'Edward mentre em posava suaument una mà a l'espatlla i em girava cap a la porta per la qual acabàvem d'entrar. Cada vegada que em tocava, encara que fos per casualitat, el meu cor tenia una reacció audible. Resultava encara més incòmode davant d'en Carlisle.

La paret que miràvem ara era diferent de les altres. En comptes de lleixes, estava plena de quadres emmarcats, de totes mides, alguns de colors vius i d'altres d'apagats monocroms. Vaig buscar ràpidament algun denominador comú que donés lògica a la col·lecció, però no se'm va ocórrer res.

L'Edward em va estirar cap al cantó esquerre i em va fer posar davant d'una petita pintura a l'oli quadrada, que tenia un marc de fusta senzill. No destacava entre les peces més grosses ni més alegres. Pintada en diversos tons sèpia, representava una miniatura d'una ciutat, plena de teulades molt inclinades, amb fines agulles que coronaven unes quantes torres disperses. En primer pla hi havia un riu cabalós, creuat per un pont cobert per estructures que semblaven petites catedrals.

—És Londres a la dècada de 1650 —va dir l'Edward.

—La Londres de la meva joventut —va afegir en Carlisle, darrere nostre. Em vaig estremir, ni tan sols l'havia sentit acostar-se. L'Edward em va estrènyer la mà.

—Li explicaràs la història? —va preguntar-li.

Em vaig girar una mica per veure la reacció d'en Carlisle. Va veure que me'l mirava i va somriure.

—Ja ho faria —va respondre—, però faig tard. Aquest matí m'han trucat de l'hospital... Avui el doctor Snow està de baixa. A més, ja saps les històries tan bé com jo —va afegir, somrient ara a l'Edward.

Era una combinació difícil d'assimilar: les preocupacions diàries del metge del poble ficades enmig de la conversa dels seus primers dies a la Londres del segle XVII.

També em desconcertava saber que parlava en veu prou alta només per mi.

Després de dirigir-me un altre somriure càlid, en Carlisle va sortir de l'habitació. Em vaig quedar una llarga estona mirant el quadre petit de la seva ciutat natal.

—Què va passar després —vaig preguntar finalment, mirant-me l'Edward, el qual m'estava observant—, quan es va adonar del que li havia passat?"

Va tornar a examinar les pintures i vaig mirar quina acaparava la seva atenció. Era un paisatge de mida més grossa i amb els colors apagats de la tardor, un prat buit i ombrívol en un bosc, amb un cim escarpat a la distància.

—Quan va saber en què s'havia convertit —va dir l'Edward en veu baixa— s'hi va rebel·lar. Va intentar suïcidar-se, però no és tan fàcil.

—Com?

No volia dir-ho fort, però em va sortir així de la sorpresa.

—Es va llançar des de grans alçades —em va explicar l'Edward, amb un to impassible—, es va intentar negar a l'oceà... però era inexpert en la seva nova vida i molt fort. És impressionant que fos capaç de resistir el desig... d'alimentar-se... tenint tan poca experiència. Al principi l'instint és més fort i ho arrasa tot, però el repugnava tant la seva nova natura que va tenir el valor d'intentar morir de gana.

—És possible? —la meva veu era feble.

—No, hi ha molt poques maneres de matar-nos.

Vaig obrir la boca per preguntar, però va prosseguir abans que pogués fer-ho.

—Es va anar quedant assedegat i molt feble. Es mantenia tan lluny com podia dels humans en adonar-se que la seva voluntat també s'anava afeblint. Es va passar mesos vagant de nit, buscant els llocs més solitaris. Es detestava.

»Una nit va passar una manada de cérvols pel costat del seu amagatall. Estava tan turmentat per la set que els va atacar sense pensar. A més de recuperar la força, va descobrir que hi havia una alternativa per no convertir-se en el monstre malvat que temia ser. Que potser no havia menjat cérvol en la seva vida anterior? Durant els següents mesos va néixer la seva nova filosofia. Podia viure sense convertir-se en un dimoni i es va tornar a trobar amb ell mateix.

»Llavors, va començar a aprofitar el temps. Sempre havia estat intel·ligent i havia tingut ganes d'aprendre. Ara tenia tot el temps del món. Estudiava de nit i feia plans de dia. Se'n va anar a França nedant i...

—Se'n va anar a França nedant?

—Bella, la gent sempre ha creuat el canal nedant —em va recordar pacientment.

—És veritat, suposo, però sonava estrany en aquest context. Continua.

—Nedar ens és fàcil...

—Per tu tot és fàcil —vaig queixar-me.

Es va esperar amb una cara divertida.

—No et tornaré a interrompre, t'ho prometo.

Va fer una rialla burleta i fosca, i va acabar la frase.

—Perquè, tècnicament, no ens cal respirar.

—No...

—No, no, m'ho has promès —va riure i em va posar un dit fred sobre els llavis—. Vols sentir la història o no?

—No em pots sortir amb una cosa així i després esperar que no digui res —vaig remugar, tot i que no apartava el dit.

Va treure la mà i me la va recolzar al coll. El ritme cardíac se'm va accelerar, però vaig insistir.

—No us cal respirar? —vaig preguntar.

—No, no és necessari. Només ho fem per costum —va dir encongint les espatlles.

—Quant de temps pots estar... sense respirar?

—Indefinidament, suposo, no ho sé. És una mica incòmode estar sense sentit de l'olfacte, per això.

—Una mica incòmode —vaig repetir.

No m'adonava de la cara que posava, però alguna cosa va fer que l'Edward es quedés apagat. Va deixar caure la mà a un costat i es va quedar molt quiet, mirant-me atentament el rostre. El silenci es va allargar. Tenia les faccions inertes com una pedra.

—Què passa? —vaig xiuxiuejar, tocant el seu rostre glaçat.

La cara se li va estovar quan el vaig acaronar i va sospirar.

—Continuo esperant que passi.

—El què?

—Sé que arribarà un punt que t'explicaré alguna cosa o tu mateixa la veuràs que farà que vegis que no pots més i fugiràs de mi xisclant —va dir fent mitja rialla, però tenia la mirada seriosa—. Llavors no t'aturaré. De fet, vull que passi perquè vull que estiguis segura. I tot i així vull estar amb tu. Tots dos desigs són impossibles de conciliar...

Va deixar la frase inacabada, i se'm va quedar mirant, a l'expectativa.

—No fugiré enlloc —vaig prometre.

—Temps al temps —va dir, somrient de nou.

Me'l vaig mirar amb cara de pomes agres.

—Va, continua... En Carlisle se n'anava a França nedant.

Va fer una pausa mentre intentava reprendre la història. De forma reflexiva, la mirada se li'n va anar cap a un altre quadre, el més acolorit de tots, amb el marc més ornamentat, i també el més gros. Era el doble d'ample que la porta que tenia al costat. La tela estava plena a vessar d'alegres personatges amb togues ondulades, que es movien entre grans columnes a l'exterior d'una balconada de marbre. No hagués sabut dir si representava una escena de la mitologia grega o si els personatges que suraven als núvols se suposava que eren bíblics.

—En Carlisle se'n va anar a França nedant i va continuar viatjant per Europa, d'universitat en universitat. De nit estudiava música, ciències i medicina, en la qual va trobar la seva vocació i la seva penitència en salvar vides humanes —va posar una expressió de respecte gairebé reverent—. No tinc paraules per descriure de forma adequada la seva lluita. En Carlisle es va passar dos segles fent esforços tortuosos per perfeccionar l'autocontrol. Ara ja està totalment immunitzat a l'essència de la sang humana i pot fer la feina que li agrada sense patir. Troba molta pau a l'hospital...

L'Edward es va quedar mirant a la llunyania durant una llarga estona. De cop, va semblar que recordava què estava fent. Va tocar amb el dit l'enorme quadre que teníem davant.

—Mentre estudiava a Itàlia va descobrir que allà n'hi havia d'altres. Eren molt més civilitzats i cultes que no pas els espectres de les clavegueres de Londres.

Va tocar un quartet de personatges més tranquils que la resta, pintats en el balcó més alt, i que miraven amb calma el tumult de sota seu. Vaig examinar el grup atentament i em vaig adonar, amb una rialla sobresaltada, que reconeixia l'home de cabells rossos.

—Solimena es va inspirar repetidament en els amics d'en Carlisle. Els solia pintar com a déus —va dir rient—. L'Aro, en Marcus i en Caius —va dir tot assenyalant-me els altres tres. Dos tenien els cabells negres i l'altre, blancs com la neu—. Els mecenes nocturns de les arts.

—Què els va passar? —vaig preguntar-me en veu alta, amb el dit a punt de tocar les figures de la tela.

—Encara hi són —va dir encongint les espatlles— com hi han estat des de fa vés a saber quants mil·lennis. En Carlisle només va passar una breu temporada amb ells, unes quantes dècades. Admirava profundament el seu civisme i refinament, però insistien en curar-lo de l'aversió a la seva "font natural d'alimentació", com ells l'anomenaven. Van mirar de convèncer-lo i ell va mirar de fer el mateix amb ells, però no va servir de res. Arribat aquest punt, en Carlisle va decidir conquerir el Nou Món. Somiava trobar més gent com ell. Estava molt sol, com pots veure.

»Durant una llarga temporada no va trobar ningú però, com que els monstres es van anar convertint en material de contes de fades, va descobrir que podia relacionar-se amb humans confiats com si fos un d'ells. Allà, va començar a exercir la medicina. Tot i això, havia d'evitar un excés de companyonia perquè no es podia permetre gaires familiaritats.

Quan va aparèixer l'epidèmia de grip, estava treballant de nits en un hospital de Chicago. Havia estat donant voltes a una idea durant diversos anys i ja estava gairebé decidit a actuar: com que no podia trobar un company, en crearia un. Com que no estava gens segur de com s'havia produït la seva pròpia transformació, dubtava, i no suportava la idea de prendre la vida a algú altre de la mateixa manera que li havien robat a ell. Va ser en aquell moment quan em va trobar. No em quedava cap esperança, m'havien deixat en una sala plena de moribunds. Havia atès els meus pares i sabia que m'havia quedat sol. I va decidir provar-ho...

Va deixar la frase inacabada, amb una veu que semblava un sospir. Va mirar absort a l'exterior de les finestres de l'oest. Em preguntava quines imatges li devien passar pel cap en aquells moments: els records d'en Carlisle o els seus? Vaig esperar pacientment.

Quan es va tornar a girar, un somriure angelical li va il·luminar l'expressió.

—I així vàrem tancar el cercle —va concloure.

—Llavors sempre has estat amb en Carlisle? —vaig demanar-li.

—Gairebé sempre.

Va posar-me la mà suaument a la cintura i em va estirar cap a ell mentre creuava la porta. Em vaig quedar mirant les pintures de la paret, preguntant-me si mai arribaria a sentir les altres històries.

Com que l'Edward no va dir res més mentre creuàvem l'entrada, vaig preguntar.

—Gairebé?

Va sospirar, semblava que no tenia ganes de contestar.

—Bé, vaig tenir el típic rampell de rebel·lia adolescent, més o menys deu anys després de... néixer... de transformar-me, com li vulguis dir. No m'entusiasmava la seva vida d'abstinència i no m'agradava que reprimís els meus desigs. És per això que me'n vaig anar pel meu compte durant una temporada.

—De debò?

Estava més intrigada que espantada, que segurament és el que havia d'haver estat.

I ell ho sabia. Em vaig adonar vagament que pujàvem unes altres escales, però no m'estava fixant massa en el que m'envoltava.

—No et produeix repulsió?

—No.

—Per què no?

—Suposo que és... raonable.

Va fer una rialla, encara més forta que la d'abans. Estàvem al capdamunt de les escales, en un altre vestíbul amb panells de fusta.

—Des del moment del meu nou naixement —va murmurar— he tingut l'avantatge de saber què pensaven tots els qui m'envoltaven, tant humans com no-humans. És per això que vaig trigar deu anys a desafiar en Carlisle. Podia llegir la seva perfecta sinceritat i entendre de forma precisa per què vivia d'aquella manera.

»No vaig tardar gaires anys a tornar amb ell, i comprometre'm de nou amb els seus ideals. Em pensava que podria lliurar-me... dels remordiments... de la mala consciència.

Com que sabia què pensaven les meves preses, podia evitar els innocents i perseguir només els malvats. Si perseguia un assassí per un carreró fosc en el qual estava assetjant una noia i la salvava, no seria tan terrible.

Em varen venir esgarrifances perquè em vaig imaginar amb massa claredat el que havia descrit: el carreró de nit, la noia espantada i l'home malvat rere seu. I l'Edward, com a caçador, terrible i esplendorós com un déu jove, imparable. La noia li estaria agraïda o s'espantaria encara més?

—Tot i això, amb el pas del temps, em vaig començar a adonar del monstre que era. No podia obviar el deute d'haver pres massa vides humanes, ho justifiqués com ho justifiqués. Vaig tornar amb en Carlisle i l'Esme, que em varen rebre com al fill pròdig. Era molt més del que em mereixia.

Ens vàrem aturar davant de l'última porta del vestíbul.

—La meva habitació —em va informar mentre l'obria i em feia passar.

Estava encarada al sud i tenia una finestra que ocupava tota una paret, com la gran sala de la planta inferior. Vaig suposar que tota la part posterior de la casa devia ser de vidre. Va dirigir la mirada al tortuós riu Sol Duc, que passava pel bosc verge de la serralada d'Olympic Mountain. Les muntanyes eren molt més a prop del que m'hauria pensat.

La paret de l'oest estava totalment coberta de lleixes de CD. Tenia una habitació amb més material que una botiga de música. En un racó hi havia un sofisticat equip de so, d'aquells que em feia por tocar-los perquè em donava la sensació que trencaria alguna cosa. No hi havia llit, només un ampli i temptador sofà de cuir negre. El terra estava cobert per una estora daurada i gruixuda, i les parets estaven entapissades amb una tela gruixuda d'un to una mica més fosc.

—És per tenir bona acústica? —vaig suposar.

Va riure mentre feia que sí.

Va agafar un comandament a distància i va engegar l'equip. La suau peça de *jazz* no se sentia massa forta, però donava la sensació que teníem el grup tocant dins l'habitació. Vaig anar a fer un cop d'ull a la seva impressionant col·lecció.

—Com els ordenes? —vaig preguntar, incapaç de trobar un criteri de classificació.

No estava al cas.

—Mmm, per any i llavors per preferència personal dins d'aquell any —va dir absent.

Quan em vaig girar, em mirava amb una expressió estranya als ulls.

—Què?

—Em pensava que em sentiria... alleujat si ho sabies tot, i no calia que t'amagués secrets, però no em pensava que em sentiria tan bé. M'agrada. Em fa... feliç —va encongir les espatlles i va somriure lleument.

—Me n'alegro —vaig dir, tot tornant-li el somriure. Em preocupava que s'acabés penedint d'haver-me explicat tot allò, estava bé saber que no era així.

Llavors, en analitzar-me l'expressió, li va desaparèixer el somriure i se li va arrugar el front.

—Encara esperes que surti corrents i xisclant? —vaig conjecturar.

Va aparèixer un somriure feble als seus llavis i va fer que sí.

—Em sap greu espatllar-te la il·lusió, però no ets tan terrorífic com et penses. De fet, no et trobo gens espantós —vaig mentir amb indiferència.

Es va aturar amb una cella aixecada, amb descarada incredulitat. Llavors va fer un ampli somriure malèvol.

—No havies d'haver dit una cosa així —va dir rient.

Va fer un gruny, un so greu que provenia del fons de la seva gola i va alçar els llavis, mostrant les seves dents perfectes. Va tibar el cos de cop. Es va mig encorbar, rígid com un puma a punt d'atacar.

Em vaig apartar d'ell, mirant-me'l malament.

—No ho havies d'haver dit.

No vaig veure com em saltava a sobre, va ser massa ràpid. Tot d'una vaig notar que sortíem volant i que llavors quèiem al sofà, fent-lo picar amb la paret per l'impacte. Tota l'estona va tenir els braços formant una gàbia de protecció al meu voltant i no vaig notar massa el sacseig, però encara estava agitada quan intentava alliberar-me.

Tanmateix, no em deixava. Em va retenir cargolada dins el seu pit, protegint-me de forma més segura que amb cadenes de ferro. Me'l vaig mirar alarmada, però semblava que es controlava. Tenia la mandíbula relaxada mentre somreia d'orella a orella, amb els ulls brillants i burletes.

—Què deies? —va udolar en broma.

—Que ets un monstre molt i molt terrible —vaig dir amb sarcasme per amagar que m'havia quedat sense alè.

—Molt millor —va assentir.

—Mm —vaig dir per intentar sortir—. Em puc aixecar?

Només va riure.

—Podem entrar? —va dir una veu suau que provenia del vestíbul.

Vaig intentar alliberar-me, però l'Edward només va deixar que em quedés més o menys ben asseguda a la seva falda. A la porta hi havia l'Alice i darrere seu en Jasper. Em vaig ruboritzar, però l'Edward semblava prou còmode.

—Passeu —l'Edward encara reia fluixet.

L'Alice semblava que no veia res d'estrany en la nostra abraçada. Va caminar, amb els passos d'una ballarina, fins al centre de l'habitació, on es va asseure a terra amb moviments sinuosos. Tanmateix, en Jasper es va quedar a la porta, amb una expressió una mica sobtada. Es va quedar mirant el rostre de l'Edward, i em vaig preguntar si estava analitzant l'ambient amb la seva peculiar sensibilitat.

—Com que semblava que et menjaries la Bella per dinar, havíem vingut a veure si ens en donaries una mica —va dir l'Alice.

Em vaig quedar rígida un instant fins que vaig veure que l'Edward reia, no sabria dir si del seu comentari o de la meva reacció.

—Ho sento, em sembla que no n'hi hauria prou —va respondre, agafant-me fort amb els braços.

—De fet —va dir en Jasper somrient sense tenir-ne ganes mentre entrava a l'habitació—, l'Alice diu que aquesta nit hi haurà una tempesta molt forta i que l'Emmett vol jugar a pilota. T'hi apuntes?

Les seves paraules eren bastant normals, però el context em desconcertava. Pel que semblava, l'Alice era una mica més fiable que els meteoròlegs.

A l'Edward se li va il·luminar la mirada, però dubtava.

—Evidentment has de portar la Bella —va dir l'Alice. Em va semblar que en Jasper li feia una mirada.

—Vols venir-hi? —em va preguntar l'Edward, emocionat i amb una expressió intensa.

—I tant! —no podia decebre algú que estava de tan bon humor—. Mm, on anirem?

—Hem d'esperar que llampegui per jugar a pilota... ja veuràs per què —em va prometre—. —Em caldrà paraigua?

Tots tres varen esclafir a riure de gust.

—Li caldrà? —va preguntar en Jasper a l'Alice.

—No —n'estava segura—. La tempesta caurà al poble i la clariana quedarà seca.

—Llavors genial.

Naturalment, l'entusiasme en la veu d'en Jasper s'encomanava. Tot d'una vaig notar que estava més emocionada que no pas rígida de terror.

—Anem a mirar si en Carlisle vol venir.

L'Alice va saltar i es va dirigir a la porta amb un estil que trencaria el cor de qualsevol ballarina.

—Com si no ho sabessis —li va dir en Jasper, burleta, mentre marxaven ràpidament. Va tancar la porta de forma discreta.

—A què jugarem? —vaig preguntar.

—Tu només faràs d'espectadora —va aclarir l'Edward—. Farem un partit de beisbol.

Vaig alçar els ulls al sostre.

—Als vampirs us agrada el beisbol?

—És el passatemps americà —va dir amb una solemnitat burleta.

El partit

Tot just començava a plovisquejar quan l'Edward va girar la cantonada per entrar al meu carrer. Fins a aquell moment, no havia tingut cap dubte que estaria amb mi mentre passava les poques hores d'intermedi en el món real abans del partit.

Llavors vaig veure un cotxe negre, un Ford atrotinat, aparcat a l'entrada d'en Charlie... i vaig sentir com l'Edward murmurava alguna cosa inintel·ligible en veu baixa i llòbrega.

En Jacob Black estava darrere la cadira de rodes del seu pare, aixoplugat de la pluja sota el porxo frontal. La cara d'en Billy era inerta com una pedra mentre l'Edward va aparcar la meva camioneta a la vorada. En Jacob mirava a terra, mortificat.

—Això és passar-se de la ratlla —va dir l'Edward en veu baixa i furiosa.

—Ha vingut a avisar en Charlie? —vaig suposar, més atemorida que empipada.

L'Edward va fer que sí, responent la mirada d'en Billy a través de la pluja, amb els ulls mig aclucats.

Em va venir debilitat de l'alleujament de saber que en Charlie encara no era a casa.

—Deixa que ho arregli jo—vaig suggerir. La mirada fosca de l'Edward em va fer posar neguitosa.

Va estar-hi d'acord, per sorpresa meva.

—Segurament és el millor que pots fer. Vés amb compte, però, el nen no sap res.

Em va molestar una mica que li digués "nen".

—En Jacob no és gaire més jove que jo —li vaig recordar.

Llavors em va mirar i li va passar de cop l'empipada.

—Oh, ja ho sé —em va dir amb un ampli somriure.

Vaig sospirar mentre anava per obrir la porta.

—Fes-los entrar —em va ordenar—, així podré marxar. Tornaré cap al vespre.

—Vols la camioneta? —vaig oferir-li, mentre em preguntava com explicaria a en Charlie que no hi fos.

Va alçar els ulls amb suficiència.

—Puc anar a casa a peu més ràpid que no pas amb cotxe.

—No cal que marxis —vaig dir malenconiosament.

Va somriure en veure la meva cara trista.

—De fet, ho he de fer. Després que te'ls treguis de sobre —va dir fent una mirada obscura cap als Black—, has de preparar en Charlie perquè conegui el teu nou xicot.

Va fer un somriure ampli, ensenyant tota la filera de dents.

—Moltes gràcies —vaig remugar.

Va fer-me aquell somriure murri que tant m'agradava.

—Tornaré aviat —em va prometre.

Va desviar la mirada cap al porxo i es va inclinar ràpid per fer-me un petó just a sota la mandíbula. El cor se'm va disparar i també vaig mirar cap al porxo. L'expressió d'en Billy ja no era indiferent i s'aferrava amb força als braços de la cadira.

—Aviat —vaig emfatitzar mentre obria la porta i me n'anava sota la pluja.

Vaig notar com se'm clavava la seva mirada a l'esquena mentre mig corria cap a la tènue llum del porxo.

—Hola, Billy. Ei, Jacob —els vaig saludar de forma tan efusiva com vaig poder—. En Charlie és fora... Espero que no faci massa estona que us espereu.

—No massa —va dir en Billy amb un to baix. Els seus ulls negres eren penetrants—. Només volia portar això —va dir assenyalant una bossa de paper marró que tenia a la falda.

—Gràcies —vaig dir, tot i que no tenia ni idea de què podia ser—. Per què no entreu una estona i us assequeu?

Vaig fer veure que no m'adonava de com m'analitzava mentre obria la porta i els feia passar.

—Doni-m'ho —vaig oferir mentre em girava a tancar la porta i em permetia tornar a mirar l'Edward. Estava esperant, totalment tranquil, amb ulls solemnes.

—Ho hauràs de posar a la nevera —va indicar-me en Billy mentre em donava el paquet—. És peix fregit casolà d'en Harry Clearwater... El preferit d'en Charlie. La nevera el manté més sec.

Es va encongir d'espatlles.

—Gràcies —vaig repetir, però aquest cop de debò—. Ja no se m'acudien noves maneres de preparar peix i segurament en portarà més, aquesta nit.

—Ha tornat a anar de pesca? —va preguntar en Billy amb una sobtada brillantor als ulls—. Al lloc de sempre? Potser el podria anar a veure.

—No —vaig mentir de pressa, endurint l'expressió—. Ha anat a algun lloc nou... però no sé on.

Es va adonar del meu canvi d'expressió i es va quedar pensarós.

—Jake —va dir sense deixar d'observar-me—. Per què no em portes aquell quadre nou de la Rebecca que hi ha al cotxe? El deixaré per en Charlie.

—On és? —va preguntar en Jacob, malhumorat.

Me'l vaig mirar, però tenia la vista clavada a terra i les celles arrufades.

—Em sembla que el vaig veure al maleter —va dir en Billy—. Potser l'hauràs de buscar una mica.

En Jacob va marxar arrupit sota la pluja.

En Billy i jo ens vàrem mirar en silenci. Al cap d'un moment, l'espera es va fer tensa i em vaig dirigir a la cuina. Vaig sentir com les rodes molles de la cadira xerricaven al linòleum mentre em seguia.

Vaig entaforar la bossa a la lleixa de dalt de la nevera, que ja era molt plena, i em vaig girar per enfrontar-me a en Billy. La seva cara de profundes arrugues era inescrutable.

—En Charlie tardarà molt a tornar —vaig dir amb un to gairebé mal educat.

Va assentir, però no va dir res.

—Gràcies un altre cop pel peix fregit —vaig dir com a indirecta.

Tanmateix, va tornar a fer que sí. Vaig sospirar i vaig plegar els braços a l'alçada del pit.

Semblava que s'havia adonat que m'havia cansat de donar-li conversa.

—Bella —va dir, i llavors va dubtar.

Em vaig esperar.

—Bella —va tornar a començar—, en Charlie és un dels meus millors amics.

—Sí.

Pronunciava cada paraula amb compte amb aquella veu que ressonava.

—M'he adonat que et fas amb un dels Cullen.

—Sí —vaig repetir secament.

Va mig aclucar els ulls.

—Potser no és cosa meva, però no trobo que sigui massa bona idea.

—Té raó —vaig assentir—. No és cosa seva.

Va alçar les seves celles grises.

—Segurament no ho saps, però la família Cullen té mala reputació a la reserva.

—Sí que ho sé —el vaig informar amb una veu dura, cosa que el va sorprendre—. Però pot ser que sigui una reputació immerescuda, no? Perquè els Cullen no posen mai els peus a la reserva, oi?

Em vaig adonar que s'aturava en sec davant del meu recordatori poc subtil de l'acord que vinculava i protegia la seva tribu.

—És cert —va reconèixer, amb la mirada prudent—. Sembla que estàs... ben informada sobre els Cullen. Més del que em pensava.

Me'l vaig mirar, altiva.

—Potser més que vostè i tot.

Va prémer els seus llavis gruixuts mentre s'ho rumiava.

—Potser sí —va assentir, però feia una mirada perspicaç—. I en Charlie també en sap tantes coses com tu?

M'havia trobat el taló d'Aquil·leu.

—Li agraden molt els Cullen —vaig dissimular, però va veure clarament que l'evadia. Feia una cara descontenta, però no sorpresa.

—No és problema meu —va dir—, però potser sí d'en Charlie.

—També és cosa meva pensar si és problema d'en Charlie o no, d'acord?

Em vaig preguntar si havia entès la idea mentre m'esforçava en no dir res que em comprometés. Semblava que sí. S'ho va rumiar una estona mentre la pluja queia sobre la teulada, l'única fressa que trencava el silenci.

—Sí —es va rendir finalment—. Suposo que també és assumpte teu.

Vaig sospirar alleujada.

—Gràcies, Billy.

—Pensa en el que estàs fent, Bella —em va demanar.

—D'acord —vaig assentir ràpidament.

Va fer mala cara.

—El que vull dir és que no actuïs com ho estàs fent.

Me'l vaig mirar als ulls, plens de preocupació per mi, i no vaig saber què dir-li.

En aquell precís moment, però, la porta de davant es va tancar sorollosament i vaig fer un salt. Vàrem sentir la veu d'en Jacob queixant-se abans que entrés.

—No hi ha cap quadre al cotxe.

Quan va girar la cantonada, tenia les espatlles xopes de la pluja i els cabells li degotaven.

—Mmm —va grunyir en Billy, de cop relaxat i girant la cadira cap al seu fill—. Suposo que me'l devia deixar a casa.

En Jacob va alçar els ulls de forma exagerada.

—Genial.

—Bé, Bella, digues-li a en Charlie... —va dir en Billy, però va fer una pausa abans de continuar— que hem vingut.

—Ja li ho diré —vaig remugar.

En Jacob estava sorprès.

—Ja ens n'anem?

—En Charlie serà fora fins tard —va explicar en Billy mentre passava pel costat d'en Jacob.

—Vaja —semblava abatut—. Bé, suposo que ja ens veurem, Bella.

—I tant —vaig assentir.

—Cuida't —em va avisar en Billy, però no vaig respondre.

En Jacob va ajudar el seu pare a sortir per la porta. Vaig fer-los adéu breument i vaig mirar ràpidament cap a la meva camioneta, ara buida. Llavors, vaig tancar la porta abans que acabessin de marxar.

Em vaig quedar a l'entrada una estona, escoltant el so del cotxe mentre feia marxa enrere i s'allunyava. Em vaig quedar dreta allà mateix, esperant que em passés la ràbia i l'angoixa. Quan em vaig haver calmat una mica, vaig anar cap a dalt per treure'm la roba de mudar.

Em vaig emprovar un parell de bruses perquè no estava segura de com seria aquella nit. A mesura que em concentrava en el que havia de venir, el que acabava de passar em semblava insignificant. Ara que estava lluny de la influència d'en Jasper i l'Edward, el que m'havia passat em va començar a espantar. Vaig deixar córrer la idea de posar-me un altre conjunt, i em vaig posar una vella brusa de franel·la i texans perquè igualment em passaria tota la nit amb l'impermeable posat.

Va sonar el telèfon i vaig baixar les escales d'una revolada per agafar-lo. Només hi havia una veu que volia sentir, qualsevol altre que truqués em decebria. Tanmateix, sabia que si em volia dir alguna cosa, segurament apareixeria de cop a la meva habitació.

—Digui? —vaig dir sense alè.

—Bella? Sóc jo —va respondre la Jessica.

—Ah, hola, Jess —vaig debatre'm un moment per tornar a la realitat. Més que dies, semblava que feia mesos que no havia parlat amb ella—. Com va anar el ball?

—Va ser genial! —va dir efusivament. I, sense més dilació, em va començar a fer un informe de la nit anterior minut a minut. Tot i que vaig fer uns quants "mmm" i "ah" en els moments oportuns, no era fàcil concentrar-se. La Jessica, en Mike, el ball, l'institut... Tot em semblava curiosament irrellevant en aquell moment. No deixava de mirar una vegada rere l'altra per la finestra per intentar determinar el grau de llum darrere els núvols espessos.

—Has sentit què t'he dit? —va preguntar la Jess, irritada.

—Ho sento, què deies?

—Que en Mike em va fer un petó! T'ho pots creure?

—És fantàstic, Jess —vaig dir.

—Així, què vas fer ahir? —em va reptar la Jessica, que encara semblava enfadada per la meva manca d'atenció... o potser perquè no li havia preguntat més detalls.

—No massa res. Només vaig estar passejant per gaudir del sol.

Vaig sentir el cotxe d'en Charlie entrant al garatge.

—Has sabut res més de l'Edward Cullen?

La porta de davant es va tancar i vaig sentir el pare remenant per sota les escales per desar els aparells de pesca.

—Mmm —vaig dubtar perquè ja no sabia què més dir-li.

—Hola, nena! —va cridar en Charlie en entrar a la cuina. Li vaig fer hola amb la mà.

La Jess va sentir-lo.

—Oh, veig que ha arribat el teu pare. No pateixis... Ja en parlarem demà. Ens veiem a Trigonometria.

—Fins demà, Jess —vaig penjar el telèfon.

—Ei, pare —vaig dir mentre es rentava les mans a l'aigüera—. I el peix?

—L'he posat al congelador.

—N'agafaré una mica abans no es congeli... Aquesta tarda en Billy ha portat peix fregit del d'en Harry Clearwater —vaig mirar de dir-ho amb entusiasme.

—Ah sí? —se li va il·luminar la mirada—. És el meu preferit.

Es va rentar mentre acabava de preparar el sopar. Al cap de poca estona sèiem a taula i sopàvem en silenci. En Charlie gaudia del sopar i em preguntava desesperada com podria anar a la meva cita. Em debatia per trobar una manera d'abordar el tema.

—Què has fet avui? —em va preguntar, interrompent de cop les meves meditacions.

—Bé, aquesta tarda he estat per casa... —de fet, només hi havia estat al final de la tarda. Vaig mirar de posar una veu optimista, però tenia un nus a l'estómac—. I aquest matí he estat a casa dels Cullen.

A en Charlie li va caure la forquilla.

—A cal doctor Cullen? —va preguntar sorprès.

Vaig fer veure que no veia la seva reacció.

—Sí.

—I què hi has anat a fer?

Encara no havia collit la forquilla.

—Bé, aquesta nit tinc més o menys una cita amb l'Edward Cullen i volia que conegués els seus pares... Pare?

Em va donar la sensació que a en Charlie li havia vingut un aneurisma.

—Pare, et trobes bé?

—Estàs sortint amb l'Edward Cullen?! —va cridar.

Caram.

—Em pensava que t'agradaven els Cullen.

—És massa gran per tu —va desaprovar.

—Anem junts a l'institut —el vaig corregir, tot i que tenia més raó del que es pensava.

—Espera... —va fer una pausa—. Quin és l'Edwin?

—L'Edward és el petit, el que té els cabells de color castany rogenc. *El més atractiu i diví...*

—Ah, això... —es va ensopegar— Ja està millor, suposo. No m'agrada la pinta del gran. Segur que és bon noi i tot això, però es veu massa... madur per tu. L'Edwin aquest és el teu xicot?

—Es diu Edward, pare.

—Ho és o no?

—Més o menys, suposo.

—Ahir a la nit em vares dir que no t'agradava cap noi del poble.

Malgrat tot, va recollir la forquilla. El pitjor ja havia passat.

—Bé, l'Edward no viu al poble.

Em va fer una mirada despectiva mentre mastegava.

—Ah, a més —vaig continuar— encara estem al principi, saps? No em clavis el sermó dels xicots, d'acord?

—Quan et vindrà a buscar?

—D'aquí una estona.

—On et portarà?

Vaig remugar fort.

—Espero que et vagis traient del cap comportar-te com un inquisidor. Anirem a jugar a beisbol amb la seva família.

Va arrugar la cara, però al final va riure burleta.

—Tu jugaràs a beisbol?

—Bé, segurament només m'ho miraré.

—T'ha d'agradar molt aquest noi —va comentar amb recel.

Vaig sospirar i vaig deixar-ho córrer.

Llavors, vaig sentir el rugit d'un motor davant de casa. Em vaig aixecar d'un salt i vaig posar-me a rentar els plats.

—Deixa estar els plats, ja els rentaré jo. Em consents massa.

Va sonar el timbre i en Charlie va sortir a obrir, i jo el vaig seguir tot darrere.

No m'havia adonat que plovia a bots i barrals. L'Edward, sota el llum del porxo, semblava el model d'un anunci d'impermeables.

—Entra, Edward.

Vaig respirar alleujada quan en Charlie li va dir el nom bé.

—Gràcies, cap Swan —va dir l'Edward amb un to respectuós.

—Endavant, i digues-me Charlie. Ja et penjo la jaqueta.

—Gràcies, senyor.

—Seu aquí, Edward.

Vaig fer una ganyota.

Com que l'Edward es va asseure tranquil·lament a la cadira, em vaig veure obligada a seure al sofà al costat del cap Swan. Li vaig fer una mala mirada i ell em va picar l'ullet a l'esquena d'en Charlie.

—Diu que portes la meva nena a veure un partit de beisbol.

Que caigui un xàfec de por i no sigui un impediment per practicar esports a l'aire lliure només passa a Washington.

—Sí, senyor, és el que pensàvem fer.

No se'l veia sorprès que li hagués explicat tot al meu pare, tot i que segurament havia estat escoltant.

—Bé, això és endur-te-la al teu terreny, suposo.

En Charlie va riure i l'Edward s'hi va afegir.

—Bé —vaig dir mentre m'aixecava—. Ja n'hi ha prou de fer bromes a costa meva. Som-hi.

Vaig tornar cap a l'entrada per agafar la jaqueta. Em varen seguir.

—No tornis massa tard, Bella.

—No es preocupi, Charlie, la tornaré aviat —va prometre l'Edward.

—Cuida'm la meva nena, d'acord?

Vaig remugar, però em varen ignorar.

—Estarà bé amb mi, li prometo, senyor.

En Charlie no podia dubtar de la sinceritat de l'Edward, que emanava de cadascuna de les seves paraules.

Vaig sortir enfurismada. Tots dos reien i l'Edward em va seguir.

Em vaig quedar glaçada en arribar al porxo. Darrere la camioneta hi havia un Jeep gegantesc, de sostre dur, i de color vermell brillant. Tenia uns pneumàtics que m'arribaven més amunt de la cintura, proteccions metàl·liques als fars frontals i posteriors, i quatre grans fars auxiliars al sostre.

A en Charlie se li va escapar un xiulet d'admiració.

—Poseu-vos el cinturó —va cridar.

L'Edward em va acompanyar al meu costat de cotxe i em va obrir la porta. Vaig calcular la distància fins al seient i em vaig preparar per saltar. L'Edward va sospirar i em va aixecar fins a dins amb una sola mà. Vaig esperar que en Charlie no se n'hagués adonat.

Mentre anava cap al costat del conductor, a pas normal i humà, vaig intentar posar-me el cinturó però hi havia massa sivelles.

—Què representa tot això? —vaig preguntar quan va obrir la porta.

—És un tanc tot terreny.

—Ah, molt bé.

Vaig mirar de trobar els encaixos on cordar les sivelles, però anava massa a poc a poc. Va tornar a sospirar i es va tombar per ajudar-me. Vaig estar contenta que plogués a bots i barrals i no pogués veure bé en Charlie a sota el porxo. Això volia dir que no podia veure com les mans l'Edward relliscaven pel meu coll i m'acariciava el clatell. Vaig deixar d'intentar ajudar-lo i em vaig concentrar en no hiperventilar.

L'Edward va girar la clau, el motor va arrancar i vàrem sortir de casa.

—D'això... Mmm... Quin tros de Jeep, no?

—És de l'Emmett. He suposat que no t'agradaria córrer tot el camí.

—On la guardeu, aquesta bèstia?

—Hem remodelat un dels edificis exteriors per convertir-lo en garatge.

—No et posaràs el cinturó?

Em va fer una mirada incrèdula i llavors em vaig adonar d'una cosa.

—Córrer tot el camí? Això vol dir que una part sí que la farem corrents?

La meva veu va pujar diverses octaves i ell va riure àmpliament.

—Tu no hauràs pas de córrer.

—Em marejaré.

—Si tanques els ulls, no et passarà res.

Em vaig mossegar el llavi per reprimir el terror.

Es va acostar, em va fer un petó al cap i va gemegar. Me'l vaig mirar astorada.

—Fas olor de pluja —va explicar-me.

—Això és bo o dolent? —vaig preguntar amb compte.

—Totes dues coses, sempre totes dues coses —va sospirar.

No vaig entendre com va trobar el camí entre la penombra i el xàfec que queia, però d'alguna manera vàrem arribar a una carretera secundària, amb més aspecte de camí de muntanya que de carretera en si. Durant una bona estona va ser impossible conversar ja que anava rebotint amunt i avall al seient com un martell pneumàtic. L'Edward, però, semblava passar-s'ho bé amb el trajecte i va estar somrient tota l'estona.

Llavors vàrem arribar al final de la carretera. Els arbres formaven un mur verd en tres costats del Jeep. La pluja s'havia convertit en un plugim que s'anava aturant i el cel era més clar entre els núvols.

—Ho sento, Bella, a partir d'aquí hem d'anar a peu.

—Saps què? M'esperaré aquí.

—Què se n'ha fet de la teva valentia? Aquest matí has estat extraordinària.

—Encara no m'he oblidat de l'última vegada.

Com podia ser que tot allò només hagués passat ahir? En un segon va ser al meu costat del cotxe i va començar a treure'm les sivelles.

—Ja me'n sortiré, vés tirant —vaig protestar.

—Mmm... —va murmurar mentre acabava ràpidament—. Em sembla que t'hauré d'intentar ennuvolar la memòria.

Abans que pogués reaccionar, m'havia baixat del Jeep i ja tenia els peus a terra. Ara feia boirina, l'Alice encara tindria raó.

—Ennuvolar-me la memòria? —vaig preguntar neguitosa.

—Una cosa així —em mirava intensament, amb compte, però tenia una guspira d'humor al fons dels ulls.

Va posar les mans al Jeep, a cada costat del meu cap, i es va fer endavant, acostant-me contra la porta. Es va apropar encara més, amb el seu rostre a pocs centímetres del meu. No tenia espai per fugir.

—Ara —va dir en veu baixa, i l'aroma del seu alè va enterbolir-me el pensament— què et preocupa?

—Bé, encastar-nos contra un arbre... —vaig empassar-me la saliva— ... i matar-me. I marejar-me.

Va reprimir un somriure. Llavors va abaixar el cap i em va fregar amb els seus llavis gèlids el clot de la base del coll.

—Encara estàs preocupada? —va murmurar enganxat a la meva pell.

—Sí —vaig debatre'm per concentrar-me—. De topar amb els arbres i marejar-me.

Va resseguir-me el coll amb el nas fins a arribar a la barbeta. El seu alè fred em feia pessigolles.

—I ara?

Notava com els seus llavis xiuxiuejaven a la meva mandíbula.

—Arbres —vaig dir espantada—. Mareig.

Va aixecar el rostre per besar-me les parpelles.

—Bella, no deus pas pensar que xocaré amb un arbre, no?

—No, però pot ser que jo sí.

No tenia seguretat a la veu i l'Edward s'ensumava una victòria fàcil.

Em va començar a fer petons a la galta fins que em va arribar a la comissura dels llavis.

—Deixaria que et fessis mal amb un arbre?

Els seus llavis gairebé fregaven el meu llavi inferior, tremolós.

—No —vaig dir fluix. Sabia que la meva brillant defensa tenia una segona part, però no la recordava.

—Ja ho veus —va dir entreobrint els llavis i movent-los sobre els meus— no has de tenir por de res, oi?

—No —vaig sospirar, rendint-me.

Llavors em va agafar la cara entre les mans, de forma gairebé brusca, i em va fer un petó de veritat, movent els seus llavis insistents sobre els meus.

Certament, el meu comportament no tenia excusa. Ara ho veia més clar, com és lògic. I tot i així, no podia deixar de reaccionar com ho havia fet el primer cop. En comptes de quedar-me quieta, vaig alçar els braços per cargolar-los amb força al voltant del seu coll, i de cop estava soldada al seu cos de pedra. Vaig sospirar i vaig entreobrir els llavis.

Es va separar de cop, desfent la meva abraçada sense cap mena d'esforç.

—Maleït sigui, Bella! —va interrompre'm, respirant amb força—. T'asseguro que ets la meva perdició!

Em vaig ajupir, abraçant-me els genolls per recolzar-me.

—Però tu ets indestructible —vaig remugar, mirant de recuperar l'alè.

—Això pensava abans de conèixer-te. Va, marxem d'aquí abans no faci una bestiesa —va grunyir.

Em va posar a la seva esquena com l'altra vegada, i vaig notar el terrible esforç que feia per fer-ho amb suavitat. Vaig creuar les cames a la seva cintura i els braços al coll, gairebé escanyant-lo.

—No t'oblidis de tancar els ulls —em va avisar severament.

Vaig recolzar la cara al seu omòplat, sota el meu braç, i vaig aclucar els ulls amb força.

A penes es notava que ens movíem. Notava com lliscava sota meu, però el moviment era tan suau que semblava que passegés per la vorera. Vaig tenir la temptació de mirar una mica, només per veure si estava volant pel bosc com l'altra vegada, però em vaig aguantar. No valia la pena marejar-se d'aquella manera. Em vaig acontentar escoltant el vaivé de la seva respiració.

No tenia massa clar si ens havíem aturat fins que es va girar a tocar-me els cabells.

—Ja està, Bella.

Vaig gosar obrir els ulls i, efectivament, estàvem aturats. Vaig deixar-lo anar, mig entumida, i vaig caure de cul a terra.

—Ai! —vaig queixar-me quan vaig topar amb el terra moll.

Se'm va quedar mirant incrèdul. No estava segura de si encara estava massa enfadat per trobar-ho divertit. Tanmateix, la meva expressió desconcertada va fer que no pogués més i esclatés a riure.

Em vaig aixecar i el vaig ignorar mentre m'espolsava el fang i les falgueres de la meva jaqueta. Això el va fer riure encara més. Empipada, vaig començar a anar cap al bosc fent grans gambades.

Vaig notar que m'agafava la cintura.

—On vas, Bella?

—A veure el partit de beisbol. Encara que sembli que tu ja no en tinguis ganes, vaig a mirar si els altres s'ho passen bé sense tu.

—Però si no és per aquí...

Vaig fer mitja volta sense mirar-me'l, però em va tornar a agafar.

—No t'enfadis, no ho he pogut evitar. Hauries d'haver vist la cara que has posat —se li va tornar a escapar el riure.

—Ah, clar, tu ets l'únic que té dret a enfadar-se, no? —vaig preguntar-li aixecant les celles.

—No estava empipat amb tu.

— "Bella, t'asseguro que ets la meva perdició" —vaig citarlo enrabiada.

—Ah, això només era la constatació d'un fet.

Vaig mirar de tornar-me a apartar d'ell, però em va agafar de pressa.

—Estaves empipat —vaig insistir.

—Sí.

—Però si acabes de dir...

—Ho estava, però no amb tu. Que no ho veus?

De sobte es va posar seriós, no feia gens de broma.

—No ho entens?

—El què? —vaig demanar-li, confosa pel seu canvi d'humor i de paraules.

—No m'enfado mai amb tu... Com podria? Ets tan valenta, tan lleial... tan càlida.

—Llavors, per què? —vaig xiuxiuejar, recordant el mal humor amb què m'havia rebutjat, el qual sempre havia interpretat com a frustració totalment justificada per la meva feblesa, lentitud, les meves rebels reaccions humanes...

Em va posar les mans a la cara, amb compte.

—Estava enfadat amb mi mateix —va dir dolçament—. Per la manera que mai deixo de posar-te en perill. La meva pròpia existència és un risc per tu. Hi ha cops que m'odio de veritat. Hauria de ser més fort, capaç de...

Vaig posar-li la mà a la boca.

—No cal.

Em va agafar la mà i la va apartar dels llavis, però la va acostar al seu rostre.

—T'estimo —em va dir—. És una excusa molt pobre per justificar el que estic fent, però no deixa de ser certa.

Era el primer cop que em deia que m'estimava... amb tantes paraules. Potser ell no se'n va adonar, però jo sí.

—Va, mira de comportar-te —va continuar mentre s'inclinava per fregar suaument els seus llavis contra els meus.

Em vaig quedar immòbil i llavors vaig sospirar.

—Te'n recordes que has promès al cap Swan que em tornaries a casa aviat? Millor que anem tirant.

—Sí, senyora.

Va somriure malenconiosament i em va deixar anar, però em va agafar la mà. Em va portar a uns quants metres, passant entre altes falgueres molles i molsa que cobria un enorme avet, i vàrem arribar a la vora d'un enorme camp obert, a la falda dels cims d'Olympic. Era el doble de gros que qualsevol estadi de beisbol.

Vaig veure que tots els altres ja eren allà. L'Esme, l'Emmett i la Rosalie eren els que teníem més a prop, a menys de cent metres, asseguts en una roca llisa i sortida. Força més lluny hi havia en Jasper i l'Alice, almenys a quatre-cents metres, que semblava que es llançaven alguna cosa, però no es veia cap pilota. Semblava que en Carlisle marcava les bases, però no sé si podia ser que les fes tan lluny unes de les altres.

Quan vàrem arribar, els tres de la roca es varen aixecar. L'Esme ens va mirar i l'Emmett va fer el mateix després d'estar una estona mirant l'esquena de la Rosalie, que s'havia aixecat de forma elegant i recorria a gambades el camp sense ni tan sols mirar-nos. Com a resposta, se'm va remoure l'estómac.

—Eres tu la fressa que hem sentit, Edward? —va preguntar l'Esme mentre s'acostava.

—Semblava un os escanyant-se —va aclarir l'Emmett.

Vaig somriure dubitativa a l'Esme.

—Era ell.

—La Bella estava resultant molt còmica, a desgrat seu —va explicar l'Edward, per tornar-me-la.

L'Alice havia abandonat la seva posició i corria, o més aviat ballava, cap a nosaltres. Es va aturar de cop als nostres peus.

—Ja és l'hora! —va anunciar.

Acabava de dir-ho quan el profund terrabastall d'un tro va sacsejar el bosc de davant i després va ressonar cap a l'oest, en direcció al poble.

—Fa por, eh? —em va dir l'Emmett amb familiaritat, tot picant-me l'ullet.

—Som-hi!

L'Alice va agafar la mà de l'Emmett i varen sortir disparats a través d'aquell enorme camp. Ella corria com una gasela i ell, tot i que era gairebé tan elegant com ella i igual de ràpid, no se'l podia comparar de cap manera amb el gràcil animal.

—Estàs a punt? —va preguntar l'Edward, amb els ulls brillants.

Vaig mirar de sonar entusiasta per l'ocasió.

—Som-hi, nois!

Va riure per sota el nas i, després de despentinar-me, va córrer cap als altres dos. La seva manera de córrer era més agressiva, més de guepard que de gasela, i de seguida els va haver atrapat. La seva força i elegància em deixaven sense alè.

—Anem cap allà? —em va preguntar l'Esme amb la seva veu dolça i melòdica. Em vaig adonar que m'havia quedat encantada mirant l'Edward. Ràpidament vaig controlar la meva expressió i vaig assentir. L'Esme es mantenia a una distància d'un metre. Em vaig preguntar si encara anava amb compte de no espantar-me. Es va posar a caminar al meu ritme, però sense semblar impacient.

—No jugues? —vaig preguntar tímidament.

—No, m'estimo més arbitrar. M'agrada fer que juguin net —va explicar.

—Llavors els agrada fer trampes?

—Oh, i tant... Hauries de sentir com es barallen! De fet, espero que no els sentis, perquè et pensaràs que s'han criat en una manada de llops.

—Em fas pensar en la meva mare —vaig riure, sorpresa, i ella s'hi va afegir.

—Bé, els tracto com als meus fills en molts aspectes. Suposo que mai deixaré enrere els meus instints maternals... T'ho ha explicat l'Edward, que vaig perdre un fill?

—No —vaig murmurar, astorada, intentant comprendre a quina vida es referia.

—Sí, el meu primer i únic fill. Es va morir al cap de pocs dies de néixer, pobret —va sospirar—. Em va trencar el cor... és per això que vaig llançar-me pel penya-segat, com ja deus saber —va afegir com si res.

—L'Edward em va dir que hi havies caigut —vaig quequejar.

—És tot un cavaller —va somriure—. L'Edward va ser el primer dels meus nous fills. Sempre l'he considerat com a tal, tot i que, en certa manera, és més gran que jo —va fer un somriure càlid—. És per això que estic tan contenta que t'hagi trobat, maca —les paraules afectuoses sonaven totalment naturals en boca seva—. Ha estat l'únic sense parella durant massa temps, em feia mal veure'l sol.

—Aleshores, no t'importa —vaig preguntar un altre cop dubitativa— que sigui tan... imperfecta per a ell?

—No —estava pensarosa—. Ets el que ell desitja. No sé com, però sortirà bé —va dir, tot i que va arrugar el front, preocupada. Es va sentir el terrabastall d'un altre tro.

Llavors es va aturar. Pel que semblava, havíem arribat a la vora del camp i ja havien format equips. L'Edward estava a la part esquerra del camp i en Carlisle estava entre la primera i la segona base. L'Alice tenia la pilota, posicionada al lloc que representava que era el monticle del llançador.

L'Emmett gronxava un bat d'alumini, que només es podia percebre pel xiulet que feia a l'aire. Vaig esperar que s'acostés a la base de meta, però quan es va posar en posició, em vaig adonar que ja hi era. Era més lluny del monticle del llançador del que em pensava. En Jasper estava a uns quants metres rere seu, fent de receptor de l'equip contrari. Evidentment, cap portava guants.

—Vinga —va cridar l'Esme amb una veu clara que segur que fins i tot l'Edward va sentir, encara que fos tan lluny—, bat!

L'Alice es va redreçar i es va quedar aparentment immòbil. El seu estil es basava més en procedir sigil·losament que no pas en llançar de forma intimidatòria. Va agafar la pilota amb totes dues mans a l'alçada de la cintura i llavors, com si de l'atac d'una cobra es tractés, va fer un moviment ràpid amb la mà dreta i la pilota va impactar contra la mà d'en Jasper.

—Ha estat un *strike*? —vaig xiuxiuejar a l'Esme.

—Si no l'encerta, és *strike* —em va explicar.

En Jasper va tornar la pilota a l'Alice, que es va permetre un breu somriure abans d'estirar el braç per fer un altre llançament.

D'alguna manera, el bat va aconseguir tocar la bola invisible. La fressa de l'impacte va ser eixordadora com un tro i va ressonar a les muntanyes. De seguida vaig entendre la necessitat de jugar quan queia una tempesta.

La pilota va sobrevolar el camp com un meteorit i es va endinsar al bosc que l'envoltava.

—*Home run* —vaig murmurar.

—Espera —va advertir l'Esme, escoltant atentament, amb una mà aixecada.

L'Emmett era una silueta borrosa que corria d'una base a l'altra, amb en Carlisle seguint-lo de prop. Em vaig adonar que no hi havia l'Edward.

—Eliminat! —va cridar l'Esme amb veu clara.

Em vaig quedar mirant incrèdula mentre l'Edward sortia d'entre els arbres amb la pilota a la mà alçada, amb un somriure que es veia des de lluny.

—L'Emmett és el que colpeja més fort —em va explicar l'Esme—, però l'Edward és el que corre més ràpid.

Les entrades varen continuar davant dels meus ulls incrèduls. Era impossible seguir la velocitat de la trajectòria de la pilota i dels jugadors corrents al voltant del camp.

Vaig descobrir l'altra raó per la qual esperaven que hi hagués tempesta per jugar quan en Jasper, per intentar evitar la infal·lible tècnica de joc de l'Edward, va llançar una pilota rasa cap a en Carlisle. El doctor va córrer cap a la bola i després es va llançar contra en Jasper, que corria a la primera base. Quan varen xocar, el so va ser com el xoc de dues pedres rodants. Vaig saltar de l'ensurt, però estaven sans i estalvis.

—Salvat —va dir l'Esme amb una veu serena.

L'equip de l'Emmett guanyava per una carrera —la Rosalie havia aconseguit voleiar per les bases després d'aprofitar un dels llargs llançaments de l'Emmett—, quan l'Edward va aconseguir el tercer eliminat. Va córrer fins al meu costat, amb una emoció fervent.

—Què et sembla? —em va preguntar.

—Si d'una cosa n'estic segura, és que mai més em podré mirar els avorrits partits de la Lliga Nacional de Beisbol.

—Com si abans te'ls haguessis mirat gaire... —va riure.

—Estic una mica decebuda —vaig dir en broma.

—Per? —va preguntar, sorprès.

—Bé, hagués estat bé que hagués trobat una cosa que no fessis millor que la resta d'humanitat.

Va fer-me aquell somriure murri que tant m'agradava i em va deixar sense alè.

—Em toca —va dir, mentre es dirigia a la base.

Va jugar de forma intel·ligent, mantenint la bola rasa, fora de l'abast de la mà sempre alerta de la Rosalie en el camp exterior, guanyant així dues bases com un llampec abans que l'Emmett pogués tornar a posar la pilota en joc. En Carlisle en va batre una tant lluny del camp —amb un espetec que em va eixordar— que tant ell com l'Edward varen poder fer una carrera. L'Alice els va xocar la mà delicadament.

El marcador canviava contínuament a mesura que avançava el partit, i es reien uns dels altres com qualsevol jugador de carrer quan anaven quedant en primera posició. De tant en tant, l'Esme posava ordre. La tempesta va continuar, però no ens vàrem mullar, com havia predit l'Alice.

En Carlisle estava a punt de batre, amb l'Edward com a receptor, quan l'Alice va fer un crit sufocat. Com sempre, m'estava mirant l'Edward i vaig veure com de cop girava el cap per mirar-se-la. Les seves mirades es van trobar i va circular entre ells una aura misteriosa. Tenia l'Edward al meu costat abans que els altres preguntessin a l'Alice què passava.

—Alice? —la veu de l'Esme era tensa.

—No ho he vist clarament... No us ho he pogut dir... —va xiuxiuejar.

En aquell moment ja s'havien reunit tots.

—Què passa, Alice? —va preguntar en Carlisle amb la veu serena i autoritària.

—Viatgen més ràpid del que em pensava —va dir—. Veig que no els veia amb la perspectiva adequada —va murmurar.

En Jasper es va inclinar sobre ella, amb un gest protector.

—Què ha canviat? —li va preguntar.

—Ens han sentit que jugàvem i s'han desviat —va dir compungida, com si se sentís responsable del que l'havia espantada, fos el que fos.

De cop, set parells d'ulls em varen guaitar i després varen desviar la mirada.

—Quant tardaran? —va dir en Carlisle, girant-se cap a l'Edward.

Feia una mirada de concentració intensa.

—Menys de cinc minuts. Vénen corrents... Volen jugar —va arrufar el front.

—Pots fer-ho? —va preguntar-li en Carlisle, tornant-me a mirar.

—No, amb càrrega no... —es va interrompre—. A més, l'última cosa que volem és que captin l'essència i comencin la caça.

—Quants són? —va preguntar l'Emmett a l'Alice.

—Tres —va respondre lacònica.

—Tres! —va dir burleta—. Que vinguin!

Els seus músculs d'acer es van flexionar al llarg dels seus braços forçuts.

Durant una fracció de segon que es va fer molt llarga, en Carlisle va dubtar. Només l'Emmett semblava impertèrrit. La resta es mirava el doctor amb ulls neguitosos.

—Continuem el joc —va decidir finalment en Carlisle. Feia una veu tranquil·la i equànime—. L'Alice ha dit que només tenien curiositat.

Tot això ho va dir en una ràfega de paraules que va durar pocs segons. Vaig escoltar amb atenció i en vaig captar la majoria, tot i que no sentia què li preguntava l'Esme a l'Edward amb un moviment silenciós de llavis. Només vaig veure el lleuger assentiment que va fer ell amb el cap i la cara d'alleujament d'ella.

—Fes de receptora, Esme —va dir—. Ara me n'encarrego.

I es va plantar davant meu.

Els altres varen tornar al camp, mentre miraven amb recel i agudesa el bosc obscur. L'Alice i l'Esme semblaven orientar-se al meu voltant.

—Deixa't anar els cabells —va dir l'Edward en veu baixa i serena.

Vaig obeir. Em vaig treure la goma i me'ls vaig sacsejar perquè se m'estenguessin bé.

Vaig comentar el que era evident.

—Els altres s'acosten.

—Sí, estigues ben quieta i en silenci, i no et moguis del meu costat, per favor.

Va amagar bé el to de la seva veu, però el notava igualment. Em va tirar els cabells endavant perquè em cobrissin la cara.

—No servirà de res —va dir l'Alice fluixet—. Sento la seva olor des de l'altre cap de camp.

—Ja ho sé.

Vaig notar com la frustració l'envaïa.

En Carlisle es va quedar a la base i la resta varen anar a jugar amb poc entusiasme.

—Què t'ha preguntat l'Esme? —vaig xiuxiuejar.

Va dubtar un segon abans de respondre.

—Si estaven assedegats —va mormolar entre dents.

Els segons varen passar i el joc va prosseguir amb desgana. Ningú gosava batre amb més força que un toc, i l'Emmett, la Rosalie i en Jasper es passejaven per l'àrea interior. De tant en tant, i malgrat la por que em paralitzava el cervell, veia com la Rosalie em mirava. Els seus ulls eren inexpressius, però la manera en què plegava els llavis em va fer pensar que estava furiosa.

L'Edward ja no es fixava en el joc i tenia els ulls i la ment concentrats en el bosc.

—Perdona, Bella —va remugar violentament—. Ha estat una bestiesa i una irresponsabilitat posar-te en perill d'aquesta manera. Em sap molt de greu.

Vaig sentir com parava de respirar i fixava els ulls oberts com taronges a la cantonada dreta del camp. Va fer mitja passa, interposant-se entre mi i el que s'acostava.

En Carlisle, l'Emmett i la resta es van girar cap a la mateixa direcció, mentre sentien passes massa febles per la meva oïda.

La cacera

Van sortir un per un del bosc, a uns dotze metres l'un de l'altre. El primer home que va entrar a la clariana es va fer enrere immediatament per deixar pas a un altre home, alt i de cabells foscos, que es va posar davant, deixant clar qui encapçalava el grup. El tercer era una dona. Des de la llunyania només vaig poder veure que tenia uns cabells sorprenentment vermellosos.

Varen tancar files abans d'avançar amb cautela cap a la família de l'Edward, amb el respecte habitual que mostra una tropa de depredadors davant d'un grup més nombrós i desconegut de la seva pròpia espècie.

Mentre s'acostaven, vaig poder apreciar com n'eren de diferents dels Cullen. Tenien moviments felins, i anaven encorbats com si sempre estiguessin a punt d'atacar. Portaven roba típica d'excursionistes —texans i camises de botons, de roba gruixuda i impermeable— gastada de tant dur-la, i anaven descalços. Els dos homes duien els cabells molt curts, però la cabellera brillant i taronja de la dona estava plena de fulles i brossa del bosc.

Els seus ulls astuts de seguida es varen adonar de l'aparença més fina i elegant d'en Carlisle, el qual, flanquejat per l'Emmett i en Jasper, va avançar amb cautela per anar-los a trobar. Sense cap mena d'acord aparent entre ells, es varen relaxar i varen continuar caminant de forma més natural.

El líder era de llarg el més atractiu, amb la pell de color d'oliva, malgrat la típica pal·lidesa, i els cabells negres i lluents. Era de complexió mitjana. Evidentment, era musculós, però res al costat de l'armari de l'Emmett. Va somriure despreocupadament, mostrant les seves dents brillants.

La dona, els cabells despentinats de la qual voleiaven amb la suau brisa, tenia un aspecte més salvatge i una postura clarament felina. Anava movent els ulls frenèticament entre els homes que tenia a davant i el grup espaiat que m'envoltava. El segon home, una mica més prim que el líder i de cabells castanys i faccions anodines, es passejava discretament rere seu. Tot i que els seus ulls no ho demostraven, semblava que era el que estava més a l'aguait.

Els seus ulls també eren diferents. No eren daurats o negres com m'hauria esperat, sinó d'un color bordeus fosc que resultava pertorbador i sinistre.

L'home dels cabells foscos, que encara somreia, es va dirigir cap a en Carlisle.

—Ens ha semblat sentir un partit —va dir amb veu tranquil·la i un molt lleuger accent francès—. Em dic Laurent i ells són la Victoria i en James —va fer un gest cap als vampirs del seu costat.

—Em dic Carlisle i aquesta és la meva família. L'Emmett i en Jasper, la Rosalie, l'Esme i l'Alice, i l'Edward i la Bella.

Ens va anomenar per grups amb la intenció de no destacar ningú de forma individual. Em vaig sobresaltar quan va pronunciar el meu nom.

—Tenen lloc per uns quants jugadors més? —va preguntar en Laurent, sociable.

En Carlisle va imitar el seu to amigable.

—De fet, ja estàvem acabant, però ens agradaria jugar en una altra ocasió. Tenen intenció de quedar-se molt de temps per aquí?

—De fet, anem cap al nord, però teníem curiositat per veure qui hi havia pels voltants. Feia molt que no trobàvem companyia.

—En aquesta regió no hi sol haver ningú a part de nosaltres i visitants ocasionals com vostès.

De mica en mica, la tensa atmosfera s'havia anat relaxant fins a convertir-se en una conversa despreocupada. Vaig suposar que en Jasper feia servir el seu peculiar do per controlar la situació.

—Quina és la seva zona de caça? —va preguntar en Laurent de forma natural.

En Carlisle va ignorar la suposició que s'amagava rere la pregunta.

—Aquí, la serralada Olympic, i a vegades les Coast Ranges, d'una punta a l'altra. Tenim residència fixa a prop. Hi ha un altre assentament permanent com el nostre als voltants de Denali.

En Laurent es va fer una mica enrere.

—Permanent? I com s'ho fan? —va preguntar amb sincera curiositat.

—Per què no vénen a casa nostra i en parlem amb comoditat? —els va proposar en Carlisle—. És una llarga història.

En James i la Victoria es varen intercanviar una mirada sorpresa quan va pronunciar la paraula "casa", però en Laurent va dissimular millor l'expressió.

—Sembla una proposta interessant i acollidora —tenia un somriure fabulós—. Hem estat de cacera tot el camí des d'Ontario i no hem tingut l'oportunitat de rentar-nos des de fa dies —va dirigir la mirada cap al refinat aspecte d'en Carlisle.

—No s'ho prenguin malament, però els agrairíem que s'abstinguessin de caçar en aquesta zona. Hem de passar desapercebuts, com poden comprendre —va explicar en Carlisle.

—És clar —va assentir en Laurent—. No els ocuparem pas el territori. Acabem d'alimentar-nos als afores de Seattle, de totes maneres —va riure i un calfred em va recórrer l'esquena.

—Els ensenyarem el camí si volen venir amb nosaltres... Emmett i Alice, podeu anar amb l'Edward i la Bella a buscar el Jeep —va afegir amb un to natural.

Mentre en Carlisle parlava, varen passar tres coses alhora. Els cabells em varen voleiar amb la brisa suau, l'Edward es va quedar rígid i el segon home, en James, de cop va començar a moure el cap d'una banda a l'altra, buscant, i em va començar a escodrinyar, amb els narius inflats.

Es varen quedar tots rígids mentre en James feia una passa i es posava en posició d'atac. L'Edward va ensenyar les dents i el va imitar, defensant-me, tot proferint un gruny salvatge que semblava que li esqueixés la gola. No tenia res a veure amb els sons enjogassats que havia fet aquest matí, era el so més amenaçador que havia sentit mai. Una esgarrifança em va recórrer del cap fins als talons.

—I això? —va exclamar en Laurent clarament sorprès. Ni en James ni l'Edward varen relaxar les seves postures agressives. En James va fer un moviment en fals cap a un costat i l'Edward va canviar de lloc com a resposta.

—Ve amb nosaltres —va dir en Carlisle amb un ferm rebuig cap a en James. Semblava que en Laurent no captava la meva essència tan intensament com l'altre home, però aviat se'n va adonar i el descobriment es va reflectir al seu rostre.

—Han portat un aperitiu? —va preguntar, mentre feia una passa endavant amb expressió incrèdula.

L'Edward va grunyir de manera encara més ferotge i severa, aixecant el llavi i mostrant les dents brillants. En Laurent es va tornar a fer enrere.

—He dit que ve amb nosaltres —va corregir en Carlisle amb veu dura.

—Però si és humana! —va protestar en Laurent. No ho va dir de forma agressiva, sinó simplement sorpresa.

—Sí —l'Emmett es va fer notar al costat d'en Carlisle. Tenia els ulls clavats a en James, el qual va anar relaxant de la seva posició d'atac, sense deixar de mirar-me, amb els narius encara inflats. L'Edward, davant meu, estava tens com un puma.

Quan en Laurent va parlar va fer una veu calmada per mirar de suavitzar la sobtada hostilitat.

—Em sembla que hem d'aprendre molt uns dels altres.

—És clar —va dir en Carlisle amb veu serena.

—Encara estem disposats a acceptar la seva invitació —va fer-me una ràpida mirada i després es va tornar a mirar en Carlisle—. I, evidentment, no farem res a la humana. Ja els hem dit que no caçaríem en el seu territori.

En James va fer una mirada incrèdula i irritada a en Laurent, i es va tornar a mirar la Victoria, els ulls crispats de la qual anaven analitzant els rostres.

En Carlisle va escodrinyar l'expressió amable d'en Laurent durant un moment abans de parlar.

—Els ensenyarem el camí. Jasper, Rosalie, Esme? —va cridar. Es varen ajuntar, de forma que evitaven que els altres em veiessin. L'Alice es va posar immediatament al meu costat, i l'Emmett es va fer enrere a poc a poc, amb els ulls clavats als d'en James.

—Som-hi, Bella —va dir l'Edward en veu baixa i inhòspita.

Durant tota aquesta estona vaig estar clavada, com si m'haguessin sortit arrels, absolutament immòbil pel pànic. L'Edward em va haver d'agafar pel colze i estirar-me amb força perquè sortís de l'estat de xoc. L'Alice i l'Emmett eren a prop nostre, amagant-me. Vaig caminar a batzegades al costat de l'Edward, encara entumida per la por. No sentia si el grup havia marxat o no. La impaciència de l'Edward es feia evident mentre ens dirigíem a la vora del bosc a pas humà.

Un cop vàrem ser entre els arbres, l'Edward em va llançar a la seva esquena sense deixar de caminar. Em vaig agafar tan fort com vaig poder mentre començava a córrer, amb els altres que li trepitjaven els talons. Vaig deixar el cap avall, però no podia tancar els ulls, desorbitats pel pànic. Varen endinsar-se pel bosc, ara ombrívol, com espectres. L'alegria exultant que semblava envair l'Edward mentre corria havia desaparegut completament i l'havia reemplaçat una fúria que el consumia i el feia anar encara més ràpid. Fins i tot carregant-me a mi, va deixar els altres enrere.

Vàrem arribar al Jeep en un temps increïblement curt i l'Edward pràcticament ni es va aturar per deixar-me al seient de darrere.

—Posa-li el cinturó —va ordenar a l'Emmett, que es va posar al meu costat.

L'Alice ja era al seient de davant i l'Edward engegava el cotxe. Quan es va sentir el rugit del motor, va girar bruscament cap enrere per agafar el camí tortuós.

L'Edward remugava massa ràpid perquè el pogués entendre, però semblava un reguitzell de blasfèmies.

Aquest cop el sacseig del trajecte va ser molt pitjor i la foscor encara feia que fos més terrorífic. L'Emmett i l'Alice vigilaven enfurismats per les finestres.

Vàrem arribar a la carretera principal i, tot i que vàrem augmentar la velocitat, vaig poder veure millor on ens dirigíem: cap al sud, ens allunyàvem de Forks.

—On anem? —vaig preguntar.

No em va respondre ningú. Ni tan sols em varen mirar.

—Maleït sia, Edward! On em porteu?

—T'hem de treure d'aquí... Lluny... Molt lluny... Ara mateix.

No es va ni girar, tenia els ulls clavats a la carretera. Vaig veure al velocímetre que anàvem a cent setanta.

—Torna enrere! M'has de dur a casa! —vaig cridar. Vaig intentar treure'm aquell molest arnés, fent estrebades a les corretges.

—Emmett —va dir l'Edward, llòbrec.

I l'Emmett em va agafar les mans amb força perquè no les pogués moure.

—No! Edward! No em pots fer això!

—Ho he de fer, Bella. Si us plau, no cridis!

—No! M'has de tornar... en Charlie trucarà l'FBI!... Es tiraran a sobre de la teva família... d'en Carlisle i l'Esme! Hauran de fugir i amagar-se per sempre!

—Calma't, Bella! —feia una veu freda—. Ja ho hem fet altres vegades.

—Però no ho facis, no ho engeguis tot en orris per mi! —vaig debatre'm amb violència per deslliurar-me, totalment en va.

—Atura't, Edward —l'Alice va parlar per primer cop. Aquest li va fer una mirada assassina i va accelerar.

—Edward, parlem-ne.

—No ho entens! —va rugir ple de frustració. No l'havia sentit mai cridar tant, la seva veu retrunyia al Jeep. El velocímetre estava gairebé a cent noranta—. Que no ho veus, Alice, que és un rastrejador? Un rastrejador!

Vaig notar com l'Emmett es quedava rígid i em vaig preguntar per què tenia aquesta reacció davant la paraula. Per ells significava alguna cosa més que per mi; volia entendre-ho, però no tenia ocasió de preguntar-ho.

—Atura't, Edward.

El to de l'Alice era sensat, però hi havia un punt d'autoritat en les seves paraules que no havia sentit fins ara. L'agulla del velocímetre passava de dos-cents per hora.

—Fes-ho, Edward.

—Escolta'm, Alice. He llegit la seva ment. Rastrejar és la seva obsessió, la seva passió... i la desitja... a ella en concret. Aquesta nit començarà la cacera.

—Però no sap on...

L'Edward la va interrompre.

—Quant penses que tardarà en captar la seva essència al poble? Ja tenia el pla a punt abans que en Laurent digués res.

Vaig fer un crit sufocat quan vaig comprendre on el portaria la meva essència.

—En Charlie! No el podeu deixar allà! No el podeu abandonar! —em vaig retorçar per sortir de l'arnés.

—Té raó —va dir l'Alice.

Va afluixar una mica la velocitat.

—Mirem un moment les opcions que tenim —va persuadir-lo l'Alice.

El cotxe va afluixar més, de forma més notable, i de cop va frenar bruscament per parar al voral de l'autopista. Vaig sortir disparada endavant, però l'arnés em va frenar i vaig picar contra el seient.

—No tenim cap altra opció —va xiuxiuejar l'Edward.

—No deixaré en Charlie! —vaig xisclar.

—Calla, Bella!

—L'hem de tornar —va dir finalment l'Emmett.

—No —va dir l'Edward rotundament.

—No té res a fer amb nosaltres, Edward. No s'hi podrà ni acostar.

—S'esperarà.

L'Emmett va somriure.

—Jo també em puc esperar.

—No ho heu vist? És que no ho enteneu? Un cop es lliuri a la cacera, serà imparable. L'haurem de matar.

Va semblar que a l'Emmett no li desagradava la idea.

—És una opció.

—I també a la dona, estan junts. Si hem de lluitar, el líder també es posarà de la seva banda.

—Som prou.

—Hi ha una altra opció —va dir tranquil·lament l'Alice.

L'Edward es va girar a mirar-la, furiós, amb un gruny devastador.

—No-hi-ha-cap-altra-opció!

L'Emmett i jo ens el vàrem mirar sobresaltats, però l'Alice no semblava sorpresa. Hi va haver una llarga estona en la qual l'Edward i l'Alice es varen quedar mirant sense dir res.

Jo vaig trencar el silenci.

—Algú vol sentir el meu pla?

—No! —va grunyir l'Edward.

L'Alice li va fer una mirada assassina, finalment s'havia enfadat.

—Escolteu —vaig suplicar—. Em torneu...

—No —em va interrompre l'Edward.

Li vaig fer una mala mirada i vaig continuar.

—Em torneu, li explico al pare que me'n vull anar a casa, a Phoenix, i faig les maletes. Ens esperem fins que el rastrejador aquest surti i llavors fugim. Ens seguirà i deixarà en Charlie en pau. Així el pare no llençarà l'FBI sobre la vostra família i llavors em podreu portar on coi vulgueu.

Se'm varen quedar mirant estupefactes.

—La veritat és que no és mala idea.

Que l'Emmett s'hagués quedat tan parat era realment insultant.

—Podria sortir bé... i no podem deixar el seu pare, ja ho saps.

Tothom es va quedar mirant l'Edward.

—És massa perillós... No vull que estigui a prop d'ella en un radi de menys de cent cinquanta quilòmetres.

L'Emmett estava totalment segur d'ell mateix.

—Edward, no ens podrà vèncer.

L'Alice va pensar una estona.

—No veig que l'ataqui, s'esperarà que la deixem sola.

—No trigarà gaire en adonar-se que no ho farem.

—T'exigeixo que em portis a casa —vaig dir mirant de sonar ferma.

L'Edward es va prémer les temples amb els dits i va aclucar els ulls amb força.

—Si us plau —vaig dir amb un fil de veu.

No va alçar la vista. Quan va parlar, feia una veu esgotada.

—Marxaràs aquesta mateix nit, tant si el rastrejador ens veu com si no. Li dius a en Charlie que no pots passar ni un minut més a Forks. Fes-t'ho com vulguis, però que sigui convincent. Fas les maletes amb el primer que trobis i puges a la camioneta. M'és igual el que et digui en Charlie. Només tens un quart, sents? Quinze minuts comptats a partir que passis el llindar.

Va engegar el Jeep i va fer mitja volta. Els pneumàtics van grinyolar i l'agulla del velocímetre va començar a pujar ràpidament.

—Emmett? —vaig demanar, dirigint la mirada cap a les mans.

—Ai, perdona —va dir mentre em deixava anar.

Vàrem passar uns quants minuts en silenci. Només se sentia el rugit del motor. Llavors, l'Edward va tornar a parlar.

—La cosa anirà així. Quan arribem a la casa, si no hi ha el rastrejador, acompanyaré la Bella a la porta. Llavors tindrà quinze minuts —em va mirar amb duresa pel retrovisor—. Emmett, tu vigilaràs l'exterior de la casa i tu, Alice, t'encarregaràs de la camioneta. Jo seré a dins mentre hi sigui ella. Un cop hagi sortit, podeu agafar el Jeep i anar-li a explicar a en Carlisle.

—De cap manera —va interrompre l'Emmett—. Vindré amb tu.

—Pensa-ho bé, Emmett. No sé quant de temps seré fora.

—Fins que no sapiguem fins a quin punt arribarà això, vindré amb tu.

L'Edward va sospirar.

—Si el rastrejador ja hi és —va continuar ombrívol—, continuaré conduint.

—Arribarem abans que ell —va dir l'Alice amb seguretat.

Va semblar que l'Edward ho acceptava. Fos quin fos el seu problema amb l'Alice, ara no dubtava d'ella.

—Què farem amb el Jeep? —va preguntar.

La veu de l'Edward tenia un to sever.

—El portaràs a casa.

—No ho penso fer —va dir amb calma.

L'Edward va tornar a proferir un reguitzell de blasfèmies intel·ligibles.

—No hi cabem tots a la meva camioneta —vaig murmurar.

L'Edward va fer com si no em sentís.

—Crec que m'hauríeu de deixar marxar sola —vaig dir encara més fluix.

Ara sí que em va sentir.

—Bella, per favor, deixa'm que aquest cop ho fem a la meva manera —va dir entre dents.

—Escolta, en Charlie no és idiota —vaig protestar—. Si demà no ets al poble, sospitarà.

—Tant li fa. Ens ocuparem que estigui sa i estalvi. Això és el que importa.

—Llavors què passarà amb el rastrejador? Aquesta nit ha vist com has actuat. Es pensarà que estàs amb mi, siguis on siguis.

L'Emmett em va tornar a mirar, insultantment astorat.

—Edward, escolta-la —va insistir—. Trobo que té raó.

—Sí que en té —va assentir l'Alice.

—No ho puc fer —va dir l'Edward amb veu gèlida.

—L'Emmett també s'hauria de quedar —vaig continuar—. El rastrejador també l'ha clissat.

—Què? —va dir l'Emmett girant-se cap a mi.

—Si et quedes, tindràs més possibilitats d'atacar-lo —va assentir l'Alice.

L'Edward se la va quedar mirant, incrèdul.

—Et penses que la deixaré marxar sola?

—És clar que no —va dir l'Alice—. Ens l'endurem en Jasper i jo.

—No ho puc fer —va repetir l'Edward, però aquest cop tenia un deix de derrota a la veu. La lògica l'estava persuadint.

Vaig mirar de resultar convincent.

—Queda't per aquí una setmana... —vaig veure la seva expressió al retrovisor i em vaig corregir— ... uns quants dies. Deixa que en Charlie vegi que no m'has segrestat i fes que en James busqui inútilment. Quan t'hagis assegurat que m'ha perdut completament la pista, llavors em véns a buscar. Evidentment, hauràs d'agafar una ruta que no sigui directa i així en Jasper i l'Alice podran tornar a casa.

Vaig veure com s'ho començava a rumiar.

—Anar-te a buscar a on?

—A Phoenix. *Evidentment.*

—No. Sentirà que vas allà —va dir impacient.

—I tu faràs veure que és un ardit, òbviament. Ell sabrà que sabrem que ens escolta. Mai pensarà que de debò aniré on dic que vaig.

—Aquesta nena és maquiavèl·lica —va riure l'Emmett.

—I si no funciona?

—Hi ha milions de persones a Phoenix —vaig informar-lo.

—No és massa difícil trobar una guia telefònica.

—No aniré pas a casa.

—Com? —va preguntar, amb un perillós to a la seva veu.

—Sóc prou gran per buscar-me un lloc.

—Edward, serem amb ella —li va recordar l'Alice.

—I què hi fareu a Phoenix? —li va preguntar mordaçment.

—Estar-nos a dins.

—En certa manera, m'agrada —sens dubte, l'Emmett pensava en acorralar en James.

—Calla, Emmett.

—Mira, si l'intentem derrotar mentre la Bella encara corre per aquí, tenim molts números que algú en surti malparat... Tant ella com tu mirant de protegir-la. En canvi, si l'anem a trobar sols... —va deixar la frase inacabada i va somriure lentament. Tenia raó jo.

Ara el Jeep avançava lentament mentre entràvem al poble. Malgrat el meu valent discurs, notava com se m'eriçava el pèl dels braços. Vaig pensar en en Charlie, sol a casa, i vaig mirar d'agafar valor.

—Bella —va dir fluixet l'Edward. L'Alice i l'Emmett miraven per la finestra—. Si deixes que et passi alguna cosa, sigui el que sigui, te'n faré responsable, m'explico?

—Sí —vaig dir empassant-me la saliva.

Es va girar cap a l'Alice.

—Vols dir que en Jasper en serà capaç?

—Confia una mica en ell, Edward. Ho porta molt i molt bé, després de tot.

—I tu, te'n pots sortir? —va preguntar.

I la menuda i gràcil Alice va arrufar els llavis per fer una ganyota terrorífica i va proferir un gruny gutural que em va fer encongir al seient de la por.

L'Edward li va fer un somriure.

—Però guarda't les opinions —va remugar tot d'una.

Comiats

En Charlie m'esperava despert i havia deixat tots els llums de casa encesos. Tenia la ment en blanc mentre intentava empescar-me una manera de fer que em deixés marxar. No seria massa agradable.

L'Edward va aparcar a poc a poc, a força distància de la meva camioneta. Tots tres estaven a l'aguait, rígids als seus seients, escoltant atentament qualsevol fressa del bosc, mirant cada ombra, captant cada essència, buscant alguna cosa fora de lloc. Va parar el motor i em vaig quedar quieta mentre ells continuaven escoltant.

—No és aquí —va dir l'Edward, tens—. Anem.

L'Emmett es va inclinar per ajudar-me a treure'm l'arnés.

—No pateixis, Bella —va dir en veu baixa però animada—. Ens n'ocuparem ràpid.

Vaig notar com els ulls se m'omplien de llàgrimes mentre em mirava l'Emmett. Tot i que a penes el coneixia, m'angoixava el fet de no saber si el tornaria a veure després d'aquella nit. Sabia que això només era una petita part dels comiats que hauria de suportar durant la propera hora, i aquest pensament va fer que em posés a plorar.

—Alice, Emmett —va ordenar l'Edward. Varen esmunyir-se cap a la foscor sense fer ni mica de soroll i varen desaparèixer immediatament. L'Edward em va obrir la porta i em va agafar la mà. Llavors, em va abraçar protectorament amb un braç. Em va acompanyar ràpidament fins la porta, amb els ulls sempre alerta en la foscor.

—Quinze minuts —va advertir-me en veu baixa.

—Ho puc fer —vaig dir somicant. Les llàgrimes m'havien donat una idea.

Em vaig aturar al porxo i vaig agafar-li la cara entre les mans. Vaig mirar-me-li els ulls amb fúria.

—T'estimo —vaig dir en veu baixa però intensa—. Sempre t'estimaré, passi el que passi ara.

—No et passarà res, Bella —em va respondre amb la mateixa fúria.

—Limita't a seguir el pla, d'acord? Procureu que en Charlie surti sa i estalvi de tot això. No li cauré massa bé després del que diré i m'agradaria tenir l'oportunitat de disculpar-me més endavant.

—Entra, Bella, ens hem d'espavilar —em va apressar.

—Una altra cosa —vaig murmurar apassionadament—. No facis cas de res del que digui a partir d'ara!

Com que l'Edward estava inclinat, només em va caldre posar-me de puntetes per besar-li els llavis, desprevinguts i gèlids, amb tota la força que vaig poder. Llavors, em vaig girar i vaig obrir la porta d'una puntada de peu.

—Fora d'aquí, Edward! —vaig xisclar mentre corria cap a dins i tancava de cop la porta davant del seu rostre encara sorprès.

—Bella?

En Charlie estava a la sala d'estar i s'havia posat dret.

—Deixa'm estar! —vaig cridar entre llàgrimes, les quals ara em queien sense parar.

Vaig pujar corrents les escales i em vaig tancar amb clau a l'habitació. Vaig córrer cap al llit per estirar-me a terra i agafar la bossa. Vaig buscar ràpidament entre el matalàs i el somier per agafar el mitjó vell i nuat que contenia els meus estalvis secrets.

En Charlie donava cops a la porta.

—Bella, estàs bé? Què et passa? —va cridar espantat.

—Me'n torno a casa! —vaig cridar. La veu se'm va trencar en el lloc oportú.

—Que t'ha fet res?

El seu to s'acostava a la ràbia.

—No! —vaig xisclar augmentant unes quantes octaves. Em vaig girar cap al tocador i l'Edward era allà, agafant en silenci piles de roba sense mirar i me les anava tirant.

—T'ha deixat?

En Charlie estava astorat.

—No! —vaig cridar, amb menys alè perquè ho anava entaforant tot a la bossa. L'Edward em va llançar el contingut d'un altre calaix, tot i que la bossa ja estava molt plena.

—Què ha passat, Bella? —va cridar en Charlie des de l'altre costat, tornant a donar cops.

—L'he deixat jo! —vaig respondre-li cridant mentre feia una estrebada a la cremallera de la bossa. Les hàbils mans de l'Edward varen apartar les meves i la va tancar sense problemes. Amb compte, em va penjar la nansa al braç.

—Seré a la camioneta... vés! —va xiuxiuejar i em va empènyer cap a la porta. L'Edward va desaparèixer per la finestra.

Vaig obrir la porta, vaig empènyer en Charlie per poder passar, i em vaig debatre amb la meva pesada bossa mentre baixava les escales.

—Què ha passat? —va vociferar. Era just darrere meu—. Em pensava que t'agradava.

A la cuina va aconseguir agafar-me pel colze. Tot i que encara estava sobtat, em retenia amb força.

Em va girar perquè me'l mirés i vaig veure en la seva expressió que no tenia intenció de deixar-me marxar. Només hi havia una manera d'escapar-me i implicava ferir-lo tant que em vaig odiar a mi mateixa per haver-la pensat. Tot i això, no em quedava temps i l'havia de salvar.

Me'l vaig mirar amb odi, amb llàgrimes als ulls pel que faria.

—És clar que m'agrada... aquest és el problema. No puc continuar així! No puc tenir més arrels aquí! No vull acabar atrapada en aquest carai de poble avorrit com la mare! No penso cometre el mateix error que ella. No ho suporto... No puc estar-me aquí ni un minut més!

Em va deixar anar de cop, com si l'hagués enrampat. Vaig girar-me per no veure el seu rostre atònit i ferit i me'n vaig anar cap a la porta.

—Bells, no pots marxar ara. És de nit —va murmurar darrere meu.

No em vaig ni girar.

—Ja dormiré a la camioneta si em canso.

—Espera't una setmana més —em va suplicar, encara tocat—. La Renée ja haurà tornat a Phoenix.

Això em va trastornar del tot.

—Què?

En Charlie va continuar explicant impacient, gairebé quequejant però tranquil·litzant-se quan va veure que dubtava.

—Ha trucat mentre eres fora. Les coses no els van massa bé a Florida. Si a finals de setmana no contracten en Phil, se'n tornen a Arizona. L'entrenador auxiliar dels Sidewinders deia que potser tindrien feina per a un altre interbase.

Vaig moure el cap mirant de reordenar les meves idees, ara confuses. Cada segon que passava posava més en perill la vida d'en Charlie.

—Ja tinc clau —vaig murmurar, mentre girava el pany. El tenia massa a prop, amb una mà estesa cap a mi i amb el rostre atordit. No podia perdre més temps discutint amb ell, li hauria de fer encara més mal.

—Deixa'm marxar, Charlie! —vaig repetir les últimes paraules de la mare quan va sortir per aquesta mateixa porta molts anys enrere. Les vaig dir tan furiosa com vaig poder i llavors vaig obrir la porta de cop—. No ha funcionat, sents? No suporto Forks!

Les meves paraules cruels varen fer efecte: en Charlie es va quedar glaçat al llindar, totalment petrificat, mentre jo corria cap a la foscor. El pati buit em feia una por cerval. Vaig córrer com una boja cap a la camioneta mentre veia una ombra fosca darrere meu. Vaig llançar la bossa a la caixa del vehicle i vaig obrir la porta d'una estrebada. La clau ja era al contacte.

—Ja et trucaré demà! —vaig cridar, desitjant ferventment poder-li explicar tot en aquell moment, tot i que sabia que en seria incapaç. Vaig engegar el motor i va retrunyir. L'Edward em va tocar la mà.

—Atura't —em va dir quan ja havíem deixat enrere en Charlie i la casa.

—Ja puc conduir! —vaig dir mentre em queien les llàgrimes cara avall.

De forma inesperada, em va agafar per la cintura amb les seves mans llargues, i em va apartar el peu de l'accelerador amb el seu. Em va estirar a la seva falda, arrencant-me així les mans del volant. De sobte, l'Edward estava al seient del conductor i la camioneta no s'havia desviat ni un centímetre.

—No trobaries mai casa nostra —va explicar.

De sobte, es varen encendre uns fars darrere nostre. Vaig girar-me a mirar pel vidre de darrere, morta de por.

—És l'Alice —va aclarir per tranquil·litzar-me i em va tornar a agafar la mà.

No em podia treure del cap la imatge d'en Charlie a l'entrada.

—I el rastrejador?

—Ha sentit el final de la teva actuació —va dir l'Edward amb un to fosc.

—I en Charlie? —vaig preguntar atemorida.

—El rastrejador ens ha seguit. Corre darrere nostre.

Em vaig quedar glaçada.

—Ens en podem desempallegar?

—No.

Malgrat tot, va accelerar mentre parlava. El motor xerricava perquè no podia més. De cop, el meu pla ja no semblava tan brillant.

Estava mirant els fars de l'Alice quan la camioneta va fer una sotragada i va aparèixer una silueta fosca a l'exterior.

El xiscle esfereïdor que vaig fer va durar la fracció de segon que l'Edward va tardar en tapar-me la boca.

—És l'Emmett!

Va treure'm la mà de la boca i em va posar el braç al voltant de la cintura.

—No passa res, Bella —em va assegurar—. Ens en sortirem.

Vàrem recórrer a tota velocitat el poble silenciós en direcció nord, cap a l'autopista.

—No me n'havia adonat que la vida de poble et resultava tan avorrida —va dir per donar-me conversa. Sabia que intentava distreure'm—. Em pensava que darrerament t'estaves adaptant prou bé... Sobretot últimament. Segurament m'estava fent il·lusions d'haver-te fet la vida més interessant.

—No he jugat net —vaig confessar-li, ignorant el seu intent d'entretenir-me, amb la vista clavada als genolls—. Li he dit el mateix que li va dir la mare quan el va deixar. Es pot dir que ha estat un cop baix.

—No t'hi amoïnis, ja et perdonarà —va somriure una mica, tot i que no se li va reflectir a la mirada.

Me'l vaig mirar desesperadament i es va adonar del pànic en els meus ulls.

—Bella, tot anirà bé.

—No anirà bé si no estem junts —vaig mussitar.

—Tornarem a estar junts d'aquí pocs dies —va dir, estrenyent-me amb el braç—. No oblidis que ha estat idea teva.

—Era la millor idea... És clar que era meva.

Em va respondre amb un somriure tètric i efímer.

—Per què ha passat això? —vaig preguntar amb una veu trista com el seu somriure—. Per què a mi?

Es va quedar amb la mirada clavada a la carretera.

—És culpa meva... He estat un ximple de posar-te en perill d'aquesta manera —parlava com si es dirigís la ràbia cap a ell mateix.

—No em refereixo a això —vaig insistir—. Era allà, res de l'altre món, i als altres dos no semblava que els fes res. Per què en James ha decidit matar-me precisament a mi? Amb tota la gent que hi ha, per què jo?

L'Edward va dubtar un instant abans de respondre, pensarós.

—Abans he examinat a fons la seva ment —va començar a explicar en veu baixa—. Un cop t'ha vist, dubto que s'hagués pogut fer res per evitar-ho. En part, és culpa teva —va dir irònicament—. Si no tinguessis una essència tan extraordinàriament exquisida, no s'hagués ni fixat en tu. A més, quan he sortit en defensa teva... encara ho he empitjorat. No està acostumat a no sortir-se amb la seva, encara que es tracti d'una fotesa. No es considera res més que un caçador. La seva existència gira al voltant del rastreig i l'únic que desitja a la vida és trobar un bon repte. De cop, li hem ofert un repte meravellós: un gran clan de lluitadors valents, tots protegint amb abnegació un element vulnerable. No et pots ni imaginar com n'està d'eufòric. És el joc que més li agrada i entre tots hem fet que sigui emocionant com mai —va dir indignat.

Es va aturar un moment.

—Però igualment, si no hagués fet res, t'hauria matat —va dir desolat.

—Em pensava... que els altres no se sentien atrets per la meva olor... de la mateixa manera que ho fas tu —vaig dir dubitativa.

—No, però no vol dir necessàriament que no siguis una temptació per ells. Si haguessis atret el rastrejador —o qualsevol dels altres— de la mateixa manera que m'atreus a mi, ens hauríem enfrontat allà mateix.

Em vaig estremir.

—Em sembla que no em queda cap més sortida que matarlo —va remugar—. A en Carlisle no li farà cap gràcia.

Vaig sentir com els pneumàtics xerricaven en travessar el pont, tot i que era tan fosc que no podia veure el riu. Sabia que érem a prop i li ho havia de preguntar ara.

—Com es mata un vampir?

Em va fer una mirada inexpugnable i de cop va posar una veu severa.

—L'única manera segura és esquarterar-lo i cremar-ne els trossos.

—I els altres dos li faran costat?

—La dona segur que sí. En Laurent no ho sé. No tenen un lligam gaire fort, només hi va per conveniència. Abans, al prat, en James l'ha avergonyit...

—Però en James i la dona... provaran de matar-te? —vaig preguntar amb veu aspra.

—Bella, ni se t'acudeixi perdre el temps preocupant-te per mi. En l'únic que has de pensar és en estar sana i estàlvia... i, per sobre de tot, mira de no fer bestieses.

—Encara ens segueix?

—Sí, tot i que no atacarà la casa. Almenys aquesta nit.

Va girar per agafar el camí invisible, amb l'Alice seguint-nos.

Vàrem conduir fins a la casa. Els llums de l'interior eren brillants, però no servien de massa per il·luminar la foscor del bosc dels voltants. Abans que parés la camioneta, l'Emmett ja m'havia obert la porta. Em va estirar fora del seient, em va agafar contra el seu pit com si fos una pilota i va córrer cap a dins.

Vàrem irrompre a la gran sala blanca, amb l'Edward i l'Alice flanquejant-nos. Tots eren allà i s'havien aixecat en sentir-nos. En Laurent era al mig. Vaig sentir com l'Emmett grunyia des del fons de la gola quan em va deixar al costat de l'Edward.

—Ens estava seguint —va anunciar l'Edward, mirant amb odi amenaçador en Laurent.

Aquest feia una cara trista.

—Ja m'ho temia.

L'Alice va anar amb pas de ballarina al costat d'en Jasper i li va dir alguna cosa a cau d'orella. Els llavis li varen tremolar per la velocitat de les seves silencioses paraules. Tots dos varen córrer escales amunt. La Rosalie se'ls va quedar mirant i llavors va anar corrents al costat de l'Emmett. Els seus bonics ulls eren intensos i, quan els va dirigir sense voler cap al meu rostre, furiosos.

—Què farà? —va preguntar en Carlisle a en Laurent, amb un to gèlid.

—Em sap greu —va respondre—. Quan el vostre fill l'ha defensada ja m'he temut que passaria això.

—El pot aturar?

En Laurent va fer que no amb el cap.

—No hi ha res que pugui aturar en James un cop ha començat.

—Nosaltres sí que ho farem—va prometre l'Emmett, sense cap dubte de què volia dir.

—No podran. En els meus tres-cents anys d'edat no he vist res com ell. És totalment letal. És per això que em vaig unir al seu aquelarre.

És clar, el seu aquelarre, vaig pensar. El paper de líder aquella tarda a la clariana no era res més que això, un paper.

En Laurent continuava fent que no amb el cap. Em va mirar perplex i llavors va tornar a fixar la vista a en Carlisle.

—Vol dir que val la pena?

El rugit furiós de l'Edward va retrunyir a la sala i en Laurent es va encongir. En Carlisle es va mirar en Laurent clarament ofès.

—Em temo que haurà de prendre una decisió.

En Laurent ho va entendre i va rumiar-s'ho un moment. Va mirar-se cadascun dels rostres i, finalment, va recórrer amb els ulls la il·luminada sala.

—Estic encuriosit per la seva forma de vida, però no vull interferir en aquest assumpte. No els tinc cap mena d'antipatia, però tampoc em posaré en contra d'en James. Em penso que me n'aniré cap al nord... amb aquell clan de Denali —va dubtar—. No el subestimin, té una ment brillant i uns sentits fins com pocs. Es mou en el món dels humans amb tanta desimboltura com vostès i no els atacarà frontalment... Em sap greu tot el que s'ha desencadenat, molt de greu —va abaixar el cap, però vaig notar com em feia una altra mirada estranyada.

—Vagi-se'n en pau —va respondre-li en Carlisle educadament.

En Laurent va tornar a mirar detingudament al seu voltant i llavors va sortir ràpidament.

El silenci va durar menys d'un segon.

—És gaire a prop? —va dir en Carlisle mirant l'Edward.

L'Esme no es va quedar quieta. Va tocar un comandament gairebé invisible de la paret i, amb un xerric, uns porticons metàl·lics varen començar a protegir la paret de vidre. Em vaig quedar bocabadada.

—A uns cinc quilòmetres passat el riu. Està fent volts per trobar-se amb la dona.

—Quin pla tenim?

—L'allunyarem per tal que en Jasper i l'Alice es puguin endur la Bella al sud.

—I després?

L'Edward feia una veu letal.

—Tan bon punt la Bella hagi marxat, el caçarem.

—Suposo que no tenim cap altra sortida —va assentir en Carlisle, amb el rostre ombrívol.

L'Edward es va girar cap a la Rosalie.

—Porta-la a dalt i canvieu-vos la roba —va ordenar l'Edward.

Ella se'l va quedar mirant incrèdula i furiosa.

—I per què ho hauria de fer? —va remugar—. Què representa ella per mi, a part d'una amenaça, un perill que ens has portat a casa i que ens afecta a tots?

Em vaig estremir amb la metzina que destil·laven les seves paraules.

—Rose... —va murmurar l'Emmett, mentre li posava una mà a l'espatlla. Ella li va fer apartar violentament.

Tanmateix, jo em mirava l'Edward atentament, preocupada per la seva reacció, sabent el caràcter que tenia. Malgrat tot, em va sorprendre. Va apartar la mirada de la Rosalie com si no hagués dit res, com si ni tan sols existís.

—Esme? —va preguntar amb calma.

—És clar —va mussitar.

En un obrir i tancar d'ulls, l'Esme va aparèixer al meu costat i em va agafar a coll amb facilitat. Vàrem pujar les escales abans que pogués fer un crit de sorpresa.

—Què farem? —vaig preguntar sense alè quan em va deixar a terra en una habitació fosca d'algun lloc del segon pis.

—Mirar de dissimular l'essència. No durarà massa, però t'ajudarà a escapar-te.

Vaig sentir com la seva roba queia a terra.

—Em sembla que m'anirà grossa... —vaig dubtar, però de cop va començar a treure'm la brusa. Ràpidament vaig treure'm jo mateixa els texans. Em va donar una peça que semblava una brusa i vaig debatre'm per passar els braços pels forats que tocava. Quan me la vaig haver posat, em va donar els seus pantalons. Me'ls vaig posar, però no podia treure els peus perquè eren massa llargs. Em va doblegar hàbilment les vores diverses vegades perquè pogués caminar. No sé com ja s'havia posat la meva roba. Em va portar a les escales, on hi havia l'Alice esperant, amb una bossa de cuir en una mà. Em varen agafar pels colzes i em varen aixecar mentre baixaven les escales.

Pel que sembla, a baix ja ho havien preparat tot mentre no hi érem. L'Edward i l'Emmett ja estaven a punt de marxar i aquest últim portava una motxilla que semblava pesada a l'espatlla. En Carlisle va donar una cosa petita a l'Esme. Llavors es va girar i va donar el mateix a l'Alice: un telèfon mòbil diminut i platejat.

—L'Esme i la Rosalie s'enduran la camioneta, Bella —va dir-me mentre em passava pel costat. Vaig fer que sí, mentre em mirava amb recel la Rosalie, que es mirava en Carlisle enfurismada i ressentida.

—Alice i Jasper... Agafeu el Mercedes. Al sud us caldran els vidres tintats.

Varen fer que sí.

—Nosaltres agafarem el Jeep.

Em va sorprendre que en Carlisle tingués intenció d'anar amb l'Edward. De sobte, em vaig adonar amb una fiblada de terror que havien format l'equip de cacera.

—Alice —va demanar en Carlisle—, funcionarà l'esquer?

Tothom es va quedar mirant l'Alice mentre cloïa els ulls i es quedava increïblement immòbil.

Finalment, els va obrir.

—L'home et seguirà i la dona perseguirà la camioneta. Hauríem de sortir després vostre.

Feia un to de certesa.

—Anem.

En Carlisle es va dirigir cap a la cuina.

L'Edward se'm va acostar de seguida. Em va agafar amb els seus braços de ferro i em va prémer contra el seu pit. Semblava que no era conscient que la família el mirava quan em va acostar el rostre cap al seu, fent-me aixecar els peus de terra. Durant un breu instant, va posar els seus llavis gèlids i durs sobre els meus. Llavors es va acabar tot. Em va deixar a terra, sense deixar-me anar la cara, amb els seus meravellosos ulls que cremaven en els meus però que, de sobte, es varen quedar inexpressius i curiosament inerts quan es va girar.

Llavors, ja havien marxat.

La resta ens vàrem quedar allà, i els altres varen desviar la mirada mentre em queien les llàgrimes cara avall.

El moment de silenci va durar fins que va vibrar el telèfon de l'Esme a la seva mà. Se'l va posar ràpidament a l'orella.

—Ara —va dir. La Rosalie va guaitar la porta principal sense mirar-me, però l'Esme em va acariciar la galta quan em va passar pel costat.

—Cuida't.

El seu xiuxiueig es va quedar surant a la sala mentre sortien. Vaig sentir com la meva camioneta s'engegava estrepitosament i després s'esvaïa.

En Jasper i l'Alice es varen esperar. Em va donar la sensació que l'Alice es posava el telèfon a l'orella abans que vibrés.

—L'Edward diu que la dona segueix l'Esme. Vaig a buscar el cotxe.

Va desaparèixer entre les ombres de la mateixa manera en què ho havia fet l'Edward.

En Jasper i jo ens vàrem mirar. Va caminar al meu costat mentre ens dirigíem a l'entrada... amb prudència.

—T'equivoques, ja ho saps —va dir amb calma.

—Què? —vaig respondre sobresaltada.

—Sé com et sents... i penso que sí que ho mereixes.

—No —vaig mussitar—. Si els passa res, no haurà valgut la pena.

—T'equivoques —va repetir, somrient-me amablement.

Silenciosament l'Alice va aparèixer a la porta d'entrada i se'm va acostar amb els braços oberts.

—Et fa res? —em va preguntar.

—Ets la primera que em demana permís —vaig dir somrient irònicament.

Em va agafar amb els seus braços esvelts amb la mateixa facilitat que l'Emmett i em va acostar a ella de forma protectora. Llavors vàrem sortir corrents de la casa, deixant els llums encesos darrere nostre.

Impaciència

Quan em vaig llevar, em trobava confosa. Tenia els pensaments ennuvolats, encara entortolligats entre somnis i malsons. Em va costar més de l'habitual adonar-me d'on era.

Aquella habitació tan austera només podia ser la d'un hotel. Les làmpades, clavades a les tauletes, es veien de saldo, així com les llargues cortines fetes de la mateixa roba que el cobrellit, i les impersonals aquarel·les de les parets.

Vaig intentar recordar com hi havia arribat, però en un primer moment no em va venir res al cap.

Recordava l'elegant cotxe negre amb els vidres tintats, més foscos que els d'una limusina. El motor era pràcticament silenciós, tot i que recorríem les autovies fosques a més del doble de la velocitat permesa.

Vaig recordar l'Alice asseguda al meu costat, en el seient de darrere de cuir negre. D'alguna manera, en aquella llarga nit havia acabat recolzant el cap en el seu coll de granit. La meva proximitat no semblava molestar-la i la seva pell dura i freda m'havia resultat curiosament còmoda. El davant de la seva brusa prima de cotó era gèlid i va quedar moll per les llàgrimes que em queien fins que els ulls, vermells i irritats, se'm varen assecar.

No em podia adormir, no podia aclucar els meus ulls adolorits tot i que, finalment, es va acabar la nit i va començar a fer-se de dia rere un turó baix d'algun lloc de Califòrnia. La llum grisa, que s'estenia al llarg del cel clar, em feia mal als ulls, tot i que no els podia tancar. Quan ho feia, les imatges que se m'apareixien massa clares, com diapositives darrere les meves parpelles, eren insuportables. L'expressió desolada d'en Charlie... El terrible gruny de l'Edward ensenyant les dents... La mirada d'odi ressentit de la Rosalie... L'agut escrutini del rastrejador... La mirada apagada de l'Edward després de besar-me per darrera vegada.... Com que no podia veure-les, vaig debatre'm contra el cansament mentre el sol s'alçava al cel.

Encara estava desperta quan vàrem travessar un port de muntanya planer i teníem el sol darrere, que es reflectia a les teulades de teules de la Vall del Sol. Ja no em quedava emoció per sorprendre'm del fet que haguéssim fet un viatge de tres dies en un. Em vaig quedar mirant absorta la immensa planura que s'estenia davant meu. Phoenix. Les palmeres, els arbusts de creosota, les caòtiques vies de les autopistes que es creuaven, les franges verdes dels camps de golf i les taques turquesa de les piscines, tot cobert per una fina capa de pol·lució i envoltat per crestes curtes i rocoses, que no eren prou altes per dir-ne muntanyes.

Les ombres de les palmeres s'estenien al llarg de l'autopista, definides i més punxegudes del que recordava, més pàl·lides de l'habitual. No hi havia res que es pogués amagar en aquelles ombres. Tot i que l'autopista àmplia i il·luminada resultava agradable, no em sentia alleujada ni notava la sensació de tornar a casa.

—Per on es va a l'aeroport, Bella? —va preguntar en Jasper i em vaig estremir, tot i que la seva veu era bastant suau i gens alarmada. Deixant a part la fressa del cotxe, va ser el primer so que va trencar el silenci d'aquella llarga nit.

—No surtis de la I-10 —vaig respondre automàticament—. Hi passarem pel costat.

El cap m'anava lent, ennuvolat per la falta de son.

—Volarem a algun lloc? —vaig preguntar a l'Alice.

—No, però és millor que hi estiguem a prop, per si de cas.

Recordo que vaig començar el revolt que envoltava l'Sky Harbor International, però no el vaig acabar. Suposo que devia ser llavors quan em vaig adormir.

Tanmateix, ara que anava recuperant els records, tenia la vaga impressió d'haver sortit del cotxe quan el sol s'estava ponent rere l'horitzó, amb el braç penjat a l'espatlla de l'Alice mentre ella m'agafava per la cintura amb fermesa i m'arrossegava fent tentines per les ombres seques i càlides.

No recordava aquesta habitació.

Vaig mirar el rellotge digital de la tauleta de nit. Els números vermells deien que eren les tres, però no es veia si de la matinada o de la tarda. Per les cortines gruixudes no hi passava ni un raig de llum, però l'habitació estava il·luminada per la llum de les làmpades. Em vaig aixecar, entumida, vaig anar trontollant fins a la finestra i vaig apartar les cortines.

Com que a fora era fosc, havien de ser les tres de la matinada. La meva habitació donava a una zona buida de l'autopista i al nou aparcament cobert d'estacionament prolongat de l'aeroport. Em vaig sentir una mica millor en saber on em trobava.

Em vaig mirar: encara portava la roba de l'Esme i no m'anava gens a la mida. Vaig mirar l'habitació i vaig estar contenta quan vaig veure la meva bossa al damunt d'un tocador baix. Anava cap a buscar roba quan varen trucar suaument a la porta i em vaig sobresaltar.

—Puc passar? —va preguntar l'Alice.

Vaig agafar aire.

—I tant.

Va entrar i em va mirar detingudament.

—Fas cara de necessitar dormir més —va dir.

Em vaig limitar a fer que no.

Va anar silenciosament cap a les cortines i les va tancar bé, després es va girar cap a mi.

—Cal que ens quedem a dins —em va explicar.

—D'acord —vaig dir amb veu ronca i trencada.

—Tens set? —em va preguntar.

Vaig encongir les espatlles.

—Estic bé. I tu?

—Res que no pugui suportar —va dir somrient—. T'he demanat menjar, és a la sala d'estar. L'Edward em va recordar que has de menjar molt més sovint que nosaltres.

De cop, vaig posar més atenció.

—Ha trucat?

—No —va dir, i va veure com em quedava trista—. M'ho va dir abans de marxar.

Em va agafar la mà amb compte i em va portar a la sala d'estar de la suite. Vaig sentir un murmuri de veus que provenien de la televisió. En Jasper estava assegut a l'escriptori de la cantonada, immòbil, mirant les notícies sense ni un bri d'interès.

Em vaig asseure a terra, al costat de la taula de cafè, on m'esperava una safata de menjar. En vaig començar a agafar sense notar ni què menjava.

L'Alice es va asseure al braç del sofà i es va posar a mirar la televisió, absorta com en Jasper.

Mentre menjava a poc a poc, anava observant l'Alice i, de tant en tant, feia una ullada a en Jasper. Vaig començar a adonar-me que estaven massa quiets. En cap moment apartaven la vista de la pantalla, ni tan sols ara, que feien anuncis.

Vaig apartar la safata perquè de cop se'm va regirar l'estómac. L'Alice em va mirar.

—Què passa, Alice? —vaig preguntar.

—Res —tenia els ulls molt oberts, sincers... però no me'ls vaig creure.

—Què estem fent?

—Esperem que truqui en Carlisle.

—I ja hauria d'haver trucat?

Vaig notar que l'havia encertada. Els ulls de l'Alice van anar dels meus al telèfon que hi havia a sobre de la seva bossa de cuir. Llavors em va tornar a mirar.

—Què vol dir això? —la veu em va tremolar i vaig procurar controlar-me-la—. Què vol dir que encara no hagi trucat?

—Només vol dir que no tenen res a dir-nos.

No obstant això, feia una veu massa calmada i l'ambient era tens.

De cop i volta, en Jasper estava al costat de l'Alice, més a prop meu de l'habitual.

—Bella —va dir amb una veu sospitosament suau—. No cal que et preocupis per res. Aquí estàs totalment segura.

—Ja ho sé.

—Llavors, per què tens por? —va preguntar confós. Encara que podia notar el to de les meves emocions, no n'entenia els motius.

—Ja has sentit què ha dit en Laurent —feia un fil de veu, però estava segura que em sentia—. Ha explicat que en James era letal. I si alguna cosa no funciona bé i se separen? Si passa alguna cosa a qualsevol d'ells... A en Carlisle, l'Emmett... l'Edward... —em vaig empassar la saliva—. Si aquella salvatge fa mal a l'Esme... —havia pujat el to de veu, amb un deix d'histèria que començava a sobresortir—. Com podré viure tranquil·la sabent que és culpa meva? Cap de vosaltres s'hauria de posar en perill per mi...

—Bella, Bella, para —em va interrompre en Jasper, parlant tan ràpid que em costava entendre'l—. Et preocupes pel que no cal. Confia en mi: cap de nosaltres està en perill. Ja estàs prou en tensió com per afegir-hi més preocupacions innecessàries. Escolta'm —va ordenar-me quan vaig desviar la mirada—, la nostra família és forta. L'única por que tenim és perdre't.

—Però per què hauríeu...?

Aquest cop em va interrompre l'Alice, acariciant-me la galta amb els seus dits gèlids.

—Feia gairebé un segle que l'Edward estava sol, però ara t'ha trobat. Tu no notes els canvis que s'han produït en ell, però nosaltres, que fa tant que estem al seu costat, sí. Et penses que el podríem mirar a la cara durant els pròxims cent anys si et perd?

Mentre mirava els ulls foscos de l'Alice, de mica en mica em vaig anar sentint menys culpable. Encara que la calma em començés a envair, però, sabia que no em podia refiar de les meves emocions si en Jasper era allà.

Va ser un dia molt llarg.

Ens vàrem quedar a l'habitació. L'Alice va trucar a la recepció i els va demanar que no vingués el servei d'habitacions. Ens vàrem quedar amb les finestres tancades i la televisió engegada, tot i que no la mirava ningú i em portaven menjar a intervals regulars. Em donava la sensació que el telèfon platejat de sobre l'escriptori s'anava fent gros a mesura que passaven les hores.

Els meus "mainaders" suportaven l'espera millor que jo. Mentre anava nerviosament d'aquí d'allà, ells s'anaven quedant cada cop més quiets, com dues estàtues els ulls de les quals em seguien de forma imperceptible mentre em movia. Em vaig entretenir mirant de memoritzar l'habitació, els colors de l'estampat de ratlles dels sofàs: canyella, préssec, crema, daurat mat i canyella un altre cop. De tant en tant, contemplava les pintures abstractes de les parets, mirant de trobar en les formes alguna figura recognoscible, com feia de petita amb els núvols. Vaig identificar una mà blava, una dona pentinant-se i un gat estirant-se. Tot i això, quan el cercle vermell pàl·lid es va convertir en un ull que em mirava, vaig apartar la vista de cop.

Mentre transcorria la tarda, me'n vaig tornar al llit, més que res per fer alguna cosa. Esperava que, estant sola a les fosques, em reapareguessin les terribles pors que suraven en algun racó de la meva consciència i que no es podien manifestar en l'escrupolosa vigilància d'en Jasper.

No obstant això, l'Alice em va seguir amb indiferència, com si per coincidència també s'hagués cansat de la sala en aquell moment. Em començava a preguntar quina mena d'instruccions li devia haver donat l'Edward. Em vaig estirar al llit i ella es va asseure al meu costat, amb les cames plegades. En un primer moment la vaig ignorar perquè em trobava prou cansada per dormir. Tot i això, al cap d'uns minuts, el pànic que se m'havia esvaït en presència d'en Jasper va reaparèixer. Llavors, vaig desistir d'adormir-me ràpidament, i em vaig cargolar, abraçant-me les cames amb els braços.

—Alice? —vaig preguntar.

—Sí?

Vaig mantenir la veu molt serena.

—Què creus que deuen estar fent?

—En Carlisle volia fer anar el rastrejador tant al nord com fos possible, esperar que s'acostés i llavors tornar enrere i emboscar-lo. L'Esme i la Rosalie havien d'anar cap a l'oest tant com poguessin perquè la dona els seguís. Si tornava enrere, anirien cap a Forks i vigilarien el teu pare. Per tant, m'imagino que les coses van bé, si no han trucat. Això vol dir que tenen el rastrejador prou a prop com perquè no vulguin que els senti.

—I l'Esme?

—Suposo que deu haver tornat a Forks. Si hi ha la més mínima possibilitat que la dona la senti, no trucarà. Suposo que només estan sent molt prudents.

—De debò penses que estan bé?

—Bella, quants cops t'hem de dir que no estem en perill?

—Aleshores, em diries la veritat?

—Sí, sempre te la diré— va dir amb veu sincera.

Vaig rumiar-m'ho un moment i vaig determinar que ho deia de debò.

—Llavors explica'm una cosa... Com us vàreu convertir en vampirs?

La meva pregunta la va agafar desprevinguda i es va quedar en silenci. Em vaig girar per mirar-me-la, la seva expressió semblava ambivalent.

—L'Edward no vol que t'ho expliqui —va dir amb fermesa, però vaig notar que no hi estava d'acord.

—No s'hi val. Tinc dret a saber-ho.

—Ja ho sé.

Me la vaig mirar, a l'expectativa. Va sospirar.

—Es posarà furiós.

—No n'ha de fer res. Això és entre tu i jo. Alice, t'ho prego, com a amiga.

I, en certa manera, ara érem amigues, com ella devia saber des de feia temps. Em va mirar amb aquells ulls esplèndids i sensats... mentre prenia la decisió.

—T'explicaré com funciona —va dir finalment— però, com que no recordo com em va passar a mi, ni ho he fet mai, ni he vist com es fa, tingues en compte que només et puc explicar la teoria.

Em vaig esperar.

—Com a depredadors, disposem d'un autèntic arsenal físic, immensament superior al necessari. La força, la velocitat, els sentits aguts, i això sense tenir en compte els que són com l'Edward, en Jasper i jo, que també tenim poders extrasensorials. A més, de la mateixa manera que una planta carnívora, som físicament atractius per la nostra presa.

Estava molt quieta, recordant com l'Edward m'havia demostrat de forma deliberada el mateix concepte al prat.

Em va fer un somriure ampli i sinistre.

—Tenim una altra arma bastant supèrflua. També som verinosos —va dir, amb les dents brillants—. La metzina no mata, només paralitza. Actua a poc a poc i s'estén pel torrent sanguini, de manera que, un cop ha estat mossegada, la presa sent massa dolor per poder-se escapar. Com deia, és bastant superflu: si hi estem tan a prop, la presa no s'escapa. Evidentment, sempre hi ha excepcions. En Carlisle, per exemple.

—Així... si es deixa que s'escampi el verí... —vaig murmurar.

—La transformació tarda uns quants dies a completar-se, depenent de quanta metzina hi ha a la sang i de quanta n'arribi al cor. Mentre el cor continuï bategant, el verí es va estenent i cura i canvia el cos mentre circula a través d'aquest. Al final, el cor s'atura i s'acaba la transformació. Tanmateix, durant tot el procés, cadascun dels minuts que dura, la víctima desitja morir.

Em vaig estremir.

—No és agradable, com pots veure.

—L'Edward va dir que era molt difícil de fer... No ho vaig entendre massa —vaig dir.

—En certa manera, també som com els taurons. Un cop tastem o olorem la sang, ens és difícil deixar d'alimentar-nos. De vegades, fins i tot impossible. Com pots veure, mossegar algú i tastar-ne la sang pot iniciar el frenesí. És difícil per totes dues parts, tant pel nostre desig de sang com per l'insuportable dolor de la víctima.

—Per què et sembla que no te'n recordes de quan et va passar?

—No ho sé. Per als altres, el dolor de la transformació és el record més viu que tenen de la vida humana. Jo no recordo res de l'altra vida —va dir amb una veu malenconiosa.

Ens vàrem quedar estirades en silenci, cadascuna absorta en els seus pensaments.

Passaven els segons i ja gairebé havia oblidat la seva presència, de tan capficada que estava.

Llavors, i de forma inesperada, l'Alice va saltar a terra. Va alçar el cap de cop per mirar-me-la astorada.

—Alguna cosa que ha canviat.

Feia una veu apressada, no parlava amb mi.

Va anar cap a la porta a la vegada amb en Jasper, el qual era evident que havia sentit la nostra conversa i el seu crit sobtat. Va posar-li les mans a les espatlles, la va portar al llit i la va fer asseure en una punta.

—Què veus? —va preguntar detingudament, mirant-se-la als ulls, encara fixats en alguna cosa molt llunyana. Em vaig asseure a prop seu i em vaig inclinar per sentir què deia en veu molt baixa i ràpida.

—Veig una sala, llarga, amb miralls a pertot. El terra és de fusta. El veig en aquesta sala, esperant. Hi ha una cosa daurada... Una barra daurada de banda a banda dels miralls.

—On és la sala?

—No ho sé. Falta alguna cosa... una decisió que encara no s'ha pres.

—Falta gaire perquè passi?

—Serà aviat. Anirà a la sala dels miralls avui, o potser demà. Està a l'espera i ara es troba a la penombra.

La veu d'en Jasper era serena i metòdica mentre li feia preguntes de forma experta.

—Què fa?

—Mira la televisió... No, mira un vídeo, a les fosques, en un altre lloc.

—Veus on és?

—No, és massa fosc.

—I a la sala dels miralls, què més hi ha?

—Només els miralls i la cosa daurada, una barra al voltant de l'habitació. Hi ha una taula negra amb un gran equip de música i una televisió. Està remenant el reproductor de vídeo, però no el mira de la manera en què ho feia a l'habitació fosca. Aquesta és la sala on s'espera —va moure els ulls i llavors es va mirar en Jasper.

—No hi ha res més?

Va fer que no i es van mirar, sense moure's.

—Què vol dir tot això? —vaig preguntar.

Durant un moment, cap d'ells va respondre, però llavors en Jasper em va mirar.

—Vol dir que el rastrejador ha canviat de plans i ha pres una decisió que el portarà a la sala dels miralls i a l'habitació fosca.

—Però no sabem on són aquestes habitacions?

—No.

—Però sí que sabem que no l'estaran caçant a les muntanyes del nord de Washington. Se'ls escaparà —va dir l'Alice amb veu tenebrosa.

—No els hauríem de trucar? —vaig preguntar. Es varen intercanviar una mirada seriosa i indecisa.

I el telèfon va sonar.

L'Alice va travessar l'habitació abans que pogués aixecar el cap per mirar-la.

Va prémer un botó i es va posar el telèfon a l'orella, però no va ser la primera en parlar.

—Carlisle —va dir en veu baixa. No em va semblar sorpresa ni alleujada—. Sí —va dir, mirant-me. Va estar una llarga estona escoltant—. L'acabo de veure —va tornar a descriure la visió que havia tingut—. Fos el que fos el que el fes agafar aquell avió... segurament el portarà a aquelles habitacions —va fer una pausa—. Sí —va respondre al telèfon, i llavors se'm va dirigir—. Bella?

Va estendre'm el telèfon i vaig córrer a agafar-lo.

—Digui? —vaig dir sense alè.

—Bella —va dir l'Edward.

—Oh, Edward, estava tan amoïnada!

—Bella —va sospirar desfet—, et vaig dir que no et preocupessis de res més que de tu mateixa.

Era increïblement agradable sentir la seva veu. Vaig notar com el núvol de desesperació que planava sobre mi s'esvaïa i s'allunyava mentre em parlava.

—On sou?

—Als afores de Vancouver. Bella, em sap greu... l'hem perdut. Em sembla que sospitava de nosaltres... i s'ha mantingut a suficient distància per tal que no pogués llegir els seus pensaments. Però ara ja ha marxat... Sembla que ha agafat un avió. Pensem que ha tornat a Forks per tornar a començar.

Sentia com, darrere meu, l'Alice posava en Jasper al corrent, les seves ràpides paraules es barrejaven en una mena de murmuri.

—Ja ho sé. L'Alice ha vist que havia fugit.

—Malgrat tot, no t'has de preocupar. No trobarà res que el guiï cap a tu. Només cal que et quedis aquí i t'esperis fins que el tornem a trobar.

—Estic bé. L'Esme està amb en Charlie?

—Sí... La dona ha estat al poble. Va anar a casa teva mentre en Charlie era a la feina. No se li ha acostat, no tinguis por. Està segur amb l'Esme i la Rosalie vigilant.

—Què fa ara la dona?

—Probablement busca pistes. S'ha passat la nit recorrent el poble. La Rosalie l'ha seguida fins a l'aeroport, per totes les carreteres del voltant del poble, a l'institut... Està buscant per tot arreu, però no trobarà res.

—I estàs segur que en Charlie està protegit?

—Sí, l'Esme no el perd de vista i aviat serem allà. Si el rastrejador s'acosta a Forks, l'atraparem.

—Et trobo a faltar —vaig mussitar.

—Ja ho sé, Bella. Creu-me que ho sé. És com si t'haguessis endut una meitat del meu ésser.

—Llavors vine a buscar-la —el vaig reptar.

—Aviat, tan aviat com pugui, però primer m'he d'assegurar que estàs segura —va dir amb una veu dura.

—T'estimo —li vaig recordar.

—Et pots creure que, malgrat el mal tràngol que t'estic fent passar, jo també t'estimo?

—I tant que sí.

—Et vindré a buscar aviat.

—T'estaré esperant.

Tan bon punt vàrem acabar la conversa, el núvol de desesperació va tornar a planar sobre meu.

Quan vaig girar-me per tornar el telèfon a l'Alice, vaig veure que aquesta i en Jasper estaven inclinats sobre la taula. L'Alice estava fent un esbós en una fulla de paper de carta de l'hotel. Em vaig inclinar sobre el respatller del sofà i vaig mirar per sobre la seva espatlla.

Havia dibuixat una sala llarga i rectangular, amb una petita secció quadrada al fons. Els taulons de fusta del terra s'estenien d'un cap a l'altre de l'habitació. De dalt a baix de les parets hi havia línies que marcaven la separació entre els miralls, i una barra llarga horitzontal, a l'alçada de la cintura, que donava la volta a la sala. L'Alice havia dit que era daurada.

—És una acadèmia de ballet —vaig dir en reconèixer de cop aquelles formes familiars.

Em varen mirar sorpresos.

—Reconeixes aquesta sala?

La veu d'en Jasper sonava calmada, però hi havia un rerafons que no vaig saber interpretar. L'Alice va baixar el cap per continuar dibuixant. Ara la seva mà voleiava d'un cantó a l'altre del paper, esbossant una sortida d'emergència a la paret del fons i, a la cantonada dreta de la paret frontal, l'equip de música i la televisió en una tauleta.

—S'assembla a una acadèmia de dansa on solia anar... quan tenia vuit o nou anys. Tenia exactament la mateixa forma —vaig dir tocant la zona del dibuix on sobresortia una secció quadrada que estrenyia la part posterior de la sala—. Aquí és on hi havia els lavabos... Les portes donaven a una altra aula, però l'equip de música era aquí —vaig indicar assenyalant la cantonada esquerra—. Era més vell i no hi havia cap televisió. Des de la finestra de la sala d'espera es podia veure l'aula amb aquesta perspectiva.

L'Alice i en Jasper em miraven fixament.

—N'estàs segura que és la mateixa sala? —em va preguntar en Jasper, encara calmat.

—No, en absolut... Suposo que la majoria d'acadèmies de dansa s'assemblen: els miralls, la barra... —vaig dir resseguint amb el dit la barra de ballet que estava clavada als miralls—. Només la forma m'és familiar —vaig dir indicant la porta, que era al mateix lloc on la recordava.

—Tindries algun motiu per anar-hi ara? —em va preguntar l'Alice, interrompent els meus records.

—No, fa almenys deu anys que no hi he posat els peus. Era una ballarina terrible... als festivals sempre em posaven a darrere —vaig confessar.

—Així no pot estar relacionat amb tu de cap manera actualment? —va preguntar l'Alice detingudament.

—No, no crec ni que tingui el mateix propietari. Segur que és una altra acadèmia de dansa d'un altre lloc.

—On era la teva? —va preguntar en Jasper amb indiferència.

—Era a la cantonada de casa la mare, solia anar-hi a peu després de l'escola...

No vaig acabar la frase perquè em vaig adonar de la mirada que havien intercanviat.

—Llavors aquí, a Phoenix? —feia una veu encara indiferent.

—Sí —vaig xiuxiuejar—. Al carrer 58, cantonada amb Cactus.

Ens vàrem quedar asseguts en silenci, mirant fixament el dibuix.

—Alice, aquest telèfon és segur?

—Sí —em va tranquil·litzar—. Si veuen el número, els indicarà que és Washington.

—Llavors el puc fer servir per trucar la mare.

—Em pensava que era a Florida.

—Sí que és... però vindrà aviat, i no pot tornar a la casa de Phoenix mentre... —em va tremolar la veu.

Anava pensant en el que havia dit l'Edward sobre la dona pèl-roja, que havia estat a casa en Charlie i a l'institut, on tenien les meves dades.

—Com la pots localitzar?

—Només tenen el número fix de casa... però sol mirar els missatges del contestador habitualment.

—Jasper? —va demanar l'Alice.

Aquest es va quedar rumiant.

—Suposo que no passarà res de mal... Tot i que no diguis on ets, evidentment.

Vaig agafar el mòbil amb impaciència i vaig marcar el número de casa. Va trucar quatre vegades i llavors vaig sentir la veu despreocupada de la mare dient que deixés un missatge.

—Mare —vaig dir després del senyal—, sóc jo. Escolta, necessito que facis una cosa. És important. Tan bon punt sentis aquest missatge, truca'm a aquest número —l'Alice ja era al meu costat, escrivint-me el número a sota del dibuix. El vaig llegir dues vegades, detingudament—. Si us plau, no vagis enlloc fins que hagis parlat amb mi. No t'amoïnis, estic bé, però he de parlar amb tu immediatament, tant me fa quan escoltis aquest missatge, d'acord? T'estimo, mare. Adéu.

Vaig aclucar els ulls i vaig resar amb totes les meves forces perquè no hi hagués cap imprevist que la fes tornar a casa abans de rebre el meu missatge.

Em vaig posar còmoda al sofà mentre picava d'una plata de fruita que havia sobrat i m'anava fent la idea que la tarda es faria llarga. Vaig pensar en trucar en Charlie, però no estava segura de si ja seria a casa. Em vaig concentrar en el telenotícies, atenta per si sortien notícies de Florida, sobre els entrenaments de primavera de beisbol o de qualsevol cosa que els fes tornar a Phoenix abans d'hora, com ara vagues, huracans o atemptats terroristes.

La immortalitat deu atorgar una paciència infinita. Semblava que ni en Jasper ni l'Alice tinguessin la necessitat de fer res. Durant una estona, l'Alice va dibuixar el confús esbós de l'habitació fosca de la seva visió, tènuement il·luminada per la televisió que ell mirava. Tanmateix, quan va acabar es va asseure i es va quedar mirant les parets buides amb els seus ulls impertèrrits. En Jasper tampoc semblava que tingués la necessitat que jo tenia de passejar-me, mirar a través de les cortines o sortir cridant per la porta.

Mentre esperava que tornés a sonar el telèfon, em devia quedar adormida al sofà. El tacte fred de les mans de l'Alice em va mig desvetllar mentre em portava al llit, però ja m'havia tornat a adormir abans que el cap em toqués al coixí.

La trucada

Quan em vaig llevar, em vaig adonar que tornava a ser massa aviat i que, de mica en mica, se m'estaven invertint els horaris. Em vaig quedar estirada al llit mentre l'Alice i en Jasper parlaven en veu baixa a la sala del costat. Que alcessin prou la veu com perquè jo ho sentís era estrany. Vaig rodar pel llit fins que els peus em varen tocar a terra. Em vaig aixecar i vaig entrar tentinejant a la sala d'estar.

Al rellotge de sobre la televisió vaig veure que eren les dues de la matinada. L'Alice i en Jasper estaven asseguts al sofà, ella tornava a fer esbossos i ell s'ho mirava per sobre l'espatlla. Quan vaig entrar, no varen ni alçar la vista perquè estaven massa absorts en els dibuixos de l'Alice.

Vaig arrossegar-me al costat d'en Jasper per fer un cop d'ull.

—Ha vist alguna cosa més? —li vaig preguntar fluixet.

—Sí. Hi ha alguna cosa que l'ha fet tornar a l'habitació del reproductor de vídeo, que ara està il·luminada.

Vaig observar com l'Alice dibuixava una habitació quadrada, amb bigues fosques al sostre baix. Les parets tenien panells de fusta, una mica massa foscos i passats de moda. Al terra hi havia una gran estora estampada. Hi havia una gran finestra a la paret del sud i una obertura a la paret de l'oest que donava a la sala d'estar. Una banda d'aquesta entrada era de pedra, on hi havia una gran llar de foc de color canyella que donava a totes dues habitacions. Des d'aquest punt de vista, la televisió i l'aparell de vídeo, en equilibri precari sobre un suport de fusta massa petit per tots dos, eren a la cantonada sud-oest de l'habitació. Davant la televisió hi havia un vell sofà modular en forma de mitja lluna, amb una taula de cafè rodona davant.

—Aquí hi va el telèfon —vaig xiuxiuejar assenyalant el lloc.

Dos parells d'ulls immortals se'm varen quedar mirant.

—És la casa de la meva mare.

L'Alice ja s'havia aixecat, tenia el telèfon a la mà i estava marcant. Em vaig quedar embadalida amb la precisa representació de la sala d'estar de la meva mare. En Jasper se'm va acostar més, cosa poc habitual en ell, i em va tocar suaument l'espatlla. Em va semblar que el contacte físic feia que la seva influència tranquil·litzadora fos més forta. El pànic que sentia va quedar esmorteït.

Els llavis de l'Alice tremolaven de tan de pressa que parlava, un brunzit sord, impossible de desxifrar. No em podia concentrar.

—Bella —va dir l'Alice i me la vaig mirar petrificada—. L'Edward vindrà a buscar-te. L'Emmett, en Carlisle i ell et portaran a algun lloc per amagar-te de moment.

—Que l'Edward ve?

Aquelles paraules varen ser com una armilla salvavides enmig d'una inundació.

—Sí, agafarà el primer vol que surti de Seattle. Ens trobarem a l'aeroport i marxaràs amb ell.

—Però la meva mare... Ha vingut a buscar la meva mare, Alice!

Malgrat la influència d'en Jasper, se'm notava un deix d'histèria a la veu.

—En Jasper i jo ens quedarem fins que estigui segura.

—No puc guanyar, Alice. No podeu protegir tota la gent que conec eternament. No veieu què està fent? No em segueix a mi en concret, sinó que trobarà algú que sàpiga que m'estimo i li farà mal... Alice, no puc...

—L'atraparem, Bella —em va assegurar.

—I si et fa mal? Creus que em quedaré igual? Et penses que només em pot ferir atacant la meva família humana?

L'Alice es va mirar en Jasper significativament. Em va envair una profunda i espessa boira de somnolència i se'm varen tancar els ulls sense poder-ho evitar. Quan em vaig adonar de què passava, em vaig debatre amb la boira. Vaig esforçar-me per mantenir els ulls oberts i em vaig aixecar, tot apartant-me de la mà d'en Jasper.

—No em vull tornar a adormir —vaig protestar enfadada.

Vaig anar cap a la meva habitació i vaig tancar la porta, gairebé amb excessiva força, per poder-me enfonsar tota sola. Aquest cop l'Alice no em va seguir. Em vaig passar tres hores i mitja encantada mirant la paret, cargolada i gronxant-me. El cap em donava voltes, tot mirant de trobar alguna sortida a aquest malson. No tenia escapatòria ni salvació. Només veia un final possible que planava tenebrós en el meu futur, l'única pregunta que em feia era quanta gent resultaria ferida abans que s'acabés tot plegat.

L'únic consol, l'única esperança que em quedava, era saber que aviat veuria l'Edward. Si tornava a veure el seu rostre potser seria capaç de trobar la solució que ara se m'escapava.

Quan va sonar el telèfon, vaig tornar a la sala, una mica avergonyida pel meu comportament. Esperava no s'haguessin ofès i que sabessin com els estava d'agraïda pels sacrificis que feien per mi.

L'Alice parlava tan veloç com sempre, però el que em va cridar l'atenció va ser que, per primera vegada, en Jasper no era a l'habitació. Vaig mirar el rellotge: eren dos quarts de sis de la matinada.

—Acaben d'embarcar —em va dir l'Alice—. Aterraran a les nou quaranta-cinc.

Només em calia aguantar unes quantes hores més abans que arribés.

—I en Jasper?

—Ha anat a pagar l'habitació.

—Que no us quedareu aquí?

—No, anirem a algun lloc que estigui més a prop de casa de la teva mare.

Aquelles paraules em varen regirar l'estómac.

El telèfon va tornar a sonar i em va distreure. L'Alice es veia sorpresa, però jo ja m'havia avançat per agafar-lo, esperançada.

—Digui? —va respondre l'Alice—. No, és aquí amb mi —em va atansar el telèfon i em va dir "la teva mare" amb els llavis.

—Digui?

—Bella? Bella?

Era la veu de la mare, i feia aquell to familiar que havia sentit milers de vegades durant la infantesa, cada cop que m'acostava massa a la carretera o m'apartava de la seva vista en un lloc ple de gent. Era la veu de pànic.

Vaig sospirar. Ja m'ho esperava, tot i que havia intentat fer que el meu missatge no fos massa alarmant, malgrat la seva urgència.

—Tranquil·la, mare —vaig dir amb la veu més dolça que vaig poder, apartant-me a poc a poc de l'Alice. No estava segura de si podria mentir de forma tan convincent si tenia els seus ulls a sobre—. Va tot bé, d'acord? Dóna'm un minut i t'ho explicaré tot, t'ho prometo.

Vaig callar, sorpresa que encara no m'hagués interromput.

—Mare?

—Vés amb compte de no dir res fins que jo t'ho digui.

La veu que sentia ara era tan poc familiar com inesperada. Era una veu d'home, vellutada, molt agradable, impersonal... La típica veu de fons que se sent en anuncis de cotxes de luxe. Parlava molt de pressa.

—Bé, no tinc per què fer mal a la teva mare, així que fes exactament el que t'indiqui i no li passarà res —va parar una estona mentre me l'escoltava muda de terror—. Molt bé —em va felicitar—, ara repeteix després de mi i mira de semblar natural. Vinga, digues "No, mare, queda't on ets".

—No, mare, queda't on ets —parlava amb un fil de veu.

—Ja veig que m'ho faràs difícil —la veu de l'home sonava divertida, encara suau i amable—. Per què no te'n vas cap a l'altra habitació, així la teva expressió no ho espatllarà tot? La teva mare no té per què patir. Mentre camines, digues "Mare, escolta'm, si us plau". Digues-ho ara.

—Mare, escolta'm, si us plau —vaig suplicar.

Vaig caminar molt a poc a poc cap a l'habitació, notant la mirada preocupada de l'Alice a l'esquena. Vaig tancar la porta, mirant de pensar amb claredat malgrat el pànic que em paralitzava.

—Així, ja estàs sola? Limita't a respondre sí o no.

—Sí.

—Però segur que encara et poden sentir.

—Sí.

—Molt bé, doncs —va continuar la veu agradable—, digues "Mare, confia en mi".

—Mare, confia en mi.

—Això ha sortit millor del que em pensava. Estava disposat a esperar-me, però la teva mare ha arribat abans d'hora.

És més senzill així, oi? Menys suspens i menys angoixa per tu.

Em vaig esperar.

—Ara vull que m'escoltis atentament. Necessito que t'escapis dels teus amics. Creus que podràs fer-ho? Respon sí o no.

—No.

—Em sap molt de greu sentir això. Em pensava que series una mica més imaginativa. Penses que en podries fugir si la vida de la teva mare depengués d'això? Contesta sí o no.

Ho hauria de fer d'alguna manera. Vaig recordar que aniríem a l'aeroport. L'Sky Harbor International. Ple de gent, mal indicat...

—Sí.

—Això està millor. Segur que no serà fàcil, però si tinc la més mínima sospita que vas acompanyada... Bé, seria fatal per la teva mare —em va prometre la veu amable—. A aquestes alçades ja deus saber prou coses de nosaltres com per intuir la rapidesa en què puc descobrir si has intentat portar algú amb tu. I el poc temps que em cal per encarregar-me de la teva mare, si fos el cas. Ho entens? Contesta sí o no.

—Sí —se'm va trencar la veu.

—Molt bé, Bella. Ara t'explicaré el que has de fer. Vull que vagis a casa de la teva mare. Al costat del telèfon trobaràs un número. Marca'l i et diré què has de fer a partir d'allà —ja sabia on em faria anar i on acabaria tot plegat, però igualment seguiria les instruccions al peu de la lletra—. Ho pots fer? Respon sí o no.

—Sí.

—Abans del migdia, si us plau, que no tinc tot el dia —va dir educadament.

—On és en Phil? —vaig preguntar lacònica.

—Ah, vés amb compte, Bella. Espera a parlar quan jo t'ho demani, si us plau.

Em vaig esperar.

—És important que els teus amics no sospitin res quan tornis amb ells. Explica'ls que ha trucat la teva mare i que li has dit que, de moment, no torni a casa. Ara repeteix després de mi "Gràcies, mare". Digues-ho ara.

—Gràcies, mare.

Em venien ganes de plorar, però vaig mirar de reprimir les llàgrimes.

—Digues "T'estimo, mare, ens veurem aviat". Digues-ho ara.

—T'estimo, mare —vaig dir amb veu espessa—. Ens veurem aviat.

—Adéu-siau, Bella. Espero tornar-te a veure aviat.

Va penjar.

Vaig aguantar el telèfon a l'orella. Tenia les articulacions rígides de terror i no podia obrir els dits per deixar-lo.

Sabia que havia de pensar, però només tenia al cap la veu de pànic de la mare. Els segons varen anar passant mentre lluitava per controlar-me.

Molt de mica en mica els meus pensaments varen començar a superar la barrera del dolor. Havia de fer un pla. Ara no tenia cap més elecció que anar a la sala dels miralls i morir. No tenia cap garantia, cap penyora per mantenir la mare amb vida. Només podia esperar que en James estigués content de guanyar la partida, que derrotar l'Edward fos suficient. La desesperació s'apoderava de mi. No es podia fer cap tracte, no hi havia res que li interessés per oferir-li o per fer-li xantatge. No tenia cap elecció, ho havia d'intentar.

Vaig controlar el pànic tan bé com vaig poder. Havia pres una decisió i no tenia sentit perdre el temps agonitzant sobre el que havia de venir. Havia de pensar amb claredat, l'Alice i en Jasper m'estaven esperant i escapar-me d'ells era totalment essencial i absolutament impossible.

De sobte, vaig estar agraïda que en Jasper no hi fos. Si hagués estat aquí, hauria notat la meva angoixa dels darrers cinc minuts. Com ho hagués fet perquè no sospités? Em vaig reprimir la por i l'angoixa, mirant d'ofegar-les. Ara no em podia permetre estar així, perquè no sabia quan tornaria en Jasper.

En vaig concentrar en la meva evasió. Tenia l'esperança que la meva familiaritat amb l'aeroport fos un factor a favor meu. D'alguna manera, m'havia d'allunyar de l'Alice...

Sabia que era a l'altra habitació, esperant-me encuriosida, però havia de resoldre una altra cosa en privat abans no arribés en Jasper.

Havia d'acceptar que no tornaria veure l'Edward mai més, que no em podria endur ni un últim cop d'ull del seu rostre a la sala dels miralls. El feriria i no me'n podria acomiadar. Vaig deixar que aquelles onades de suplici m'inundessin durant una estona. Llavors també les vaig sufocar i vaig anar a enfrontar-me a l'Alice.

L'única expressió que vaig ser capaç de fer va ser una mirada mat i esmorteïda. Vaig notar que s'espantava i no vaig esperar que preguntés. Només tenia un guió i no em veia capaç d'improvisar res en un moment així.

—La meva mare estava preocupada, volia tornar a casa. Però me n'he sortit, l'he convençut que no vingui —la meva veu sonava sense vida.

—Ens assegurarem que estigui bé, no pateixis.

Em vaig girar perquè no podia deixar que em veiés la cara.

Vaig mirar-me una pàgina en blanc del paper de carta de l'hotel que hi havia a l'escriptori. M'hi vaig dirigir a poc a poc, tot rumiant un pla. També hi havia un sobre. Perfecte.

—Alice —vaig preguntar-li a poc a poc, sense girar-me i mantenint el to de veu—. Si li escric una carta a la mare, li podries fer arribar? Si la deixaries a casa, vull dir.

—És clar —va respondre amb una veu prudent perquè s'adonava que estava desfeta. Havia de controlar millor les meves emocions.

Vaig tornar a entrar a l'habitació i em vaig agenollar al costat de la tauleta per escriure.

"Edward", vaig escriure. El pols em tremolava tant que les lletres amb prou feines es podien llegir.

T'estimo. Em sap molt de greu. Té la meva mare i ho he d'intentar. Ja sé que pot ser que no funcioni. Em sap molt i molt de greu.

No t'enfadis amb l'Alice i en Jasper. Si aconsegueixo escapar-me d'ells serà un miracle. Dóna'ls les gràcies de part meva. Sobretot a l'Alice, si us plau.

I si us plau, t'ho prego, no el persegueixis. Em penso que és el que vol. No podria suportar que algú prengués mal per culpa meva, especialment tu. Si us plau, és l'única cosa que et demano. Fes-ho per mi.

T'estimo. Perdona'm.

Bella

Vaig plegar la carta amb compte, la vaig ficar al sobre i el vaig segellar. Al final, l'acabaria trobant. Només esperava que ho entengués i m'escoltés, encara que només fos aquesta vegada.

Llavors, vaig segellar amb compte el meu cor.

Fet i amagar

Em va caldre molt menys temps del que em pensava... Tot el terror, la desesperació, el meu cor trencat... Els minuts transcorrien més lents del normal. Quan vaig tornar amb l'Alice, en Jasper encara no hi era. Em feia por estar a la mateixa cambra amb ella per si se n'adonava... i temia amagar-me'n per la mateixa raó.

En l'estat emocional torturat i inestable en què em trobava, creia que ja no em sorprendria res, però em vaig quedar de pedra quan vaig veure l'Alice inclinada sobre l'escriptori, aferrada a les vores amb totes dues mans.

—Alice?

No va reaccionar quan la vaig cridar, però movia lentament el cap d'un cantó a l'altre, i vaig veure-li la cara. Tenia els ulls en blanc, atordits... Vaig pensar immediatament en la mare. Ja era massa tard?

Vaig córrer al seu costat, i m'hi vaig acostar per tocar-li la mà.

—Alice! —va esclatar la veu d'en Jasper i va aparèixer de cop darrere d'ella. Li va agafar les mans i les hi va fer deixar anar de l'escriptori. A l'altra punta de l'habitació, la porta es va tancar fent un crec suau.

—Què tens? —va demanar.

L'Alice va apartar la cara i la va enfonsar al pit d'en Jasper.

—Bella —va dir.

—Sóc aquí —vaig contestar.

El cap li donava voltes i tenia els ulls clavats als meus, encara inexpressius. De cop em vaig adonar que no s'havia dirigit a mi, sinó que havia respost la pregunta d'en Jasper.

—Què has vist? —vaig dir, sense fer entonació de pregunta.

En Jasper em va mirar fredament. Vaig mantenir la mirada absent i em vaig esperar. Ell tenia els ulls confusos mentre anava mirant el seu rostre i el meu, percebent el caos... perquè ja podia imaginar-me el que havia vist l'Alice.

Vaig notar com m'envaïa una atmosfera de tranquil·litat, que vaig agrair perquè m'ajudaria a controlar les emocions.

L'Alice també es va recuperar.

—No res —va contestar finalment, amb una veu clarament serena i convincent—. La mateixa sala d'abans.

Al final em va mirar amb una expressió suau i retreta.

—Vols esmorzar?

—No, ja menjaré alguna cosa a l'aeroport —vaig dir també amb veu molt calmada.

Vaig anar al bany a dutxar-me. Tal com si utilitzés el curiós poder extrasensorial d'en Jasper, vaig notar la desenfrenada i alhora dissimulada desesperació de l'Alice per tal que sortís de l'habitació i es pogués quedar sola amb en Jasper, així li podria explicar que farien alguna cosa malament, que fracassarien...

Em vaig preparar metòdicament, concentrant-me en cada tasca. Em vaig deixar anar els cabells, estenent-los al voltant meu, perquè em tapessin la cara. L'ambient de serenitat que havia creat en Jasper em va envair i em va ajudar a pensar amb claredat i a fer un pla. Vaig regirar la bossa fins que vaig trobar el mitjó amb els estalvis i me'ls vaig ficar a la butxaca.

Com que estava neguitosa per arribar a l'aeroport, vaig estar contenta quan, a les set, finalment vàrem marxar. Aquest cop em vaig asseure sola al seient posterior del cotxe. L'Alice va recolzar l'esquena a la porta i es va mirar en Jasper però, darrere les ulleres de sol, veia com m'anava fent ullades cada pocs segons.

—Alice? —vaig preguntar amb indiferència.

Se la veia prudent.

—Sí?

—Com funcionen les teves visions? —vaig dir mirant per la finestra, amb una veu apàtica—. L'Edward em va dir que no eren definitives... que podien canviar...

Pronunciar el seu nom em va costar més del que em pensava i suposo que això devia alertar en Jasper, perquè una onada de serenitat va envair el cotxe.

—Sí, les coses canvien —va murmurar... esperançada, suposo—. Algunes són més fiables que d'altres... com ara la predicció del temps. Amb les persones és més difícil, només veig el curs que prendran les seves accions mentre estan passant. Un cop canvien de pensament, prenen una nova decisió, per petita que sigui, tot el futur canvia.

Vaig fer que sí, pensarosa.

—Per això no podies veure en James a Phoenix fins que va decidir que vindria.

—Exacte —va assentir, altre cop amb prudència.

I tampoc m'havia vist a la sala dels miralls amb en James fins que no havia pres la decisió d'anar-lo a trobar allà. Vaig mirar de no pensar què més devia haver vist perquè no volia que el pànic s'apoderés de mi i fes que en Jasper desconfiés encara més. De fet, ara ja em devien vigilar el doble que abans, tenint en compte la visió de l'Alice. La situació s'estava fent impossible per moments.

Finalment, vàrem arribar a l'aeroport. Tenia la sort de cara o simplement era que havien millorat les meves probabilitats. L'avió de l'Edward aterrava a la terminal quatre, la més gran, però tampoc era tan sorprenent, perquè era on arribaven la majoria de vols. Era la terminal que em calia: la més gran i la més confusa. Hi havia una sortida a la tercera planta que segurament seria la meva única oportunitat.

Vàrem aparcar a l'enorme garatge de la quarta planta. Els vaig guiar perquè, per un cop, coneixia més el que m'envoltava que no pas ells. Vàrem baixar amb ascensor a la tercera planta, on desembarcaven els passatgers. L'Alice i en Jasper es varen passar una bona estona mirant el panell de sortides. Els sentia com discutien els avantatges i desavantatges de Nova York, Atlanta i Chicago, llocs que mai havia vist i que ja mai veuria.

Vaig esperar impacient la meva oportunitat, sense poder parar de moure el peu. Ens vàrem asseure a les llargues fileres de cadires del costat del detector de metalls. En Jasper i l'Alice feien veure que es miraven la gent que passava, però en realitat em vigilaven a mi. Cada cop que em movia un centímetre notava com em miraven de reüll. Era una situació desesperada. M'havia d'arrencar a córrer? Gosarien aturar-me en un lloc públic? O simplement em seguirien?

Em vaig treure de la butxaca el sobre sense destinatari i el vaig deixar sobre la bossa de cuir negre de l'Alice. Aquesta em va mirar.

—La meva carta —li vaig dir.

Va assentir i la va ficar a la solapa superior. L'Edward la trobaria prou aviat.

Els minuts varen anar passant i l'arribada del vol s'acostava. Era sorprenent com cada cèl·lula del meu cos semblava notar la seva arribada i l'anhelava, cosa que ho feia tot plegat encara més difícil. Em vaig posar a pensar excuses per quedar-me, per veure'l primer i després fugir, però sabia que era impossible si volia tenir alguna oportunitat d'escapar-me.

L'Alice em va oferir diversos cops acompanyar-me a esmorzar.

—Més tard —li vaig dir—, encara no.

Em vaig quedar mirant el panell d'arribades, veient com tots els vols arribaven puntuals. El vol de Seattle s'anava acostant a dalt de tot del panell.

Llavors, quan només em quedaven trenta minuts per fugir, les xifres varen canviar. El seu vol arribaria deu minuts abans i ja no em quedava més temps.

—Em penso que aniré a menjar alguna cosa —vaig dir de pressa.

L'Alice es va alçar.

—Ja t'acompanyo.

—Et fa res que hi vagi amb en Jasper? —li vaig demanar—. És que estic una mica...

No vaig acabar la frase, però tenia els ulls prou desesperats perquè entengués el que no havia dit amb paraules.

En Jasper es va aixecar. L'Alice feia una mirada confosa, però no pas de recel, per sort meva. Devia atribuir el canvi de la seva visió a alguna maniobra del rastrejador i no pas a una traïció per part meva.

En Jasper va caminar silenciosament al meu costat, posant-me la mà a l'esquena, com si em guiés. Vaig fer veure que no volia anar a les primeres cafeteries de l'aeroport i anava mirant d'aquí d'allà per buscar el que realment volia trobar. Era allà, a l'altre costat de la cantonada, fora de l'aguda vista de l'Alice: els lavabos de la tercera planta.

—Et fa res? —li vaig preguntar a en Jasper mentre hi passàvem per davant—. Només serà un moment.

—T'espero aquí —em va dir.

Tan bon punt vaig tancar la porta, em vaig arrencar a córrer. Vaig recordar la vegada que em vaig perdre en aquests lavabos perquè tenien dues sortides.

Un cop travessés la porta més llunyana, amb una correguda seria als ascensors i, si en Jasper es quedava esperant on m'havia dit, no em veuria. Mentre corria, no em vaig girar a mirar enrere. Era la meva única oportunitat i, encara que em veiés, havia de continuar corrents. La gent se'm quedava mirant, però no els vaig fer cas. En girar la cantonada, hi havia els ascensors esperant. M'hi vaig llançar corrents, i vaig aturar amb la mà les portes que ja es tancaven d'un ascensor ple de gent que anava cap avall. Em vaig encabir entre la gent enfadada i em vaig assegurar que haguessin pitjat el botó de la planta baixa. Ja estava encès i les portes es varen tancar.

Tan bon punt es va obrir la porta, ja tornava a ser fora, malgrat el rondineig de la resta de gent que deixava enrere. Vaig alentir el ritme en passar pel costat dels guàrdies de seguretat, que estaven al costat de la cinta transportadora d'equipatges, i em vaig tornar a posar a córrer quan vaig veure les portes de sortida. No podia saber de cap manera si en Jasper ja m'estava buscant.

Si em seguia per l'essència, només em quedarien pocs segons. Vaig sortir disparada per les portes automàtiques, que gairebé em vaig endur per davant de tan a poc a poc que es varen obrir.

No hi havia ni un sol taxi en tota l'ocupada vorera.

No em quedava temps. L'Alice i en Jasper devien estar a punt d'adonar-se que havia marxat o bé ja ho havien notat. Em trobarien en un tres i no res.

A pocs metres de mi hi havia un autobús que anava a l'hotel Hyatt que acabava de tancar les portes.

—Esperi! —vaig cridar, mentre corria i feia senyals al conductor.

—És l'autobús de l'hotel Hyatt —em va dir el conductor, astorat, mentre obria les portes.

—Sí —vaig rebufar—, és precisament on vaig.

Vaig pujar de pressa els escalons.

Es va mirar amb recel el poc equipatge que duia, però llavors es va encongir d'espatlles i no es va molestar en preguntar-me res. Com que la majoria de seients eren buits, em vaig asseure tan lluny com vaig poder de la resta de passatgers, i vaig mirar per la finestra, primer la vorera i després l'aeroport, que s'allunyava. No podia evitar imaginar-me l'Edward dret a la vora de la carretera, al lloc on s'acabava el meu rastre. *Encara no pots plorar*, em vaig dir. Em quedava molt de camí per recórrer.

La sort em va acompanyar. Davant del Hyatt hi havia una parella amb aspecte cansat que acabava de descarregar l'última maleta del maleter d'un taxi. Vaig saltar de l'autobús, vaig córrer cap al taxi i em vaig ficar de cop al seient de darrere del taxista. La parella cansada i el conductor de l'autobús se'm varen quedar mirant.

Vaig dir al sorprès taxista l'adreça de la meva mare.

—Hi he d'arribar com més aviat millor.

—Això és a Scottsdale —es va queixar.

Vaig llançar quatre bitllets de vint sobre el seient.

—Amb això n'hi haurà prou?

—Sí, nena, cap problema.

Em vaig recolzar al seient, amb els braços plegats sobre la falda. Vaig començar a veure com aquella ciutat que em resultava tan familiar passava rabent, però no vaig mirar per la finestra. Vaig esforçar-me per mantenir el control i estava decidida a no perdre'l a aquestes alçades, ara que havia assolit el meu pla amb èxit. No tenia sentit permetre'm tenir més por o més neguit. El camí ja estava decidit, només l'havia de seguir.

Per tant, en comptes d'atabalar-me, vaig aclucar els ulls i vaig passar els vint minuts de trajecte amb l'Edward.

Vaig imaginar-me que m'havia quedat a l'aeroport per trobar-nos. Visualitzava com em posaria de puntetes per veure com més aviat millor el seu rostre. Com es mouria ràpidament i gràcilment entre les multituds que ens separaven. Llavors, m'arrencaria a córrer per escurçar els últims metres entre ell i jo, eixelebrada com sempre, i em llançaria als seus braços de marbre, finalment sana i estàlvia.

M'imaginava on hauríem anat. Potser a algun lloc del nord perquè ell pogués estar a l'aire lliure de dia. O potser en algun paratge molt remot, on poguéssim tornar-nos a estirar junts sota el sol. Me'l vaig imaginar a la costa, amb la seva pell brillant com el mar. Tant faria quant de temps ens haguéssim d'amagar, estar tancada amb ell en una habitació d'hotel seria el paradís. Tenia tantes preguntes per fer-li encara... Podria parlar amb ell sense parar, sense haver de dormir, sense haver de marxar del seu costat.

Ara veia el seu rostre tan clar... gairebé podia sentir-li la veu. Malgrat el terror i la desesperació, era efímerament feliç. Estava tan sumida en les meves fantasies que vaig perdre totalment la noció del temps, que s'escolava ràpidament.

—Perdona, quin número has dit?

La pregunta del taxista va irrompre les meves fantasies i va fer que tots els colors de les meves meravelloses i vanes il·lusions s'esvaïssin. El terror, llòbrec i dur, s'esperava per omplir el buit que havien deixat.

—Al carrer 58, número vint-i-un —vaig fer una veu escanyada.

El taxista em va mirar atabalat, com si m'hagués de venir un atac o alguna cosa així.

—Llavors ja hi som.

Tenia ganes que baixés del cotxe, segurament es pensava que no li demanaria el canvi.

—Gràcies —vaig xiuxiuejar.

No tenia cap motiu per tenir por, em vaig recordar. La casa era buida. M'havia d'espavilar, la mare m'esperava, atemorida. La seva vida depenia de mi.

Vaig córrer cap a la porta, vaig allargar automàticament la mà per agafar la clau de sota el ràfec i vaig obrir-la. A dins era fosc, buit, normal. Vaig córrer cap al telèfon, encenent el llum de la cuina pel camí. Allà, a la pissarra blanca, hi havia un número de deu xifres escrit a mà, amb lletra petita i ben feta. Vaig marcar el número tremolant i em vaig equivocar. Vaig haver de penjar i tornar a començar. Aquest cop em vaig concentrar exclusivament en les tecles i les vaig anar pitjant d'una en una, amb compte. Me'n vaig sortir i em vaig posar l'auricular a l'orella. La mà em tremolava. Només va trucar un cop.

—Hola, Bella —va contestar aquella veu amable—. Ha anat tot molt ràpid. M'has deixat impressionat.

—La mare està bé?

—Està perfectament bé. No pateixis, no tinc res en contra seva. Si no és que no has vingut sola, és clar —va dir amb una veu lleugera i divertida.

—Estic sola.

No havia estat mai tan sola en tota la vida.

—Molt bé. Saps l'acadèmia de ballet que hi ha en girar la cantonada de casa teva?

—Sí, sé anar-hi.

—Bé, llavors ens veurem ben aviat.

Vaig penjar.

Vaig sortir corrents de l'habitació cap a l'exterior, on feia una calor abrasadora.

No tenia temps de mirar enrere cap a casa meva, però tampoc volia veure-la tal com era ara: buida, més un símbol de terror que no pas de refugi. L'última persona que s'havia passejat per aquelles habitacions familiars era el meu enemic.

De reüll gairebé podia imaginar-me la mare a l'ombra d'aquell gran eucaliptus on jugava de petita, o agenollada al costat del petit parterre que hi havia al voltant de la bústia, el cementiri de totes les flors que va intentar fer viure. Avui els records eren millors que qualsevol realitat que pogués veure, però me'n vaig allunyar corrents en girar la cantonada. Ho vaig deixar tot enrere.

Notava que anava molt lenta, com si caminés per sorra molla. Em donava la sensació que el formigó no era prou dur. Vaig ensopegar diverses vegades, i fins i tot vaig caure, tot i que em vaig poder emparar amb les mans, les quals em varen quedar rascades per la vorera. Llavors em vaig tornar a aixecar tentinejant, però vaig tornar a caure. Finalment, vaig arribar a la cantonada, només quedava un altre carrer. Vaig arrencar-me a córrer. La suor em queia cara avall i rebufava. El sol em cremava la pell, es reflectia amb força al formigó blanc i m'encegava. Em sentia perillosament exposada, molt més del que m'hauria pensat mai. Vaig anhelar els boscos verds i protectors de Forks... de casa meva.

Quan vaig girar la darrera cantonada, la de Cactus, vaig veure l'acadèmia, que encara era tal com la recordava. L'aparcament de davant era buit i totes les persianes estaven baixades. Ja no podia córrer més... No podia ni respirar. L'esforç i el pànic m'havien esgotat completament. Vaig pensar en la meva mare per tal de poder continuar caminant.

En acostar-me a l'acadèmia, vaig veure un rètol a la part interior de la porta. Era un paper rosa viu escrit a mà, que deia que l'acadèmia tancava per vacances de primavera. Vaig agafar el pany i el vaig estirar amb compte. Era obert. Vaig intentar recuperar l'alè i vaig obrir la porta.

L'entrada era fosca i buida, amb un ambient fresc. Se sentia el brunzit de l'aire condicionat. Les cadires de plàstic estaven apilonades a les parets i la moqueta feia olor de xampú. Des d'una finestra que hi donava vaig veure com l'aula de dansa oest era fosca. La de l'est, la més grossa, estava il·luminada, però amb les persianes baixades.

El terror es va apoderar de mi tan poderosament que em vaig quedar literalment petrificada. No podia fer ni un pas més.

Llavors, vaig sentir la veu de la mare.

—Bella? Bella? —aquella mateixa veu de pànic histèric. Vaig córrer cap a la porta seguint la seva veu—. Bella, m'has espantat! No m'ho tornis a fer mai més! —va continuar la seva veu mentre irrompia a la llarga sala de sostre alt.

Vaig mirar al meu voltant, buscant d'on venia la veu. Vaig sentir que reia, i em vaig girar de cop.

Era allà, a la pantalla de televisió, despentinant-me alleujada. Era el dia d'Acció de Gràcies de quan tenia dotze anys. Havíem anat a veure l'àvia a Califòrnia, l'any abans que es morís. Un dia d'aquells vàrem anar a la platja i em vaig inclinar massa a la vora del moll. Havia vist com sacsejava el peu, intentant recuperar l'equilibri. "Bella? Bella?", m'havia cridat espantada.

I llavors la pantalla de televisió es va tornar blava.

Em vaig girar a poc a poc. Era allà, immòbil, al costat de la sortida del fons, per això no l'havia vist en un primer moment. Tenia un comandament a distància a la mà. Ens vàrem mirar una llarga estona i llavors va somriure.

Va dirigir-se cap a mi i em va passar molt a la vora per deixar el comandament al costat del reproductor de vídeo. Em vaig girar amb compte per mirar-me'l.

—Em sap greu, Bella, però no és millor que la teva mare no s'hagi vist afectada per res d'això? —feia una veu educada, amable.

De cop, em vaig adonar de tot plegat. La mare estava bé, encara era a Florida i ni tan sols havia rebut el meu missatge. No havia patit el terror d'aquells ulls vermell fosc i d'aquella cara tan extraordinàriament pàl·lida que tenia davant. Estava sana i estàlvia.

—Sí —vaig contestar, amb una veu totalment alleujada.

—No sembles enfadada pel fet que t'hagi enganyat.

—És que no ho estic.

Aquella eufòria sobtada m'havia envalentit. Quina importància tenia ara? Aviat s'hauria acabat tot. En Charlie i la mare no prendrien mal ni haurien passat por. Estava pràcticament marejada. La meva part analítica m'avisava que estava a punt d'esfondrar-me per la tensió.

—Que curiós, ho penses de debò! —els seus ulls foscos m'avaluaven amb interès. Tenia els iris gairebé negres, amb només un ribet de robí a les vores. Estava assedegat—. He de reconèixer que el vostre estrambòtic aquelarre, el dels humans, resulta ben curiós. Suposo que observar-vos ha de ser tota una experiència. I és sorprenent veure com alguns de vosaltres sembla que no teniu cap mena de consciència de com n'arribeu a ser d'interessants.

Estava a pocs metres de mi, amb els braços plegats i mirantme encuriosit. Ni la seva expressió ni postura semblaven amenaçadores. Tenia un aspecte totalment normal, no tenia cap tret distintiu ni al rostre ni al cos, deixant a part la pell pàl·lida i els ulls amb ulleres als que ja m'havia acostumat. Portava una camisa blau clar, de màniga llarga, i uns texans descolorits.

—Suposo que em diràs que el teu xicot et venjarà, no? —em va preguntar gairebé esperançat, o això em va semblar a mi.

—No, no ho crec. Almenys li he demanat que no ho faci.

—I què t'ha respost?

—No ho sé —era curiosament fàcil conversar amb aquest distingit caçador—. Li he deixat una carta.

—L'última carta, que romàntic! I creus que complirà el que li demanes?

Ara feia una veu una mica més dura, amb un deix de sarcasme que enterbolia el seu to educat.

—Espero que sí.

—Vaja, les nostres expectatives són diferents, doncs. Com pots veure, ha resultat una mica massa fàcil, massa ràpid. Si vols que et sigui sincer, estic decebut. M'esperava un repte molt més complicat. Al cap i a la fi, només m'ha calgut una mica de sort.

Em vaig esperar en silenci.

—Quan la Victoria no va aconseguir atrapar el teu pare, vaig fer que investigués més coses de tu. No tenia sentit perseguir-te per tot el planeta quan em podia esperar còmodament al lloc que triés. Després de parlar amb ella, vaig decidir venir a Phoenix a fer una visita a la teva mare. Havia sentit que tornaries a casa. En un primer moment no vaig pensar que ho diguessis de debò, però després em vaig posar a rumiar. Els humans poden resultar molt previsibles. Els agrada estar en llocs familiars i segurs. No seria la tàctica perfecta anar-te a amagar a l'últim lloc on hauries de ser, el lloc on has dit que aniries?

»Evidentment, però, no n'estava segur, només era un pressentiment. Normalment en solc tenir amb les preses que persegueixo. És una mena de sisè sentit, si li vols dir així. Quan vaig anar a casa de la teva mare vaig sentir el teu missatge, però evidentment no estava segur des d'on trucaves. Era útil tenir el teu número, però també podies haver estat a l'Antàrtida, per dir alguna cosa, i el joc no hagués funcionat, si no fos que eres a prop.

»Llavors el teu xicot va agafar un avió cap a Phoenix. Naturalment, la Victoria els observava per mi. En un joc de tants participants, no puc jugar-hi sol. Llavors, em varen dir el que esperava: que, al cap i a la fi, eres aquí. Estava preparat perquè ja havia estat buscant entre els vostres encantadors vídeos domèstics. Llavors només era qüestió d'enganyar-te. Massa fàcil per mi, saps? Per tant, espero que t'equivoquis en això del teu xicot... l'Edward, oi?

No vaig respondre. La jactància se m'estava esvaint. Vaig notar que ja estava acabant de recrear-se en la seva victòria. De totes maneres, m'era igual. Per ell no era cap triomf vèncer algú com jo, una feble humana.

—Et faria res que jo també deixés un missatget al teu Edward?

Va fer un pas enrere i va tocar una càmera de vídeo digital compacta, que s'equilibrava curosament a sobre de l'equip de música. Es va encendre un llumet vermell que indicava que ja estava engegada. La va estar ajustant per ampliar l'enquadrament. Me'l vaig mirar horroritzada.

—Ho sento, però no crec que pugui evitar perseguir-me després de veure això. No voldria que es perdés res. Tot això ho he fet per ell, evidentment. Tu només ets una humana que va tenir la mala sort d'estar en el lloc equivocat, en el moment inoportú i, indiscutiblement, amb la pitjor companyia possible, podria afegir.

Va començar a caminar cap a mi, somrient.

—Abans de començar...

Vaig notar una nàusea a la boca de l'estómac mentre em parlava. Era una cosa que no havia previst.

—M'agradaria refregar-li, només una mica més. La solució sempre hi va ser des del principi, i em feia molta por que l'Edward se n'adonés i m'espatllés la diversió. Ja em va passar una vegada... Sí, fa molts anys. La primera i única que vegada que se'm va escapar una presa.

»El vampir que estava tan absurdament encapritxat d'aquella víctima insignificant va prendre la decisió que el teu Edward ha estat massa dèbil per portar a terme. Quan aquell vell va saber que perseguia la seva amigueta, la va raptar del sanatori on treballava. Mai podré entendré l'obsessió que alguns vampirs semblen tenir per vosaltres, els humans! Tan bon punt la va haver alliberat, la va salvar de l'única manera que sabia. Ni tan sols semblava que notés el dolor, la pobra criatura. Havia estat tant de temps tancada en aquella cel·la fosca... Un segle abans les seves visions l'haurien conduïda a la foguera però, sent als anys vint, la varen tancar en un sanatori i li varen fer tractaments de xoc. Quan va obrir els ulls, vívids per la seva nova joventut, va ser com si mai hagués vist el sol. El vell vampir l'havia convertida en un poderós vampir nou i llavors ja no tenia cap motiu per acostar-m'hi —va sospirar—. Vaig desfer-me del vell com a venjança.

—L'Alice! —vaig dir astorada.

—Sí, la teva amigueta. Em vaig quedar parat quan la vaig veure allà a la clariana. Per tant, suposo que el seu aquelarre tindrà cert consol després d'aquesta experiència. Jo et tinc a tu, ells la tenen a ella. La víctima que se'm va escapar. Tot un honor, de fet.

»Feia una olor tan deliciosa... Encara em penedeixo de no haver-la pogut tastar mai... Feia una aroma encara millor que la teva. Perdona, no et volia ofendre. Tu tens una essència meravellosa. Té un punt floral...

Va fer una altra passa cap a mi. Ara el tenia a pocs centímetres. Em va agafar un ble de cabells i el va flairar amb delicadesa. Llavors me'l va tornar a posar al seu lloc gentilment, i vaig notar els seus dits gèlids al coll. Se'm va acostar i em va acariciar la galta veloçment amb el polze, se'l veia encuriosit. Frisava per arrencar-me a córrer, però estava petrificada. Ni tan sols em podia estremir.

—No —va mussitar per ell mateix mentre deixava caure la mà—. No ho entenc —va sospirar—. Bé, suposo que haurem de continuar i llavors avisar els teus companys i dir-los on et poden trobar, a tu i el meu missatget.

Ara estava totalment marejada. Se m'acostava l'hora de patir, ho podia llegir als seus ulls. No en tindria prou amb guanyar, saciar-se i marxar. No hi hauria el final ràpid que m'esperava. Em varen començar a tremolar els genolls i em feia por caure.

Es va fer enrere i va començar a donar voltes al voltant meu de forma indiferent, com si mirés de trobar la millor perspectiva de l'estàtua d'un museu. Feia una expressió franca i amable mentre decidia per on començar.

Llavors va ajupir-se de cop, en una posició d'atac que vaig reconèixer, i el seu somriure agradable es va anar eixamplant fins que ja no era una rialla, sinó un manyoc de dents visibles i lluents.

No ho vaig poder evitar: vaig intentar arrencar-me a córrer, tot i saber que no serviria de res, ja que tenia els genolls molt dèbils. El pànic em va envair i vaig córrer desbocada cap a la sortida d'emergència.

En un instant el vaig tenir davant meu. No vaig veure si havia fet servir la mà o un peu, va ser massa ràpid. Vaig sentir un cop devastador al pit i vaig sortir disparada enrere. Llavors, vaig sentir el cruixit del meu cap encastant-se als miralls. El vidre es va esquerdar i els trossos es varen fer miques en caure a terra, al meu costat.

Estava massa atordida per notar el dolor, ni tan sols podia respirar.

Va caminar cap a mi lentament.

—Quin efecte tan bonic! —va dir mentre examinava l'escampall de vidres, un altre cop amb veu amable—. He pensat que aquesta sala resultaria visualment espectacular per la meva petita pel·lícula. És per això que vaig triar aquest lloc. És perfecte, no trobes?

El vaig ignorar i, de quatre grapes, vaig intentar arrossegar-me fins a l'altra porta.

El vaig tenir a sobre immediatament i em va trepitjar brutalment la cama. Vaig sentir un cruixit esgarrifós abans de notar el dolor però, quan el vaig notar, no vaig poder evitar fer un xiscle agònic. Em vaig retorçar per agafar-me la cama. Era allà davant meu, observant-me somrient.

—No voldries pas repensar-te la teva última voluntat? —va preguntar gentilment.

Va donar-me un cop de peu a la cama trencada i vaig sentir un xiscle eixordador. Em vaig adonar, esgarrifada, que l'havia fet jo.

—No t'estimaries més que l'Edward vingués a trobar-me? —va dir per provocar-me.

—No! —vaig cridar amb veu ronca—. No, Edward, no ho facis...

I llavors alguna cosa em va colpejar la cara i em va tornar a llançar als miralls trencats. Per sobre del dolor de la cama, vaig notar el profund tall que m'havia fet un vidre al cuir cabellut, i com una cosa tèbia i humida se m'escampava pels cabells a una velocitat espaordidora. Notava com m'amarava l'espatlla de la brusa i sentia com degotava al terra de fusta. L'olor que desprenia em va regirar l'estómac.

Malgrat el mareig i les nàusees, vaig veure una cosa que em va donar un sobtat i últim alè d'esperança. Els seus ulls, simplement decidits en un primer moment, ara cremaven amb un desfici incontrolable. La sang, que ara xopava de color carmesí la meva brusa blanca i s'escolava ràpidament cap a terra, l'enfollia de set. Tant li feia quines fossin les seves intencions inicials, ja no podria prolongar-ho gaire més.

Que s'acabés ràpid era tot el que podia desitjar mentre la sang que em rajava del cap feia que se m'esvaís la consciència. Se'm tancaven els ulls.

Vaig sentir, com si fos a sota aigua, el grunyit final del caçador. Vaig veure, a través dels llargs túnels en què s'havien convertit els meus ulls, la seva silueta fosca que se m'acostava. Amb un últim esforç, vaig aixecar la mà instintivament per protegirme el rostre. Se'm varen tancar finalment els ulls i em vaig deixar endur.

L'Àngel

Mentre em deixava endur, vaig somniar.

Al lloc on surava, sota aigües fosques, vaig sentir el so més feliç que el meu cervell podia evocar, tan bell i encoratjador com terrorífic. Era un altre grunyit, més profund, més salvatge, que va ressonar amb fúria.

El dolor agut que em travessava la mà que tenia aixecada em va fer tornar en si. Gairebé vaig sortir a la superfície, però no havia recorregut el camí suficient per tornar a obrir els ulls.

I llavors, vaig saber que era morta...

... perquè, entre les denses aigües, vaig sentir la veu d'un àngel que cridava el meu nom, que em conduïa a l'únic paradís que desitjava.

—No, Bella, no! —va cridar la veu de l'àngel, horroritzat.

Darrere d'aquell so que enyorava hi havia una altra fressa, un terrible tumult que em va atemorir. Un rugit greu i ferotge, un esfereïdor cop sec i un gemec agut que, de cop, es va trencar...

Vaig mirar de concentrar-me en la veu de l'àngel.

—Bella, si us plau! Escolta'm, si us plau! Bella, per favor! —em va implorar.

Volia respondre-li, però no em sortia res. Ni tan sols em notava els llavis.

—Carlisle! —va cridar l'àngel, amb la seva perfecta veu plena d'agonia— Bella! Bella! No, si us plau, no, no!

I l'àngel va començar a sanglotar, somicava amb una veu trencada pel dolor.

Un àngel no hauria de plorar, no feia per ell. Vaig mirar de trobar-lo, de dir-li que tot anava bé, però les aigües eren tan profundes i m'enfonsava tant que no podia ni respirar.

Notava un punt de pressió al cap, que em feia mal. Aleshores, mentre aquell dolor creuava la foscor fins a arribar a mi, varen venir altres turments, encara més intensos.

Vaig xisclar sufocada, obrint-me pas entre aquelles aigües fosques.

—Bella! —va exclamar l'àngel.

—Ha perdut sang, però la ferida del cap no és gaire profunda —va indicar una veu tranquil·la—. Vigila amb la cama, la té trencada.

Els llavis de l'àngel varen sufocar un udol de ràbia.

Vaig sentir una intensa fiblada al costat. Això no podia ser de cap manera el paradís. Era massa dolorós.

—Em penso que també té algunes costelles trencades —va continuar la veu metòdica.

Tot i això, els dolors aguts s'estaven esvaint. Ara sentia un nou dolor ardent a la mà, que superava la resta.

Algú m'estava cremant.

—Edward —vaig mirar de dir-li, però tenia la veu tan lenta i pesant que no m'entenia ni jo mateixa.

—Bella, te'n sortiràs. Em sents, Bella? T'estimo.

—Edward —ho vaig tornar a intentar, ara que tenia la veu una mica més clara.

—Sí, sóc aquí.

—Em fa mal —vaig queixar-me.

—Ja ho sé, Bella, ja ho sé —llavors, vaig sentir que, lluny de mi, preguntava angoixat—. No pots fer-hi res?

—El meu maletí, si us plau... Aguanta't la respiració, Alice, t'ajudarà —va prometre en Carlisle.

—Alice? —vaig gemegar.

—És aquí, sabia on et podíem trobar.

—Em fa mal la mà —vaig mirar d'explicar-li.

—Ja ho sé, Bella. En Carlisle et donarà alguna cosa que et faci remetre el dolor.

—La mà em crema! —vaig cridar, sortint finalment de la foscor i obrint els ulls de bat a bat. No li veia el rostre, hi havia alguna cosa fosca i tèbia que m'ennuvolava els ulls. Per què no veien el foc i el sufocaven?

L'Edward feia un veu espantada.

—Bella?

—El foc! Que algú l'apagui! —vaig cridar mentre em cremava.

—Carlisle! La mà!

—L'ha mossegada.

Ara la veu d'en Carlisle ja no estava calmada, sinó horroritzada. Vaig sentir com l'Edward es quedava sense respiració del terror.

—Edward, ho has de fer —va dir l'Alice, a prop del meu cap. Amb els seus dits freds em va netejar els ulls.

—No! —va bramar.

—Alice —vaig gemegar.

—Potser hi ha una altra possibilitat —va dir en Carlisle.

—Quina? —va implorar l'Edward.

—Mira si pots succionar-li el verí. La ferida és bastant neta.

Mentre en Carlisle parlava, vaig sentir més pressió al cap. Alguna cosa m'estirava i em punxava el cuir cabellut. Aquest dolor s'esvaïa davant la cremor de la mà.

—Funcionarà? —va dir l'Alice, que tenia la veu esgotada.

—No ho sé, però ens hem d'espavilar —va dir en Carlisle.

—Carlisle, jo... —va dubtar l'Edward—. No sé si en seré capaç.

La seva meravellosa veu tornava a ser agònica.

—Triïs el que triïs, és la teva decisió, Edward. No et puc ajudar. He d'aturar l'hemorràgia si li has de treure sang de la mà.

Em vaig retorçar atrapada per un ferotge turment. Cada cop que em movia feia que el dolor de la cama augmentés de forma esfereïdora.

—Edward! —vaig xisclar.

Em vaig adonar que tornava a tenir els ulls clucs. Els vaig obrir, desesperada per trobar el seu rostre. I el vaig veure. Finalment, podia veure la seva cara perfecta que em mirava, crispada rere una màscara d'indecisió i dolor.

—Alice, busca alguna cosa per immobilitzar-li la cama!

Tenia en Carlisle inclinat sobre meu, examinant-me el cap.

—Edward, ho has de fer ara o ja serà massa tard.

El rostre de l'Edward estava demacrat. Vaig veure com en la seva mirada va desaparèixer el dubte i va sorgir una determinació ardent. Va prémer les dents. Vaig notar com els seus dits forts i gèlids m'agafaven la mà que em bullia. Llavors, va inclinar el cap i vaig sentir com premia els seus llavis glaçats en la meva pell.

En un primer moment, el dolor va ser encara més intens. Vaig xisclar i em vaig retorçar per desfer-me de les mans gèlides que m'agafaven. Vaig sentir la veu de l'Alice que intentava calmar-me. Alguna cosa pesada em clavava la cama a terra i en Carlisle m'immobilitzava el cap entre els seus braços d'acer.

Aleshores, vaig deixar de retorçar-me a mesura que la mà se m'anava entumint. El foc s'anava sufocant, concentrant-se en una zona cada cop més reduïda. Vaig notar que la consciència se m'esvaïa a mesura que el dolor remetia. Em feia por tornar a submergir-me en les aigües negres, perdre'l enmig de la foscor.

—Edward —vaig intentar cridar-lo, però ni jo mateixa em podia sentir. Ells sí.

—És aquí amb tu, Bella.

—Queda't, Edward, queda't amb mi.

—Sóc aquí.

Feia una veu esgotada, però s'hi notava un deix de triomf. Vaig sospirar satisfeta. El foc s'havia apagat i els altres dolors s'havien anat esvaint per la somnolència que m'envaïa.

—Ja has extret tota la metzina? —va preguntar en Carlisle des d'un lloc molt llunyà.

—Ja té la sang neta —va dir l'Edward tranquil—. Noto el gust de la morfina.

—Bella? —em va cridar en Carlisle.

Vaig mirar de respondre.

—Mmm?

—Encara notes el foc?

—No —vaig sospirar—. Gràcies, Edward.

—T'estimo —va respondre.

—Ja ho sé —vaig dir fluixet, esgotada.

Llavors vaig sentir el so que més m'agradava d'aquest món: la silenciosa rialla de l'Edward, feble i alleujada.

—Bella? —va tornar-me a inquirir en Carlisle.

Vaig arrufar les celles, volia dormir.

—Què?

—On és la teva mare?

—A Florida —vaig sospirar—. Em va enganyar, Edward. Havia vist els nostres vídeos domèstics —la indignació en la meva veu era llastimosament feble. Tanmateix, això em va recordar una cosa—. Alice —vaig dir mirant d'obrir els ulls—. Alice, el vídeo... Et coneixia, sabia d'on provenies —vaig mirar de parlar amb pressa, però feia una veu massa dèbil—. Sento olor de benzina —vaig afegir, sorpresa, tot i tenir el cap emboirat.

—Ha arribat l'hora d'endur-se-la —va dir en Carlisle.

—No, vull dormir —vaig rondinar.

—Pots dormir, reina, ja et porto a coll —em va tranquil·litzar l'Edward.

I em va agafar entre els seus braços i em va bressolar contra el seu pit... Surava, tot el dolor havia desaparegut.

—Dorm, Bella —varen ser les últimes paraules que vaig sentir.

Punt mort

Quan vaig obrir els ulls, vaig veure una llum pàl·lida i enlluernadora. Em trobava en una habitació blanca i desconeguda. La paret del meu costat estava coberta per persianes baixades; els llums brillants que tenia sobre el cap m'encegaven. Estava recolzada en un llit dur i desigual, amb baranes. Els coixins eren plans i bonyeguts. A prop meu se sentia un xiulet molest. Vaig suposar que això volia dir que encara era viva. La mort no podia ser tan desagradable.

Tenia tot de tubs transparents embolicats a les mans i alguna cosa enganxada a la cara, sota el nas. Vaig alçar la mà per treure-me-la.

—No, no ho facis.

Uns dits freds em varen agafar la mà.

—Edward?

Vaig girar una mica el cap. Tenia el seu rostre exquisit a pocs centímetres del meu. Recolzava la barbeta a la vora del meu coixí. Em vaig tornar a adonar que era viva, aquest cop amb gratitud i eufòria.

—Oh, Edward, em sap tan de greu!

Em va fer callar.

—Tot va bé.

—Què ha passat?

No ho podia recordar amb claredat i la ment se'm rebel·lava quan intentava fer memòria.

—Vaig estar a punt d'arribar tard. Podria no haver arribat a temps —va xiuxiuejar amb una veu turmentada.

—He estat tan ximpleta, Edward. Em pensava que tenia la meva mare.

—Ens va enganyar a tots.

—He de trucar en Charlie i la mare —vaig recordar, tot i que tenia el cap emboirat.

—Ja ho ha fet l'Alice. La Renée és aquí... Bé, a l'hospital. Ara ha anat a buscar alguna cosa per menjar.

—És aquí?

Vaig mirar d'incorporar-me, però el cap em va donar encara més voltes i l'Edward em va fer tornar a estirar amb compte.

—De seguida serà aquí —em va assegurar—. Has de descansar.

—Però què li heu explicat? —em vaig espantar. No volia que em tranquil·litzessin. La mare era aquí i jo m'estava recuperant de l'agressió d'un vampir—. Per què li heu dit que sóc a l'hospital?

—Vares baixar rodolant dos trams d'escales abans de caure per una finestra —va fer una pausa—. Has de reconèixer que et podria haver passat.

Vaig sospirar i em va fer mal. Vaig mirar-me el cos sota els llençols, la meva cama era un embalum enorme.

—Estic gaire malament? —vaig preguntar.

—T'has trencat la cama, quatre costelles, tens alguna fractura cranial, morats per tot el cos i has perdut molta sang. T'han fet unes quantes transfusions. No m'ha agradat... durant una estona la teva essència no era gens bona.

—Deu haver estat un bon canvi per tu.

—No, m'agrada l'olor que fas.

—Com ho vares aconseguir? —vaig preguntar fluixet. De seguida va saber a què em referia.

—No ho sé.

Va desviar els ulls de la meva mirada inquisitiva, alçant-me la mà que tenia embolicada amb gasses, i agafant-la amb compte de no arrencar el cable que em connectava a un dels monitors.

Vaig esperar pacientment que continués i va sospirar sense mirar-me.

—No em podia aturar —va mussitar—. Era impossible, però ho vaig fer —finalment, va alçar la vista i em va fer mitja rialla—. Deu ser que t'estimo.

—El meu gust no és tan deliciós com la meva olor? —vaig respondre somrient, tot i que em va fer mal la cara.

—És encara millor... molt millor del que m'imaginava.

—Em sap greu —vaig disculpar-me.

Va alçar la vista al sostre.

—De tot el que et podries disculpar...

—De què t'hauria de demanar perdó?

—D'haver estat a punt de desaparèixer del meu costat per sempre.

—Em sap greu —vaig tornar a disculpar-me.

—Ja sé per què ho vares fer —la seva veu era reconfortant—. Evidentment, va ser una bestiesa, m'hauries d'haver esperat i explicar-m'ho.

—No m'hi hauries deixat anar.

—No —va assentir amb un to llòbrec—, no t'hi hauria deixat anar.

Vaig començar a recuperar alguns records desagradables. Em vaig estremir i llavors vaig fer una ganyota de dolor.

De cop, es va posar neguitós.

—Què et passa, Bella?

—Què li ha passat a en James?

—Després de treure-te'l de sobre, l'Emmett i en Jasper se'n van encarregar —tenia un intens remordiment a la veu.

Això em va deixar confosa.

—No els vaig veure pas.

—Varen haver de sortir de la sala... Hi havia molta sang.

—Però tu et vares quedar amb mi.

—Sí.

—I l'Alice i en Carlisle... —vaig dir meravellada.

—Tots dos t'estimen, ja ho saps.

De cop, una ràfega d'imatges doloroses de l'última vegada que havia vist l'Alice em varen recordar una cosa.

—L'Alice ha vist la cinta de vídeo? —vaig preguntar neguitosa.

—Sí —un matís nou enfosquia la seva veu, un to de pur odi.

—Sempre havia viscut a les fosques, però això no recordava res.

—Ja ho sé. Ara ja n'ha tret l'aigua clara —la seva veu era serena, però el seu rostre reflectia una obscura fúria.

Vaig intentar tocar-li la cara amb la mà que tenia lliure, però alguna cosa em va aturar. En mirar avall, vaig veure una via intravenosa que m'estirava la mà.

—Aix! —vaig dir fent una ganyota de dolor.

—Què passa? —va preguntar esverat.

Es va distreure una mica, però no prou. Als seus ulls encara hi havia desolació.

—Les agulles! —li vaig explicar, apartant la vista de la que tenia a la mà.

Em vaig concentrar en una rajola guerxa del sostre i vaig mirar de respirar fons malgrat el mal que em feien les costelles.

—Et fan por de les agulles! —va remugar en veu baixa i movent el cap—. És clar, un vampir sàdic té la intenció de torturar-la fins a la mort i no passa res, tu! S'escapa per anar-lo a trobar. En canvi, una agulla intravenosa ja és un altre tema...

Vaig alçar els ulls cap al sostre, almenys això no em va fer mal. Vaig decidir canviar de tema.

—Què hi fas aquí? —vaig demanar-li.

Se'm va quedar mirant, primer desconcertat, però després amb dolor als ulls. Va arrufar les celles.

—Vols que me'n vagi?

—No! —vaig rondinar, atemorida només de pensar-ho—. No, volia dir que per què creu la meva mare que ets aquí. He de saber quina història li has explicat abans que torni.

—Ah —va dir, mentre el front li tornava a quedar com una fina llosa d'alabastre—. Vaig venir a Phoenix a intentar ferte entrar en raó, a convèncer-te que tornessis a Forks —els seus ulls eren tan honestos i sincers que una mica més i me'l crec jo i tot—. Havies acceptat veure'm i vares anar amb cotxe a l'hotel on m'estava amb en Carlisle i l'Alice. Jo estava sota supervisió paterna, és clar —va afegir-hi magistralment—, però vares ensopegar mentre pujaves a l'habitació i... ja saps com continua. Tanmateix, no cal que ho recordis tot, tens una bona excusa perquè els detalls més subtils et resultin borrosos.

M'ho vaig rumiar un moment.

—Però aquesta història té punts febles, com ara que no hi hagi finestres trencades.

—No et pensis —va dir—. L'Alice s'ho va passar d'allò més bé falsejant proves. Va quedar molt convincent. Si volguessis, podries demandar l'hotel i tot. No t'has de preocupar de res —em va assegurar mentre m'acariciava la galta de la manera més suau que podia—. Ara només t'has de preocupar de curar-te.

No estava tan trastornada pel dolor ni atordida per la medicació com per no respondre a la seva moixaina. El monitor va començar a sonar de forma irregular. Ara l'Edward no seria l'únic que notaria quan el cor em fes de les seves.

—Això serà molt violent —vaig remugar per mi mateixa.

Va riure entre dents i em va fer una mirada reflexiva.

—Mmm, em pregunto si... —va dir.

Es va inclinar a poc a poc. Els senyals sonors es varen accelerar de mala manera abans que els seus llavis arribessin a tocar-me. Tot i això, quan els va prémer contra els meus de la manera més suau possible, els senyals es varen aturar.

Es va apartar de cop. La seva expressió neguitosa es va tranquil·litzar quan va veure que el monitor mostrava que el cor em tornava a bategar.

—Em sembla que encara hauré d'anar amb més compte que abans —va dir, amb cara de pomes agres.

—Encara no havia acabat —vaig rondinar—. No em facis venir-te a buscar.

Va fer un ampli somriure i es va inclinar per fregar suaument els seus llavis amb els meus. El monitor es va desbocar.

Llavors, els llavis li varen quedar rígids i es va apartar.

—Em penso que he sentit la teva mare —va dir, un altre cop somrient.

—No te'n vagis! —vaig cridar mentre m'envaïa una irracional onada de pànic. No podia deixar que marxés... Podia ser que tornés a desaparèixer del meu costat.

Va veure el terror als meus ulls durant un instant.

—No ho faré —em va prometre solemnement, i llavors va somriure—. Vaig a fer la migdiada.

Es va aixecar de la cadira de plàstic dur del meu costat i es va estirar al sofà reclinable turquesa d'imitació de pell que tenia al peu del llit, i va tancar els ulls. Estava immòbil.

—No t'oblidis de respirar! —vaig xiuxiuejar sarcàsticament.

Va respirar fons, amb els ulls encara clucs.

Ara sentia la mare que parlava amb algú, potser una infermera, i se la notava esgotada i abatuda. M'hauria agradat saltar del llit i córrer cap a ella, tranquil·litzar-la i dir-li que tot anava bé però, com que no estava en forma, em vaig esperar impacient.

La porta es va obrir una mica i va treure el cap amb prudència.

—Mare! —vaig xiuxiuejar amb una veu plena d'afecte i alleujament.

Es va adonar que hi havia l'Edward immòbil a la butaca, i va venir de puntetes al costat del llit.

—No et deixa mai, oi? —va murmurar per ella mateixa.

—Mare, estic tan contenta de veure't!

Es va inclinar per abraçar-me delicadament, i vaig notar que em queien càlides llàgrimes cara avall.

—Bella, estava tan disgustada!

—Ho sento, mare. Però ara tot va bé, no passa res —la vaig reconfortar.

—Estic contenta de veure't amb els ulls oberts —va dir asseient-se a la punta del llit.

De cop, em vaig adonar que no tenia ni idea de quin dia era.

—Quant de temps els he tingut tancats?

—És divendres, reina, has estat inconscient uns quants dies.

—Divendres? —vaig dir sobtada. Vaig mirar de recordar quin dia era quan... però no hi volia pensar.

—T'han tingut sedada un temps, maca... Tenies moltes ferides.

—Ja ho sé.

Les notava perfectament.

—Vares tenir sort que el doctor Cullen fos allà. És un home tan agradable... molt jove, per això. Sembla més un model que un metge...

—Has conegut en Carlisle?

—I la germana de l'Edward, l'Alice. És una noia encantadora.

—I tant —vaig assentir de tot cor.

Es va mirar l'Edward per sobre l'espatlla, el qual encara estava estirat al sofà amb els ulls tancats.

—No m'havies explicat que tenies tan bons amics a Forks.

Em vaig encongir i després vaig gemegar.

—Què et fa mal? —va demanar esverada, girant-se cap a mi.

Els ulls de l'Edward em varen mirar de cop.

—Estic bé —els vaig assegurar—. Només cal que tingui present que no m'he de moure. L'Edward va tornar a estirar-se i a sumir-se en un son fals.

Vaig aprofitar la distracció momentània de la mare per evitar que tornés a sorgir el tema de la meva conducta poc sincera.

—On és en Phil? —vaig preguntar de pressa.

—A Florida... Oh, Bella! No ho diries mai! Quan estàvem a punt de marxar varen arribar les millors notícies!

—Han contractat en Phil? —vaig suposar.

—Sí! Com ho has sabut? Els Suns, a més! T'ho pots creure?

—És genial, mare —vaig dir tan entusiasmada com vaig poder, tot i que no sabia massa per on anava la cosa.

—T'encantarà Jacksonville! —va exclamar efusivament mentre me la mirava absent—. Estava una mica preocupada quan en Phil va començar a parlar d'Akron, per tot el tema de la neu, ja saps que no suporto el fred, però ara anirem a Jacksonville!

Sempre hi fa sol i tampoc hi ha tanta humitat. Hem trobat una casa preciosa, groga amb ribets blancs, i amb un porxo com els de les pel·lícules antigues. Té un roure enorme i és a pocs minuts de l'oceà. A més, tindràs el teu propi lavabo...

—Un moment, mare! —la vaig interrompre. L'Edward encara tenia els ulls clucs, però se'l veia massa tens com per fer veure que estava dormint—. De què parles? No vull anar a Florida. Visc a Forks.

—Però ja no cal que t'hi estiguis més, bleda —va riure—. Ara en Phil podrà estar a prop més temps... N'hem parlat molt i el que faré és perdre'm els partits de fora per estar la meitat del temps amb tu i l'altra meitat amb ell.

—Mare —vaig dubtar per rumiar-me com podia ser diplomàtica—. És que vull viure a Forks. Ja m'he acostumat a l'institut i hi he fet un parell d'amigues —però com que la mare es va tornar a mirar l'Edward quan li vaig parlar d'amics, vaig provar de desviar la conversa cap a un altre lloc—, i en Charlie em necessita. Està molt sol allà dalt i no té ni idea de cuinar.

—Et vols quedar a Forks? —va preguntar desconcertada. Li resultava inconcebible. Llavors, els ulls se li'n varen tornar a anar cap a l'Edward—. Per què?

—Ja t'ho he dit... Per l'institut, en Charlie... —vaig dir mentre m'encongia d'espatlles— Ai! —no va ser una bona idea.

Em va fer voleiar les mans per sobre de manera indecisa fins que va trobar un lloc on poder-me tocar sense fer-me mal. Al final em va donar copets al front, que no el tenia embenat.

—Bella, reina, tu no suportes Forks —em va recordar.

—Dona, no està tan malament.

Va fer mala cara i va anar mirant d'aquí d'allà, de l'Edward a mi, aquest cop deliberadament.

—És per aquest noi, no? —em va xiuxiuejar.

Vaig obrir la boca per mentir, però m'escodrinyava el rostre amb els ulls i sabia que se n'adonaria.

—Sí, una mica —vaig confessar. Tampoc calia que admetés com n'era de grossa la mica—. Hi has pogut parlar? —vaig preguntar-li.

—Sí —va dubtar, mirant-se'l mentre estava totalment immòbil—. I m'agradaria parlar precisament d'això.

Ostres!

—De què? —vaig preguntar-li.

—Em penso que aquest noi està enamorat de tu —em va acusar sense pujar el to de veu.

—Jo també m'ho penso —li vaig confiar.

—I què sents per ell? —no dissimulava gens bé la profunda curiositat en la veu.

Vaig sospirar i vaig desviar la mirada. Tot i que m'estimava molt la mare, no volia tenir aquesta conversa amb ella.

—Estic boja per ell.

Ja ho havia dit. Va sonar com el que diria una adolescent sobre el seu primer xicot.

—Bé, sembla prou bona persona i... Déu meu! És increïblement ben plantat, però ets molt jove, Bella...

Feia una veu insegura. No recordava que hagués intentat parlar com si fos una mare responsable des que jo tenia vuit anys. Vaig reconèixer aquell to comprensiu però ferm dels cops que havia parlat amb ella d'homes.

—Ja ho sé, mare. No t'hi amoïnis, només és una fase —la vaig tranquil·litzar.

—Està bé —va assentir. No costava gaire fer-la contenta.

Llavors va sospirar i, sentint-se culpable, va fer una ullada al rellotge gros i rodó de la paret.

—Has de marxar?

Va mossegar-se el llavi.

—En Phil m'havia de trucar d'aquí una estona... No sabia que et despertaries.

—No passa res, mare —vaig mirar de suavitzar l'alleujament que sentia per no ferir-la—. No estaré pas sola.

—Tornaré aviat. He estat dormint aquí, saps? —va anunciar, orgullosa d'ella mateixa.

—Però, mare, no cal que ho facis! Pots dormir a casa... No ho notaré.

Els calmants em començaven a adormir i em costava concentrar-me fins i tot ara que, pel que semblava, havia dormit durant dies.

—Estava massa atabalada —va admetre tímidament—. S'ha comès un delicte al barri i no et volia deixar sola.

—Un delicte? —vaig preguntar alarmada.

—Algú va entrar a l'acadèmia de ball que hi ha en girar la cantonada de casa i hi va calar foc... No n'ha quedat res! I han deixat un cotxe robat davant. Te'n recordes quan hi anaves a fer ballet, nina?

—Sí que me'n recordo —em vaig estremir i vaig fer una ganyota de dolor.

—Em puc quedar si em necessites, maca.

—No, mare, estaré bé. L'Edward es quedarà amb mi.

Va mirar-me com si fos precisament per això que es volia quedar.

—Tornaré aquesta nit.

Sonava més com un avís que no pas com una promesa. Va tornar a fer un cop d'ull a l'Edward mentre ho deia.

—T'estimo, mare.

—Jo també t'estimo, Bella. Mira d'anar més amb compte quan camines, filla, que no et vull perdre.

L'Edward encara tenia els ulls tancats, però va fer un gran somriure.

Llavors va entrar una infermera atrafegada a comprovar tots els tubs i cables. La mare em va fer un petó al front, em va acariciar la mà embenada i va marxar.

La infermera estava revisant la lectura que havia imprès del meu monitor cardíac.

—Estàs neguitosa, nena? Aquí el ritme cardíac és una mica alt.

—Estic bé —li vaig assegurar.

—Li diré a la teva infermera titulada que t'has despertat. Et vindrà a visitar de seguida.

Va ser tancar la porta i tenir l'Edward al meu costat.

—Vàreu robar un cotxe? —vaig dir aixecant les celles.

Va somriure sense remordiments.

—Era un bon cotxe, molt ràpid.

—Com ha anat la migdiada? —vaig preguntar.

—Ha estat interessant —va dir mig aclucant els ulls.

—Què?

Va mirar avall mentre responia.

—Estic sorprès. Em pensava que Florida... i la teva mare... Bé, em pensava que era això el que volies.

Me'l vaig quedar mirant sense comprendre'l.

—Però a Florida t'hauries de passar tot el dia tancat. Només podries sortir de nit, com un vampir de debò.

Gairebé va somriure, però no del tot, i feia una cara seriosa.

—Em quedaria a Forks, Bella. Allà o en algun lloc similar —va explicar—. En algun lloc on no et pugui fer més mal.

En un primer moment no el vaig entendre. Me'l vaig continuar mirant inexpressiva mentre les paraules m'anaven encaixant al cap com un terrible trencaclosques. Ja gairebé no era conscient de com s'acceleraven els batecs del meu cor tot i que sí que em vaig adonar del dolor agut de les meves costelles quan vaig començar a hiperventilar.

L'Edward no va dir res. Mirava el meu rostre amb recel mentre un dolor que no provenia dels ossos trencats, un dolor que era infinitament més intens, amenaçava destruir-me.

Llavors va entrar una altra infermera decidida a l'habitació. L'Edward es va quedar quiet com una pedra mentre ella analitzava la meva expressió amb ulls experts abans de mirar els monitors.

—Et calen més calmants, cuca? —em va preguntar amablement mentre donava copets al tub intravenós.

—No, no —vaig murmurar, mirant de dissimular l'agonia en la meva veu—. No em cal res. Ara no em podia permetre tancar els ulls.

—No cal que et facis la valenta, maca. És millor que no et cansis, necessites reposar. Es va esperar, però li vaig fer que no amb el cap.

—D'acord —es va resignar—. Pitja el botó d'avís quan estiguis a punt.

Va fer una mirada severa a l'Edward i va fer un altre cop d'ull neguitós als aparells mèdics abans de sortir de l'habitació.

Ara tenia les gèlides mans de l'Edward a la cara i me'l vaig mirar amb ulls desesperats.

—Bella, tranquil·la.

—No em deixis —vaig implorar-li amb la veu trencada.

—No ho faré —em va prometre—. Ara relaxa't abans que torni a cridar la infermera perquè et posi sedants.

Tanmateix, el cor no se'm calmava.

—Bella —em va acariciar el rostre, neguitós—. No me n'aniré enlloc, em quedaré aquí mentre em necessitis.

—Em jures que no em deixaràs? —vaig xiuxiuejar.

Vaig mirar de controlar almenys els esbufecs. Les costelles em feien un mal agut. Em va agafar la cara amb les mans i va acostar-me al seu rostre. Tenia els ulls oberts i seriosos.

—T'ho juro.

L'aroma del seu alè era dolça i semblava que mitigava el dolor de la meva respiració. Va continuar mirant-me mentre el cos se'm relaxava de mica en mica i els senyals sonors tornaven a tenir un ritme normal. Els seus ulls eren foscos, avui més negres que no pas daurats.

—Estàs millor? —em va preguntar.

—Sí —vaig dir amb prudència.

Va moure el cap i va remugar una cosa inintel·ligible. Em va semblar entendre que deia "reacció exagerada".

—Per què ho dius això? —vaig mussitar, mirant que no em tremolés la veu—. Estàs cansat d'haver-me de protegir tota l'estona? Vols que m'aparti de tu?

—No, no vull estar sense tu, Bella. És clar que no. Sigues racional. I per mi no és cap problema protegir-te... si no fos pel fet que sóc jo el que et posa en perill... Ets aquí per culpa meva.

—Exacte, per culpa teva —vaig dir arrufant les celles—. És per culpa teva que sóc aquí... viva.

—Amb prou feines —feia un fil de veu—. Estàs coberta de benes i guix i pràcticament no et pots moure.

—No em referia a només a l'última vegada que he estat a punt de morir —vaig dir, cada cop més empipada—. Pensava en les altres, pots triar la que vulguis. Si no hagués estat per tu, faria temps que faria malves al cementiri de Forks.

Va fer una ganyota, però no li va desaparèixer aquella mirada angoixada.

—Malgrat tot, això no és el pitjor —va continuar mussitant. Va fer com si jo no hagués dit res—. Ni veure't allà a terra desmaiada i destrossada —se li va trencar la veu—, ni pensar que arribava massa tard, ni tan sols sentir-te xisclar de dolor... tots aquests records insuportables que arrossegaré durant la resta de l'eternitat. No, el pitjor de tot va ser aquell sentiment... saber que no podria aturar, creure que jo mateix et mataria.

—Però no ho vares fer.

—Ho podia haver fet ben fàcilment.

Sabia que havia d'estar relaxada... però s'estava intentant convèncer que m'havia de deixar i el pànic em va omplir els pulmons, debatent-se per fugir.

—Promet-m'ho —vaig xiuxiuejar.

—El què?

—Ja ho saps.

Ara m'estava començar a enfadar de debò. S'entossudia tant... Va notar el canvi en el meu to de veu i la mirada se li va endurir.

—Com que no sembla que tingui prou voluntat per allunyarme de tu, suposo que voldràs sortir-te amb la teva... Tant si això et costa la vida com si no —va afegir secament.

—Bé.

Tot i així, no em va passar per alt el fet que no m'ho havia promès. Ara a penes podia aturar el pànic, ja no em quedaven forces per controlar l'ira.

—M'has explicat com et vares aturar... Ara vull saber per què —li vaig preguntar.

—Que per què? —va repetir amb recel.

—Per què ho vares fer, per què no vares deixar que el verí s'escampés? Ara seria com tu.

Em va donar la sensació que els ulls de l'Edward es tornaven totalment negres. Llavors, vaig recordar que no volia que mai arribés a saber això. O l'Alice devia estar molt capficada amb el que havia sabut dels seus orígens o bé havia anat molt en compte amb què pensava mentre era a prop de l'Edward, ja que era evident que no tenia ni idea que m'havia posat al corrent del mecanisme de les conversions vampíriques. L'Edward estava sorprès i furiós. Se li varen inflar els narius i li va quedar una boca que semblava de pedra.

No respondria, era evident.

—Sóc la primera d'admetre que no tinc experiència en relacions —vaig dir—, però em sembla lògic que... entre un home i una dona hi hagi una certa igualtat... No pot ser que un es passi la vida havent-se de llançar a salvar l'altre. S'han de salvar l'un a l'altre, equitativament.

Va plegar els braços al costat del llit i hi va recolzar la barbeta. Feia una expressió suau, que dissimulava la fúria. Evidentment, havia decidit que no era amb mi amb qui estava enfadat. Confiava tenir l'oportunitat d'avisar l'Alice abans que ell la trobés.

—Tu també m'has salvat —va dir tranquil·lament.

—No puc ser sempre la Lois Lane —vaig insistir—. També vull ser en Superman.

—No saps el que demanes —feia una veu suau i mirava atentament la vora de la coixinera.

—Em penso que sí.

—Bella, no ho saps. Fa gairebé noranta anys que hi penso i encara no n'estic segur.

—T'haguessis estimat més que en Carlisle no t'hagués salvat?

—No, no és això —va aturar-se un moment abans de continuar—, però la meva vida ja s'havia acabat i no renunciava a res.

—Ets la meva vida, l'única cosa que em faria mal perdre.

Ara ho estava fent millor, era fàcil admetre fins a quin punt el necessitava. Tanmateix, estava molt tranquil i decidit.

—No ho puc fer, Bella. No ho faré pas.

—Per què no? —tenia la veu ronca i no podia parlar amb el volum que hauria volgut—. No em diguis que és massa difícil! Després d'avui... Bé, suposo que devia ser fa uns dies... De totes maneres, després d'això, no seria res.

Em va fer una mirada assassina.

—I el dolor? —em va preguntar sarcàsticament.

Vaig empal·lidir. No ho vaig poder evitar, però vaig mirar d'amagar en l'expressió el clar record de sentir... foc a les venes.

—És el meu problema —vaig fer—. Ho podria suportar.

—Arribat a cert punt, el valor es converteix en bogeria.

—No és cap problema. Tres dies, tan gran cosa!

L'Edward va tornar a fer una ganyota quan les meves paraules li varen recordar que estava més informada del que mai hauria volgut. Vaig notar com s'aguantava la ràbia i que els seus ulls es tornaven inquisitius.

—I en Charlie? —em va preguntar secament—. I la Renée?

Mentre em debatia per respondre aquesta pregunta, varen transcórrer els minuts. Vaig obrir la boca però, com que no vaig poder articular ni una sola paraula, la vaig tornar a tancar. Es va esperar, amb una expressió que es va convertir en triomfant perquè sabia que no podia donar cap resposta sincera.

—Mira, això tampoc no és un problema —vaig remugar finalment. Feia una veu tan poc creïble com sempre que deia mentides—. La Renée sempre ha decidit les coses segons la seva conveniència... i voldria que jo fes el mateix. I en Charlie és fort, està acostumat a estar sol. No en puc tenir cura per sempre, he de viure la meva vida.

—Exactament —em va etzibar—. I no hi penso posar fi.

—Si esperes que estigui al llit de mort, tinc bones notícies per tu! Ara mateix hi sóc!

—Et recuperaràs —em va recordar.

Vaig respirar fons per calmar-me, tot ignorant l'espasme de dolor que em va provocar. Me'l vaig mirar fixament i ell em va mirar a mi. Al seu rostre veia que no pensava cedir.

—No —vaig dir lentament.

Va arrufar el front.

—És clar que sí! Potser et quedaran un parell de cicatrius...

—T'equivoques —vaig insistir—, em moriré.

—Bella, seriosament... —ara ja estava atabalat—. Et donaran l'alta d'aquí pocs dies. Un parell de setmanes, com a màxim.

Li vaig fer una mirada assassina.

—Potser no em moriré ara... però algun dia sí que ho faré. Cada minut que passa m'acosto més a la mort. A més, em faré vella.

Va arrufar les celles quan va entendre per on anava. Es va prémer les temples amb els dits i va tancar els ulls.

—Se suposa que ha de ser així, que així és com hauria de ser, com hauria estat si jo no hagués existit... I jo no hauria d'haver existit.

Vaig rebufar i va obrir els ulls sorprès.

—Això que dius és una ximpleria. És com dir que a algú li acaba de tocar la loteria i abans de recollir els diners diu "Mira, deixem les coses tal com estan, està millor així". No m'ho crec.

—No es pot dir que sigui un premi de la rifa... —va grunyir.

—Cert, ets molt millor.

Va alçar els ulls al sostre i va prémer els llavis.

—Bella, no en tornarem a parlar d'això. Em nego a condemnar-te a una nit eterna. I punt.

—Si et penses que ho deixaré aquí, és que no em coneixes gaire bé —el vaig avisar—. No ets l'únic vampir que conec.

Li varen tornar a quedar els ulls foscos.

—L'Alice no gosaria.

Tenia un aspecte tan esfereïdor que no vaig poder evitar creure-m'ho. No m'imaginava que hi hagués ningú prou valent per enfrontar-se-li.

—L'Alice ja ho ha vist, oi? —vaig conjecturar—. És per això que el que diu t'ofèn. Sap que seré com tu... algun dia.

—S'equivoca. També et va veure morta, però no va passar.

—No em veuràs mai apostant contra l'Alice.

Ens vàrem mirar durant una llarga estona, en silenci, deixant a part el zumzeig de les màquines, els senyals sonors, el degoteig i el tic-tac del rellotge gros de la paret. Finalment, va suavitzar l'expressió.

—Bé, on ens porta això? —li vaig preguntar.

Va riure sense ganes.

—Crec que se'n diu "punt mort".

Vaig sospirar.

—Ai! —vaig queixar-me.

—Com et trobes? —va preguntar, mirant cap al botó per cridar la infermera.

—Estic bé —vaig mentir.

—No et crec —va dir gentilment.

—No em tornaré a adormir.

—Necessites reposar. No et convé discutir així.

—Doncs així rendeix-te —vaig proposar-li.

—Bon intent —va dir dirigint-se al botó.

—No!

Em va ignorar.

—Sí? —va retrunyir l'altaveu de la paret.

—Em penso que necessitem més calmants —va dir tranquil·lament, ignorant la meva expressió furiosa.

—Faré venir la infermera —va dir una veu monòtona.

—No me'ls prendré —vaig assegurar.

—No crec que et facin empassar res —va dir mirant la bossa del degotador que penjava al costat del meu llit.

Se'm va accelerar el cor. L'Edward va llegir el terror dels meus ulls i va sospirar abatut.

—Bella, estàs adolorida. Has de reposar per curar-te. Per què ho fas tan difícil? Ja no et posaran més agulles.

—No em fan por les agulles, sinó tancar els ulls —vaig murmurar.

Llavors va fer aquell somriure murri que tant m'agradava i em va agafar la cara entre les mans.

—Ja t'he dit que no aniria enlloc, no tinguis por. Mentre et faci feliç, em quedaré aquí.

Vaig tornar-li el somriure, tot i el mal que em varen fer les galtes.

—Llavors vols dir per sempre.

—No, ja ho superaràs... Només és una fase.

Vaig moure el cap, incrèdula... i em vaig marejar.

—M'he quedat parada que la Renée s'ho cregués. Bé, ho saps perfectament.

—Això és el que és bonic de ser humà —em va dir—. Les coses canvien.

Se'm varen tancar els ulls.

—No et descuidis de respirar —li vaig recordar.

Quan va entrar la infermera brandint una xeringa, l'Edward encara reia.

—Perdona —va dir bruscament a l'Edward.

Es va alçar, va anar a l'altre cap d'aquella petita habitació i es va recolzar a la paret. Va plegar els braços i es va esperar. Me'l vaig continuar mirant, encara aprensiva. Em va tornar la mirada tranquil.

—Ja està, reina —va dir la infermera mentre injectava el medicament al tub—. Ara et trobaràs millor.

—Gràcies —vaig murmurar sense entusiasme.

No va tardar en fer-me efecte. Vaig notar de forma gairebé immediata com la somnolència em recorria les venes.

—Amb això n'hi ha d'haver prou —va mussitar mentre se'm tancaven les parpelles.

Vaig suposar que havia sortit de l'habitació, perquè vaig notar una cosa freda i suau que m'acariciava el rostre.

—Queda't —vaig dir de forma arrossegada.

—Ho faré —em va prometre amb una veu dolça com una cançó de bressol—. Com ja he dit, mentre et faci feliç... mentre sigui el millor per tu.

Vaig mirar de fer que no amb el cap, però em pesava massa.

—No... no és el mateix —vaig remugar i va riure.

—No t'hi amoïnis. Ho podrem discutir quan et despertis.

Em sembla que vaig somriure.

—D'acord.

Vaig notar els seus llavis a la meva orella.

—T'estimo —em va dir fluixet.

—Jo també.

—Ja ho sé —va dir amb una rialla feble.

Vaig girar una mica el cap... buscant. De seguida va saber què volia. Va fregar gentilment els seus llavis als meus.

—Gràcies —vaig sospirar.

—No es mereixen.

Ja gairebé m'havia adormit, tot i que vaig intentar debatre'm amb la somnolència. Encara li havia de dir una altra cosa.

—Edward? —em va costar pronunciar el seu nom amb claredat.

—Sí?

—Apostaré a favor de l'Alice —vaig remugar.

I llavors la nit em va envair.

Epíleg
Una ocasió especial

L'Edward em va ajudar a pujar al seu cotxe. Va anar molt amb compte amb les cintes de seda i tafetà del vestit, les flors que m'havia subjectat entre els rissos del meu elaborat pentinat, i el voluminós enguixat que portava. Va fer veure que no veia la ganyota de desgrat que feia.

Quan em va haver acomodat, va pujar al seient del conductor i va sortir pel camí llarg i estret.

—Quan em penses explicar de què va tot això? —vaig preguntar-li malhumorada. Detestava les sorpreses i ell ho sabia.

—Estic parat que encara no ho hagis endevinat —em va fer un somriure burleta i em vaig quedar sense alè. És que no m'acostumaria mai a la seva perfecció?

—Ja t'he dit que estàs molt atractiu, no? —vaig dir per assegurar-me'n.

—Sí —va dir tornant a fer un ampli somriure.

No l'havia vist mai amb vestit negre i, amb el contrast amb la seva pàl·lida pell, la seva bellesa era gairebé irreal. No ho podia negar, em posava nerviosa fins i tot el fet que portés esmòquing...

... Encara que no tant com el meu vestit. O la sabata, que només en duia una perquè l'altre peu encara el tenia enguixat. Aquell taló d'agulla, que només s'aguantava al peu amb cintes de setí, no m'ajudaria massa quan intentés passejar-me coixejant.

—No tornaré a venir més a casa teva si l'Alice i l'Esme tornen a posar-me vestidets com si fos una Barbie —vaig rondinar.

Si d'una cosa estava segura, és que d'aquella roba de gala no en sortiria res de bo. Si no era que..., però em feia por verbalitzar les meves sospites i fins i tot pensar-les.

Llavors el so d'un telèfon em va fer perdre el fil. L'Edward es va treure el mòbil de la butxaca interior de l'americana i va mirar un moment des de quin número el trucaven abans de despenjar.

—Hola, Charlie —va respondre amb recel.

—En Charlie? —vaig dir atemorida.

Ja havien passat més de dos mesos des de la meva experiència traumàtica, però encara quedaven efectes secundaris. Un era que ara estava molt a sobre de la gent que m'estimava. Pel que fa a la comunicació, ens vàrem intercanviar els papers amb la Renée. Si no es mirava el correu electrònic cada dia, no estava tranquil·la fins que no la trucava, tot i que sabia que no calia: vivia feliç a Jacksonville. I cada dia, quan en Charlie marxava a treballar, li deia adéu amb més angoixa de la necessària.

Malgrat tot, la cautela de l'Edward era per un altre motiu. Des del meu retorn a Forks, en Charlie s'havia posat... difícil. Havia adoptat dues postures definides a partir de la meva mala experiència. Cap a en Carlisle sentia una gratitud que s'acostava a la devoció però, per altra banda, s'entossudia a creure que l'Edward en tenia la culpa ja que, si no hagués estat per ell, ni tan sols hagués marxat de casa. I l'Edward ni tan sols el contradeia. En aquells dies varen aparèixer normes que fins llavors mai havien existit, com ara hores de tornada... i horaris de visita.

Ara l'Edward em mirava perquè havia notat que estava preocupada. Feia una cara relaxada, cosa que va suavitzar la meva angoixa sobtada i irracional. Tanmateix, tenia un deix de dolor als ulls. Havia entès el perquè de la meva reacció i se'n sentia responsable.

En Charlie va dir alguna cosa que va fer que l'Edward perdés el fil dels seus pensaments taciturns. Va obrir els ulls, incrèdul, cosa que em va fer venir una altra fiblada de pànic fins que vaig veure que un gran somriure li il·luminava la cara.

—Estàs de broma! —va riure.

—Què passa? —vaig preguntar, ara encuriosida.

Em va ignorar.

—Per què no em deixes parlar amb ell? —va proposar l'Edward amb evident satisfacció. Es va esperar uns segons.

—Hola, Tyler, sóc l'Edward Cullen —feia una veu aparentment molt amable, però me la coneixia massa bé i vaig notar-hi un lleuger deix d'amenaça.

Què feia en Tyler a casa meva? De sobte, em vaig adonar de la crua realitat. Em vaig mirar aquell vestit elegant, blau fosc, que m'havia fet posar l'Alice.

—Em sap greu si hi ha hagut un malentès, però la Bella no està disponible aquesta nit —el to de l'Edward va canviar i, de sobte, es va tornar més amenaçador—. Si vols que et sigui sincer, ja no estarà disponible cap nit per ningú més que jo. No t'ho prenguis malament, eh? Em sap greu haver-te espatllat la vetllada.

No semblava que li sabés gens de greu, per això. Llavors, va penjar de cop, amb un enorme somriure cínic. La cara i el coll em varen quedar vermells de fúria. Vaig notar com les llàgrimes de ràbia em començaven a omplir els ulls. Em va mirar sorprès.

—Creus que m'he passat una mica amb això últim? No et volia molestar.

Vaig ignorar aquest comentari.

—Em portes al ball! —vaig xisclar.

Ara em resultava vergonyosament obvi. Si m'hi hagués fixat una mica, segur que m'hauria adonat de la data dels cartells que decoraven els edificis de l'institut, però no m'hauria pensat mai que em sotmetria a això. És que no em coneixia?

Evidentment, no s'esperava una reacció tan desmesurada. Va prémer els llavis i va mig aclucar els ulls.

—No m'ho posis difícil, Bella.

Vaig fer un cop d'ull per la finestra, ja érem a mig camí de l'institut.

—Per què m'ho fas això? —vaig demanar horroritzada.

—Sincerament, Bella, on et pensaves que anàvem? —va dir assenyalant-se l'esmòquing.

Estava avergonyida. Primer, perquè m'havia passat per alt una cosa tan òbvia, però també perquè les vagues sospites —expectatives, de fet— que m'havia anat fent durant el dia, mentre l'Alice i l'Esme intentaven transformar-me en una reina de la bellesa, distaven molt del que en realitat era. Les meves esperances, que mig temia, ara em semblaven ximpleries. Ja em pensava que era alguna mena de celebració... però el ball de final de curs? Era l'últim que m'hauria pensat.

Em varen caure llàgrimes de ràbia cara avall. Vaig recordar amb consternació que no solia portar rímel. Em vaig fregar ràpidament la part de sota dels ulls per evitar que se'm fessin taques. Quan vaig apartar la mà, no la tenia ennegrida. Potser l'Alice sabia que necessitaria maquillatge resistent a l'aigua.

—Això és totalment ridícul. Per què plores? —em va demanar abatut.

—Perquè estic enfadada!

—Bella... —va dirigir-me tot el poder dels seus ulls daurats abrasadors.

—Què? —vaig murmurar, de cop distreta.

—Fes-me content —va insistir.

Els seus ulls van fondre la meva ira. Era impossible discutir amb ell quan feia trampes d'aquestes. Em vaig rendir amb desgana.

—D'acord —vaig dir, fent morros, però no vaig ser capaç de fer-li una mirada tan assassina com hagués volgut—. Vindré sense rondinar, però ja t'ho trobaràs —vaig avisar-lo—. Encara tinc molta mala sort endarrerida. Segurament em trencaré l'altra cama. Mira aquesta sabata! És una trampa mortal! —vaig dir aixecant la cama que tenia bona com a prova.

—Mmm —se'm va quedar mirant la cama més estona de la que calia—. Recorda'm que li doni les gràcies a l'Alice aquesta nit.

—L'Alice hi serà? —això em va reconfortar una mica.

—Amb en Jasper, l'Emmett... i la Rosalie —va admetre.

La sensació de benestar va desaparèixer. La meva relació amb la Rosalie no avançava, tot i que em feia bastant amb el seu marit ocasional. L'Emmett em trobava divertidíssima, però la Rosalie feia com si no hi fos. Mentre movia el cap per dissipar aquests pensaments, se'm va ocórrer una altra cosa.

—En Charlie hi està ficat en tot això? —vaig preguntar amb una sobtada sospita.

—És clar —va somriure, però llavors va riure per sota el nas—. Però, pel que sembla, en Tyler no massa.

Vaig serrar les dents. No podia creure'm que en Tyler fos tan il·lús. A l'institut, on en Charlie no s'hi podia ficar pel mig, l'Edward i jo érem inseparables... excepte en els escassos dies assolellats.

Acabàvem d'arribar a l'institut. El descapotable vermell de la Rosalie destacava a l'aparcament. Avui els núvols eren prims i hi havia algun raig de sol que es filtrava lluny, a ponent.

Va baixar del cotxe i va donar la volta per obrir-me la porta. Va allargar-me la mà.

Em vaig quedar asseguda, entossudida amb els braços plegats. Vaig sentir una secreta fiblada de satisfacció: l'aparcament estava ple de gent amb vestits de gala, tenia testimonis. No em podia arrossegar fora del cotxe com hagués fet si haguéssim estat sols.

Va sospirar.

—Quan algú et vol matar, ets valenta com un lleó... Llavors, et parlen de ballar... —va moure el cap.

Vaig empassar-me la saliva. Ballar.

—Bella, no deixaré que res et faci mal... ni tan sols tu mateixa. No et deixaré ni un instant, t'ho prometo.

M'ho vaig rumiar i de cop em vaig sentir molt millor. L'Edward m'ho va veure a la cara.

—Vinga —em va dir gentilment—, tampoc serà tan terrible —es va inclinar i em va passar un braç per la cintura. Vaig agafar-li l'altra mà i vaig deixar que em tragués del cotxe. Va continuar agafant-me fort per la cintura per recolzar-me mentre coixejava cap a l'institut.

A Phoenix celebraven els balls de final de curs en salons d'hotels. Aquí es feia al gimnàs, evidentment. Segurament era l'únic recinte del poble prou gran. Quan vàrem entrar, se'm va escapar el riure. Les parets estaven adornades amb garlandes de paper crepat de colors pastel i hi havia arcades fetes amb globus.

—Sembla l'escenari d'una pel·lícula de terror —vaig dir rient per sota el nas.

—Bé —va remugar mentre ens acostàvem a poc a poc a la taula de les entrades. Carregava gairebé tot el meu pes, però tot i així encara havia d'arrossegar el peu— hi ha vampirs de sobres.

Vaig mirar-me la pista de ball. S'havia format un ampli espai on dues parelles giravoltaven gràcilment. Els altres balladors s'havien apilonat a les vores del recinte per deixar-los espai, ja que ningú volia competir amb aquest espectacle. L'Emmett i en Jasper, amb esmòquings clàssics, intimidaven de tan perfectes. L'Alice estava meravellosa amb un vestit negre de setí amb talls geomètrics que deixaven al descobert grans triangles de la seva pell nívia. I la Rosalie estava... Bé, era la Rosalie. Simplement increïble. El seu vestit, escarlata intens, sense esquena i amb un escot que li arribava fins a la cintura, es cenyia fins al tou de la cama, on s'eixamplava per convertir-se en una cua ondulada. Em vaig compadir de totes les noies de la sala, jo inclosa.

—Vols que tanqui amb pany i clau i així podràs liquidar aquesta colla de pagerols refiats? —vaig xiuxiuejar com si traméssim una conspiració.

—I tu de part de qui estaries? —em va dir amb una mirada assassina.

—De la dels vampirs, és clar.

Va somriure amb recel.

—Qualsevol cosa és bona per no haver de ballar.

—Oh, i tant.

Va comprar les entrades i ens vam dirigir cap a la pista de ball. Em vaig arrapar avergonyida al seu braç i em vaig posar a arrossegar el peu.

—Tinc tota la nit per davant —em va avisar.

Al final em va arrossegar fins on hi havia la seva família ballant elegantment, tot i que amb un estil totalment fora de lloc per l'època i la música actuals. Me'ls vaig mirar horroritzada.

—Edward —tenia la gola tan seca que només em va sortir un murmuri—. De debò, no puc ballar! —notava com el pànic em desbordava.

—No t'hi amoïnis, bleda —em va dir fluixet—. Jo sí que puc —i em va fer posar els braços al voltant del seu coll i em va alçar per posar-me els peus a sota els meus.

Llavors vàrem començar a donar voltes.

—Em sento com si tingués cinc anys —vaig riure després de diversos minuts de ballar valsos sense esforç.

—No els aparentes —em va mussitar, estrenyent-me cap a ell un instant i fent que els meus peus s'aixequessin més d'un pam de terra.

L'Alice em va cridar l'atenció en una de les voltes i em va somriure per animar-me... i li vaig tornar la rialla. Estava sorpresa de passar-m'ho bé... Bé, només una mica.

—D'acord, no està tan malament —vaig reconèixer.

L'Edward tenia la mirada clavada a la porta, amb el rostre furiós.

—Què passa? —vaig preguntar en veu alta.

Vaig seguir la seva mirada, una mica desorientada de tant donar voltes, però finalment vaig veure què el pertorbava. En Jacob Black, que no anava amb esmòquing sinó amb una camisa blanca de màniga llarga i corbata, amb els cabells recollits en la seva cua habitual, venia cap a nosaltres.

Un cop passada la impressió inicial, no vaig poder evitar sentir-me malament per en Jacob. Se sentia clarament violent, molt violent. Quan vaig trobar la seva mirada, feia cara de voler disculpar-se.

L'Edward va grunyir molt fluixet.

—Comporta't! —vaig xiuxiuejar.

—Vol parlar amb tu —va dir, mordaç.

Llavors en Jacob va venir cap a nosaltres. La vergonya i la culpabilitat eren evidents al seu rostre.

—Ei, Bella, esperava trobar-te aquí.

Tot i que semblava que esperés just el contrari, el seu somriure era tan càlid com sempre.

—Hola, Jacob —li vaig dir també somrient—. Què tal?

—Puc interrompre? —va preguntar vacil·lant, mirant-se l'Edward per primer cop.

Em vaig quedar parada que en Jacob no hagués de mirar cap amunt. Devia haver crescut gairebé un pam des del primer cop que el vaig veure.

El rostre de l'Edward era serè i inexpressiu. Per resposta em va deixar a terra amb compte i es va fer enrere.

—Gràcies —va dir en Jacob amablement.

L'Edward va assentir amb el cap i em va mirar intensament abans de girar-se i allunyar-se. En Jacob em va posar les mans a la cintura i jo les hi vaig posar a les espatlles.

—Ostres, Jacob, quant fas ara d'alçada?

—Gairebé un metre noranta —va dir amb orgull.

No ballàvem de debò, ja que la cama ho feia impossible, sinó que ens gronxàvem amb poca traça d'una banda a l'altra sense moure els peus. Per sort, perquè aquella estirada que havia fet l'havia deixat desmanegat i sense coordinació. Segurament no era gaire millor ballador que jo.

—Així, com és que t'has deixat caure per aquí aquesta nit? —vaig preguntar amb autèntica curiositat. Tenint en compte la reacció de l'Edward, m'ho podia imaginar.

—Et pots creure que el pare m'ha donat vint dòlars perquè vingués al teu ball? —va admetre, una mica avergonyit.

—Sí, i tant —vaig remugar—. Bé, espero que almenys t'ho estiguis passant bé. N'has vist cap que et faci el pes? —vaig fer broma indicant-li un grup de noies que estaven alineades a la paret com si fossin pastissos.

—Sí —va sospirar—, però ja està ocupada.

Va abaixar la vista per trobar els meus ulls encuriosits durant un instant. Llavors, de seguida vàrem desviar la mirada, incòmodes.

—Estàs molt maca avui, per cert —va afegir tímidament.

—... Gràcies. Com és que en Billy t'ha pagat perquè vinguessis? —vaig preguntar ràpidament, tot i que ja sabia la resposta.

En Jacob no semblava massa satisfet pel canvi de tema. Va apartar la vista, un altre cop avergonyit.

—Ha dit que era un lloc "segur" per parlar amb tu. Et juro que el vell aquest no hi és tot.

Em vaig afegir dèbilment a la seva rialla.

—De totes maneres, m'ha dit que si et dic una cosa, em donarà el cilindre mestre que necessito —va confessar amb un somriure tímid.

—Llavors, digues-m'ho. Vull que puguis acabar el cotxe —vaig dir també somrient.

Com que en Jacob no es creia res de tot plegat, feia la situació una mica més fàcil. L'Edward, recolzat a la paret, em mirava fixament, amb un rostre inexpressiu. Vaig veure com una alumna de segon que portava un vestit rosa se'l mirava amb tímides expectatives, però ell ni tan sols semblava adonar-se de la seva presència.

En Jacob va tornar a apartar la mirada, avergonyit.

—No t'enfadis, d'acord?

—No puc enfadar-me amb tu —li vaig assegurar—. Ni tan sols em podria enfadar amb en Billy. Digues el que hagis de dir.

—Bé... És que és una ximpleria. Em sap greu, Bella... Vol que renyeixis amb el teu xicot. M'ha dit que t'ho demani "per favor" —va moure el cap fastiguejat.

—Encara està amb les supersticions, oi?

—Sí. Estava... aclaparat quan vares prendre mal a Phoenix. No es creia...

En Jacob va deixar la frase inacabada conscientment. Vaig mig aclucar els ulls.

—Vaig caure.

—Ja ho sé —va respondre ràpidament.

—En Billy es pensa que l'Edward té alguna cosa a veure amb el fet que em fes mal —no era una pregunta i, malgrat que ho havia promès, estava empipada.

En Jacob no em mirava als ulls. Ara ja ni tan sols ens movíem al so de la música, tot i que encara m'agafava per la cintura i jo tenia les mans al voltant del seu coll.

—Mira, Jacob, ja sé que probablement en Billy no s'ho creurà, però t'ho dic perquè ho sàpigues —ara em mirava, reaccionant a la sobtada franquesa de la meva veu—. L'Edward em va salvar la vida. Si no hagués estat pel seu pare i ell, ja seria morta.

—Ja ho sé —va afirmar, però va semblar que les meves paraules sinceres l'havien commogut i que potser seria capaç de convèncer en Billy, almenys en aquest aspecte.

—Ostres, em sap greu que hagis hagut de venir per això —em vaig disculpar—. De totes maneres, aconseguiràs les peces, no?

—Sí —va remugar, però encara se'l veia incòmode... i molest.

—Encara n'hi ha més? —vaig preguntar incrèdula.

—Deixa-ho córrer —va balbucejar—. Buscaré feina i aconseguiré jo mateix els diners.

Me'l vaig quedar mirant intensament fins que va alçar la vista.

—Digues-ho d'una vegada!

—És terrible.

—M'és igual, explica-m'ho —vaig insistir.

—D'acord... però, ostres, és que sona molt violent —va moure el cap—. M'ha dit que et digui... No, que t'adverteixi que —va aixecar una mà de la cintura per fer el gest de cometes— "estarem vigilant". Tingues en compte que el plural és seu, no meu —va dir, esperant amb recel la meva reacció.

Com que semblava extret d'una pel·lícula de mafiosos, vaig esclatar a riure.

—Em sap greu que hagis hagut de fer això, Jake —vaig dir rient per sota el nas.

—No m'importa —va somriure alleujat mentre m'avaluava el vestit amb la mirada—. Així li dic que dius que faci el favor de no ficar-se allà on no el demanen? —va preguntar esperançat.

—No —vaig sospirar—. Digues-li que gràcies, que sé que ho fa amb bona intenció.

Tan bon punt es va acabar la cançó, vaig deixar caure els braços.

En Jacob encara tenia les mans vacil·lants a la meva cintura i va mirar-me la cama inútil.

—Vols tornar a ballar o vols que t'ajudi a anar a algun lloc?

L'Edward va respondre per mi.

—No cal, Jacob. Ja me n'encarrego jo.

En Jacob es va sobresaltar i es va mirar l'Edward, que estava darrere nostre, amb els ulls com taronges.

—Ostres, no havia vist que eres aquí —va murmurar—. Suposo que ja ens veurem, Bella. Va fer un pas enrere i va fer adéu amb desgana.

Vaig somriure.

—Sí, ja ens veurem en una altra ocasió.

—Ho sento —va dir un cop més abans de dirigir-se cap a la porta.

L'Edward em va envoltar amb els braços tan bon punt va començar la següent cançó. Era una mica massa ràpida per ballar-la lenta, però no semblava que li fes res. Vaig recolzar el cap en el seu pit, satisfeta.

—Estàs millor? —vaig dir-li burleta.

—No massa —va replicar secament.

—No t'enfadis amb en Billy —vaig sospirar—. Només es preocupa per en Charlie. No és res personal.

—No estic empipat amb en Billy —va corregir amb una veu punyent—, sinó amb el seu fill, que m'irrita.

Em vaig fer enrere per mirar-me'l. Feia una cara molt seriosa.

—Per què?

—Primer de tot, perquè m'ha fet trencar la promesa.

Me'l vaig mirar desconcertada i va fer mitja rialla.

—He promès que no et deixaria ni un moment aquesta nit —va explicar.

—Ah, ja et perdono.

—Gràcies, però hi ha una altra cosa —va dir fent mala cara.

Vaig esperar pacientment.

—T'ha dit que estaves maca —va continuar finalment, arrufant encara més el front—. És pràcticament un insult tenint en compte l'aspecte que tens avui. Estàs molt més que maca.

Vaig riure.

—Em sembla que no ets gaire imparcial.

—Ja pots comptar, tinc molt bona vista.

Tornàvem a giravoltar, amb els meus peus sobre els seus, mentre m'agafava fort contra el seu pit.

—M'explicaràs a què ha vingut tot això? —vaig preguntar-li.

Va rumiar-s'ho un moment i llavors va canviar de direcció. Vàrem giravoltar entre la gent fins a arribar a la porta de darrere del gimnàs. Vaig entreveure la Jessica i en Mike ballant i mirant-me encuriosits. La Jessica em va saludar i vaig somriure-li ràpidament. L'Angela també era allà, feliç als braços del petit Ben Cheney, i no va apartar els ulls dels d'ell, que feia un pam menys que ella. En Lee i la Samantha, la Lauren, que ens mirava malament, i en Conner. Podia dir el nom de cada cara que girava al voltant meu. Llavors, vàrem sortir a fora, a la llum tènue i fresca d'una posta de sol que es marcia.

Tan bon punt ens vàrem quedar sols, em va agafar a coll i em va portar pels jardins foscos fins que vàrem arribar al banc de sota l'ombra dels arboços. S'hi va asseure, sense deixar de bressolar-me contra el seu pit. Entre els núvols esfilagarsats, es veia la lluna dalt del cel, i la pal·lidesa de l'Edward brillava amb la seva llum blanca. Tenia la boca tensa i els ulls turmentats.

—Què tens? —vaig preguntar-li suaument.

Em va ignorar mentre es mirava la lluna.

—El crepuscle, un altre cop —va mussitar—. Un altre final. Tant li fa com en sigui de perfecte el dia, sempre s'ha d'acabar.

—Hi ha coses que no tenen per què acabar-se —vaig remugar entre dents, de cop tensa, i ell va sospirar.

—T'he portat al ball —va dir a poc a poc, contestant finalment la meva pregunta—, perquè no vull que et perdis res. No vull que la meva presència et prengui res, si ho puc evitar. Vull que siguis humana i que la teva vida continuï com si m'hagués mort el 1918, com hauria d'haver estat.

Les seves paraules em varen fer estremir. Vaig fer que no amb el cap, enfadada.

—En quina mena de dimensió paral·lela hauria anat al ball per voluntat pròpia? Si no fossis mil vegades més fort que jo, no t'hauria deixat sortir amb la teva.

Va somriure breument, però no se li va reflectir l'alegria als ulls.

—No ha estat tan malament, com tu mateixa has dit.

—Perquè estava amb tu.

Vàrem estar una estona en silenci. Ell es mirava la lluna i jo me'l mirava a ell. Tant de bo li hagués pogut explicar que poc interessada que estava en tenir una vida humana normal i corrent.

—Em diràs una cosa? —em va preguntar, mirant-me amb un lleuger somriure.

—Que no ho faig sempre?

—Promet-me que m'ho diràs —va insistir amb una rialla.

Sabia que de seguida me'n penediria.

—D'acord.

—Semblaves sorpresa de debò quan t'has adonat que et portava aquí —va començar.

—És que ho estava! —vaig exclamar.

—Exacte —va assentir—. Però devies tenir alguna altra teoria... Estic encuriosit... Per què et pensaves que et feia anar mudada?

Efectivament, ja me n'havia penedit. Vaig prémer els llavis, dubitativa.

—No t'ho vull dir.

—M'ho has promès —va objectar.

—Ja ho sé.

—Quin problema hi ha?

Sabia que es pensava que no li deia només perquè em feia vergonya.

—Em penso que et farà empipar... o entristir.

Va arrufar amb força les celles mentre ho meditava.

—Ho vull saber igualment. Va, si us plau...

Vaig sospirar i va esperar la resposta.

—Bé... havia donat per fet que era una ocasió... especial. No em pensava que fos una cosa tan humana i habitual com... el ball! —vaig dir burleta.

—Humana? —va preguntar rotundament. Havia captat la paraula clau.

Vaig baixar la vista al vestit i em vaig posar a jugar nerviosa amb un tall solt de tafetà. Es va esperar en silenci.

—D'acord —vaig confessar d'una tirada—. Esperava que haguessis canviat de pensament... i que al final m'acabessis convertint.

Se li varen reflectir una dotzena de sentiments al rostre, dels qual vaig reconèixer l'ira... el dolor... i llavors va semblar que es refeia i va posar una cara divertida.

—Et pensaves que seria una ocasió per vestir-se d'etiqueta, no? —va dir mofant-se mentre es tocava la solapa de l'esmòquing.

Vaig fer cara de pomes agres per dissimular que em moria de vergonya.

—No sé com funcionen aquestes coses. Almenys a mi em semblava més racional que no pas un ball de final de curs.

L'Edward encara reia.

—No té gràcia —vaig dir.

—No, tens raó, no en té —va assentir mentre li desapareixia el somriure—, però m'estimo més considerar-ho una broma que no pas pensar que ho dius seriosament.

—És que ho dic seriosament.

Va sospirar profundament.

—Ja ho sé. Hi estàs disposada de veritat?

Tornava a tenir els ulls turmentats. Em vaig mossegar el llavi i vaig fer que sí.

—Així estàs preparada perquè això sigui el final —va murmurar gairebé per ell mateix—, perquè això sigui el crepuscle de la teva vida, tot i que amb prou feines acaba de començar. Estàs disposada a deixar-ho tot.

—No és el final, és el principi —vaig objectar fluixet.

—No m'ho mereixo —va dir abatut.

—Recordes quan em vas dir que no tenia una opinió gaire encertada de mi mateixa? —vaig preguntar, tot aixecant les celles—. És obvi que tu ets igual de cec.

—En sóc conscient.

Vaig sospirar.

Tanmateix, el seu humor voluble va canviar. Va prémer els llavis i va fer una mirada inquisitiva mentre analitzava el meu rostre una llarga estona.

—Així, doncs, estàs a punt? —em va preguntar.

—Mmm —em vaig empassar la saliva—. Sí?

Va somriure i va inclinar el cap a poc a poc fins que els seus llavis gèlids em varen fregar la pell de sota la mandíbula.

—Ara? —va xiuxiuejar, donant-me l'alè fred al coll. Em va venir una esgarrifança involuntària.

—Sí —vaig mussitar, així la veu no se'm trencaria. Si es pensava que era una fatxenderia, s'enduria un desengany. Ja havia pres la decisió i n'estava convençuda. Tant me feia que tingués el cos rígid, que premés els punys i respirés de forma arrítmica...

Va fer una rialla obscura. Feia una cara tota decebuda.

—No pot ser que et pensis que em rendiré tan fàcilment —va dir amb un deix amarg en el seu to de mofa.

—Tinc dret a somiar.

Va alçar les celles.

—Això és el teu somni? Convertir-te en un monstre?

—No exactament —vaig dir, arrufant les celles davant la paraula que havia triat. Un monstre, efectivament—. Per sobre de tot, el meu somni és estar amb tu per sempre.

Va canviar d'expressió, entendrit i compungit pel sobtat dolor en la meva veu.

—Bella —va recórrer suaument amb els dits el contorn dels meus llavis—. Estaré amb tu... no en tens prou?

Vaig somriure sota els seus dits.

—Prou per ara.

Va arrufar el front davant la meva tenacitat. Ni ell ni jo cediríem aquesta nit. Va sospirar i el so va ser gairebé un grunyit. Li vaig acariciar la cara.

—Mira —vaig dir—. T'estimo més que res en aquest món. No en tens prou?

—Sí, en tinc prou —va respondre somrient—. Prou per sempre.

I es va inclinar per prémer un cop més els seus llavis gèlids contra el meu coll.

Agraïments

Vull donar les gràcies als meus pares, l'Steve i la Candy, per tota una vida d'amor i suport, per llegir-me llibres extraordinaris quan era petita, i per encara agafar-me la mà quan estic neguitosa.

Gràcies també al meu marit, en Pancho, i als meus fills, en Gabe, en Seth i l'Eli, per compartir-me tantes vegades amb els meus amics imaginaris.

Gràcies als meus amics de la Writers House: a la Genevieve Gagne-Hawes, per donar-me aquella primera oportunitat, i a la Jodi Reamer, per fer realitat els meus somnis impossibles.

Gràcies als meus germans, en Paul i en Jacob, per la seva experta ajuda en els meus dubtes sobre automòbils.

I gràcies a la meva família de la xarxa, els genials escriptors de fansofrealitytv.com, en especial a la Kimberly "Shazzer", pels ànims, els consells i la inspiració.

Índex

SAGA CREPUSCLE

Crepuscle • Lluna nova
Eclipsi • A trenc d'alba

I de la mateixa autora...
The host (L'hoste)

Aquest llibre s'ha acabat
d'imprimir el mes d'octubre
del 2009 als tallers
gràfics Dédalo Offset, S. L.,
Pinto (Madrid).